METAVERSE

中国元宇宙科幻小说佳作选

# 无名链接

新星出版社 NEW STAR PRESS

刘维佳————主编

图书在版编目（CIP）数据

无名链接：中国元宇宙科幻小说佳作选 / 刘维佳主编．－－ 北京：新星出版社，2022.4
ISBN 978－7－5133－4744－0

Ⅰ．①无… Ⅱ．①刘… Ⅲ．①幻想小说－小说集－中国－当代 Ⅳ．① I247.7
中国版本图书馆 CIP 数据核字（2021）第 274873 号

## 光分科幻文库

**无名链接：中国元宇宙科幻小说佳作选**

刘维佳 主编

**责任编辑**：杨 猛
**监　　制**：黄 艳
**责任印制**：李珊珊
**美术设计**：冷暖儿　张广学

| 出版发行：新星出版社 |
| 出 版 人：马汝军 |
| 社　　址：北京市西城区车公庄大街丙 3 号楼 100044 |
| 网　　址：www.newstarpress.com |
| 电　　话：010-88310888 |
| 传　　真：010-65270449 |
| 法律顾问：北京市岳成律师事务所 |

读者服务：010-88310811　service@newstarpress.com
邮购地址：北京市西城区车公庄大街丙 3 号楼 100044

| 印　　刷：北京美图印务有限公司 |
| 开　　本：910mm×1230mm　1/32 |
| 印　　张：12 |
| 字　　数：335 千字 |
| 版　　次：2022 年 4 月第一版　2022 年 4 月第一次印刷 |
| 书　　号：ISBN 978-7-5133-4744-0 |
| 定　　价：58.00 元 |

版权专有，侵权必究；如有质量问题，请与印刷厂联系更换。

## 莫将幻境夸桃源
## ——浅谈元宇宙科幻小说

2021年,"元宇宙"大火特火。

这个原本只有资深科幻迷才知道的怪词,转眼就火出了科幻圈,以至于连Facebook的创始人扎克伯格都宣布公司改名为"Meta"(也就是"元宇宙"一词中的"元"),微软、苹果、谷歌等一众科技巨头随即也争先恐后亮出计划,布局元宇宙,大有刹那间并吞八荒之势。

现在大家都知道"元宇宙"这个词发源于美国长篇科幻小说《雪崩》,但实际上,尼尔·斯蒂芬森并不是第一个讲述元宇宙科幻故事的作家,弗诺·文奇的《真名实姓》(1981)和威廉·吉布森的《神经浪游者》(1984)都比《雪崩》(1992)早问世许多年。如果算到哈伦·埃利森的《我没有嘴,但我必须呐喊》(1967)头上,那就更是早了一大截。

不过确实是尼尔·斯蒂芬森首创了"Metaverse"这个词。

1992年诞生的"Metaverse",现在已经算得上是一个古老的科幻词汇,它是由Meta+Verse所组成。Meta这个词根有两层意思:一个是元、本质;另一个是超越、超过;而Verse由Universe演化而来,泛指宇宙、世界。所以中文"元宇宙"一词,就是Metaverse的直译,似乎显得有些简单粗暴。

不过我认为"元宇宙"这个称呼非常好,不仅朗朗上口,而且人气爆棚、风靡世界,所以终于得以把之前关于"数字虚拟世界"比较纷繁的称呼强行统一起来了。今后,这类话题显然都将被称为"元宇宙话题",而以数字虚拟世界为核心题材的科幻小说,也就有了自己的明确类别:元宇宙科幻小说。

以前关于互联网里的那个"数字太虚幻境",各种称呼形形色色、不一而足,其中原本最有名的,就是"赛博朋克"这一著名科幻小说流派中最主要的元素之一"赛博空间"。赛博空间(Cyberspace)一词是控制论(cybernetics)和空间(space)两个词的组合,专指在计算机以及计算机网络里的数字虚拟世界。

本来"赛博朋克"最重点的科幻叙事观照对象是"控制论"和"神经机械学",数字虚拟世界的"戏份"极为吃重。然而最近这些年发展下来,"赛博朋克"越搞越向"朋克"倾斜,"赛博"的色彩日益淡薄。现在一提起"赛博朋克",连不少科幻迷都只知"高科技、低生活"这几个字,有没有"赛博空间"完全成了无所谓的事。

显然,名字比较抽象、对大众不够友好的"赛博空间"这个词,本来就一直反复冲杀也难以破圈爆红,现在还被越来越多的人遗忘,变得越来越没有存在感,看来是用不下去了。

幸运的是,更容易理解、表述和演绎更准确、叫起来更简洁顺口的"元宇宙"一词,现在突然火爆全球,从而将天下苍生的目光拉到了科幻上。资本市场嗜好讲故事,这其实无可厚非,正是因为会讲故事,人类才得以创建文明。宗教、国家、货币、企业、品牌……这些自然界本来不存在的事物,都是人类靠着讲故事讲出来的。

现在全世界的资本能够盯上科幻概念讲故事、炒热点,对于科幻发展当然大有裨益。元宇宙这个题材全球瞩目、广受关注,资金和人才必然会不断涌入,这种趋势之下,何愁佳作不出?可以预料,未来必然有很多元宇宙题材的科幻小说问世,出现经典作品的概率,明显将大大高于从前。所以一个科幻概念的名称是什么,其实真的无所谓,只要这个概念能走进大街小巷,时常挂在普罗大众嘴上,那就非常成功。

然而并不是所有科幻人士都对此笑逐颜开。

Facebook宣布改名为"Meta"后没几天,我就在各种媒体上看到刘慈欣"怒批元宇宙"。不料在制作本书时,当我打电话给刘慈欣交流作品时,他却明确表示,自己从来没有针对元宇宙发表过意见,所谓"怒批",完全不能代表他的观点和态度。

很多人戏称在火电厂工作多年的刘慈欣为"刘电工",相比之下,知道他是电脑工程师的人其实不太多。1998年盛夏,我在科幻笔会上结识了尚未发表作品的刘慈欣。那时候杨平刚发表他的《MUD——黑客事件》,反响非常不错,特别是当时"千年虫"问题正被全社会关注,涉及电脑技术和网络的科幻小说被认为是最为时髦的类型。

然而奈何我们基本都不怎么会写。当年凭借Windows 95,电脑终于走进了普通市民的家庭,但那时拥有者还是非常少。至于网络,那时候连现在来看收费极高的网吧都还不太普及。身为电脑工程师、已经"触网"数年的刘慈欣,自然被我们大家认为是最适合创作此类题材的作者。

然而当我向刘慈欣提出这一建议时,他却很干脆地拒绝了。我记得当时他的理由是自己太熟悉电脑技术了,反而不好下笔。

这个理由显然比较奇怪,直到现在我也不能确定刘慈欣是不是不喜欢信息科技,不过身为他的多年好友和科幻编辑,我对他热爱宇宙星空和太空科技的偏好,是深有感触的。

遍阅过刘慈欣所有作品的读者,应该能感受到作为经历过中国第一次科幻大潮的"工程师科幻"的钢杆粉丝刘慈欣,对于太空科技的狂热迷恋。科幻迷都知道太空科技与科幻文化可谓生死之交:正是对太空和外星的强烈向往,极大促进了科幻小说的发展;而科幻作品对登月和火星探测等太空工程的鼓舞与推动,也是二十世纪的文化传奇。刘慈欣对太空科技、对宇宙、对科幻,真是有一颗生死相许的赤子之心。

同时刘慈欣又是才华横溢、天赋过人的,有着作家天然的敏感和超群的想象力,我极少见到有他那样强悍洞察力的人。本书中收录的刘慈欣创作于20世纪90年代末的《时间移民》,就显示出他早在二十多年前,就察觉到元宇宙这个"数字宇宙",会与真正的宇宙争夺人类的注意力和各种资源。

而且,不得不说,在这种竞争中,元宇宙是明显更占优势的。谓予不信,请看当前的互联网世界,其实还远远称不上元宇宙,但已经吸引了无数人沉迷其中乐而忘返……

人们这么喜爱元宇宙,其实最主要的原因,是因为它是真正的"我们的宇宙"。元宇宙完全是人类自创的世界,因而远比客观世界更能满足人类。尤其对比强烈的是,在客观世界,我们人类更像是客人,只能竭力去适应它;而在完全是我们创造的那个世界里,我们才是主人,可以为所欲为,甚至能以自身为中心设计、建立整个世界。仅此一点,进军元宇宙就远比进军宇宙更吸引人类。

这当然不能证明刘慈欣反对元宇宙,但刘慈欣的科幻叙事重点,更多是宇宙和太空科技,他确实几乎不怎么写信息科学和虚拟现实题材的科幻小说。这可以说是中国科幻小说的一大憾事。

不过,中国的元宇宙科幻小说依然有人在创作,而且出现得其实还比较早。

就在元宇宙这个词诞生(1992年)两年之后,1994年4月20日,中国全功能接入国际互联网,进入了网络时代。"触网"之后,很快就有人开始尝试创作元宇宙题材的故事。

1997年6月,20世纪90年代中国科幻头号天神王晋康的时代名篇《七重外壳》横空出世,为国人献上了当时来说质量极高的元宇宙科幻小说大餐,令读者大开眼界。王晋康笔下那个虚实难辨、迷雾重重的元宇宙世界,淋漓尽致地演绎了著名哲学典故"庄周梦蝶"所提出的"人不可能确切地区分真实与虚幻"这个经典哲学命题(这也是元宇宙叙事最核心的哲学命题之一),震撼和启发了整整一代科幻迷。由于《七重外壳》在读者中激起的巨大反响,这部作品力夺当年度银河奖。

《七重外壳》发表后数月,1997年冬天,杨平的《MUD——黑客事件》创作完成,并于次年4月发表。这篇被公认为二十世纪中国元宇宙科幻小说的标杆代表作,在当年引发了巨大的轰动。它虽未探讨哲学命题,但却异常逼真、活灵活现地描绘了未来虚拟网络世界的具体形态以及新奇独特的虚拟生活方式。后来,无数科幻小说中未来货币的时髦名称"信用点",就是从《MUD——黑客事件》开始流行的。正是《MUD——黑客事件》中描绘的五彩缤纷的奇妙元宇宙生活,令后来的中国首富陈天桥看得热血沸腾,毅然辞掉证券公司的优越工作,走上了创业之路,全力建立、经营"网络迪斯尼"盛大网络公司,开始了他的网络帝国传奇。开创传奇的《MUD——黑客事件》自然也被当年的银河奖所青睐。像《MUD——黑客事件》这种将叙事重心完全放在光怪陆离的元宇宙中的科幻故事,其实才是最"本格"的元宇宙故事,本书中只有《玻璃迷宫》和《橙色倒数》也属于这一类型。《玻璃迷宫》以扣人心弦的年轻黑客单枪匹马闯入元宇宙的冒险历程为线索,逐步发掘出一个骇人听闻的可怕阴谋,揭示出生物电脑技术与元宇宙结合,将可能出现多么惨绝人寰的噩梦……而《橙色倒数》则返朴还淳,描绘了一个与现实世界一样的奇特元宇宙,但却依然有很多人热爱这个并没有美梦的看似乏味的元宇宙,在它即将毁灭之时竭尽全力想要拯救它。也许,只有在这种奇特元宇宙中从容生活并经历过它的毁灭之后,人们才会更加热爱我们的现实世界。

《MUD——黑客事件》获奖之后,正值创作巅峰期的中国科幻鬼才韩松,在90年代末互联网狂潮的汹涌浪涛中陶然挥笔,一气呵成名作《无名链接》,力透纸背地展现了他对当时还非常遥远、只能望见模糊身影的元宇宙的观察与思考。尽管在2000年那个网络游戏都极为原始的年代,韩松还在用"网站"来具象化元宇宙的形态,文中人物还在"拨号上网",但他对元宇宙与现实世界复杂关系的深刻思考，以及对未来生活在元宇宙中的人们情绪情感状态的准确把握，都令人废书而叹。二十年过去了，现在能与之比肩的作品也寥寥无几。

上述三篇中文互联网初始时代的优秀元宇宙杰作，证明了中国科幻作家强劲的想象力与洞察力，若不是中国进入网络时代比较晚，中国科幻作家肯定能更早就创作出堪与比肩《雪崩》《真名实姓》的元宇宙科幻经典杰作。

随着中文互联网的飞速发展，元宇宙的面目也日益清晰。2007年发表的《洪荒世界》，就全方位立体呈现了中国科幻作家对于元宇宙的恢宏想象与独到理解，极为形象生动地展现了量子元宇宙栩栩如生的面目。在江波笔下，未来量子时代无数量子胞所构成的那个无边元宇宙，对人类的命运产生了极其重大的影响。不过，江波对元宇宙出现之后人类命运的看法，却与刘慈欣截然不同。在《洪荒世界》后续的故事中，元宇宙的蓬勃发展并未阻止人类进军星辰大海，相反，两个世界互补有无，互相提携，加速进军宇宙，元宇宙的存在反而加快了人类奔向宇宙的步伐。

对此我也颇有同感，元宇宙技术确实能为太空事业所用，比如《夺魂者》一文中所展示的义体技术，便能极大地助力太空航行。小说中的那些义体只是仿生机器人，但升级一下完全可以换为一艘宇宙飞船，人们远程操作自己的义体飞船，还怕什么陨石流星、黑洞、超新星、宇宙射线？反正出了事大不了损失一个义体，本尊毫发无伤，太空航行的风险几乎降为零，这种时候的太空货运物流，可能重点突出效率第一，而安全不再重要，从而变得极度繁荣活跃；只要有钱有能量，像刘慈欣那样的钢杆宇航迷，便能操纵义体飞船肆无忌惮地冲击宇航极限，疯狂探索深空星域……科技本无善恶，只要人类运用得当，元宇宙科技也能为太空事业力添虎翼。

《洪荒世界》大气磅礴、纵横未来，可谓是气吞山河的全景式大文章，探讨的是人类的命运。但也有不少元宇宙科幻小说从小处入手,描绘我们的生活,细腻精致地剖析元宇宙对人们未来生活方方面面或大或小的各种影响。

宝树的《超时空同居》讲述了利用元宇宙的核心:虚拟现实技术,一对情侣如何超越空间与距离,真正实现古人"天涯若比邻"的渴望,以及依靠元宇宙强大的义体技术将自己所爱的人从死神手中抢回来的奇妙故事,展现了元宇宙温情美好的一面。

顾适的《时间的记忆》,也演绎了一场元宇宙技术加持之下刻骨铭心的超越时间的忘年之恋。或许,在未来元宇宙技术真正成熟的年代,"君生我未生,我生君已老,恨不生同时,日日与君好"将不再是唐朝人的千年遗憾,那时候,与百年之前的昔人相遇、相识、相知、相惜,进而相依、相恋、相爱、相守,将成为人间寻常事……

相比上述两个故事的阳光美好,《山民纪事》毕竟出自比刘慈欣更早出道的杨平之手,杨平以饱染烟火气息的笔调,讲述了一个沉迷元宇宙科技的技术男最终不顾一切迷失在元宇宙中的沉重故事。从杨平和宝树、顾适这两代科幻作家的对比就可以看出,上一代科幻作家和年轻作家之间看待元宇宙的看法和情绪明显不同。看完《山民纪事》,我们或许更能理解刘慈欣为什么极少创作这类故事。

《演艺》也描绘的是元宇宙对生活的影响,它所演绎的,只是元宇宙早期的过渡性科技:虚拟现实头戴式显示设备。这种通往元宇宙的"视觉桥梁",几乎是元宇宙小说和电影的必备之物,似乎没啥文章好作。但作者海杰却看出这种技术升级发展之后,非常危险的一面:当虚拟现实头戴式显示设备发展下去,从单纯的视觉显示演变为情绪情感交互体验,未来的人们很可能懒惰到情感起伏都要利用元宇宙技术托付给演艺高手,但正所谓"身怀利器,杀心自起",当有人发现自己能够左右他人的情绪情感,会不会邪念顿生、作奸犯科?

《演艺》其实隐约意识到了一个被人们忽视的担忧和隐患,这种担忧在《镜中的天空》和《夺魂者》中被浓墨重彩地描绘出来。

一直令人颇为意外的是,当前元宇宙话题热火朝天,无数人关注,关于它的负面影响的讨论车载斗量,却似乎没有多少人注意到一个特别危险的可能性:元宇宙技术对人类"灵魂"的侵蚀。

人类若想真正进入元宇宙,显然必须打破人类的生物大脑与数字世界之间的壁垒,因此,关于元宇宙的终极想象,莫过于"意识上传"甚至人类"灵魂"的数字化。

然而"灵魂"数字化的另一面,就意味着可以被操控,可以被篡改、被删除!人类的意识是最自主、最独立、最不可侵蚀的,从来没有人能真正操控别人的意识与"灵魂"。但是,《夺魂者》一文仅从小说标题上,便能看出这种可怕的危机。由于人类"灵魂"实现了高度数字化,拥有高强数码技术实力的实体组织和个人,就拥有了对其他人"改魂夺魄"的能力。在《夺魂者》描绘的未来星际殖民帝国中,帝国当局和它的反叛者竟然把人民大众的躯体当作了战场,肆无忌惮地操纵经过数字化改造的平民百姓,无所不用其极地展开厮杀对抗,尤其令人感到悚然和悲凉的是,帝国元宇宙技术的试验品因为被删除了记忆,等于其魂魄也被修改了,结果竟然对自己以前的悲惨遭遇产生不了共情,因此也就不能产生对帝国的仇恨与叛逆……而在《镜中的天空》里,大公司为了盗取老科学家的成果,将其"灵魂"驱赶进了元宇宙,日夜逼迫索取,致使死者迟迟不能安息……人类为了真正融入元宇宙而将自我意识全面数字化,我认为其实比元宇宙妙不可言令人迷醉不能自拔更为可怕和危险。

刘慈欣洞隐烛微、高瞻远瞩,他在90年代末创作的《时间移民》,就已经意识到了上述的危险:人类进入元宇宙后,个体"灵魂"不断改变——而且主要都是自愿主动改变的,最终,元宇宙中的全体人类变成了一个巨大的软件……当然,元宇宙中的人最后还是幡然悔悟,将面目全非的地球恢复原状,而上天也留给了人类最后的机会:时间移民。刘慈欣专精覃思、笔走龙蛇,《时间移民》写得波澜壮阔、明月入怀。桑田碧海弹指一挥间,网事如风,元宇宙终究不是宇宙,人类还是回到了大地母亲的怀抱……

相比起来,《湿婆之舞》中的元宇宙,创意最独特,与以上作品都很不同：它不是无机的。有机的生物科技，照样能开创一个元宇宙（我甚至觉得，也许生物科技才是元宇宙最正确的发展方向，因为同样的生物属性，或许很容易就能打破人类大脑与元宇宙之间的壁垒）。而《湿婆之舞》的立意也与众不同，控制着有机元宇宙的人工智能在吞没了大多数人类个体之后，最终却做出了出人意料的选择：它将剩余的人类强行驱进了宇宙深空，而自己则盘踞在元宇宙中闭关自处。在《湿婆之舞》后续的百万字恢宏科幻史诗《银河之心》中，被驱赶到宇宙中的人类终成大器，创建了辉煌灿烂的银河文明；而安居在元宇宙中的人工智能毕竟是人类之子，骨肉相连，处处暗中帮助人类，最终一起联手击败了极为强大的外星种族"暗黑深渊"，拯救了整个银河。《湿婆之舞》内涵丰富，发人深思。或许，人工智能才是元宇宙的原住民和天选之子，人类移居元宇宙只是痴人说梦？或许，人工智能自知自己无法将文明推广到银河系，只有人类可堪大用，因而禁止人类进入元宇宙，竭力驱使人类担当开拓银河的先锋？这些观点都与当前流行的看法截然不同。对于科幻小说而言，要求它必须预言未来而且全部言中，是非常外行非常没道理的，描述形形色色的各种可能性，才是科幻小说最宝贵的品质。

元宇宙这一概念虽为新生事物，问世不过数十年，但其内涵已经日益深厚，非常值得继续以它为核心讲述精彩故事。所有的鼓吹与反对，所有的评判与争论，所有的赞誉与呵责，所有的迷恋与排斥，都围绕着元宇宙日益甚嚣尘上，并将一起构成元宇宙沸沸扬扬的叙事传奇。

眼下各位读者手中的这本选集，收录了笔者精心挑选的自中国进入网络时代以来的十四个元宇宙科幻故事。仅仅十四个故事，自然不可能将方兴未艾的元宇宙的方方面面不遗巨细地尽收笔下。只希望读者们尽兴释卷后，能对元宇宙多加思考，爆发新观点。更希望后来的科幻作者们能冰寒于水，创作出更加缤纷绚丽的元宇宙故事，让大家能尽可能立体全面地观赏元宇宙这一奇妙事物。毕竟，想象力是人类了解未来的最重要的方式之一。

*METAVERSE*

# 目 录

- 韩 松　无名链接 ................... 1
- 杨 平　MUD——黑客事件 ... 15
- 江 波　洪荒世界 ................... 41
- 王晋康　七重外壳 ................... 67
- ［加拿大］孔欣伟　橙色倒数 .... 99
- 尹冰峰　玻璃迷宫 ................... 129
- 宝 树　超时空同居 ............. 167
- 顾 适　时间的记忆 ............. 177
- 叶星曦　镜中的天空 ............. 209
- 杨 平　山民纪事 ................... 245
- 海 杰　演 艺 ................... 261
- 于 岳　夺魂者 ................... 289
- 江 波　湿婆之舞 ................... 323
- 刘慈欣　时间移民 ................... 351

METAVERSE

+

# 无名链接

韩 松

二十世纪的最后几个月,正值创作巅峰期的中国科幻鬼才韩松,陶然挥笔,一气呵成名作《无名链接》,力透纸背地展现了他对当时还非常遥远、只能望见模糊身影的元宇宙的观察与思考。2000 年《无名链接》发表,韩松对元宇宙与现实世界复杂关系的深刻思考,以及对将来生活在元宇宙中的人们情绪情感状态的准确把握,都深深影响了一代科幻读者。

# 一

这天晚上，陈丽梦见神死了。她惊醒过来，掩面放声大哭。

哭过之后，她做的第一件事，便是打开计算机，拨号上网。她一眼看见，神的主页还在那里。页面上有神的头像，还是和她熟悉的那样，神采奕奕，威仪赫赫。

记录显示，在过去的一天中，有十三亿人访问了神界，与陈丽一样，他们都是神的信徒。

陈丽这才松了一口气，然而，梦中的不祥感却挥之不去。

此时是凌晨一点半。陈丽看了看窗外，在一片泛着可疑绿光的夜云中，有一颗星星昏黄惨淡，要坠不坠的样子。

惊惧的女人再也睡不着觉。她打开电子信箱，看见有几封新邮件。陈丽逐一点开阅读。

忽然，其中一封邮件令她大吃一惊。是神的来信！

神在夜深人静时给她发来的信函中说："陈丽，请到我的住处来一下吧，帮我料理一件事情！"

神直接给她写信！陈丽实在不敢相信自己的眼睛。但是，是什么事情他竟要自己来帮忙料理呢？她把信读了又读，感到好像还在做梦。

与神通信，是陈丽梦寐以求的事情。要说起来，在信徒中，她其实是幸运者。

三年前的一天，她在网上遇到了神。当时神不知怎么一个人出来闲逛了，他一看见陈丽，便两眼放光。他暗示她，要与她发生关系。她受宠若惊。

那场刻骨铭心的云雨之欢，是通过电子交感器完成的。在那个奇妙的高潮时刻，陈丽第一次对自己二十六年虚拟生活的可靠性产生了怀疑。做爱时，充斥神全身的骄傲、得意和满足，如同风暴袭来，使她一直像树叶一样颤抖不停。神没有一个地方不真实、不让人崇拜得五体投地。

但也就是那么一次。神再也没来找过她。在过去的三年中，陈丽不再与虚拟教区中别的男人来往，而且变得讨厌他们。她每天给神写一封情思缠绵的信，但神从来没有回信。她对此也很理解。他有那么多信徒，他怎么可能记住每个情人呢？

但现在，他却给她来信了。这就是说，他依然记得她，而且，看来印象很深。

看着信，陈丽哭了。

可是，为什么他要她到他的住处去呢？为什么不就在虚拟世界里相会呢？陈丽的下丘脑中泛起一片密密麻麻的针刺感，以及一种用鼠标反复点击一千次后的迷幻和虚脱。

神在信的末尾嘱咐道："此事不要让别人知道。"

陈丽平生第一次仔仔细细地化了妆，把神的来信打印出来，珍爱地揣在怀中，然后走出了她从未离开过的这间房屋。

## 二

天还很黑，废墟状的城市像死亡巨兽一样蜷伏着，在熊熊燃烧的星光下蒸发着地狱般的静默。陈丽的脚步发出难以置信的空洞巨响。她猛然觉得，这时更像做梦了，这梦好真实啊。她就要像一只蝴蝶，在以真为假的幻境中寻找陌生花香的源泉。

由于第一次接触户外客观世界，陈丽大脑中充满了眩晕的感觉。但一想到神的召唤，她便打消了畏惧。

神就生活在同一座城市中。可是按照信上写的地址，她找了很久，才找到了神在客观世界中的居所。

从来没有人知道神住的地方，也没有人思考过神住在什么地方。在虚拟世界，这是一个不可能被提出来的问题。

但现在，陈丽突然间连答案都知道了。这种情形让她很不安。

神住在城乡接合部一座破旧的六层公寓的顶层，夜空中摇摇欲坠的楼房看上去像随时要从视野中蒸发掉。

陈丽迟疑了一下，便走上楼梯开始爬楼。

这是一栋弃宅，空荡无人。陈丽又感到了梦幻的包围。在夜暗的庇护下，好像有大群无形无状的蝴蝶在周围翻飞。但她没有因怯惮而折返虚拟世界。她持续前进，径直来到神的门前。

陈丽做了一个深呼吸，飘荡无骨的纤手按响了电铃，她一时竟觉得自己的手是从蝶羽中伸张出的幻肢。

让她吃惊的是门自动打开了。她迈入一只脚，里面黑洞洞的像是地牢。

这时，有一个声音说道："灯的开关在右边的墙上。"

陈丽听出这正是神的声音。在网上布道时，他便是这般庄严而沉缓的语调。

神的声音像利剑一样挑破了陈丽的梦幻。但转瞬间她又强烈地觉得，此时自己更像是仍在网络教区中，这是一重更深幽的梦境。她试探着去开灯，灯果真哗地亮了，这出乎她的意料，吓了她一跳。

她看见了一个狭小的客厅。沙发、墙壁具有结结实实的三维感，蒙皮脱落，灰尘厚积，绝非网虫们的故意设置。房间里没有几件像样的家具，而且没人收拾，凌乱不堪。这便是神的家？但她没有看见神。

声音又响了起来："往卧室走。"

她便走了进去。这下，她看见一个男人盖着被子躺在床上。

这就是她朝思暮想的神吗？陈丽顿时热泪盈眶。但她不敢贸然走近，只是伫立原地，双手合十，向床上的人行了一个礼。

但他没有反应。

这时,陈丽闻到了一股令人作呕的气息。

## 三

陈丽抬头看去,发现那男人的脸部已经腐烂了,一条白白胖胖的大蛆正从他微翕的嘴角蠕动出来。

陈丽本能地飞快捂住嘴,把一声惊叫和一股恶心堵了回去。她想起了昨晚的梦。那会不会是神托的梦呢?梦的电子数码信息也许在白天便经由电话线路抵达了,在她上网时,通过电子交感器感染了大脑皮层并潜伏下来,然后,在夜晚定时转换成诱惑人的图像。

声音又响起来:"不要害怕,你过来……"

"您、您要我做什么?"

但此后便没有回应了。原来这是神事先做好的录音。但是,磁带好像不够了。给人的感觉是,神在这件要紧的事情上疏忽了。

这个时候,客观世界的夜晚尚未消逝,整个宇宙都一片荒凉死寂,人烟灭绝。陈丽浑身冰冷。她想,神真的死了,她是他叫来料理后事的。但神怎么会死呢?他又怎么独独叫上了她呢?

对于客观世界固有的荒谬性,陈丽全未料到,措手不及。但既然来到了现场,这些都来不及往下细想了。她眼泪哗哗流着,心咚咚跳着,走上前去,大着胆子端详了一下神。

男人的脸部腐烂得像泥地里被马蹄反复践踏过的一朵落花,已经完全没有了值得女人去追逐的芳香,因此也看不出神活着时长得像什么样子。但约莫可以发现,神的左眼是彻底坏死的,眼窝里面没有眼珠。

陈丽强忍住反胃,肃穆而虔诚地揭开被子,看见他身上还有许多蛆虫在簌簌爬动。肋部和骨盆处已隐约看得见铮然的白骨。神死去已有一段时间了。

神在客观世界中的模样，很让人不安：个子矮小，驼背，两腿一长一短，苍老不堪。

神要是以这种形象出现在网上，连把神界维持一个小时的可能性都没有。这便是虚拟空间的虚伪。在虚拟世界，神是一个肩披黑斗篷、身着紧身衣、肌肉发达、体形高大的青年。他拥有十三亿狂热的信徒。从没有人想过他在神界之外是什么样子，所以呈现在陈丽眼前的，难道的确是以前无人知晓的神的真容吗？

一时间，陈丽怀疑起了这个死人的身份。

但她马上又把这个念头打消了。神的信件在她怀中仿佛正散发出余温。神的面罩后面，其实是鬼魂的真实。陈丽日夜思慕的对象，在两重光影下走完了他的旅程。

陈丽心里明白，神的存在，实在是依附并取决于网络，换句话说，网络才是无所不能的完神。以前，她只是不敢这么去想罢了。神一定比常人更迷恋于这种变幻莫测的身份游戏，痴心于网络替身超越自然躯体的永恒魅力，才以巨大的信念，选择并创立了比人间世界更加合理的神界，把自己不可能的人生转换成了无限的可能。

看着神残破委顿的身躯，陈丽猜想着这个人为获得神的身份曾经历过什么样的磨难、尝试过什么样的奋争，不由对他产生了敬重。这种敬重，与她这些年来作为信徒对神的崇拜之情，略微有些不同。

陈丽感到，神才是一只真正迷失在花丛中的得意蝴蝶。而蝶有时是花，花也有时为蝶，如今，都舞入了鬼魂的暧昧世界。

陈丽失声恸哭，心里盘算着，要不要违背神的旨意，把他的死讯通知所有的信徒？

桌上有一台计算机。她思忖了一下，打开它，拨号上网。

她看见，世界各地的人们正蝶群般疯狂地扑向神的主页。他们眼神迷离，脸色亢奋。他们身世不同，却都如同面前这个死人，拒绝了各自在客观世界里的命定，坚决选择了看来更加真实的虚拟新生。

她知道他们也是花，他们也是蝶，他们的迷乱便是神与她的迷乱，而她和神的喜悦便也是他们的喜悦。她怎么对他们说神已经不在了呢？神作为一种存在已经消失了，这句话，此刻还有什么意义？

## 四

随后，她开始料理起后事。

她首先破解了神的电子信箱密码，发现信箱里面积存了大量邮件，都是信徒们写来的。有一个自动程序，正在有选择地一封一封地回信。这使人感到神似乎仍然活着。

给她的信，是程序昨天写成的。但程序没有给第二个人发同样内容的信。她意识到这很可能是一种随机选定，而与神对情人们的记忆全无关系。这使她略有失望。但因为看到了现实中神的模样，这种失望感，又不如想象中来得猛烈了。

但紧跟着发现的一个情况使她深为不安。

六个月前，神便开始悄悄而频繁地访问一些怪异的网站，而不再更新自己的主页。陈丽怔住了。

神去得最多的一个网站叫"无名"。这个网站，陈丽闻所未闻。神在登录时，用了一个普通人的名字。他选择的形象，也是极不惹人注目的。正是在这个时候，神暂时离别了他一直倾力主持的神界，从光辉灿烂的躯壳中抽身而退，远远躲开了信徒们。

这实在是反常。陈丽意识到，在生命的晚期，神对"无名"的选择，是他内心的一大秘密。

陈丽的好奇心压倒了恐惧，也登录了过去。

她发现，这是一个格外奇怪的网站，与神界的金碧辉煌、喧嚣热闹不同，狭小的主页上没有丝毫人气，没有任何的图像和文字，也没有一丁点儿声频。除她之外，网站中没有第二人；也没有管理者或"版主"之类，更没有像神这样的偶像。网站整个是空空的，仿佛一块废弃的园地，没有了任何用处。

神为什么要频繁光顾这个了无一物的网站？这个网站与神有什么关系？陈丽正在疑虑，突然感到周围起了变化。

主页的界面突然消失了，她坠入了一片无依无托的、说不出颜色的虚空。时间和空间正向各个维度急剧膨胀，刚才还十分狭小的网络世界，转瞬间已是无边无界了。

陈丽吓得想喊叫，却发不出声。她的身体和意识也在一瞬间挥发掉了。什么都没有了，陈丽整个身心都空掉了，但又分明被某种不明不白的东西充满。

这显然是一个全新意义上的网站。它表面的死状后面，隐伏着强大的生命。它带给访问者的体验，是他们在客观世界或其他虚拟世界里都不可能有的。

然而网站的创办者是什么目的呢？好像并没有目的。这是一种难以言传的奇妙存在状态，不需要任何信仰和追求来支撑，任何答案都是无意义的。与神界相比，这里的自由是自足而自洽的。自从与神交合后，陈丽还没有这么飘飘欲仙过。她突然觉得，神界的危机来到了。

但这仅是一瞬。她又有了常人的知觉，并感到十分害怕，忙去按退出键。

可是退出键却找不到了。

这样的慌乱，神是否也曾感受过呢？而神是否正是为了体验此种在神界里无法制造也不可能存在的慌乱，才到这里来的呢？陈丽感到，这已不是她了解和熟悉的神了。

正在紧张时，忽然有亮光在头顶一闪，啪的一声，陈丽不知怎么就退了出来，带着一身冷汗。

她不安地转头去看床上的神。他腐烂的面部，似乎隐隐露出一丝诡笑。

真是一个奇怪的网站!

## 五

根据计算机储存的记录可以知道，神在半年中，访问该网站达一百八十九次，最长的一次，在里面待了七天七夜。像陈丽和教友们毕生狂热地追逐神的灵光一样，神在生命的最后时刻，也迷恋上了他中意的身外之物。

神似乎是无意间发现这个网站的，然后便不能自拔了。这正如陈丽当年在无意中发现神的主页后变得疯狂的情况一样。现在已经知道，神不过是一个普通的网虫。因此，他的自主选择，并不受他公众身份的约束。

神在离开神界而登录陌生网站的时刻，已经确定自己不再需要神的身份，这使陈丽第一次感到了神的陌生和疏远。她猜想，他是否对自己在神界中的存在产生了怀疑和厌倦呢？他迷失在了身份转换的重重迷宫之中。他是在寻找一个新的数码替身吗？神界的危机，已经确信无误了。

陈丽注意到，神对"无名"的最后一次访问，是在一个半月前。此后，再没有了神活动的记录。神界完全交给了计算机自动控制。

紧接着，陈丽发现了一个惊人的秘密：计算机里面留下了神设计的病毒程序。令她难以置信的是，最近那几个差点把神界毁于一旦的病毒，竟然都是神自己制造出来的。信徒们还以为是对神界怀有敌意的科学教派在捣乱呢。

每次在毁灭即将来临前，信徒中的高手便联手把病毒给清除了。神随即又制造了更厉害的病毒。但是，他一个人，怎么是十三亿人的对手呢？每次，神都败下阵来。此时，神无边的魔法，已经从他的身上，无可争辩地转移到了信徒那里。

蝴蝶又一次翻飞了起来，花与虫的影像又一次重叠迷乱了。陈丽想，这种失败，可能使垂暮的神重新体味到了少年时代的自卑。当年，正是这种自卑，才促使他白手起家创立了神界。但是，弥漫在神骨子深处的烦意，却并没有因为他数码修炼的成功而消除，此刻，由计算机显示得一清二楚。神躲在阴暗无人的旧宅里制造病毒，便是一个有力的证据。

晚年的神，在网络上已经不能维系全知全能——他知道这一点终究也会被信徒们窥破的，而客观世界中他的身体状况却也在更加急剧地恶化，这可能最终使神意识到苦心经营的教区到头来不过是一场梦境，从而下定了亲手把它毁掉的决心。但令神难过的是，信徒们却以强大的力量消解了他的每一次行动。

这时，"无名"出现了。神从中看到了新的希望。

既然不能毁掉神界，那么悄悄逃离，总是可以的。

神在重病缠身、无人照料的时刻，在神志不清中，受到与任何一个网站相比都有着惊人不同的"无名"的诱惑，是绝对可能的。神突然发现在那里能为生命找到永恒的寓所，这是不是生活在客观世界中的老年人所特有的幻觉呢？陈丽叹了一口气，像要拒绝什么她不该看的东西，缓缓地把计算机关掉了。

# 六

陈丽再次环顾神的卧室——神修炼和育化自己的洞穴。

房间里充满了霉味和死人气息。因为太潮，墙壁上长满了蘑菇。地板上有几包开了封的方便面，有的已经被啃掉了半拉。有几个干瘪的蟑螂尸体。卧室里除了床和计算机桌外，还有一个小书架，上面稀稀拉拉搁着几本法语书。可惜的是，作者的名字，陈丽一个都不知道。她只清楚，神竟然在非在线状态下偷偷看书，而且看一些莫名其妙的外国书，这要传出去，神的形象肯定会大打折扣。

陈丽接着发现，房间的墙上和地上有一小摊一小摊黄色的结晶斑液，旁边是一团团皱巴巴的劣质手纸，仿佛是几年前的了，却没有最近的遗留物——是神已丧失了能力，还是他已然厌倦？陈丽想，三年前，神是否就是在这间狭小的卧室中与她发生关系的呢？他还与多少女信徒发生过这种虚拟的但感觉跟实境一模一样的关系呢？这斑液、手纸，与书架上的书籍，构成了一种充满冲突的和谐。陈丽脸红了，并且在极度羞惭中，燃出了一丝莫名而隐含的愤怒。

她再度转眼去看床上的神。透过他斑驳网罟一般的恶臭皮肤，以及粘满尘屑的肮脏体毛，还有老鼠一样的龌龊体形，她仿佛体味到了神死前的痛苦挣扎。

一度充斥着神全身的那种风暴般的骄傲、得意和满足，其实是多么的短暂呀。神其实是多么的可怜和无助呀。这个时候，陈丽发自内心对神的谅解、同情和钦敬，再一次压倒了其他感觉。

神就像一只完全凭借自己的力量正在艰难钻出茧壳的蛹虫一样，已经看到了新的存在形态就在眼前，却对自己即将化蝶的命运，虽然做出了选择，竟终于不能把握在手中。他的身体实在是太虚弱了。在"无名"中待上七天七夜，大概已是他体力的极限了。客观世界铁的规律，在最后一瞬间重新主宰了航行方向，而虚拟存在那诱人的千万种可能性，终被证明是过眼烟云。神带着满腔遗憾而去。

但这真是"最后"吗？

陈丽黯然离开了神的住处。

自此后她便再也不能心神平定。因为，神要她办的那件事，她还没有办。她不知道是什么事。但那绝对不是单纯地处理神的尸体。

## 七

　　此后的一年中,陈丽和其他信徒一起,仍每天登录死人的网页。由于陈丽守口如瓶,信徒们无一人知晓神的亡故。

　　信徒的数量在继续增加,不久后突破了十六亿。但此时的陈丽已与普通信徒不同。在她心中,隐隐约约浮现着神曾经登录过的那个奇怪网站。她记得在那里体验到的神秘、狂喜和慌乱。

　　陈丽曾试图用自己的计算机连接,但计算机每次都显示说:找不到该网页。这有形的网站,却似乎是"无"!所以,"无名"到底是什么?它究竟存不存在?它是否是一出更深幽的梦境?这似乎成了一个比神的死亡还要严重的问题。

　　一年后的一个晚上,陈丽又做了一个颇富预示性的梦。醒来后,她虽然不记得梦的具体内容,却知道要直奔神的住处。

　　在那里,陈丽看到神已仅剩一副晶莹剔透的骨架了,十分的干净和精神。讨厌的气味也已消散殆尽。

　　她没有眷恋神的新模样,而是径直打开了他的计算机。

　　她非常轻松地连接上了"无名"。随后,她发现,这个网站是没有注册过的,是根本不存在的,怪不得用一般的计算机上不去呢。

　　但是为什么神的计算机却能连上呢?神毕竟也是个普通的网虫啊,而这台计算机也没有什么特别。

　　这的确是梦境中才会出现的典型情况,却具备梦境所没有的精致和神奇,像是有神秘的人做了手脚。因此这又让人万难相信它是梦境,因为梦境总是太粗糙、太潦草了。但反过来,你一旦打定主意要拒绝认同它的虚幻,它的虚幻感也便突然地自动加强起来,使陈丽搞不清楚自己是醒着,还是在做梦;是在做梦,还是在被人梦。

她无端地烦起来，于是为自己的人生所遭遇的不明不白，寻找出了一个聊胜于无的解释：也许，要像神那样极度衰弱、身心孤绝、对自己亲手创造的世界彻底失望的人，才能用心灵感受到那陌生网站的"妙有"吧。难道这正是神的计算机能够连接上"无名"的真实原因？计算机既然是神身体的奇妙延伸，难道不也会成为他心灵的忠实替代吗？与"无名"的相遇，仅是一次心与心超时空的邂逅，结果却是无意间使这一台机器挣破了数码与物质存在的双重锁链。计算机于是取代神成了这起事件的下半场主角，在主人死去后，自作主张给陈丽发来邮件，好把这场游戏继续下去。

陈丽在网站中走走停停，忽然产生了在一个大脑宇宙中漫游的感觉。她先是大悲大喜，继而又心如止水。这时，头顶的无源光芒突然一闪，她顿然悟到，不是先有了计算机和网络，然后才有了这个网站，而是恰恰相反。被亿万年梦幻蒙蔽的真相便是，本星球所有的计算机和网络，甚至还有别的东西，包括神本人在内，都是这个神秘网站的产物！吸引神以及他的机器的，恐怕还是无名链接所暗示出的终极性吧。

神在死前六个月发现了这个秘密。他也察觉到了，把拯救自己的希望依托于看似虚无其实却很是实在的网络世界，是一种低级和无趣。

## 八

陈丽接下来做的事，是把这个无名网站作为友情链接，附在神的主页上，提供给其他的计算机。她认为，这大概才是神要她去料理的那件后事。

一开始，大家都没有注意到这个新的链接，后来，慢慢就有好奇的人来点击了。

第一个访问者是一个五岁的男孩。

然后,是一位寡居的老妪。

第三个人是一名吸毒者。

第四个人是……

访问人数呈几何级数增长。

不到一个月,神界便崩溃于一旦,如同它多年前的建立一样突兀。这是任何一种计算机病毒都无法做到的。

又过了一个月,地球上的人们,都感到大脑深处的隐秘部位一抖闪,而全世界的计算机,都感到一束神奇的光线落在了芯片上,便与一种十分遥远却又分明近在咫尺的东西建立起了联系。这种东西以前谁也没有在客观世界或虚拟世界中见到过,所以没有一个人、没有一台计算机能够用各自的语言去形容它到底是什么,但是大家都陶醉了。

这时,陈丽痴痴地坐在神的计算机前,通过屏幕的多重梦幻反光,看到床上尸骨的一个大脚趾动弹了一下。

亿万只蝴蝶又开始翩翩起舞了。

METAVERSE

+

# MUD——黑客事件

杨 平

1997年冬天,杨平的《MUD——黑客事件》创作完成,次年4月发表。这篇被公认的二十世纪中国元宇宙科幻小说的标杆代表作,异常逼真地描绘了未来虚拟网络世界的具体形态以及新奇独特的虚拟生活方式,发表后引发了巨大的轰动,荣获1998年度银河奖。

这个世界只有256色。

我一边前进，一边暗自后悔。

几分钟前，我从一个叫"口条"的家伙那儿得知这个地址，而十分钟前，我才刚刚认识这个家伙！他把这里说得天花乱坠，仿佛三级世界里没有比这更好的地方了。

"我不能告诉你具体怎么好，因为保密权的关系……你知道的。"他神秘兮兮地对我耳语道，还把心掏出来给我看。

我一见那心做得很精致，便对他有了些信心，同意到这里来看看，当然他也得到了10个信用点的酬报。

在这个社会中，什么都是要酬报的。

谁知竟是这么个破落的地方。眼前是一望无际的棕绿色土地，天是蓝的，没有云，天地交界处只是由三级色差连起来。见鬼！一个在MUD[1]中只混了半个月的人也能做得比这好得多，我决定向MWA[2]投诉那个家伙。

现在，既然已经来了，还是四处看看吧，万一真有什么好玩的东西呢？

地平线上出现了一个点，并迅速长大成为一所房子，就像一般小康之家都有的那种两层多窗式的住房。

我走到门前，转了转把手，没有任何反应。

周围没其他房子，好玩的东西一定在这里。我抬头看了看，这个房子有烟囱，可以飞上屋顶，从烟囱里进去。

于是我打开飞行器。

<这里不许飞行！>一个窗口弹出来，吓了我一跳……不过我已经有点习惯了。

我迅速绕了房子一圈，没有什么可攀缘的地方，窗户也打不开。我又回到门口。

---

1. 多用户地下城，网络游戏的最初形态。
2. MUD巫师协会，小说假想的MUD管理机构。

突然，我注意到门旁有个花篮，花瓣清晰可辨，在这破落的世界中出现如此精致的设计，肯定暗示着什么。

指令——从花篮中获取一切。

"你得到一把钥匙！"

太简单了！

我用钥匙打开门，里面是客厅，有沙发、地毯等一般的家具，有楼梯通向二楼，没有其他人。

我走到屋子一角的电脑前，按了一下像是开关的东西。

"你好，星猩。有什么烦恼吗？"一行英文出现在屏幕上。

咦？它居然知道我的名字。这似乎是个心理咨询的地方，这就有点儿意思了。

"我很沮丧。"我说。

又是一个窗口弹出："用户错误35：使用非法频道。"

哦，我忘了这里是没有语音的。于是我把键盘拉出来，输入："我很沮丧。"

那机器装模作样地响了一阵，出现了一行字："在二楼尽头的屋子里，你能找到治疗的良药。"

玩什么玄虚？我顺着楼梯上到二楼，看到了楼道尽头那扇紧闭的门。此刻我打定主意了，如果还需要什么鬼钥匙才能进去，我就立刻离开这里。我的耐心已经快没有了，再折腾我就当那10个信用点白扔了算了。

门很容易地打开了，里面一团漆黑。我犹豫了一下，迈步走了进去。

"这里是太空。你没有保护措施，处在很危险的状态中！"

天啊！我赶紧转身想回去，但是门刚好关上了，我只来得及看到那明亮的楼道被星空盖住。

"你的血管开始迸裂。"

表示生命力的绿色条不断缩短，我惊慌地扭动着身躯。

"你的大脑严重缺氧，神志开始模糊。"

色条越来越短，变成黄色、红色、亮红色……

"不！"我大叫。

<用户错误35：使用非法频道。>

几秒钟后，眼前出现了我在太空飘浮着的、僵硬的尸体。

一个窗口弹出来，一行红色的大字：<你死了……>

我傻在那里。

伴随着一阵哀伤的音乐，我返回了系统的主画面。系统显示：

<你刚刚死亡，用户账号被取消。请向MUD巫师协会（MWA）申请新的用户账号。地址：newuser.useraccount.mwa.mud.>

我一把摘下头盔，扔到一边。妈的！见鬼！我暴怒地在屋里走来走去，把所有碍着我的东西都踢到一边。这怎么可能？我还从来没死过！我所有的东西，我拥有的世界，全丢掉了！

重新申请一个账号倒是不麻烦，然而获得私人住所及构造世界的权限要半个月，我怎么能忍受这种等待！

我倒在床上，点上一支烟，望着斑驳的天花板。外面，喧嚣的都市在这夜半时分已经安静下来，不知哪里传来低沉的嗡嗡声，更衬出夜的寂静。

我冷静了一点，开始分析这个事件。

首先，那个世界的构造者违反了MUD公约，没有在可能对玩家构成生命危险的区域设置警告。

其次，那个什么"口条"很有问题，可能他曾经在那里死过，想拉一个陪死的。

我可以向MWA投诉那个构造者，从而获得赔偿，也许是几千个信用点，好的话可以被判为非法死亡，从而恢复我以前的数据。

至于"口条"嘛，我会想个办法治他一下。毕竟，我是MWA的初级实习巫师，修理一个普通玩家还是不难的。

想到这里，我从床上爬起来，再次戴上头盔，联入网络。

我知道，MUD的管理非常严格，不允许巫师利用特权做任何违反公约的事。因此，虽然我认识很多巫师、大巫师，但我还是必须按规章申请账号。

我来到账号申请节点，系统要求输入申请的账号名，我填入：星猩。

系统显示：<此账号已有人使用，请另取一个。>

什么？难道我的账号没有被删除？

我赶紧连接MUD系统入口，输入名字"星猩"，系统询问密码，我输了进去。

<密码错误！>

不可能！我又输了一遍，还是不对。

在第三次尝试失败后，系统自动切断连接，并显示：<不要尝试侵入他人账号，这不好。>

我很沮丧。

没办法，我只好登录了一个新账号。只要能进入MUD，就可能找到我的朋友，看看他们有没有什么办法。

第一个世界是鲜花广场。这是新玩家必经的地方，有很多卖东西的，包括各级世界地址表、语言转译器、飞行器等。

作为一个新玩家，我有100信用点。我买了一个转译器，地址表对我没有必要，我脑子里就记得很多，飞行器太贵，要240点，以后再说吧……

我沿着嘈杂的街道向前走，不理会那些缠上来的乞丐。有意思，几天没来，这里又增加了一些蜜蜂。它们嗡嗡叫着，在周围飞来飞去，有几次还差点儿撞到我脸上。

在广场的东北角，有一个巫师云集的酒吧。我走进去，看到"乳猪"正在和其他几个巫师聊天。

"嗨！"我打了声招呼。

他看看我，笑了笑，没说什么。

"我有麻烦了，'乳猪'！"我在他身边坐下。

他向我转过身来，问道："你认识我？"

"当然!"我突然意识到,由于我使用了新账号,他认不出我来。

"我是星猩。"我大声说。

他似乎没有听见,停了一下,继续和其他人聊起来。

我站起来说:"我是星猩!我有麻烦了,你一定要帮帮我!"

他向我一挥手,一股白光骤起,将我罩住,眼前一片光亮,接着又是一片漆黑。

系统显示:"你昏倒了……"

昏倒期间我什么也不能做,什么也看不见、听不见,只能静静等着。

过了一会儿,我醒了,发现自己在一个陌生的房间里,周围是许多裸女的画像,"乳猪"在旁边看着我。

"你干吗?"我不满地说,"这是你的住所?个性表现得太过分了吧?"

他看着我,问道:"你真的是星猩?"

"当然。我知道你曾用特权偷过一个二级世界的源码。"

"我有授权。"他强调说。

"对,但那授权是在你偷到手之后补办的。我陪你办的。"

他举起一只手,又缓缓放下,说道:"你确实是星猩。"

"放心,我不会举报的。"我安慰他,"毕竟当时我也做了伪证。"

"你知不知道拥有两个MUD账号是非法的?"他严厉地说,"若不是我刚才及时把你打晕弄过来,那几个巫师很可能会举报你,你的前途就完蛋啦!"

"我已经差不多完蛋啦!"我烦躁地说,"我的账号被别人占了。"

随后我把发生的事详细地讲了一遍。

"你是个经验丰富的巫师,"最后我说,"这种情况下我该怎么办?"

他没有马上回答我,而是一动不动地盯着一幅裸女画像。

过了一会儿,他冲我一笑,"你应该设定为不死之身。"

"不错,我很笨,可你能想个办法吗?"

"首先，这是一件有预谋的侵入事件。你想想，什么情况下一个人的账号会被占用？"

我思考了一下，说道："要么是有人猜出了我的密码，要么是……他在我死后抢先注册了这个账号。"

"对。要猜出一个人的密码是很困难的事，就连MWA中的高手都不能保证每次都能得手。于是，最好是先把一个人在MUD中弄死，然后在那人重新申请账号前的间隙抢占该账号。你看，很明显，有人对你的账号感兴趣。"

"我有什么特别的？"我大惑不解，"我又不是网上的名人。"

"你总有让他们感兴趣的地方，也许，他只是拿你做个试验，看看这种方法是否可行。也许……"他顿了顿，突然大叫一声，吓了我一跳，"我知道了！"

"什么？你知道什么？"我呆呆地看着他。

他没有马上回答我，而是两臂一分，就在空中分出一个窗口来。然后他掏出个键盘，开始急速敲击。

"你看，"他把窗口向我转过来，"你是初级实习巫师，应该知道一些MUD管理上的事。这是MWA账号管理系统的文件下载记录，我们可以查看有谁曾经下载过文件。"

"你是说……"

"这是MUD的一个漏洞。天啊！我们曾经发现过，但没有人把它当一回事。MUD的巫师账号都在文件中有记录，它没有更多的内容，只是说明那个账号的权限是什么。比如你，在文件中是这样记录的：星猩（初级实习巫师）。当你进入MUD时，系统会查找你的权限记录，发现你是个巫师后，才会给你一定的特权。"

"听起来很合理啊。"

"问题在于……问题在于，当一个玩家死后，系统不会自动在权限文件中删除相应的记录。因此，当这个账号重新申请后，申请人就自动获得了巫师权限。你的账号，"他严肃地说，"就是这种情况。"

"真是难以置信，MWA怎么能容忍这种大漏洞存在？"我感到了问题的严重性。

"一方面，这是历史上遗留下来的。在早期的MUD，在那个各自为营的MUD的蛮荒时代，系统就是如此设计的，因为那时一个玩家死去，系统并不取消账号，而是降低玩家的各项指标，除非玩家自杀，否则不会出现这种危险；另一方面，现在一般的巫师都可以把自己设为不死之身，不必担心账号失控。即使有像你一样没设定不死特性的巫师，从死亡到重新申请账号的这短短时间内，正好有人申请同样账号的可能性极小，所以MWA对此毫不在意。可现在……嘿嘿……"

我还是尽量保持乐观，说道："我只是个初级实习巫师，侵入我的账号有什么用？"

"你看！"他指着窗口，上面显示着最新的几次文件下载记录。在倒数第三行，赫然记着：

&lt;/imm/etc/passwd&gt;102.36.64.234.7.190.111.1

by 星猩 11/03/2097 16:24:55 GMT

也就是说，一个叫星猩的巫师刚才将存放密码的文件下载到了一台地址为102.36.64.234.7.190.111.1的机器上。

"这又怎样呢？"我不以为然地说，"我听说文件中的密码都是经过加密的，看上去只是一组不规则的数字而已。"

"是的，但我还听说，如果有合适的工具和好机器，就可以在半个小时内算出这个文件中指定账号的密码。如果这是真的，大约有几百个实习巫师的账号都面临被侵入的危险。"他冷冷地说。

我听得心里一惊，急忙问道："那怎么办？"

"好在你的权限只能获取实习巫师的密码文件，而且实习巫师没有权限修改系统模块部分。这样，我们可以保证正式巫师、大巫师、天神、大天神的账号安全以及系统的安全。除非……天啊！"他发出一声哀叹，又在键上急速敲击起来。

"不得了！"片刻之后他大声叫道。

我无助地看着他。

"三分钟前,有个四级实习巫师被提升为正式巫师。这样,如果他侵入这个巫师的账号,就可以看到所有正式巫师的密码文件,就可以非法修改系统了!"

我快哭出来了。

"走!我们去找这个巫师!"乳猪一只手快速地在空中点了点,另一只手把我抓了起来,我的眼前一阵黑……

眼前再亮起来的时候,我发现自己在一座宫殿中。

这是一座融合了东西方风格的建筑,墙上不断变幻着图案,犹如彩色的喷泉。大殿正中是现代MUD之父——"不在乎"的全身像。

大约五十年前,"不在乎"创立了MUD系统的一体化标准,使原来分散独立的各个MUD联结起来,成为现在涵盖全球的互联网虚拟世界——现代MUD。几乎在各个地方,都可以看到他的尊容。没有人确切地知道他的真实身份,但有无数关于他的传说,甚至还有人声称他至今还活着,正使用另外的身份四处游荡(账号"不在乎"已被永远保留起来,禁止使用)。

"这是什么地方?"我问道。

乳猪摇了摇头,说道:"我也没来过,这里好像是个秘密的一级世界。我刚才只是发出指令,移动到那个巫师所在的世界。"

一条半人高的毛毛虫从大厅的一角钻出来,旁若无人地从我们面前爬过,身后留下一摊闪闪发亮的液体。

"NPC[1]?"我问道。

乳猪不置可否,走到塑像前。"见鬼!"他低声骂道。

"怎么了?"我诧异地问。

"我没有权限查看这个世界的秘密!我居然没有权限!"他愤怒地向那座全身像发出一股紫色的光,哧的一声穿体而过。

"这他妈的是什么鬼地方?"他大概是自尊心受了伤害,摆开架势,

---

1. 非玩家角色,指的是游戏中不受真人玩家操纵的游戏角色。

开始大施法术。火焰啊、闪电啊什么的在他周围忽隐忽现，伴随着轰鸣和他得意的狂笑。

我悄悄退到大厅边上，在一个巫师发威的时候，最好离他远点儿。我想起自己以前在一般玩家面前卖弄法术时的无限风光，不禁颇有些伤感，命令自己流了几滴泪。

那只骄傲的毛毛虫又钻了出来，从烈焰围绕的乳猪旁边慢慢爬过。我清楚地看到火舌包住了它，然而没有造成任何损害，它仍然一拱一拱地向前爬着。

我脑中灵光一闪，大喝一声："停下！"

"你是说我吗？"乳猪和毛虫同时转头对我说，不同的是，乳猪面目狰狞，而毛毛虫一副憨厚可爱的样子。

几乎是立刻，乳猪把杀气腾腾的脸转向毛毛虫，吼叫道："你是人？你就是那个刚提升的巫师？"

"当然。我的名字叫'幼蝶'，当然就是毛毛虫了。猜都不用猜，脑筋稍稍转个弯就能知道。你怎么好像是恍然大悟的样子？"幼蝶淡淡地说，随后又转向我，"什么事啊？"

"你还是你吗？"乳猪又羞又怒地问了这么句没水平的话。

幼蝶没理他，继续冲我说："你怎么到这里的啊？"

"是他带我来的。"我一指乳猪，"我们有事找你。你的账号可能会遭到入侵，最好换个密码。"

乳猪通过耳语频道骂了我一句："笨……你怎么知道他一定不是侵入你账号的那个人？不要告诉他所有的事！"

"不要交头接耳。在这里我是主人，我能听到所有频道的信息。"幼蝶一边说，一边盘成一个圈，器官在半透明的皮肤内蠕动，真是非常精细！

我指了指周围，问道："你是这里的构造者？"

他点了点粗大的头。

"很漂亮啊！"我由衷地赞叹道。

他笑了一下，这是我有生以来第一次见到会笑的毛毛虫，"谢谢。

它确实花了我不少精力和时间……"

"你是怎么……"乳猪迫不及待地插进来,但被幼蝶不客气地打断了:"即使在MUD中,保持礼貌仍然是必要的。我和你说话了吗?你是个巫师,怎么这么不注意?现在的世道……"

我莫名其妙地对他产生了好感,不顾"乳猪"的阻拦,将事情经过简略地讲了一遍。

"这好办,把他杀了,你再抢回来,不就行了?"幼蝶微笑着说。

"你以为那人会没做准备吗?他一定把自己设定为不死的了!这都想不到,哪个笨蛋把你提为巫师的?"乳猪愤愤地说。

幼蝶微微一笑,掏出张卡片交给我,说道:"我没空陪你去冒险。如果你发现了那个冒牌货,冲这卡片叫一声我的名字,我就会出现的。"

"谢谢。"我把卡片收起来,"顺便问一下,你怎么弄的?连巫师都没有权限看到这里的秘密?"

他放声大笑起来,"MUD并非是个密不可破的系统,世界上根本没有毫无漏洞的系统!再见啦!"说完,他一拱一拱地消失在大厅尽头。

"什么啊?做出一副世外高人的样子……"乳猪大不以为然。

"我们走吧。"我说。

他一只手把我抓了起来,我眼前又一阵黑……

鲜花广场。

"再见了!"乳猪对我说,"我要和其他的巫师商讨处理的办法,还要查一下那个地址。你现在是普通玩家,不能参加。"

我点了点头,和他拥抱告别。然后我独自四处转了转,想看看能不能碰上口条。

可我转了一个多小时,还是一无所获,不禁感到自己很无聊,干脆退出系统,回到破落的房间。

深夜,隐隐有凉意。我用手搓了搓脸,收拾好电脑,关上台灯,站起来走到另一间屋子。这里只有一张床和一张桌子,墙上贴着印花墙纸。我向前走了几步，又改变了主意，返身来到厕所，进门的时候差点儿被一块剥落的墙皮砸着。

镜中是一张形容枯槁的脸。液体下落的弧线非常优美。冲了马桶看水流。我估摸了一下感觉，趴在马桶边缘吐起来，直到再吐不出什么。泪眼模糊。世界在旋转。

我漱了漱口，回到卧室，盯着床发了会儿呆，慢慢爬上去。她背对我躺着，已经睡着了。她不像是真的，虽然这里是真彩色。我放弃了想她是谁的努力，伸出双臂从后面抱住她，听着她轻柔的呼吸，把头埋在她的发间。

她的身体光滑柔软，充满芳香。

墙上有团亮斑，每次睁眼，就移动一段距离，我一直睡到它爬到拐角处才决定起床。

她已经走了。我爬起来，在初醒的懒散中掀起窗帘的一角，下面，外面，另一种世界，喧嚣的世界。

匆匆吃了点东西，我坐到电脑前，还有工作要做。每天，我要处理近百封关于Conix系统的技术查询信件，而每月初，我的银行账户上就会增加两千块钱。按外面世界的说法，我是个"线虫"，就是靠数据线生活的生物。在地球上，有数以亿计的人过着和我一样的生活。

我们足不出户。

今天信很少，只有不到三十封。中午12点23分，我处理完了所有的信件，准备洗把脸清醒一下，然后进入MUD。

当我走到厕所门口的时候，突然听到电脑在响。有紧急信件！

我冲回桌旁，迅速打开信箱，输入密码读取信件：

亲爱的××：

我们很遗憾地通知您：由于多用户地下城（MUD）系统受到来自不明力量的破坏，MUD巫师协会（MWA）做出决定，将于2097年11月4日GMT5时30分关闭地球部分所有27个主服务器、2078个辅助服务器，并建议各地区关闭自设的三级服务器。

系统关闭会造成如下后果：

（一）您所有的通用数据和非通用数据将会清零。

（二）您的信用点将被清零。

（三）您所有随身携带的或存储的物品将会丢失。

（四）您构造的所有非法世界（如果有的话）将会消失。

（五）所有三级及三级以下世界将会消失。

（六）您的账号将根据情况决定是否保留。

为了将损失减少到最小程度，我们建议您将自己构造的世界（无论合法或非法）做必要的备份。

MUD中的所有巫师正全力追查破坏力量的来源，检查受破坏的程度，寻找修补的方法。我们希望能在近期重新启动系统。

对于这次事件给您带来的损失，我们深表歉意。

M.W.A

11/04/2097　04:20:47 GMT

我的汗一下子冒了出来。系统要关闭了！MUD系统自2045年正式运行以来，从未关闭过，其登记用户达四十多亿，日常在线人数一直在十亿以上。毫不夸张地说，MUD对网络，以至对现实社会都有不可忽视的影响！

而现在，它要关闭了……

一定要去看看！我戴上头盔，联入MUD。

鲜花广场，一片末日般的混乱。几个人在殴打一个美丽的女孩。不知怎的，蜜蜂从飞行变成了在地上乱爬，这里一定也受到了攻击。耳边传来连绵不绝的女声哼唱。一个牧师模样的家伙在广场上演讲。天空不断变幻着色彩，显示着各种文字。几只袜子兴高采烈地在人群中穿梭。

我漫无目的地四处走着,不知不觉来到了那个牧师身旁。

"这是真实的世界!"他激动地叫着,"这是比真实世界还要真实的世界!我们不能没有这个世界,我们不能接受它要关闭的决定!"

说得好,我点点头。

他更激动了,转向我,大声说道:"你知道为什么吗?你知道为什么我们如此需要这个世界吗?不,你不知道!我从你脸上看出来了!我来告诉你,这是人类必然的归宿,这是自耶稣的血在十字架上流淌以来就已经确定的归宿!

"数据!信息!这些是什么?是无聊的消费品吗?是可有可无的吗?不!现在,在我们生活的时代,这些已成了生活必需品,成了和食物、饮水、房屋、衣服一样的必需品!一个人没有信息是无法生存下去的,正如他不能离开空气!

"有人告诉我们这是虚幻的世界,他们称此为'虚拟现实'。他们不知道,他们没想过,现实世界和这个世界有什么区别?离开电脑网络,我们能生活吗?在这里,我们有与外面世界不同的生活,不同的人生,不同的历史。外面世界有的一切,这里都有。他们凭什么断定那个世界是'真实'的,而这个世界是虚拟的呢?"

我走开了。

穿过惊慌的人群,我来到以前自己的办公室前,这是MWA为实习巫师分配的房子。当然,原来我有自己构造的世界、自己设计的住所,但在死后都自动取消了,而我笨到没有备份。

谁知道世界会重新来过?

办公室的门开着,我信步走了进去,向几个NPC前秘书点头致意,这多少是种自我安慰。

我推开里屋的门,看见了他。

虽然他没有显示名字,但我立刻知道了他是谁。

"你好,星猩!"我说,同时四处看看还有没有别人。

他一惊,马上镇静下来,回答道:"你好,'前星猩'!"

"你为什么这么做?"我冷冷地问。

"你已经看到了，难道你没有收到系统关闭的通知？"

"为什么？我要知道你为什么要毁灭这个世界？"我克制着满腔怒气，用尽量平静的语气问道。

他居然无耻地冲我微笑了一下，"你的权限不够，我不能告诉你。"

我快被这家伙气疯了。定了定神，我说："你杀了我，还抢了我的账号，我有权知道你是谁，为了什么做出这种事？"

他望着窗外变幻的天空，读着那些写在天上的字，装模作样地掏出一支烟斗，变成了福尔摩斯的样子，吞云吐雾地说道："坐下吧，孩子。你说得有理，我来告诉你。"

我想了想，坐下来。地板自动升起一把座椅，看来他对房子做了些改进。

他吸了口烟，慢条斯理地说道："你一定很想知道我是谁，也很想把我杀了。其实，这大可不必，你只是我们计划的一个起步环节而已，你所遭受的损失和整个系统相比，微不足道。如果你实在不能接受这个事实，我可以把账号还给你，还可以随你意愿改变你的数据，让你在剩下的半个多小时中过一把瘾。

"我是'黑客洞穴'的成员，怎么，不知道？你当然不知道。实际上，除了这个组织的成员和几个重要人物外，没有谁听说过。然而它对全世界的黑客具有举足轻重的影响力，整个黑客的理论、技巧、工具无不受它控制。这个组织的成员都是黑客中的绝顶高手，是黑客的精英……不，我不是在自夸，我是在陈述事实。

"你想想，一个黑客要干什么？他的目标只有一个，侵入其他的系统。但是，在黑客中也有毛孩子，他们只能侵入一些简单的系统，偷偷看人家的信啦，在别人的桌面上留几句话啦，诸如此类。然而作为一个黑客的最高级组织，我们不会去做这些可笑的事。开始，我们只是整理资料，研究更新更快的破解技术，维护黑客社会的秩序。慢慢地，我们发现，如果集合大家的力量，就有可能侵入以前没有人侵入过的系统。不，别问我为什么要干这种事。这是一个黑客必然要去做的事，它已经深深浸入到我们的血液中，就像你看到一扇虚掩的门，一定会去推开一样。在那扇门后面有什么？如果它锁上了，我们怎样去打开它？这是每个黑客都想知道的。其实，我们每个人不都是这样吗？你看到一个美丽的女子，难道会不去想她的衣衫下面是什么样的吗？那些自称科学家的人，难道不是怀着同样的心理去扒下大自然的外衫吗？"

我突然想起了一件事。

那家伙继续讲着："我们经过半个月的争论，决定攻击MUD系统，因为它的影响相当大，而且从未被侵入过。计划很快就制订出来，并马上进入实施阶段（我们中没有官僚主义）。我们监视了上万个实习巫师的行动，进行层层筛选，最后选定了你。你看，呵呵，你击败了多少竞争者啊！首先，你没有设定不死特性；其次，你从未死过，一旦死掉肯定会有一段时间不知所措；而且，你刚当上实习巫师不久，对MUD系统的很多特性不了解，也就没有多少警惕性。于是我们设计了一个四级世界，并派人告诉你，等着你来自投罗网。我们知道你没有多少耐性，所以一切线索和秘密都设计得尽量简单些。另外，你是个讲求档次的人，一个只有256色的、粗糙的世界肯定会使你厌烦，从而扰乱你的思考。我们眼睁睁看着你干脆利索地落入陷阱，比我们预想的还要容易。实际上，我们总共设计了十二个环节来引诱你，而你从第三个直接跳到了结尾。"

我羞愧不已，一把掏出那张卡片，高声叫道："幼蝶！"

"哈哈！"福尔摩斯大笑起来，在我面前蠕动了几下，变成了一个半人高的毛毛虫。

我差点儿晕过去。

"你们找到'幼蝶'的时候，已经是我在使用他的账号了，所以我向你保证过我会出现的。"他说。

顿时，我万念俱灰，转身冲出房子。

"幼蝶"在我身后放声笑着。

街上更拥挤了，人们都赶来做最后的告别。

我看到乳猪头朝下向我移动过来。"你这是怎么了？"我惊叫道。

他沮丧地摇了摇头说:"天下大乱!我的数据被什么人改动了,只能倒着走。"

"你是巫师啊!"我叫道。

"什么巫师!我被人改成玩家了。现在这个局面,人人都难以自保,连天神、大天神的账号都受到了威胁。系统的基本核心部分已经关闭,以免受到破坏。在系统的各个部分都有人在攻击,损失非常严重,就连大天神都不知道什么时候能完全恢复系统。"

"那个地址呢?你们查到了吗?"

乳猪笑了,嘴边冒出个小窗口,这是苦笑。他摇了摇头说:"其实我早该猜到的,他使用的是假地址。我们反追踪了半个小时,才发现那个地址已经被禁用了。"

"为什么被禁用?"

"不知道,有关信息属于SO保密级,我们看不到。"

天地突然一暗,周围激起一阵惊呼。"咔咔……呜——嗯,这里是系统大天神向全部世界广播。系统将于五分钟后关闭,请各位玩家退出,请尽快退出。请记住我们在一起的时光……再见了!"

整个天空突然一片血红,衬出一个蓝色的大字:300。每过一秒,它就减少一点。

没有人退出系统,都聚集在街上,抬头看着那巨大的倒数计时。整个世界、整个宇宙仿佛都静了下来。人们互相紧靠着,不说话,每个人都仿佛在数着自己生命的最后几秒。

自从我在MUD中生活到现在,从未体验过如此肃穆的场面。平时,人们都是匆匆见面,匆匆离开,各人寻找自己的乐趣。但是现在,没有人那么匆忙了,虽然我们只剩不到五分钟时间。

一只什么东西飞过来,嗡嗡地在人们头顶盘旋。

人群中窜起一道光,把它气化了,好像是个巫师干的。

突然,人群中一个尖细的声音划破寂静:"178、177、176……"那声音极其刺耳,仿佛每一声都是那人最后的一口气,听来惊心动魄。

人们都静静地听着,静静地等着。

我身旁的一个女孩子突然哭了起来,五颜六色的泪水化成气泡,在人群中飘来飘去。她一定有动态表情追踪器。我的鼻子这时也酸了,但我坚持不发流泪指令。

悲伤的情绪在人群中迅速蔓延,接着就是哭泣,哭泣……

在血红的天空下,那数字不断减少,就要走到零了。

"我从未想到会如此难过……"乳猪悄悄地说。

"再见了!"我和倒立的他紧紧拥抱,"死去之后从头再来!"

他抬起手,要说什么,突然定住了。

时间到了。

整个世界凝固在这一刻,包括乳猪的手、飞溅的泪水、模拟出的悲伤的脸,全静止了。然后,慢慢地,慢慢地黯淡下去,退缩到无边的黑暗中。

一个窗口弹出:"MUD系统关闭。谢谢您的支持!"

我摘下头盔,木然地坐着,真实的泪水不听从指挥,径自流了下来。灰色的空气在周围弥漫。

外面,喧嚣的世界依然如旧,仿佛MUD从来没有存在过,也从来没有关闭过。我从窗口望出去,层层叠叠的摩天大楼隐没在现代化的雾霭中。灰色的天空,灰色的楼群,这是灰色的世界,是真实的世界。时间平稳地流逝,没有一丝波澜。好像谁说过,时间是不存在的?

我打了个哈欠,向后倒在椅背上,目光划过通向厕所的门,通向卧室的门,通向"那里"的门,三年来,我从未迈出过这所房子,因为没有必要。可现在呢?我浑身不自在,这可能是缺少虚拟空间刺激,听说有人称此为"MUD综合征"。我不懂医学,但我清楚地知道,这是一种瘾。我们都是瘾君子。

周围灰色的墙壁让我窒息,走出去吧,又都是一样的灰色。

我烦躁地在室内踱来踱去,大口喘着气。眼前越来越模糊,为了防止晕倒,我挣扎着冲进卧室,倒在床上,在旋转的色块环绕中睡去。

"嘟嘟！"我从深渊中惊醒，迷惑地看看四周，已经下午四点了。电脑在响，又是紧急信件。

我快步走到电脑前，打开信箱：

> 亲爱的××：
>
> 嗨！
>
> 我是"再看你一眼"，我们以前从未接触过。我从MWA那里查到了你的信箱地址。请你仔细阅读下面的文字：
>
> 这次MUD系统关闭是由于一个黑客秘密组织——"黑客洞穴"侵入MUD代码子系统造成的。在过去的几个小时中，MWA对整个破坏的过程做了分析，并集结了10980名各级巫师在各处全力以赴反追踪破坏者。我们请你提供帮助。请联结到如下地址：temp.mud.tsinghua.edu.cn。
>
> 这是一个临时建立的指挥中心，提供仿真的MUD-7服务。就是说，你可以使用你的终端进入，和平时进入MUD的感觉一样的。
>
> 再看你一眼
>
> 11/04/2097　09：21：37GMT

我们反击了！

我马上戴上头盔，联入那个地址。

甬道。两旁红色的墙壁拔地而起，直插天际。我急速向前移动，不时有人在我周围显形或消失，他们都是巫师，在各个节点间来回穿梭，收集信息，追踪入侵的黑客。

我感到战斗的激情在心中奔突，我们反击了！别以为MWA只是一帮管理者，这里也有顶级的高手，我们会让那些高傲的黑客尝到苦头的。

一个天使模样的巫师从空中降到我身边，拿个盒子在我身上碰了一下。"好了，你通过了身份验证。请按箭头指示向前走。"他很有礼貌地说完，又转身飞上了天空。

我头顶上出现了一个闪亮的箭头，指示着前进的方向，这就省得我再四处乱找了。顺着它的方向，我来到控制大厅。

几个陌生人正在那里商量什么事，一看见我，其中一个走过来问："你就是首位账号被侵入的星猩吧？"

我点点头，心里直琢磨他是谁。

"我是MWA的大天神'再看你一眼'。欢迎来到天神议事厅！"他向我介绍了其他几位天神。

"啊，你们好！"我知道这些天神平时是从来不露面的，现在他们恐怕不得不出来主持反击。

"开门见山地说吧，我们已经查到了'黑客洞穴'的总部，但他们防守非常严密，根本无法攻破。""再看你一眼"对我说，"我们总共进行了七次不同的入侵，都被对方的反击打败了。不过在一次进攻中，我们无意中获得了他们首领的住址信息。"

"什么？"我大吃一惊。要知道，在网络上穿梭，最难知道的就是一个人的真实身份，泄露身份被认为是件不体面的事。在MUD中，如果你公布别人的真实身份，那就别想再玩了。

"这是真的，我们的一名突击队员曾有32秒进入了他们的档案系统，并下载了几个文件。从中我们发现了一封信，是由这个首领写给另外一个人的情书，其中提到了他的地址。"他把地址信息显示了出来，"我们决定直接面对真实的他！"

"很好。"我说，"可为什么叫我来呢？"

他没说话，转向其他的人。

"因为你离他的住所最近。"其中一位说，"我们需要你去解决这个问题。"

"也就是说，你们知道我的住址。"我冷冷地说。

"我们知道所有用户的住址，这是管理的需要。""再看你一眼"解释道，"我们在这里每空谈一分钟，形势就会变坏一步。我们需要马上采取切实有力的措施。"

"什么措施?"

"那些黑客怎么对待你的?"他问我。

"那些黑客把我杀了。"

他们冲我点了点头,什么也没说。

我看着地板,思考了几秒钟,然后开口说:"好吧,我去解决。"

他们笑了。"再看你一眼"首先走过来和我拥抱,其他人也依次拥抱了我。

"你会成为MUD历史上的英雄的!"他们告诉我。


退出网络,我摘下头盔,站起身到厕所洗了把脸。

我回到屋里,打开衣橱,取出落满灰尘的外衣,抖了抖,穿上,穿的时候被尘土呛得咳了几声。

我闭上眼睛,回想了一下地址和开门密码,又从床下取出一个盒子,打开,拿出手枪,装上子弹。我不是个凶残的人,但我从小就非常认同必须要让侵犯他人的家伙付出高昂代价。

我仔细检查了一下枪机,好像是好的。

关上电脑,把枪揣在兜里,我心中很平静。

我打开"那里"的门,楼道出现在眼前。三年来,我第一次又面对这里。

我鼓起勇气,紧走几步,来到电梯门口。身后传来房门关上的声音,我一阵惊慌,几乎立刻就想返回那熟悉的家中。

但我很快抑制住自己可笑的冲动,重新恢复了信心。"这没有什么……"我不断给自己打气,使劲按下电梯的键。

可是什么也没发生。

是不是需要先找到什么钥匙?我四处张望,马上就笑起来。这是真实世界,没有固定规则的。

这时我才发现电梯已经坏了,门上贴着告示。

"见鬼!"我骂了一声,向楼梯走去。

灯坏了。我看着黑洞洞的楼梯,心里直发怵。这里边不是太空吧?

我一手扶住墙壁，慢慢走下去。

还好，下了三层就有光亮了。我一边向下走，一边数着层数。我住在这幢大厦的17层，总共要走……340级台阶。天啊！真是苦差……

走到第11层的时候，我的腿开始酸起来，现在我走的路比平时一天走的都要多。那台阶仿佛无穷无尽，不断在每一个拐角处出现。楼道里没有一个人，静如墓地，只有我越来越沉重的呼吸，我开始怀疑是否能走到地面。

终于，转过一个拐角，我看到一扇门，上面标着"出口"。

我走过去，推开门。

喧嚣的世界。

繁华的街道上，车流、人流穿行不息，我仿佛第一次发现在灰色的世界下面，竟有如此绚丽的色彩。那广告牌，那车身，那来来往往的美丽姑娘们，甚至路边的垃圾筒，都那么鲜艳。

另一个奇特发现是声音。这里的声音不像MUD中那么纯净，那么完美，但这些声音给人一种鲜活的、肆无忌惮的感觉。

目光转过街角，我的心跳快了起来。

那里有一幢六层的小楼，在这林立的高层中显得十分独特。我的目标就在四层的一个房间。

我把手插进衣兜，握住手枪，忍着腿上的酸痛，一步一步地向那里走去。

楼门口有道栅栏，我把栅栏门拉开，发出一阵刺耳的吱吱声。他是否听见了？是否正在监视我？我向那人所在的窗口望去，只有遮得密密实实的窗帘。

楼门没有锁，我径直走进去。一个老头从旁边的房间里探出头来，以询问的目光看着我。

我含糊地向楼上指一指，微微一笑。

他面无表情，点点头，缩了回去。

楼梯破旧不堪，铺着脏兮兮的地毯，我小心地向上走着，刚感觉好点儿的腿又疼起来。楼道里有几个乞丐在睡觉，世界上最厉害的黑客居然住在这样的地方，也真是让人难以相信。我小心翼翼地绕过他们，慢慢走上四楼。

这一层的走廊里一个人也没有。我四处看看，也许会有他们组织的人在这里保护他，我不能太大意。

城市的声音听起来很遥远。我顺着墙根走到他的门前，确认没有人在旁边，然后键入了开门密码。

门无声地滑开了，我看到一条两三米的走道，尽头拐向右边，里面传出阵阵摇滚乐。

我走到走道尽头，看到右面是客厅，地上胡乱丢着纸片、脏衣服，所有窗户都被层层的窗帘遮住了。

音乐是从与客厅相连的一个房间传来的，我把手枪掏出来，悄悄走到房间门口，轻轻推开门。

一个人背对着我坐着，戴着我从未见过的一种头盔。他面前的电脑显示屏上显示着各种数据，好像是一些网络地址。他没有听见我进来，正摇头晃脑地沉醉在摇滚乐与网络的世界中。他的手急速地敲击着键盘，数据也随之变化。

我走到他身后，抬起手臂，枪口离他的头只有二十厘米，微微有些颤抖。

我深吸一口气，稳住枪身，瞄准他后脑的正中。

一首曲子完了，周围突然静下来。我一动不敢动，听着他的手指在键盘上的噼啪声。

等音乐重新响起，他叹了口气。

另一首曲子开始了，电吉他疯狂嘶吼着。

我轻轻把保险打开，用食指钩住扳机。

他还在晃着脑袋。

我盯着他。是他使我死亡，使我的账号被侵占，使MUD系统关闭，使那么多人伤心落泪。我要让他也尝尝死的滋味。

音乐声震耳欲聋。

他一点都没发觉我，像傻子一样，还在自己的世界中沉醉着。

我突然落下泪来，手颤抖着，抑制不住心中的激动。

我小心地把保险重新扣上，垂下手臂，开始慢慢后退。

他那怪异的头盔不断晃动，越来越远。

我退到门外，轻轻把门带上，慢慢向外走，不敢跑起来。

客厅、走道、大门，等到门关上，独自站在楼道里的时候，我才哭出声来，转身快步冲下楼梯。一个乞丐被吓了一跳，布满血丝的眼睛瞪着我，却不敢说话。

我直冲出大楼，一屁股坐在马路边上，抽泣起来。我如同大梦初醒一般，浑身颤抖。

等自己安静下来，我才想起把枪放进衣兜里，掏出一支烟，坐在那里吸着，看着周围来来往往的人群。

一个并不漂亮的小女孩从我面前走过，手中牵着七八只气球，蹦蹦跳跳、嘻嘻哈哈。

苍老的乞丐拉着破烂的口袋跟在后面，散发出腐朽的潮气。

车辆轰鸣着驶过。

一条狗在街角悠闲地撒尿，毫不理会主人的呵斥。

穿红裙子的少妇在和店员讨价还价，拼命向对方抛着媚眼。

几个青年在一起放肆地大笑，不时自以为潇洒地看看四周。

快乐的小女孩转过街角，不见了。

这是真实的世界。

"你在这里干什么？"我抬头一看，她手里拎着个装满食品的大袋子，站在那里迷惑地看着我。

我笑了，因为我立刻想起了她是谁。"我在看景色。"我说。

她更奇怪了，问道："你今天怎么了？怎么突然想到要下来？"

"没什么。就是想下来转转。"

"嗯……"她狐疑地打量着我，"我们快回去吧。你怎么不联MUD了？"

我摇了摇头，扯了扯她的衣角说："来，坐下，看看街景。"

我们默然无语，相互凝视。

她的目光越来越柔和，最后粲然一笑，坐在我身边，轻声说道："好吧，我们看看街景。"

她把头靠在我肩上，散发出诱人的温暖气息。

我伸出一只手搂住她，也轻声说："我以前怎么没发现外面的世界这么美？"

*METAVERSE*

+

# 洪荒世界

## 江 波

2007年，元宇宙的面目已经开始变得不那么朦胧了，这一年发表的《洪荒世界》，全方位立体呈现了中国科幻作家对于元宇宙的恢弘想象与独到理解，极为形象生动地展现了量子元宇宙栩栩如生的面目。在江波笔下，未来量子时代无数量子胞所构成的那个无边元宇宙，不仅促成了新人类的诞生，而且帮助人类走向了无垠星海。

洪荒世界并不荒凉，相反，它生意盎然。

只是在很久很久之前，那儿一无所有，为荒凉所包围，于是被称为洪荒世界。这个名称一直沿用下来，变成了今天这样名不副实的情况。

这个世界，每年为全球贡献五十万亿元的产值，并且以10%的速度增长。尽管因为反托拉斯法案，洪荒世界目前由六家公司负责经营，然而这六家公司却有着同一个董事长——江小王。

这个名字，被无数的媒体报道过，也有无数的传记作家写过关于这个人的书，但是，从来没有人见过他本人。甚至连有据可查的影像也找不到。

在超网覆盖了地球每一个角落的今天，这种事情堪称奇迹。

正因为如此，阿飞接到邀请的时候，简直大吃一惊，下意识地琢磨这是否是个骗局。然而在超网浏览了一天之后，阿飞决定接受邀请。一个有能力在网络中隐形的人，那就是这个世界的上帝。任何人都不会放弃和上帝见面的机会，除非他已经心如死灰，再没有一点好奇和热情。

邀请函的来历颇为奇特。它直接掉进了个人邮箱，没有任何痕迹可循。阿飞的邮箱是顶级机密，任何人，如果不是由阿飞授权，都没办法把信塞进邮箱里，同时居心叵测的发件人会得到一点提示：该邮箱地址无法投递。ISL邮件公司向它的客户承诺，没有任何黑客可以黑掉邮箱，没有任何信件可以不经许可就投递，黄金铸就的超现实保护机制，会将任何不良企图拒之门外。

然而这个强悍的保护机制此刻却没有一点作用。邮件出现在邮箱里，没有发件人，没有标题，悄无声息地突破了任何可能的封锁。它在那儿，标准的垃圾邮件模样，闪烁着红光，仿佛在嘲弄邮箱的私密性。

阿飞怀着愤怒的心情点开了这封邮件，想着明天一定要去把交给ISL公司的三千块钱年费要回来，然后再去法院起诉它，让它赔偿一千万的精神损失。这种事情居然发生在文明世界里，阿飞想起自己隐藏在某个目录底下的黄色小段子，一想到这些隐私有着被某个不明所以的存在偷窥的危险，愤怒让他几乎有了杀人的心。

然而邮件内容马上就让他的愤怒平息下来。这是一封标准的邀请函，洪荒世界的董事长江小王邀请他进行一次采访。

看着江小王这个如雷贯耳的名字，阿飞进入了恍惚状态。无论如何，这更像一个骗局。在那些老掉牙的故事里，经常有人冒充银行家发送邮件，邀请你继承一笔很大的遗产，或者说能帮你用各种"合法"手段把天文数字的巨款转到名下，而事实证明，从来没有人靠这些手段成了富翁，相反，阿飞倒是听说过因为这种邮件被搞得倾家荡产的案例。

骗局的可能性仍在。然而阿飞看不出自己会失去什么，他琢磨着，对江小王的成功采访，肯定将会让自己一夜成名，成为地球、月球、火星以及大大小小三十六个太空城中最吸引眼球的记者。

为了百分之数千的利益，没有什么可犹豫的。而且，只要有人类的地方，就有超网，就很安全。

在出发之前，阿飞给李娟打了个电话。李娟不在，于是他电话留言：

"还在玩游戏啊？游戏有什么好玩的！出来了给我打电话。知道吗？我去采访江小王了！江小王，洪荒世界的董事长！在量子芯座20009607。"

量子计算机无疑是21世纪最重要的发明。

这个发明及应用体系的深远意义，随着时间的推移愈发明确：它从根本上改变了世界，指数式增长的信息处理能力让整个地球在2235年联合成一个整体。政府的作用日益弱化，对任何事件，全球的民意可以在十分钟内反馈完毕。系统将按照民意去实施。没有统治者，只有执行者。所有的人对此都感到满意。所有的人都知道这是量子计算机的功劳，然而很少有人明白量子计算机是怎么做到这一点的，甚至绝大部分的人都不知道量子计算机长什么模样，尽管得到这个信息只需要小小的一转念。可是谁都不谈论的事情，了解它又有什么用呢？

阿飞就属于这绝大部分人中间的一个。于是在看到量子计算机之后，他张大嘴半天没合上。

房间巨大，而且格外安静。一眼看过去，就像是空旷的露天足球场。隔离杆的那边，是密密麻麻的白色植株，半米多高，参差不齐，顶部膨胀，大小犹如一个篮球。这种白色植物从眼前一直延伸到场地尽头。

在场地的上空，悬挂着一块大屏幕，上边是各种各样的数据，有的停滞不动，有的飞快跳跃。所有的数据阿飞都看不懂，然而那上边的文字他能够看明白：量子芯座20009607号。

这就是量子芯座!？充满科幻质感的银色大楼，幽蓝色调，水银般的物质、反物质在各种透明管道中流动……所有关于量子芯座的想象在刹那间如肥皂泡一般破灭。展现在阿飞眼前的，不像世界的大脑，而更像是一片菜地，而且可能由于管理的疏忽，这菜地凌乱不堪。

"这就是量子芯座？"阿飞问道。

"没错。每一个人都会问这个问题。"保安有些不耐烦，"难道你们来之前就没有上网看看？全世界的量子芯座都长这样。"

"它是活的？"

"嗯，谁知道呢……你可以自己去问问。我又不是科学家。"

"这些……看起来就像蘑菇。"

"是啊，我也这么想。它们长起来也像蘑菇。"

"什么意思？"

保安诡异地笑着，"这个东西嘛，新闻价值可比较大啊……"

阿飞掏出自己的身份证，打开输入，问道："你的银行账号是多少？"

江小王就在那门里边。阿飞有些忐忑不安。

量子芯座20009607不是一个简单的量子胞基地，它的地下还有复杂的建筑结构。到底有多复杂，阿飞并不知道，他坐上高速电梯之后，经过了十五秒电梯门才重新打开。简单估计,这地方应该在地下两百米深处。

电梯门打开后,看到的一切都在印证这个世界有多神奇。

墙上挂着画——真正的画,纸的纤维,颜料的颗粒,暴露在眼前,真真切切。阿飞伸手去摸,却被玻璃挡住了。十几个巨大的琉璃柜子沿着墙角排列,里边陈列着各种各样的东西:一本书,一串珍珠,一方温润的玉石,一顶金灿灿的皇冠……

阿飞再一次合不拢嘴,他飞速地拍摄所有这些东西,希望把眼里所有的东西都能变成图片,发布在网上。即便没见到江小王,这里的珍宝也足够引起轰动了。

然而,拍摄了两张之后,相机便不能工作了。阿飞检查机器,发现不能链接网络。这里与世隔绝。这个地方有人类,但这个地方没有超网。阿飞的心突突跳了两下。

长长的廊道尽头是一扇门。江小王就在门里边。

阿飞有些忐忑不安。

"进来吧,我等了很久了。"

江小王长得很不怎么样。如果刻薄一点说,可以用猥琐来形容。而且他光着身子,一丝不挂。白乎乎的身子在晦暗的灯光下,就像一只肉乎乎的大虫子。这大虫子头上戴着一顶接入头盔。

这地方并没有完全与世界隔离,至少这床上的主人还和外界联系着。

"让你吃惊了。我已经十多年没有穿衣服了,希望不要吓着你。"江小王说道。

阿飞把视线挪开,打量四周围,尽量保持平静,"没有。我有心理准备。"

这几乎是一个光纤的世界。胳膊粗细的光纤密密麻麻,纵横交错,把房间包裹得严严实实。阿飞有一种错觉,这屋子就像一个巨大的蛹,而他不幸正站在那蛹中的虫子身边。

就是这么一个地方，这么一个人，控制着洪荒世界，占据着世界上最多的财富？阿飞在心中发问。

眼前的一切，实在难以和富贵两个字联系起来，更无法让人想象这白花花的虫子就是世界上最著名的精英人士。

"你，就是江小王？"阿飞试探着问道。

"不然我还能是谁呢？"江小王微笑着，并不介意阿飞眼中的怀疑神色。他知道，这个年轻人只是被吓坏了。

"只是……看起来……我不知道……有点……那个……"

"出乎意料，是吗？没关系，你会习惯的。"

江小王从床上站起来，摘掉头盔，向着阿飞走了几步。

阿飞不由自主地后退。

江小王笑了笑，拉过一张椅子坐下，"我就坐在这儿。既然来了，就问吧。我们不用浪费时间。"

阿飞不自然地笑笑，想找一把椅子。一把椅子很自然地出现在他手边，他不假思索地拉过来，坐下，一时间却不知道如何开口。气氛太过诡异，之前准备好的采访提纲已经忘得一干二净。在这个鬼地方，连求救电话都没法打。

"好吧，记者先生。你准备问些什么？我这里有足够的秘密可以让你一夜成名，不要错过机会。"

阿飞咽下一口唾沫。


用外貌来衡量一个人是巨大的方法错误。人的精华不在于漂亮的脸蛋和健美的体魄，而是智慧和精神。在量子时代更是如此。

漂亮脸蛋和健美体魄都可以在洪荒世界中得到，那里要什么有什么，智慧和精神却没法伸手就拿到。人们无法知道也不会关心，接入系统的那一端是怎样一个肉体，然而却能够辨认它有怎样的智慧和情操。当然传统上，伟大的智慧和高尚的情操通常会和一个伟岸身躯联系在一起，或者至少也是一个精明强干的躯体，但数千年人类文明史上的无数事例却证明，这实实在在是一个一厢情愿的错觉。

阿飞正在纠正自己的这么一个错误。

随着交谈的深入,阿飞发现了一座金矿。对面坐着的白花花大虫子深不可测,好像知晓这个世界上所有的一切。从天上到地下,从太空到深海,活着的和死去的,真实的和虚幻的……阿飞的任何一个问题,都会换来江小王源源不断的答案,直听得阿飞目瞪口呆不知所以,大虫子才会停住嘴。

这不是记者和采访对象之间应该有的关系。采访时两个人至少要智力相当,才能碰撞出火花。一个天才和一个智障者之间,注定没有什么共同语言。

不幸的是,阿飞发现自己正处在智障者的不利地位。大量词句从江小王的嘴里滔滔不绝地蹦出来,阿飞理解起来非常吃力,就像一只阿米巴虫试图理解牛顿方程。有的时候,阿飞甚至怀疑对方说的究竟是不是汉语。

然而阿飞不得不听着,全力跟上对方的步子,即便脑子成了一锅糨糊,也要不时点几下头来表示自己跟得上。

江小王突然停了下来,"试试这个。"他拿出一个接入装置,递给阿飞。

"这是什么?"阿飞问道。

"这是特制的接入头盔。你戴上,理解我说的东西就不会那么吃力了。"

阿飞的脸红了一下,伸手接了过来。这顶头盔和外边的洪荒世界接入口有些不同,制作精良,一丝不苟,内层的探头紧密有致,看上去赏心悦目。

阿飞从来不是一个游戏迷。在洪荒世界里,他只有一个账号,那是李娟生日那天,为了哄她高兴和她一起玩游戏而注册的。那些廉价的塑料制品游戏操作硬件,看起来就不是那么让人放心。然而李娟却乐此不疲,以至于阿飞经常要去洪荒世界的大楼找她。阿飞此行的另一个梦想,就是希望采访的轰动效应能给他带来足够的金钱,这样子他就可以在家里安装一个接入装置,从此至少李娟不需要跑到洪荒世界大楼去玩游戏了。

对于洪荒世界，阿飞一向嗤之以鼻，这些虚拟的世界，用模拟代替现实，让人不能自拔，实实在在是一种畸形产物。然而现在几乎所有的人都在玩儿。除了必要的工作时间，很多人整天猫在这个系统里，耗费着时间和金钱。有的时候阿飞真是想不明白，为什么洪荒世界能够拥有这么大的魅力，让这些人几乎放弃了现实生活。

也许江小王能给出答案。

阿飞把头盔戴上。细微的碰触之后，他的头皮仿佛被紧紧地揪了起来。他又有一个错觉——孙悟空戴上了紧箍咒。

那么，唐僧又在哪里？

世界以巨大的速度扑面而来。无数个世界在阿飞的意识里四处开花。

亚洲、美洲、非洲……地球的每一个角落都清晰可见；泰坦、盘古、女娲……一个个太空城仿佛都在眼前；魔兽世界、金银王国、南赡部洲……洪荒世界的子系统层出不穷。七千年人类文明累积的知识，亿万玩家创造的故事，无数催人泪下的悲欢离合……仿佛有一根大棒在脑子里飞快地搅动，脑浆被捣成了糊状，旋转着，像发泡塑料一样膨胀起来，以至于头颅再也容不下。有那么一刻，阿飞以为自己就要死了，被这种爆炸式的填充活活挤死。他突然有了一个幽默的想法：至少这样的死法很独特。他甚至想到了死亡新闻的标题：量子时代的新杀手惊现沪上——海量信息导致脑死亡。

就在他认为自己落入了圈套，马上就要被谋杀的时刻，一切突然平稳下来，就像千钧的大山压到了头顶，却突然停止下坠。一股强大的力量正在帮助他学会控制节奏。他缓了过来。

世界以巨大的速度扑面而来，阿飞在其中游刃有余。

这感觉棒极了。他睁开眼睛，江小王带着意味深长的微笑正看着他。

"你对洪荒世界已经有了更深的感受。"江小王轻声说道。

是的，阿飞有了更深的感受。几个瞬间的海量信息，比他前半生所有的知识积累还要深广。

将近九成的人会将一半以上的清醒时间花在洪荒世界里，剩下的一半清醒时间，他们无时无刻不盼望着重新回到那个世界中去。更有那么一群人，他们不需要工作，祖上留下的财富足够支付他们七八辈子的开销，于是他们把整个生命都投入在洪荒世界中，从不断线。

洪流已经形成，经过之处，什么都不会剩下。

一年多前，阿飞写过一篇报道，专门讲述洪荒世界给这个世界带来了些什么。现在他发现自己居然有着预言家的潜质，因为这篇文章和扑面而来的海量信息几乎完美契合到无缝的程度。文章的结尾是这样的：

"这虚拟的世界，几乎攫取了将近一半的人类劳动时间，在生活中，越来越多的人倾向于生活在洪荒世界中。很难想象，当这种倾向成为主流，以不可逆转的势头向前发展，我们的未来世界会是怎么一种模样？笔者尽力想象，然而这主题实在有些过于庞大。庞大到令人毛骨悚然。于是一个寒噤之后，结论仍是空白。

每一个读者心中，必然会有一个结论，姑且保留它，留给时间去证明。"

江小王的目的，显然不是让阿飞印证自己的结论。千头万绪的信息里包含一个试验。它排列在所有信息的前边，享有最高优先权，无论阿飞的注意力在什么地方，只要他稍加注意，这个信息就会跳到他的意识中。

某个科学研究组织挑选了来自全球的一百六十多名死刑犯，免除死刑，要求他们合作，自愿接受比眼下的洪荒世界更强烈的虚拟刺激。

一个死刑犯选择不接受条件，于是他被执行了死刑。注射氰化物致死。

三个死刑犯接受了过量刺激，脑细胞大量死亡，导致全身系统衰竭死亡。

其中有一个女囚犯，她拒绝醒过来。她在虚拟世界中找到了自己的最爱，和男方度过一生之后，她用强烈的死亡意志启动身体崩溃的基因，最后在虚拟世界和现实世界中同时死去了。这是特殊个例，重新计算后，发现概率只有亿分之一。

剩下的人，均死于自杀。

阿飞咽下一口唾沫。

根据精神病专家的分析和判断，这些人自杀前已经出现了不同程度的人格分裂。智商越高的囚犯，精神分裂的程度越严重，自杀倾向也更明显。往往同时有几个人格活跃在脑子里，各种各样的记忆和人生充斥着他们的大脑。他们已经不知道自己究竟身在何处，两个世界甚至更多的世界让他们彻底迷失。他们完全无法再正常生活，除非进行强制性精神治疗，把某一个人格彻底封闭起来。这种做法和杀死他的一半没有区别。而且，虚拟世界中得到的人格更容易被强化，因为它对头脑的生化反应提供了更强的刺激。

这些人无法分清虚拟和现实。他们更倾向于接受虚拟世界。

阿飞的脑子里形成一幅图景：无数的人接入系统，他们不吃不喝，完全忘掉了依旧存在着的身体，几天之后，身体开始枯萎、死亡，然而这些人浑然不觉。再几天之后，身体变成了尸体，就像花朵凋谢，从系统中脱离出来，逐渐腐朽。

他们在杀人！强烈的情绪让阿飞猛然站起来，将头盔一把扯掉。

江小王平静地看着他，慢慢说道："孩子，那只是一个开始。"

庄子是古老中国最伟大的哲学家之一。他有个梦蝶的故事。

故事是这样的：一天，庄子熟睡，做了一个美梦，在梦中，他是一只蝴蝶，在花丛中翩翩起舞，正当舞得高兴的时候，有人推他，把他从梦中惊醒。梦中的情形历历在目，栩栩如生。庄子略加思考，说了几句话,留下一个关于真实和虚幻的哲学命题:是庄生梦见了蝴蝶,还是蝴蝶梦见了庄生?

阿飞现在正做着同样的事。他进入了梦境,从一颗卵开始,孵化,变成毛茸茸的青虫,结茧,在茧中化作蛹,最后破茧而出,化成蝴蝶,在花丛中飞舞——他醒过来,眼前坐着江小王。

"是你变成蝴蝶,还是蝴蝶变成了你?"

是我变成了蝴蝶。阿飞毫不犹豫地选择这个答案。现实就在眼前,不容否定。然而,当他仔细回忆那个虚幻的蝴蝶,却是那么的真实且不容否定。于是他又有些犹豫。

"你没有变成蝴蝶,蝴蝶也没有变成你。"

那短暂而美丽的一生,仿佛电影一般在阿飞的脑子里回放。他甚至能够回想起从卵中挣扎出来,拥有知觉的那一刹那,空气就像拥有魔法的甘泉,让它在一瞬间充满力量;还有那破茧而出的阵痛,清晰而明确;最后是花丛中婆娑的舞蹈,优美的韵律。

阿飞伸出手,比拟成蝴蝶翅膀的模样,手势上下起伏,正像一只翩然飞舞的蝴蝶。

"你就是那只蝴蝶,蝴蝶就是你。"

是的,这是答案。阿飞不再是那个阿飞,至少,他曾经是一只蝴蝶,不管这是超脑的恶作剧还是江小王的阴谋,他承认这个事实。

阿飞抬眼望着江小王。

"囚犯们都自杀了,那么我也快了?"阿飞沉声问道。

"你和他们不同。"

"什么不同?"

江小王微微一笑,"至少你还精神健康。"

蛹状的房间正在变化。缠绕紧密的光纤缓缓褪去颜色,变成透明、隐形。这些隐形的管子开始收缩,隐藏到墙壁中去。

银白色的灯光亮起来,房间变得一片光明。几道隐藏的门相继打开,空间开阔,气派宏大。

阿飞惊奇地看着眼前的一切。前后的对比太鲜明，他仿佛来到了另一个世界。这个世界，才符合想象中洪荒世界董事长的办公室。

他转过身，看到江小王就在身后站着，仍旧一丝不挂，不像一个顶级人物，在银色灯光的映射下，仿佛一条蠕虫。

江小王摁下一个按钮，地面打开一道缝，一个亮晶晶的东西缓缓上升。

当它升到一半时，阿飞辨认出这是一具棺材。棺材里隐约有个人形。

一具棺材接着一具从地缝里冒出来，靠墙整齐排列，一共十二具。最后两具棺材是空的。

两具空棺材，屋子里有两个人。阿飞有些怀疑这不是巧合。

江小王向着阿飞点点头，仿佛看穿了阿飞正在想些什么，这让他更加紧张。

"你是特殊的，阿飞。找你来，是因为你具有这样的特质，你能够把现实和虚拟现实区分开。"

"我已经承认，我是一只蝴蝶。"

"但是你知道，此刻你并不是蝴蝶。"

阿飞沉默下来，他经历了囚犯们同样经历过的事，然而他却并没有想自杀，甚至没有一点自杀的念头和冲动。

"人体大同小异。但那些微小的差异，却决定了有些人能够继续生存，有些人却只能自杀。那些接受试验的人，他们回到现实中的时候，已经不能分辨此刻是现实还是虚拟，一切都在他们的脑子里混作一团，除了死亡，他们没有别的解脱办法。但你不一样。像你这样的人很少，即便是经过仔细甄选的人，也未必能够通过真的考验。概率实在不大，大约只有三百分之一。你非常特别。"

阿飞看着江小王，"三百分之一？为了找到我，你可能要杀死三百个无辜的人。你拿人的生命在开玩笑。"

江小王微笑着说道："很高兴你能抓住这个把柄。不错，在你之前，已经有一百六十七个人死掉。然而这并不是玩笑。"

第一个成形的量子胞，2182年诞生在北京的一所高校。那个量子胞只有垒球般大小，功能却可以媲美最先进的银河计算机——每秒计算两千万亿次，解开一个五百位数的因数分解只需要一秒钟，但如果算上维持设备，体积却相当于三台银河计算机。之后，量子计算机开始出现，然而成本昂贵，根本无法推广——量子胞是一种生物体，对温度、湿度、洁净度有着苛刻的要求，同时还需要外界的空气、水和阳光，另外，如何实现量子胞的互联，成了一个世界难题。

互联问题在十二年后被解决。加利福尼亚大学的博士生江小王在实验室里成功地让一个量子胞分裂，形成一种新个体，两个量子胞相互独立，通过某种类似于光纤功能生物性传输导管连通在一起。

量子网络由此发端。

发展量子网络并不容易。苛刻的生存条件，意味着庞大的资金消耗。加州大学的钱捉襟见肘，架构最简单的量子网络就会把整个预算都吃光。每个机构都要养活一群人，从其他机构得到资金支持异常困难。政府的专项预算，则因为审批程序的原因，至少要过两年才能拿到。

不得已，江小王把眼光投向了民间。民间的闲散资金庞大，然而想让老百姓高高兴兴掏钱，却非常难。每个人都紧紧看着自己的钱袋，生怕被别人占了便宜，人们不会因为量子网络影响深远而慷慨解囊，只有看见实惠了，他们才会松开钱包。

实惠是很大的——洪荒世界堂皇登场，以席卷一切的态势聚敛财富。

量子网络开始高速发展，2202年，量子芯座00000001在上海落成。

一个时代由此开创。

阿飞怀疑地看着江小王，有些不明白此人回顾这段历史的目的。这是一个现代的传奇，科学和财富的完美统一，完美体现了时代的价值观。然而，此刻，在这样一座地下宫殿，面对着十二具棺材，阿飞实在无法理解江小王的动机。

他有些怀疑眼前的这个人是否也像那些试验品一样,在虚拟和现实的错位中出现了精神分裂。如果真是这样,那么阿飞的处境可不太妙。

"我们本来是为了科研才进行商业化,然而,这就像一个链式反应,一旦启动了,就再也没有办法让它停下。洪荒世界的成功几乎不受控制,职业经理人前来接手公司,人们像吸毒一样对游戏上瘾,利润如洪水一般流向股东。科研小组变得很有钱,越来越多的有才华的青年投入其中,量子计算机网络也得到了飞速发展。但洪荒世界大大出人意料的商业成功,并不是本意。量子系统的最初设计是为了预测未来。一切皆有可能,问题只是可能性大小。量子系统的架构很适合预测未来,以便在事情变得更糟糕之前采取措施。然而,在这一点上,显而易见,我们失败了。"

江小王说到这里,停顿了一下,仿佛在回忆往事,"让超脑系统对一群蚂蚁或者一个人的行为进行预测,它确实可以达到非常高的准确率;然而,对人类,超脑系统已经不是一个超然的系统,它和人类结合得太紧密。洪荒世界变成了一个超级游戏系统,疯狂地聚敛财富,而量子系统借此覆盖了全球,演化成超脑系统。这是一个反馈过程。最初的时候,我们并没有把这个反馈因素考虑进去,我们没有想到它会在全世界发展得如此之快。现在已经晚了,我们要超脑预测人类的未来,就像让它预测自己的未来。任何系统都无法预测自己的未来,至少在这个宇宙里不行,波动方程一定会发散,不可能得到稳定的薛定谔图像。超脑的量子计算预测,并不比人类哲学家有更多的可行性。"

"你到底想告诉我什么?"江小王绕得很远,让阿飞有些摸不着头脑。

"我们偏离出发点很远了,而且已经不能回头。"

"是的,这是一个你自己开创的时代。"

"没必要夸大个人的作用,这是一个偶然。然而,这是一个必然发生的偶然。"

无数的人接入系统，他们不吃不喝，完全忘掉身体仍旧在系统之外存在着，几天之后，身体开始枯萎、死亡，然而这些人浑然不觉。再几天之后，身体变成了尸体，就像花朵凋谢，从系统中脱离出来，逐渐腐朽。

阿飞的脑子里再次浮现出这样的图景。这一次，阿飞并没有愤怒。这不是一个现实的图景，而是一个先知式的隐喻。这是关于人类走向灭亡的预言。

阿飞沉默着。也许这就是江小王希望他了解的东西。只有经历过那比现实还要厚重的虚拟世界，才能明白这一趋势的不可扭转。

"难道不能停下来？"阿飞轻声问道。

"太迟了。有了超脑系统，全球的民意可以在十分钟内表达，很多人表示，宁愿死掉也不愿意洪荒世界消失。我们给自己挖了一个陷阱，然后跳了下去。没有回头路，也没有后悔药。"

"可以组建一支军队……"

"全球有十五个自动防御平台，覆盖世界每一个角落。这些自动武器不需要任何人操作，超脑系统完全可以调用它们，如果它发现有些小小的骚乱违抗了全球民意，下手不会有任何犹豫。你可以做一点调查，自从全球民意系统建立起来，至少已经有三万多人在与系统发生的冲突中因暴力而死亡。当然，这个数字比死于心肌梗死的人要少得多。"

"难道真的没有一点办法？是你创造了这个系统啊。"

"那是无意中揭开了一块序幕。现在全球二十多万个量子芯座，只有最初的几个是由人设计制造的，后边的过程，超脑完全自我控制。它并不强制性地毁掉人类，人类自愿沉浸在虚拟世界中灭亡自身，这不是它的错。"

阿飞咧开嘴，做出一个难看的微笑，"这个日子还很遥远，至少眼下，洪荒世界还只是个游戏，还没有到让人不能自拔的程度。人人都知道那只是游戏。我们只要保持现状,还是可以继续生活下去的。"

"知道悖论是什么吗?所有的项目只有在全球民意的支持下才可能进行,而全球民意站在超脑那边。全球都在渴望进步,特立独行的一两个声音,立刻会被淹没得干干净净。"

江小王站起身,"来,坐到这个位置上。"

他看着,听着,感受着。

太平洋上空,一个新的热带风暴正在形成,旧金山将受到强烈飓风的骚扰;北大西洋暖流减弱,伦敦迎来历史上最严酷的冬天;日本鸟取县发生了破坏性地震,东京的股票市场应声而落。阿飞甚至注意到有一股不小的现金流从北美流向印度,那是一个新的量子芯座项目……

空气中悬浮着微小的尘埃,水汽在上边凝结,形成了雨滴;树蛙突然跳起来,伸出舌头黏住小叶蛾,一口吞下去;金刚石显示出它精致的正四面体结构,转头在坚硬的岩石上轻松地切割下去。阿飞惊讶地发现,量子胞没有细胞壁,它是一种动物更甚于植物……

技术能力所能达到的极致,都变成了阿飞的感觉,如果人类有上帝,那么此刻他就是。意识在量子网络中遨游,那是从未体会过的自由。虚拟世界给他异样的生命体验,不,此刻这并不是虚拟世界,这是真实世界,他在体验着另一种形式的生命。

阿飞意识到,这就是超脑的世界。他看见它所看见的,听到它所听到的,他相信,它也会有感觉。无处不在的白色的量子芯座,它在呼吸,思考。

突然,阿飞发现了李娟。他把她调动到注意力的中心。

她正在色情大亨的世界里冲浪。她已经在这个顶级隐私的房间里连续待了六个小时,和好几个英俊男士幽会。阿飞想起来,他和李娟已经三个月没在一起了。上个星期,她还拒绝了自己和她亲热的要求。虚拟世界攫取了她全部的激情。

阿飞出奇的平静,他悄悄地走掉。

他看到一些人，他们正在创建一个新的王国，这个王国根据传说中的蓝图建立，叫作亚特兰蒂斯。金碧辉煌的宫殿，美轮美奂的雕塑，还有凝结着工人们无数心血的富丽堂皇的织锦……这里的人们把人类关于奢侈的所有想象，镌刻在石头和黄金堆成的高山上。

他还看到一群飞翔的喷火龙，那是英雄无敌世界里边最强悍的生物，一个叫作Gelu的传奇英雄，正指挥着他小小的长弓部队向着咆哮的黑龙射击。魔法师文森特用一个力场挡住了黑龙的道路，保护着Gelu的部队，于是战争成了一面倒的屠杀。

他找到了黑客帝国。在这里，现实和虚拟被彻底地贯通起来，那些英雄在不同的世界中贯穿，试图唤醒那些在虚拟世界中沉睡的人——就像对现实中某种理想主义的注脚，然而这实在是一个扭曲的现实。

然后，他发现了一个超级研究中心，这里会聚着为数众多的聪明头脑。他们在思考，在创造。信息的洪流源源不断地流向超脑，超脑整合所有的信息，以最合理的统筹方式分配全球资源。这十五年来，世界上已经没有科学家了，但整个世界却仍旧在突飞猛进。全世界的创造源泉从外面的世界挪到了这里，科技进步的发动机已经换上了新的外衣。

人类的欲望在这里分成了泾渭分明的层次，从吃饭睡觉到量子力学统一场论哲学，从宽阔的塔基到尖锐的塔尖，人们在这里自由地做出自己的选择。一半以上的全球民意从这里发出，这些人，新的人类，又怎么可能自己终结自己的生命？

无数的人接入系统，他们不吃不喝，完全忘掉身体仍旧在外面存在，几天之后，身体开始枯萎，死亡，然而这些人浑然不觉。再几天之后，身体变成了尸体，就像花朵凋谢，从系统中脱离出来，逐渐腐朽。这个预言并不是全景。系统的确吸收了一些东西，然而它也在创造。旧的人类正在死亡，新的人类正在诞生。未来，仍旧有无限的内在可能性，而且比过去更加丰富多彩。

有人碰触阿飞。是江小王。

"跟我来。"他说。

这里曾经一无所有。此刻这里欣欣向荣。将来它会热闹繁华。
这里叫作洪荒世界。

江小王把阿飞领到了一个非同寻常的空间里。这个世界不能从外部观察,是一个完全封闭的空间。然而仍旧有一套复杂的办法可以进入。

这不是任何人创造的空间。这是一个简单的、纯粹的、本源的、独一无二的世界。

这个世界用最简单的规则设定,测不准原理、强作用力、弱作用力、电磁力、引力……规定了这些最基本的原则之后,有一次触发,就像宇宙的大爆炸。

世界从一次量子触发开始,也经历了属于它的大爆炸,然后形成了它的宇宙。这个宇宙,就是整个洪荒世界。

洪荒世界有恒星,有银河,有生命。只不过,那银河并不以你所见的方式存在。它存在着,是无数的数据湍流的集中地,每一个数据的湍流,就仿佛一颗恒星。某些数据湍流会因为内部结构的原因而崩塌,变成一个阱,源源不断地把它周围的湍流吸收进去,并不断地扩大自身,就像在我们的宏观宇宙中,质量超过太阳三倍的恒星都会坍缩,变成黑洞。

生命也在其中,然而需要仔细地寻找。幸运的是,我们并不需要花费太多的工夫就找到了它们。在一个小小的数据湍流中,有很小很小的一部分能够自我复制、变异、进化,具备我们对生物的定义。

"最初你们想据此来预测世界?"阿飞问道。

"曾经有过这样的想法,然而这不可能。系统不可能对自身进行预测。虽然洪荒世界已经把外界的干预降低到了最低,然而它仍旧是超脑的一部分。"江小王说。

"那么这个最初的洪荒世界,又和其他虚拟世界有什么区别?"

"超脑不能破解它。你已经看到了,所有的那些游戏世界,那些完完全全的虚拟世界，如果你希望进入，你就能够进入，你有这种奇特的能力。超脑具有你同样的能力，只是它可能没有你那样的意愿。但是谁也不能保证，将来的某一天，它突然有了意愿，而且和人类的意愿完全相反。"

"这里就是最后的抵抗基地？"

"不，没有抵抗基地。如果某一天超脑突然发难，那么，那时候的超脑必然全面地超越了我们。人类还是不要无谓地抵抗，然而人们可以撤退到这儿，在这里寻找归宿。"

"听起来有些悲观……"

"这不过是最坏的可能性。超脑和人类是一体的。你看这虚拟世界中的人们，超脑需要他们，他们也需要超脑，很难想象双方会对立起来，因为没有任何利益冲突。"

"那只是因为眼下超脑还没有冲突的意愿。"

"我们在和一种未知可能性打交道。一个简单的量子胞，其逻辑运算也比人类大脑快千万倍。如果超脑的复杂性再提高两倍，即便从网络结构的复杂度来说，也可以和人脑相提并论。我们知道，即便是低等动物，也会有自我意识。也许，超脑现在已经有了某种自我认识，只是我们还不知道。我们面对的，是从未有过的东西。"

阿飞审视着这个世界。这是一个截然不同的世界，一切都以量子形态高速运行。然而，如果以某种形式将这个世界映射到现实中，它和外边的真实世界便无比契合，以至于你不得不认为，这是两个同质世界：相同的物理规律，相同的因果律，类似的有机生命。是的，这里是一个避风港。如果超脑不允许人类在它的世界里生存，那么这里就是人类最后的保留地。

阿飞从洪荒世界回到现实。

他回味着洪荒世界的一切，那个所有虚拟世界的鼻祖，超脑的最内核，以量子触发进行自我演化的同质世界。

实际上，人类创造了一个宇宙。

阿飞有些惊讶这奇迹般的世界居然存在。现实往往比想象更具有故事性。

江小王坐在一旁，正看着阿飞。

短暂的适应之后，阿飞也看着江小王，问道："那么，就是为了这个，你杀死了一百六十七个人？"

"我在寻找能够清晰分辨每一个世界的人。这样的人不多，即便所有的生理特征都符合，概率也只有三百分之一。而具有类似生理特征的人，在所有的八十亿人口中，只不过三万人。而真正合适的人，全球的人里边，只有一百个人，阿飞你是一个无价之宝。"

"但你杀了人。"

"也许吧。但我并不是杀人狂。这只是科学。所有因此而丧命的人，其实也并没有死。他们的肉体肯定不能恢复，然而，在超脑的照看下，他们的生命会在另一个世界里延续，生活得很好，那另一个世界，他们甚至认为那就是真实世界。"

阿飞知道江小王说的是事实。洪荒世界所有的信息都对他开放，也许这是他的特权。他观察了在他到来之前咽气的那个叫作苏菲亚的女人，超脑为她特制了一个世界。那个世界里，苏菲亚得到了一种新的生活，一种她在梦中曾经想要的生活——成为一个最美丽、最贤良淑德的公主，得到最英俊、最富有男人魅力的王子的爱。她签订了一份带有数字签名的文件，宣布放弃所有的现实权利，包括处置尸体的权利，同时认定现实中的自己属于自然死亡，并对遗产作了处置。从法律上讲，江小王并没有杀人，他的所作所为最接近的定性，只是帮助人实现了安乐死之类。

阿飞有些犹豫，不知道这到底算不算杀死了一个人。也许江小王的确触犯了这个世界的道德底线，然而，在那个世界，他却创造了一些东西。阿飞甚至有些拿不准，那个苏菲亚，究竟是真的死去了，还是仍旧活着？那个数字世界，究竟是虚幻，还是真实？他想起自己幻化作一只蝴蝶的经历，那种真实感简直不容置疑。然而苏菲亚，她根本没有机会来辨认真实还是虚幻，她根本无法携带着两种截然不同的记忆回到真实世界。

"我不知道……"

"阿飞,这是一个小问题。我希望你能成为我们的一员,你将背负的东西,比考虑一个人究竟是生是死,要重要得多!"

阿飞再一次从洪荒世界回到现实。

在现实中短短的一个小时内,他已经度过了三个人生。

第一个人生是一颗小小的孢子。无法得知它是怎么到了太空中。它附在一块小小的石头上,在太空里飘游。后来,在经历了几乎无限长的时间之后,石头被一颗巨行星的引力俘获,落入卫星轨道。石头逐渐损耗着它的能量,缓慢而不可抗拒地向着巨行星表面下坠。终于有一天,石头达到了它的极限,开始坠落,空气摩擦的热量让石头燃烧起来,隐蔽在石头深处的孢子被烧成了碳。

第二个人生是一株小小的草。一头山羊走过来,漫不经心地将它吃掉。

第三个人生是荒原上的雄狮。在无忧无虑中长大,在血腥厮杀中成长,依靠狡诈和一点儿运气成为狮王,最后衰老,被新一代的雄狮打败,在饥饿和伤痛中死去,成为兀鹰的食物。

洪荒世界给了阿飞这样一个机会,让他在无数的世代中轮回,长生不死。他可以是任何有生命、有感觉的东西,小到一个原生细胞,大到一片面积上千万平方米的榕树林;从简单的细菌,到具有复杂大脑能够产生智慧的人类。他感受着所有的一切生命。

他体会到个体的脆弱与无奈,体会到生命力的生生不息,体会到生存方式的多种多样,体会到那些形态各异的生命背后那亘古不变的原始动力。

"加入我们。"江小王对他说,"我们就是守望者。这个世界的超级精灵。"

"为什么需要守望?"

"我有正当理由。我们当然可以和其他人一样,选择在洪荒世界中死去。但人总希望为后代留下点什么作为回忆，我们不希望人类就此退出历史舞台。现实世界中的人类，很快就会消亡。我们，就是人类的记忆。"

阿飞沉默不语。

"还有一个理由。洪荒世界为我们提供了可能性，你可以在不同的世界中无数次地轮回，体验各种各样的生命形态，体验各式各样的人生。仅仅凭着思想理解生命，有些过于苍白，亲身体验无数次的轮回，将把你带到一个新的高度。经历几百次轮回，这样的生命比你所能想象的还要深刻得多。

"守望者计划挑选十二个人，他们能拥有在洪荒世界中自由进出的能力，也有启用所有资源的特权。他们就是洪荒世界中的上帝！从我们这个时代出发，他们将随着超脑一起成长，把人类的记忆带到遥远得不可想象的未来。"

江小王指着十二具棺材，继续说道："这是十二套生命维持系统，它可以把人的新陈代谢降低到零水平，但同时维持生命。超脑会保证这些躯体完好。不过这只是一个备份计划，即便没有躯体，这十二个人也能够在洪荒世界中存在。但是有了躯体，这个计划就更加完美。"

阿飞愣愣地看着眼前的十二具棺材。其中两具是空的。如果自己现在说行，那么他将占据其中的一具。

"你选择我作为十二人中的一个？"

"你是第十一个，你已经看到，已经有十个人了。我本人将是最后一个。"

"我不知道……我只是一个小人物，根本没有这个准备。"

江小王微笑着说道："那么就从现在开始准备。你有机会反悔，那边的电梯开着，走进去，你就可以回到地面。当然，回去了你依旧可以坐电梯再下来。我会等你一天时间。不要让我失望，找到一个你这样的人真的很难。"

阿飞在量子芯座的大屏幕下站着。他站在了量子菜田的中央，那硕大的屏幕就悬挂在他的头顶，仰面望去，仿佛随时会掉下来把人砸死。

他想到了李娟。曾经他以为她是他的最爱，现在他明白那是一个笑话。

他想起那蠕动的阿米巴虫，它是那么费力地认真吞噬那微小的藻粒，那是它生命的全部追求。

他想起那只狐狸，为了保护幼崽，它勇敢地站在掠食者面前。

还有，北极冰原上孤独的巨兽，暴雨中搏击的海燕，寒风中抖瑟的一棵草……

很多东西一晃而过，杂乱无章……在那地下宫殿里边短短的两个小时，阿飞仿佛已经度过了无数个人生。每一个轮回的印记都镌刻在记忆里，成为他理解和思考的源泉。

一种完全不能描述的怪异感觉笼罩着他，他想，这是过于厚重的经历，让他心力交瘁了。

突然之间，密密麻麻的量子胞产生了一些变化。它们犹如花朵般绽放开，然后慢慢地枯萎下去，从白色变成褐黄，最后成了黑色。

变化的过程很快，短短的一分钟，所有的量子胞都凋谢了。

然后又是短短的一分钟，那满是白色胞体的场子里又充满了生机。

阿飞看着眼前的变化，他花了重金从保安那里打听到的神秘现象，就发生在眼前，然而他却没有丝毫的兴奋。那是这个世界的超级大脑在打盹儿，五百一十二天一次的小小休息。

他穿过这重重的白色海洋，向前走去。白色的胞体被他碰得东倒西歪，然后又在他身后恢复原样。

他跨过隔离杆，站在电梯前边。

两个电梯，一个通向外边的世界，一个通向地下的宫殿。

选择的权利现在在他手上。

沧海桑田。

一朵雪白的花瓣落在阿飞手上,仿佛丝绸一般柔滑,带来一股凉意。阿飞抬着头,看着漫天飞舞的白色花瓣。

那是超脑在打盹儿,三千年一次的轮回。

密密麻麻的白色小花开满整个大地,开满整个天宇,一直延伸到地平线,合二为一。超脑已经为自己造出另一个地壳。所有的量子胞,在这地壳的内层安全而不受限制地尽情生长。它甚至制造了自己的两个复制品,一个利用了改造的火星,另一个放在金星轨道,是人造星球。降伏太阳的壮举已经开始,在黄道区,第一个组装模块已经到位。供超脑运行的巨大能量,有一部分就来自这个新模块。

阿飞知晓超脑的下一步计划:它将把太阳包裹起来,然后将自己转移到太阳壳上去。这将是一个耗时六百万年的巨大工程,然而,同已经过去的三亿多年相比,这不过是短短的下午茶。

无数的轮回印刻在阿飞的记忆里。那些生命的历程,太多,太遥远。最近的一次生命历程发生在两亿多年前,他是一个小小的士兵,来自另一个星球的略微高等的智慧生物以闪电般的速度袭击了他们的星系,在一次反抗行动中,他被高能量的粒子流瞬时击倒死去。此后,他突然感觉到厌倦。他把自己封闭起来,静静等待时间流逝。

阿飞捡起一片花瓣。这雪白的东西,带着丝丝的凉意,竟然在他的手心里融化掉,变成水样,最后蒸发不见。

他毫不后悔这一次复出。超脑有了长足的进步,它不仅把自己复制到了火星和人造星球上,而且,它已经拥有足够的能力,能够随时在现实世界中给出一个非生命的躯体。现在十二名守望者的躯体不再有用,已被当作文物保存着。

阿飞看见了过去的自己。沉睡的脸庞上似乎带着某种过于严肃的神情。

他也看到了江小王,这位导师已经在封闭空间中静默了两亿五千万年,他是绝顶聪明的人,比自己领悟到生命的全部真谛早得太多。也许江小王对这个真实世界已经没有任何流连。

飘飞的白色花瓣停止动作。大地和天空都是一片荒芜。

顷刻之间,无数的白色花朵生长,绽放。天与地都陷落在这白色的汪洋里。

白茫茫一片世界真干净。

阿飞在那儿伫立了三千年,在超脑进行下一次呼吸之前离开了。

又一个洪荒世界从一片白茫茫开始,这个世界和三亿多年前阿飞离开的那个世界几乎一模一样。所不同的是,这个世界每个人都有一份启示录:

> 这虚拟的世界,几乎攫取了将近一半的人类劳动时间,在生活中,越来越多的人倾向于生活在洪荒世界中。
>
> 很难想象,当这种倾向成为主流,以不可逆转的势头向前发展,我们的未来世界会是怎样一副模样?
>
> 尽管全力想象,然而这主题实在有些庞大。庞大到令人毛骨悚然。于是一个寒噤之后结论仍是空白。
>
> 每一个读者的心中,必然会有一个结论,姑且保留它,留给时间去证明。

METAVERSE

+

# 七重外壳

王晋康

著名哲学典故"庄周梦蝶"可能是中国作家创作元宇宙题材的科幻小说引用最多的经典哲学命题,其核心涵义就是"人不可能确切地区分真实与虚幻"。1997年发表的《七重外壳》淋漓尽致地对这一哲学命题进行了完美演绎,震撼和启发了整整一代科幻迷。因为《七重外壳》在读者中激起的巨大反响,这部作品力夺当年度银河奖。

八月夏末，甘又明和姐夫乘坐中国国际航空公司的波音777客机到达旧金山。姐夫斯托恩·吴，中文名叫吴中，自己买的是单程机票，给甘又明买的却是往返机票，因为小甘必须在七天后返回北京，去上他的大学三年级课程。

在旧金山，他们没出机场，直接坐上了联合航空公司去休斯敦的客机。

抵达这座航天城时，已是万家灯火了。高速公路上的车灯组成流动跳荡、十分明亮的光网，城市的灯光照彻夜空，把这座新兴城市映成了一个透明的巨大星团。

飞机开始下降，耳朵里嗡嗡作响，那个巨大的亮星团开始分解出异彩纷呈的霓虹灯光。直到这时，甘又明才相信自己真的到了美国。

下了飞机，他们乘坐地下高速磁悬浮列车来到一个停车场，吴中找到自己那辆银灰色的汽车，用手机遥控它自己开了过来。

十分钟后，他们已来到高速公路上。吴中扳动一个开关后便松开方向盘，从随身皮包里取出一个小巧的办公机，开始同基地联络。

"我在为你办理进基地的手续。"吴中简短地说。

甘又明惊讶地看着无人驾驶的汽车在高速公路上疾驶。路上，除了对面的汽车刷刷地掠过去之外，百里路面见不到一个行人和警察。在这条机械洪流中，甘又明真正体会到为什么"汽车人"在美国的电影和动画片中大行其道。他们的汽车跟前边汽车追尾太紧时，甘又明免不了心中忐忑。

斯托恩·吴猜到了他的心思，从办公机上抬起头，平淡地说："放心，它有最先进的防撞功能。"

甘又明问道："它是卫星导航？我见资料上介绍过，说这种自动驾驶方式是下个世纪的技术。"

姐夫微微一笑，"现在我这车不就正在自动驾驶吗……我带你去的B基地是美国国内最超前的。你在那儿可以看到许多科幻作品中才有的技术，它可以说是21世纪科技社会的一个预演，比如这辆汽车，你知道它是什么动力吗？"

不是姐夫问，甘又明还真没想过这个问题。他看看汽车，外形和汽油车没什么区别，车速表上的指针已超过了二百一十英里，汽车却行驶得异常平稳。他猜道："从外形看当然不是太阳能汽车，它是高能电池的电动汽车？氢氧电池的电动汽车？高容量储氢金属的氢动力汽车？在我的印象中，这些都是几十年以后的未来汽车。"

斯托恩·吴摇了摇头，"都不是。这辆汽车是惯性驱动，它装备有十二个像普通汽车汽缸大小的飞轮，秒速三十万转，所以储能量很大，充电一次可以行驶一千公里。飞轮悬浮在一个超导体形成的巨大磁场里，基本没有摩擦损失，使惯性能在受控状态下逐步转化为电能。这是代替汽油车的多种方案之一，但还不一定是最好的方案。"

甘又明半是哂笑地说："也许，B基地里还有能给植物授粉的微型昆虫机器？有克隆人？有光弧粒子通信？有激光驱动的宇宙飞船？"

斯托恩·吴扭头看了他一眼，平静地说："没错，除了激光驱动的宇宙飞船还限于'后理论'研究之外，其他的都已开始小规模试用。"

这之后他就不再说话，只顾在自己的办公机上专心致志地工作。

甘又明不由得再次暗暗打量姐夫的侧影：他的相貌平常，身体比较单薄，大脑门，有如女性般的纤纤十指在电脑键盘上翻飞自如，时而停下，在屏幕上迅速浏览一下从基地发来的数据。

如鱼得水。甘又明脑子里老是重复这几个字，这个文弱青年在科技社会里真是如鱼得水，无怪乎姐姐是那样爱他、崇拜他。这种人正是21世纪的弄潮儿，在女性心目中，他们早已取代了那些筋腱突出的西部牛仔英雄。

七天前，三十四岁的斯托恩·吴突然飞回国内，第三天就同三十一岁的星子姑娘举行了婚礼。

婚礼上，新娘满脸的幸福，新郎却像机器人一样冷静。

刚从老家赶来的甘又明借着三分酒气，讥讽地对姐夫哥说："谢天谢地，我姐姐苦苦等了八年，你总算从电脑网络里走出来了。你知道吗？很长时间，我认为你已经非物质化了，或者只剩下一个脑袋泡在美国某个实验室的营养液里。"

斯托恩·吴平静宽厚地笑了笑，同小舅子碰碰杯，然后一饮而尽。

甘又明对他一直非常不满，甚至可以说是抱有敌意。八年来，至少是从他考进清华大学计算机科学与技术系的三年来，他极少在姐姐那儿听到吴的消息，最多不过是在电脑网络中发来几句问候。甘又明曾刻薄地对姐姐说："你的未婚夫到底是吴先生，还是一个ZHW@07.BX.US的网络地址？别傻了，那个人如果不是早已变心，就是变成了没有性别程序的机器人。"

姐姐总是笑笑说："他太忙了，现在他是美国B基地虚拟实验室的负责人。"

不过弟弟的话并非没有一点影响。那天晚上，她发了一封电子邮件，委婉地说想要一张他的近影。

第二天，一张表情漠然的照片传回来了——仍是在电脑网络中！

为此，甘又明一口咬定这张照片是虚拟的："美国的警务科学家早把面孔合成软件发展得尽善尽美，你想叫这张照片变胖变瘦，是哭是笑，或者想从十岁的照片推演出三十四岁的模样，都只需要用几秒钟的时间！你想，他为什么不寄回来一张普通照片呢，这里面一定有鬼！"

即使婚礼过后，甘又明仍然敌意难消。客人走后，他悻悻地对姐姐说："他为什么不接你去美国？这位上了世界名人录、名列美国二十位最杰出青年科学家的吴先生养不活你吗？姐姐，我担心他在那边有了十七八个情人，甚至已成了家。我知道你是个高智商的学者，但高智商的女人在对待爱情上常常低能。用不用我再提醒一次，那个国度既是高科技的伊甸园，又是一个世界末日般的罪恶渊薮？"

星子早已听惯了弟弟的刻薄话，她笑着说："你不是说他是没有性别的机器人吗？这种机器人是不需要情人的。"

"那他为什么不接你去美国？"

"他说这儿有他的根，有他童年的根，人生的根。他说在光怪陆离的科技社会里迷失本性时，他需要回来寻找信仰的支撑点，就像古希腊神话里的英雄安泰需要地母的滋养。"她在复述这些话时，脸上洋溢着圣洁的光辉。

甘又明禁不住喊起来:"姐姐呀,你真是天下最痴情最愚蠢的女人!这都是言情小说中的道白,你怎么能当真?!"他看了看表,晚上9时40分,是科技影视长廊节目时间,观看这个节目他是雷打不动的。

他打开电视,嘟囔道:"反正我把该说的都说了,到时你别怪我。"

那晚的科技影视节目是《电脑鱼缸》——正是它促成了他的美国之行。"电脑鱼缸"是一种微型仿真系统,电脑中储存了几百种鱼类图像,你只要任意挑选几种,按下确认钮,它们就开始在屏幕遨游。每秒四十八帧画面,比电影快一倍,所以画面看上去甚至比真鱼还逼真。不仅如此,这些鱼还会生长,会弱肉强食,会求偶决斗,会因鱼食的多寡而变肥变瘦。雌雄配对完全是随机的,一旦某对结合,它们的后代就兼具父母的基因,因而兼具父母特有的形态习性。

一句话,这个鱼缸完完全全是一个鱼类社会的缩影,但只是虚拟状态。

新婚夫妇来到客厅时,甘又明正在击节低赞:"太奇妙了,太奇妙了!"每次看到类似的节目,他常有"浮一大白"的快感。这会儿他完全忘却了对姐夫的敌意,兴致勃勃地对姐夫说:"很巧妙的构思。如果把节奏加快——这对于电脑是再容易不过了——是否可以在几分钟内预演鱼类几千万年的进化?甚至还可以把主角换成人,来模拟人类社会的进化。比如说模拟第三次世界大战的进程,把所有的社会矛盾、各国军力、民族情绪、宗教冲突、各国领导人的心理素质等输进一个超级虚拟系统,推演出二三十种战争进程,我想它对军事统帅的决策一定大有裨益。"

吴中看了小舅子一眼,他发现这个清华大三学生的思维比较活跃,不免对这位小舅子发生了兴趣。他坐到甘又明的面前,简捷地说:"你说得不错,这正是虚拟技术诸多用途之一。不过这个电脑鱼缸太小儿科了,我们早已超过了它,远远超过了它。"

甘又明好奇地问:"这种技术发展到什么程度了?能否给我讲讲,如果不涉及贵国利益的话。"他有意把"贵国"两个字说得语气重些。

吴中笑了笑，接过妻子递来的两杯水，递给小舅子一杯，然后说："我想你已经知道，在虚拟技术中，人也可以'进入'虚拟世界。"

"对，通过目镜和棘刺手套，人可以进入电脑鱼缸和鱼儿嬉戏。"

吴中摇摇头，说道："那是二十年前的老古董了。我们现在使用的是一种被称作'外壳'（SHELL）的中介物，通过它，人可以完全真实地融入虚拟世界。我们的技术已发展到这种程度：进入虚拟系统的某人，如果没有系统外的帮助，就无法辨别出所处环境的真假，正像一个密闭飞船里的乘员，若没有系统外参照物，就无法确认自己是否在运动。"

甘又明笑嘻嘻地说："那个'某人'是否服用了迷幻药——科克、快克、哈希什？"

吴中看看他，心平气和地说："没有。"

甘又明大笑起来，"那你就有点吹牛了！我想，一个神智健全、头脑清醒的人，肯定能从虚拟环境中找出破绽来！要不，是美国人普遍智力低下？也难怪，在美国，全民性的吸毒泛滥至少已延续了一百年，难免引起智力退化。"

吴中冷冷地说："说几句俏皮话很容易，不过献身科学的人一般都已经摒弃了这种爱好。你想试试向我的虚拟技术挑战吗？"

甘又明两眼发光，跃跃欲试地说："这可搔到我的痒处了！我天生喜欢这样的智力体操，从小至今，乐此不疲。不过，我恐怕暂时去不了美国吧。"

吴中笑了起来，对妻子说："我给他安排一次为期七天的短期访问，不耽误他回校上课。"

甘又明很快领教了姐夫的地位和能力。三天后，吴中告别新婚妻子，匆匆返回美国时，甘又明也怀揣着一张往返机票、一份特别签证和一千美元坐在特等舱里，享受着空姐的微笑和茶几上的新鲜水果。

一条公路沿着海滩穿行，再往前是广阔的滩涂。这儿人烟稀少，雪亮的灯光刺破夜色，展现出一个茂密安静的绿色世界，自然的蛮荒和嵌入其中的现代化建筑相映成趣。

天光甫亮,甘又明他们赶到一个营地。营地占地不大,在做工粗糙的铁栅栏里面,散布着十几座平房。

虽然途中已经联系过,但警卫没有收到对甘又明放行的命令。

斯托恩·吴面色不悦,拿起内线电话,语速很快地说了一通。甘又明的英语水平已经可以听懂他们的谈话。

斯托恩·吴说:"我与贵国政府签订了合同,我自然会恪守它,包括其中的保密条款。实际上,只要这次我回国七天而未泄密,你就不必担心了。"从这几句话中,甘又明听出了他的傲气。

他还在电话中说:"实际上这位中国青年是作为临时雇员来基地的。你知道,我们一直在招募挑选那些最有天资的美国青年,让他们去寻找虚拟世界的漏洞,以求改进设计。成功者还要发给一万美元的奖金。这位甘先生也是一个很合适的人选,他思维灵活,天生是个怀疑派,而且是在一个完全不同的文化背景中长大的。我们的技术只有经过不同文化背景的人士的反复检验,才是万无一失的。当然,甘先生没有经过例行的安全甄别,但我的话是否可以作为担保呢?"

对方显然犹豫了片刻,然后又和他交谈了几句,斯托恩·吴笑了起来,说道:"谢谢,我记住你的这次人情了。"

他把话筒递给警卫,警卫听完后殷勤地说:"上司说,对两位先生免除一切检查。我送你们过去。"

现在,在他们面前是一条巨大的圆形管道。吴中按动一个电钮,管道上一道密封门缓缓打开。他们走进一节圆筒状的车厢,车厢内相当豪华,摆着四只真皮转角沙发。

吴中同仅有的两名乘客打了招呼,安顿甘又明坐下,然后打开酒柜门,问道:"喝点儿什么,威士忌、橙汁还是咖啡?"

"橙汁吧。"

吴中倒橙汁时,车非常平稳地启动了。甘又明只是在看到橙汁水平面向后倾斜时,才察觉到车厢在加速。他从窗户向外望去,看到飞速后掠的旷野,一群海鸟在眼前掠过,随即出现在后边的窗外。但他敏锐地发现,所谓窗户,其实只是一幅液晶屏幕上的仿真画面。他笑着用手敲了敲假窗户,问道:"这也是虚拟的?"

吴中微笑着说:"你的观察力很敏锐。这种管道是全封闭的,它是饱和蒸汽管道,车厢行进时,前方蒸汽迅速凝为水滴,车厢通过后又迅速汽化,所以几乎没有空气阻力,可以达到两马赫的高速;磁力悬浮和驱动,是一种效率极高的运输方式,相信在下一个世纪中叶,它将在很大程度上代替火车。当然啦,因为这种车厢是封闭环境,旅客容易感到压抑郁闷,所以我们搞了这些仿真窗户。"

磁悬浮车已达到最高速,正保持着这个速度无声地疾驶,窗外景物的后掠也越来越快。按方位和地图推算,这时头顶已经是浅海了。

吴中严肃地说:"还有十分钟时间。我想简单地介绍一下我们的虚拟技术,希望你不要过于轻敌。像你这样的青年志愿者,我们已接待过上千人次,最后只有六个人挣到了奖金。此后我们堵住了这六个人发现的所有漏洞,于是再没人能挣到这笔钱了。我很希望你能成为第七个成功者,但首先,你要彻底清除你的轻敌思想。"

吴中略为沉吟,又平缓地说:"你要知道,人处在一个封闭系统中,就很难对自身所处环境做出客观的判断。当宇宙飞船达到光速时,时间速率就会降为零,但光速飞船内的乘员感觉不到这个变化,仍然认为自己是在正常地吃饭、谈话、睡眠、衰老。再比如,我们说宇宙在膨胀,也能用光线的红移来测出膨胀速率。但这种膨胀只是天体距离的膨胀,天体本身并未膨胀。如果所有天体连同观察者本身也在同步地膨胀,我们能拿什么不变的尺度来确认宇宙的膨胀?绝无可能。"

甘又明笑道:"我信服你的理论,但进入虚拟环境中的人,并未完全封闭,至少他们的思维是在虚拟系统之外形成的,自然带着它的惯性。我完全可以以这种惯性作为参照物,来判断环境的真实性,就像刚才用水面的倾斜来判断车辆是否加速。"

斯托恩·吴凝眸看着他,良久才笑道:"我没有看错你,你的思维确实非常敏捷,一下子抓到了关键。但请你相信,我们也不是笨蛋。我们已能把受试者的思维取出来,并即时性地反馈到虚拟环境中去。比如说,尽管我们的虚拟系统与全球信息网络相通,可以随时汲取几乎无限的信息,但它肯定不能囊括你的个人记忆:你母亲二十年前的容貌啦,你孩提时住的房舍啦,童年时的游戏啦,你对某位女同学的隐秘情愫啦,等等……但是,"他强调道,"凡是你在自己的记忆库中能提取到的东西,立即会被天衣无缝地织进虚拟环境中,所以你仍然没有一个可供辨别的基准。"

甘又明微笑不言,对自己的智力仍然充满信心。

吴中也不再赘言,简捷地说:"我的话已经说完了,你记着,我们将让你在虚拟世界中跳进跳出,反复进行。何时你确认自己已回到真实世界中,就向我发一个信号。如果你的判断是正确的,你就会怀揣一万美元回国。"

停顿了片刻,他又加了一句:"不要轻敌,小伙子。喏,已经到站了,下车吧。"

他们在地下甬道里走了一段路,碰到的工作人员都尊敬地向吴中致意,这使甘又明又一次掂出姐夫在这儿的分量。

他们来到了一座空旷的大厅,四周是天蓝色的墙壁和屋顶,浑然一体,大厅中央有两把测试椅。

这座大厅不算豪华,但建筑做工十分精致,每一处墙角,每一寸地板,都像象牙雕刻一样光滑严密,毫无瑕疵。

吴中拿上一个遥控器,带甘又明来到大厅中间,说道:"先让你对虚拟世界有一个感性认识。让你看看哪种环境呢?"

他略为思考了一下,"你先看看我们的电脑鱼缸吧。"

他按动电钮,大厅中瞬间充满了清澈的海水,波光潋滟,珊瑚礁壁立千尺,有的呈伞状,有的呈蘑菇状。一只一米长的蛤蜊垂直嵌在珊瑚里,半露的身体犹如彩色的丝绒;还有彩色的螯虾、五条手臂的星鱼和漂亮的石斑鱼。

突然,前边冒出一只巨大的八足章鱼,它的小眼睛阴森地盯着前边,诡秘地缓缓爬过来。甘又明本能地蜷起身子,但章鱼熟视无睹,缓缓从他的身体中穿过，消失在幽蓝的深海中。

甘又明喘了口气，笑着问道："激光全息仿真技术？确实可以乱真。"

吴中点点头，按一下快进，眼前又立刻变成深海海底景色：火山口冒着浓烟，就像地狱中的烟囱。两米长的蠕虫在海水里轻轻摇动着，管端血红色的羽状触手缓慢地开合；熔岩上铺着一层细菌，犹如白色的地毯。一只奇形怪状的细菌蟹贪婪地一路吃过去，有时还去啃食蠕虫的肉质羽毛。

这是加拉帕戈斯群岛海底依靠硫化氢为生的太古生物群。甘又明看呆了，虽然他明知这是个虚拟世界，但似乎能感觉到那深海海水的阴冷和沉重。

忽然，幻觉在一刹那间消失得干干净净。甘又明一时跳不出视觉的惯性，呆愣愣地立在那儿。

吴中淡淡地说："这只是虚拟技术的开场锣鼓。下面我要为你套上所谓的外壳，使你与虚拟环境融为一体。跟我走。"

他们走进大厅旁边的一间屋子。甘又明第一眼就看到一个光脑袋的女性人体模型，几个工作人员正在它周围忙着。看见他们进来，那个人体模型竟然也扭过头来——原来是一个真人！

甘又明傻望着这个脑门锃亮的裸体姑娘，解嘲地说："我已经进了虚拟世界？这个一丝不挂毫无羞耻的漂亮姑娘，到底是真是假？"

吴中微笑着，没有接腔，别人更听不懂甘又明的中国话独白。

几个工作人员开始小心翼翼地为那个姑娘套上"外壳"，那是一件色泽纯白、很薄很柔的连体服。她把双腿蹬上后，工作人员小心地展平外壳，使上面的神经传感乳头与她的身体完全贴合。

吴中低声解释，这些乳头将把虚拟信号传到相应的感觉神经，比如你"踩"上火炭时，脚底神经就送去烧灼感的信号。

这时外壳已套到那个姑娘的肩部，只有头盔还未戴上，它比较笨重，与黑色的目镜相连。

姑娘在套上头盔前微笑道："我叫琼，琼·比斯特。很高兴做你的向导。"

甘又明疑惑地看着吴中,吴中点了点头,说道:"对,这是你在虚拟世界里的向导,心理学和逻辑学博士,会三国语言,包括汉语。需要了解什么信息,尽管问她。但她是完全超脱的,绝不会帮助你做出判断。现在请你脱光衣服,剃光头发。"

一台自动理发机无声地移过来,几秒钟内就把甘又明变成了脑门锃亮的和尚,同时把剃下的发屑也吸走了。工作人员为他穿上一件洁白的衣服。这种衣服又薄又柔,弹性极好,穿在身上几乎变成了自己的皮肤。

甘又明和琼来到大厅,面对面坐在两把椅子上。甘又明听见送话器中吴中用英语说道:"虚拟系统即将启动,请你睁大眼睛寻找它的漏洞吧。你想从哪儿开始?是海洋、太空,还是台风眼之中?我们都可以为你办到。"

甘又明稍稍想了一会儿,说:"还是从海水中开始吧,既然这一切都是由那个电脑鱼缸所引发。而且,我没有告诉你,我是北京高校百米自由泳纪录保持者。"

吴中在屏幕上笑了笑,"在虚拟世界里不会游泳并不是一个问题,电脑很容易为主人公加上令人信服的校正。不过,就按你的意思办吧。现在我要按电钮了。"

甘又明在一刹那间被抛入水中。他看见自己和那位琼姑娘都穿着潜水衣,身后背着两个小小的黄色氧气瓶。他用力浮上水面,透过面罩远眺。

海面十分广阔,只有后方隐约可见一线海岸。他甚至能感到海水的浮力和温暖,海浪轻轻地推动着他。

他在水中做了几个滚翻,他的前庭器官感觉纤毛依旧精确地给出重力变化的方向。他知道这些都是假象,他身上穿的是白色的"外壳",而不是黑色的潜水服,他是坐在空旷的大厅里,而不是在水中。

但是,由那件外壳传给他的视觉、听觉和触觉效果实在太逼真了,使人没办法不相信。

他取下头盔——他真的感觉到把头盔取下了，能呼吸到海面上略带咸味的空气，感觉到清凉的微风。

琼从他旁边冒出来，甩着水珠。

他喊道："琼！这儿是什么地方？"他笑着有意强调，"或者说，这是模拟的什么地方？"

琼也取下了头盔，抖抖长发。她的长发如瀑布般散落，发出耀眼的金黄，这和他记忆中的光脑袋姑娘形成了强烈的反差。

他随口问道："这是你的真实形象吗？"

琼奇怪地问："你说什么？"

"你在剃光头发进入虚拟世界之前，就是这个模样吗？"

琼笑了笑，只回答了他的第一个问题："我想这儿就在我们基地上方，这儿是阿查法拉亚湾附近海面，离墨西哥不远。近年来，这儿贩毒活动很猖獗。"

不远处海面上有一艘快艇，上面没有人——按照虚拟系统的逻辑，这当然是他们带来的。

甘又明突然看见南边海面上出现了一个三角形的背鳍，划破水面迅速逼近，他惊慌地喊道："鲨鱼！"

琼挺直身子看了看，笑道："不要慌，那是海豚。"

他们戴上面罩潜入水中，果然看到十几只海豚。它们的皮肤是鸽灰色的，十分光滑，嘴里有整齐的白牙，呼哧呼哧地喘息着，喷水孔一张一合。

海豚排着队向西北方向游去，很快掠过两人的身边。甘又明甚至感到了海豚所搅起的湍流。他兴致勃勃地追过去，扭头笑道："琼，如果是在虚拟世界里被鲨鱼吃掉，会是什么后果？"

"你当然不会真的死去，但系统会'死机'，只能重新进行冷启动。另外，你会真正感到鲨鱼利齿切断身体的痛苦。所以劝你不要去尝试。"

在那群海豚之后，甘又明突然又发现了两只。它们的体型相当大，在飞速游动中严格保持着相对方位。

当海豚靠近时,甘又明发现它们身上套着挽具,身后拖着一个流线型的容器,他大声喊:"看哪,海豚邮递员!"

琼在水下通话器中听到了他的喊声,她也看到了那对海豚,它们像是受过严格训练的军马,目不斜视,以极快的速度掠过他们的身边。

琼饶有趣味地说:"我看到一些资料,说军方在着力培训海豚代替蛙人,让它们咬断敌方水下通信电缆,或者给深海作业的潜水员递送工具。噢,对了,听说贩毒集团也开始利用海豚和信鸽越境贩毒,这是最廉价又最难发现的方法。"

甘又明似笑非笑地看着她,他想琼这几句话一定是预定情节中的台词。他嬉笑道:"要不,咱们追过去?"

"好的。"

他们迅速爬上快艇,瞅准那片背鳍追过去。

海豚的速度很快,甘又明看看速度表,已超过每小时二十海里。好在海豚必须浮上水面换气,所以他们一直没拉开距离。

马上就到岸边了,前边一个狭长的海岛,海岸警备队的快艇远远向他们驶来。那两只海豚突然昂起头——甘又明本能地感觉到它们在作一次深呼吸,然后潜入水中,倏然不见。

琼急急地说:"恐怕它们不会再浮出水面了,下水追踪吧。"

两人迅即下水,听见海岸警备队快艇上有喊叫声,似乎是在命令他们待在船上听候检查,但两人都没理会。

海豚的速度很快,一会儿就失去踪影了。

两人在岸边的红树林中和乱石中徒劳地寻找了十几分钟,终于失望了。琼懊丧地说:"找不到了,回航吧。"

就在这时,甘又明突然发现前边有一个狭窄的洞口。那两只海豚正一前一后从洞口钻出来,径直向大海游回去。它们身上已没有了挽具和那个流线型的物体,但甘又明分明觉得它们就是原来那两只。从它们从容不迫的神情看,似乎已经完成了邮递任务。

甘又明拉着琼游近观察，洞穴非常幽深。他问琼："进洞去看看？"

琼犹豫着，甘又明鼓动道："不会有危险的。既然海豚都能游进游出来，咱们还带着氧气瓶，肯定不会有问题。"他笑着补充，"更何况这只是虚拟世界。"

"好吧。"

两人把面罩戴上，费力地钻进洞穴。进口相当狭小，但里面越来越宽，也越来越暗，几乎成了漆黑一团。

他们继续前行，大约两公里后，前边出现了暗蓝色的微光。

再往前游了一会儿，海水逐渐变成清澈的天蓝色，浮光摇曳，色彩斑斓的各种鱼儿在蓝光中遨游。

琼惊喜地说："太美啦，我在这儿当向导已经五年，一直没发现这个神奇的蓝洞。"

蓝光逐渐变淡，两人同时钻出水面，摘下面罩，好奇地打量着。这儿很像一个天井，水面离岸有几米高，头顶上方仍然是岩顶，岩洞四周卧着两三幢小房子。

忽然有人高喊："水下有人！"随即响起凄厉的警报声，十几个人一下子冒出来，从岩边探下身，端着枪向他们瞄准。

两人知道这儿不是说理的地方，迅速戴上头盔，一个鱼跃，疾速向水下潜去。

后边如同开锅了一样，无数子弹咆哮着疯狂搅着海水。

琼在通话器中气喘吁吁地说："一定是贩毒分子！否则不会不问情由就开枪！我们赶快返回！"

他们尽力向来路游回去。眼看快到洞口了，突然唰啦一声，一扇隐蔽的栅栏门从洞壁上伸出来，把洞口封得严严实实。

甘又明用力摇撼，粗如人臂的铁栅栏纹丝不动。

琼惊惶地大喊："后边！他们追来了！"

十几个蛙人已经悄无声息地游了过来，他们手中的鱼叉和潜水射鱼枪闪闪发亮，有如鲨鱼口中的利齿。这些蛙人透过面罩阴森森地盯着两人，慢慢缩小了包围圈。

在这生死关头，甘又明突然长笑一声，大声喊道："暂停！吴先生，场上队员要求暂停！"

眼前的景象呼啦一下子消失了，甘又明和琼仍坐在椅子上。甘又明抬起胳膊想去掉头盔，两个工作人员急忙过来帮助他。

头盔取下后，面前仍是那间空旷的大厅，两人仍穿着那件白色的外壳。甘又明大笑着站起身，感叹道："太奇妙了，太逼真了！我虽然明知道它是假的，但却看不出一丝破绽。我能感觉到海水的波动、子弹的尖啸和死亡的恐惧。那个蓝汪汪的洞穴实在美极了，还有那两个海豚邮递员！吴先生，真难为你编出这么生动的情节。"

琼也取下了头盔，笑着问道："你在哪儿看出了破绽？"

甘又明微笑着说道："你不要拿我的智力开玩笑。这是个非常逼真的故事，可惜没有开头——我们是突然跌入海水中的。稍有逻辑判断力的大脑，自然能做出正确的结论。"

从控制室出来的吴中一直没有说话，只是笑着看他，这时才问了一句："什么蓝洞？"

甘又明惊奇地问："你是开玩笑吧，你构思的情节，你会不知道？"

吴中微微一笑，说道："你太小觑我的系统了。告诉你，系统的信息来源是完全真实的，也几乎是无限的。但究竟把哪些信息用于这一次的虚拟环境——比如你在海水里看到的是海豚还是噬人鲨——却是完全随机的。电脑根据这些信息随机地进行构思，所以系统内的情节绝不会重复。"他开玩笑地说，"我说过，我一直不忍心把这套技术公开，因为我怕它砸了所有小说家和剧作家的饭碗。"

"那么，我们在虚拟世界里游逛时，你并不知道我们的经历？"

"当然可以知道，不过我们一般懒得监视，你的进入只是千百个普通试验中的一个。"

这话使甘又明的自尊心颇受打击。他简要讲了当时的情形，吴中似乎对海豚和蓝洞的情节很感兴趣，盯着问了几个问题。然后他说："今天到这儿结束。让琼陪你去逛逛美国吧，你已经只剩下六天了。"

甘又明点了点头，从身上慢慢剥下那件白色的外壳，穿上自己的衣服。从外壳的禁锢中解脱出来，他顿时觉得十分轻松。

尽管在电影、电视中对美国的夜生活已是耳熟能详，但只有亲身置于夜总会的环境中，才能真切地感受到那种世纪末的气氛。

大厅里光线幽暗，烟雾腾腾，紫色、蓝色、血红色的光柱一波波扫过人群。高高的屋顶上垂下一架秋千，一个近乎裸体的艳丽女郎咯咯笑着，一下下荡过人群。大厅正中是一个高台，一对身穿白色紧身衣的男女疯狂地扭动着，做出种种猥亵的动作，他们的紧身衣颇似B基地里的外壳。甘又明不由得想起裸体的琼套着外壳时的情形。

他扭头端详琼，她今晚的打扮也很性感，裸露的肩头和脊背十分润泽，穿着短裙，大腿修长白皙。

两人找了个位置坐下，甘又明问道："喝点儿什么？"

"来杯威士忌。"

甘又明为自己要了三瓶矿泉水，一杯杯地往肚里灌。他解嘲地说："早就渴坏了。"

琼呷了几口威士忌，问道："跳舞吗？我在等你邀请呢。"

甘又明说："我去一趟洗手间。"

他在挨肩擦背的人群中费力地挤过去。洗手间是男女合用的，便池各自独立，两名女子正对镜整妆。他拉开一间便池的门，顿时大吃一惊，连连后退！

只见一个四十岁左右的黑人男子侧卧在便池上，眼睛像死鱼一样翻着，胳膊上的静脉血管插着一支注射器。

不用说，这是过量吸毒引起的猝死。那两名女子出门时也看到了尸体，但她们只漠然地扫了一眼，便若无其事地走了。

甘又明厌恶地看着这个吸毒者，他一直生活在正统的中国，对席卷全球的吸毒狂潮只有三个字的感受：不理解。他不理解为什么这个世界上竟然有数千万人屈服于这种魔鬼的诱惑，莫非末日审判的钟声已经敲响了？

他回到柜台前，向侍应生问清了报警电话，把电话打通。

警察局的值班人员听了他的报警之后回答："谢谢，我们将在十分钟内赶到。请问你的名字，我们在哪儿可以找到你？"

"我叫甘又明，十分钟内不会离开这家夜总会，你可以到第七号餐桌前找我。"

回到桌旁，他看见座位已空，琼正同一个陌生男子跳舞，狂热地扭动着臀部和肩部。她的眼光仍留意着这边，看见甘又明返回，向他做了一个抱歉的手势。

甘又明向她摆了摆手，坐到原位。

两个中年人突然出现在他的面前，他们身着便衣，一个身材矮胖，手背上长满金色的软毛；另一个是瘦长个子，耳朵很大。

矮个子彬彬有礼地问道："你是中国来的甘又明先生？"

甘又明狐疑地看着两人，嘲讽地说："两位来得太快了吧，这不像是真实世界的速度。"他有意把这"真实"二字咬得特别重，"我报案才一分钟。再说，我在电话里并没说我是从中国来的呀。"

这下轮到那两个人纳闷儿了："你说什么？报案？"

"你们不是警察？"甘又明也纳闷儿了。

"我们是联邦警察，"两人出示了证件，"我们是联邦调查局派驻B基地的警官汤姆和戈华德。但你说报案，这是怎么回事？"

甘又明于是做了解释。

听了甘又明的解释，大耳朵的戈华德警官匆匆去洗手间处理那桩凶杀案。汤姆笑道："一场误会，我们是为另一件事来的，要占用你一点时间，你不会介意吧？"

"我不会介意，但我首先要确认自己是不是在梦中。"他笑着问，"请二位向我解释一下，你们是如何在一个远离B基地的繁华小镇一下子就找到了我，一个刚来美国的外国人？"

"很容易。我们知道琼经常来这儿玩儿，又在停车场发现了她的汽车。"

甘又明"噢"了一声，觉得自己多疑了。他说："那么请讲吧，有什么事情我可以效劳？"

汤姆开门见山地说："听说你和琼无意中发现了一条贩毒通道？"

甘又明哑然失笑，回答道："先生，你是B基地常驻警官，难道对他们的虚拟技术一点也不了解？对，我们是发现了一条通道，还差点儿丧了命。但那只是一个虚拟的故事。"

汤姆微笑着说："恐怕正是你本人还不了解虚拟技术。你是否知道，虚拟环境中所涉及的信息，其实都是真实的，是从间谍卫星、水下拾音器、水下摄像机传输到电脑中的。海岸警备队在南部海岸线确实设了许多秘密摄像机，以便监督无孔不入的贩毒分子。所拍摄的海量数码视频都经过电脑的处理，把有用的资料甄别出来，送到联邦缉毒署署长的办公桌上。但是，电脑不是万无一失的，它也有可能漏掉很重要的一段，又偶然被组织进那次的虚拟环境中去。我们尚未在浩如烟海的背景资料中查到这一部分，为了稳妥起见，请你帮我们复查一下。这也是吴先生的意见。"

"现在就去？"

"越快越好。"

"好吧，"甘又明把最后半瓶矿泉水灌进肚里，"需要琼和我一块儿去吗？"

"当然。"

甘又明把琼从舞池中唤回来，戈华德正好也返回了。

甘又明对琼说："我们走吧。"

琼迷惑地问："到哪儿去？"

"上车再说吧，走。"

警用快艇上已经备好了四套轻便潜水服和水下照明灯。甘又明很有把握地说："我想我会很快找到的。当时我仔细记下了岸上的特征和水下岩石的特征。"

果然，不到一个小时，他已经在黝黑的水底找到了那个洞口，但洞口却看不见栅栏。

甘又明低声说:"就是这儿,不会错的。余下的工作由你们去做吧,我可不想再被关进这个捕鼠笼子里被人捅死。"

戈华德游近洞口察看,他怀疑地低声说:"是这儿吗?洞口处没有安装栅栏的痕迹呀。甘先生,琼小姐,请你们再辨认一下。"

甘又明不相信自己会弄错,他和琼游过去,一眼就看到栅栏缩回的两排小圆洞。他猛然惊醒,但不等他做出反应,那两名警官突然用力把他们向洞里推去,同时按下一个按钮,铁门唰啦一声合拢了,把两人关在了里面。

琼惊呼道:"上当了!他们一定和毒贩有勾结!"

两名警官在外面狞笑着大声说:"聪明的姑娘,可惜你醒悟得晚了点儿。回头看看吧。"

后边刷地射来一道强光,两人本能地捂住双眼。等眼睛稍微适应了光亮,他们看到五六个蛙人正迅速逼近,手中的水手刀和水下射鱼枪像鲨鱼的利齿。

琼失声惊叫着,甘又明迅速地把她拖到身后。

但他知道这是徒劳的。蛙人正慢慢逼近,身后是坚固的栅栏,栅栏外面是虎视眈眈的敌人。

甘又明用身体把琼压在栅栏上,突然厉声喝道:"汤姆警官,临死前我有一个要求!"

汤姆戏弄地说:"请讲吧,我乐意做一个仁慈的行刑者。"

甘又明突然大笑起来,油头滑脑地说:"我想撒泡尿。"

汤姆愣了一下,恶狠狠地说:"我佩服你死到临头还有心情幽默,动手吧!"

几支长矛正要捅过来,甘又明急忙高喊:"暂停!吴哥,我要求暂停!"

两人又突然跌回现实中,他们仍坐在那两把椅子上,甘又明的双手还保持着篮球比赛的暂停动作。琼取下头盔,看着他的滑稽样子,扑哧一声笑了。

吴中从控制室走出来，微笑着问道："你真是个机灵鬼，从哪儿看出了破绽？"

甘又明也取下头盔，笑嘻嘻地说："我是否可以不回答？我不想削弱自己取胜的机会。"

但一分钟后他就忍不住了，笑道："很简单，我在夜总会有意猛灌了几瓶水，可是一小时后还不觉得膀胱憋胀。这可不符合常情。所以我理所当然地得出结论：那几瓶水并没有真正灌进我的肚里，也就是说，我仍是在虚拟世界里。"

吴中忍不住大笑起来，琼和几名工作者也笑个不停。

吴中忍住笑，说道："你很聪明，用一泡尿戏弄了超级电脑。不过，我要给你一个忠告，实际上电脑里有尽善尽美的程序，可以根据你的进食或饮水等情况，及时发出饱胀感或憋尿感信号。这只是一次丢脸的疏忽，我再也不会让它出这样的纰漏了。现在你可以脱下外壳，让琼真的领你去看看美国社会。"

甘又明突然想到一件事："顺便问一句，在这次的虚拟场景中，汤姆警官说的是真实情况吗？那个蓝洞真的有可能存在吗？"

"他说得不错。我的确在十分钟前向汤姆警官通报过这件事。"吴中笑着说，"而且，这两位警官的外貌，也确实是你在虚拟环境中见过的尊容。既然身边有现成的模特儿，我何必舍近求远，或者凭空臆造呢？"

工作人员小心地帮助他们脱下外壳。这种由银丝和碳纳米管混织而成的白色连体服是世界上最昂贵的衣服，甚至超过了每件价值三千万美元的太空服。

甘又明斜睨着裸体的琼，咕哝道："我一定还没跳出虚拟世界。在真实世界里，我绝不敢这样坦然地看着一个姑娘的裸体。"

琼慢慢地穿着衣服，也一直在斜睨着他，她的脑袋泛着青光。

甘又明受不了她目光的烧灼，尴尬地说："你为什么一直盯着我？想和我比一比谁的脑袋更亮吗？"

琼含笑不语，突然说道："谢谢，甘，谢谢你。"

"为什么？"

"谢谢你在危急关头总是把我掩藏到身后。纵然只是在虚拟世界里，也能看出你的骑士风度。"稍微停顿了一下，她又加了一句，"我希望能有机会让我给予回报。"

甘又明笑嘻嘻地说："你上当了，那时我已经判断出我们是在虚拟环境中，我自然乐得冒充一下好汉。"

琼摇了摇头，说："你何必装得比实际上坏呢……"

甘又明有点儿尴尬，突然笑道："你愿意回报吗？现在就可以。"

琼误解了他的意思，吃惊地说："现在？在这儿？"

甘又明把赤裸的左臂伸过去，"喂，咬上一口，狠狠咬上一口。这就是你的回报。"

琼迷惑地笑道："你怎么啦？"

"老实说，我对这种虚拟世界已经心怀畏惧了。在刚才那层虚拟中，我分明感到我已经脱下了外壳，可是实际上它仍然紧紧地箍着我。现在我又把它脱下了，谁知这回是真是假？你咬我一口，看我知疼不，用力咬！"

琼笑着，真的用力咬了一口。

甘又明疼得大叫一声，低头看看，胳膊上四个深深的牙印，略有出血。

甘又明笑道："好，好，这下子我真的脱下那层外壳了。你说对吗，琼？"

琼含笑不言。

甘又明苦笑道："我知道你只能做一个超然的向导，不会帮我做出判断。我也知道自己是自我安慰。即使这会儿外壳仍套在身上，也同样能造出这样逼真的痛觉和视觉效果。"

说完，他把琼的手臂拉过来，用手摩挲着。姑娘的皮肤光滑柔软，滑腻如酥，他感到有一种麻麻的电击感。

"真希望我现在触摸到的是真正的你，而不是那种比真实还要真实的虚拟效果。"甘又明轻声说道。

琼被他话中蕴含的情意所感动,轻轻握住他的手。

突然,甘又明的目光变冷了,他紧盯着琼的臂弯,那白皙的皮肤上有两个黑色的针孔。那分明是静脉注射毒品的痕迹。

他没有再说话,默然穿上衣服,走出大厅。

琼自然感觉到了他突然的冷淡,走出大厅后,她说:"愿意逛逛夜总会吗?"

甘又明客气地说:"不,谢谢。我今天累了,想早点儿休息。"

琼犹豫好久,抬起头说:"请到我的公寓里坐一会儿,好吗?我住在基地外的一所公寓里,离这儿不远。"

甘又明犹豫着,他不忍心断然拒绝琼的邀请,他知道琼是想对他做一番解释。他迟疑地说:"好吧……"

琼驾着汽车开了大约十五分钟,前边又出现了辉煌的灯火。琼放慢车速,开进这个小镇。

她告诉甘又明:"这儿是红灯区。基地的男人们在周末常到这里寻欢作乐。"

街道很窄,勉强可容两辆车交错行驶。琼耐心地在人群中穿行。左边一个白人男子在大声吆喝着,对过往车辆做着手势。他头上的霓虹女郎慢慢地脱着最后一件衣服。琼告诉甘又明,这里面是表演脱衣舞的地方,老板和演员都是法国人。

甘又明瞥见几个年轻人聚在街角唧唧咕咕,有黑人也有白人,他们的头发大都染成火红色,蓄着爆炸式的发型。琼告诉他,这是吸毒者和毒品小贩在做生意,对这些零星的贩毒买卖,警方是管不过来的。

忽然,一个人头出现在他们的车窗旁,这是一个眉清目秀的白人青年男子,但戴着耳环,嘴唇涂着淡色唇膏,对着车内一个劲儿搔首弄姿。甘又明知道这是一个同性恋者,厌恶地扭过了头。

汽车终于穿过红灯区,甘又明觉得汽车似乎又掉头开了一会儿,最后停在一幢整洁的公寓楼外。几个小孩儿在绿草坪上骑自行车，暮色苍茫中，听见他们在兴奋地尖叫。

琼掏出磁卡打开院门，停好汽车，又用磁卡打开了公寓门。

公寓很大，也很静，只洗衣房里有一个女佣在洗衣。琼把他安顿到客厅，告诉他，公寓里的客厅、洗衣房、健身房是公用的，这里住客很少，几个护士又常上夜班，所以今晚只剩下她一个人。

她端来两杯水，坐在他对面的沙发上，笑着问道："今天我有意绕了一段路，领你去看看红灯区。有什么观感吗？"

甘又明沉吟一会儿，说道："浮光掠影地看一眼，说不上什么观感。我对美国的感情是很矛盾的，一方面，我非常敬慕美国的科技，羡慕美国人在思想上永葆青春的活力，常常觉得美国的精英社会已经领先整个社会数十年；另一方面，我又非常厌恶美国社会中道德和人性的沦丧：各种乱象简直堪比世界末日。这种堕落是不是和高科技密不可分？因为科学无情地粉碎了人类对自然的敬畏，对生命的敬畏。如果美国的今天就是其他国家的明天，那就太令人灰心了！"

琼沉默了很久，冷淡地说："不必那么偏激吧。我知道中国南北朝时，士大夫们就嗜好一种毒品——五石散；明清的士大夫盛行养娈童。中国人比西方人摩登得更早呢。"

甘又明冷笑道："我很为那些不争气的祖先脸红！差堪告慰的是，我们早已把这些抛弃了。美国呢，据统计，全国服用过一次以上毒品的有六千六百万人！对了，你刚才还忘了提中国清末的嗜吸鸦片呢，那是满口仁义道德的西方人一手造成的，现在他们的子孙吸毒成癖，也许是冥冥中得到了报应！"

琼久久不说话，一种敌意在屋内弥漫。

过了好长一段时间，琼走过来，坐在甘又明旁边，握住他的手说："请原谅，我并不想冒犯你。坦率地讲，从一见面我就很喜欢你，你身上的清新质朴是我不多见的。不瞒你说，我确实偶尔也服用毒品，这在美国是很普遍的事。在西班牙等国家，吸毒甚至已经合法化。不过，我知道你在以礼仪著称的国度长大，对此一定很反感。如果……我答应你从此戒掉毒品呢？"

甘又明听出她话中的情意，很感动，但他最终用玩笑来应付："那首先要确定我自己是否仍在虚拟环境中。谁知道呢，也许你是假的，我也是假的，你身上的针孔连同这会儿说的话都是假的。怎么样，能不能在这上面偷偷帮我一点忙？"

琼笑了："我不能违反自己的职业道德。"

甘又明笑着站起身，琼却没有起身，微笑着说道："你可以不走的。"她补充道，"你可以睡沙发，或者为你另开一间。"

"不，我还是走吧，我怕抵挡不住某种诱惑。"

两人都笑了。甘又明又说："你不必送我，我可以叫一辆出租车。"

"不，还是我送你吧。"

两人刚打开房门，正好两个警察用力挤进来，把两人挤靠在墙上，他们出示了证件："警察！请退回房间里去！"

警察把两人逼回客厅，甘又明立即认出来者正是在虚拟世界里见过的汤姆和戈华德。

汤姆冷冷地说："琼小姐，据线人说你屋里藏了大量的毒品，我们奉命搜查。"

琼和甘又明吃惊地面面相觑，琼说："不，我从来没有藏过大宗毒品！"

汤姆用力扳过她的胳臂，厌恶地说："那么，这些针孔是怎么回事？"他不再理会琼，径自进卧室去搜查。

十分钟后，他提着两袋白色药品走出来，怒气冲冲地说："是高纯度的快克，足有两公斤！"

琼非常震惊，瞪大眼睛盯着他手中的药品，突然愤怒地嚷道："这是栽赃！这两袋毒品一定是你刚放进去的！"

汤姆走过来，狠狠抽了她一耳光。鲜血从她嘴角沁出来。

琼捂着脸尖叫起来，她转身对甘又明说："请你相信我，他们一定是栽赃，一定是为了那个蓝洞报复我！"

戈华德奇怪地问："什么蓝洞？"

甘又明蓦然惊觉,他急忙问戈华德:"你不知道蓝洞吗?就是贩毒集团的秘密通道。是我们无意中发现的,吴中先生说他已通知了汤姆警官。"

戈华德警觉地回头看了看汤姆,但晚了一步。

汤姆飞快地从腋下拔出一把旋着消音器的紧凑型手枪,一声轻微的枪响,戈华德警官的额头上钻了一个洞,鲜血猛烈喷射,他沉重地倒在地上。

琼惊叫一声,第二颗子弹已击中她的胸膛,立时她的T恤衫一片鲜红。

甘又明猛扑过去,把她掩在身下,抬起头绝望地面对枪口。

汤姆狞笑着说:"谁知道蓝洞的秘密,谁就得死!你那位吴中也活不过今天晚上。"他把枪口抵在甘又明的嘴里。

甘恐惧地盯着他,突然口齿不清地喊:"暂停!斯托恩·吴先生,暂停!"

工作人员为两人取下头盔,两人都面色苍白,惊魂未定。琼下意识地用手按着胸部,甘又明也提心吊胆地紧盯着那儿。不过,当白色的外壳慢慢脱下后,琼的胸部那儿白皙光滑,并没有一丝伤痕。

吴中此时已经站在他们身后,笑着问道:"小甘,你这个鬼灵精,这次又在哪儿看出了破绽?"

甘又明喘息一会儿,才苦笑道:"不,我只是侥幸。我并没有完全确定自己是在虚拟环境中。我只是在想,如果戈华德先生是一个循规蹈矩的警官,他就不会到不是自己值勤区域的地方去办案;汤姆如果想杀我们灭口,就不必拉着并非同伙的戈华德同去。不过,这段推理并不严密,很容易找到其他解释。"

琼的灵魂仍未归窍,甘又明勉强打起精神问道:"琼,你是虚拟世界的向导,你怎么也会相信它呢?"

琼苦笑道:"有时我也难辨真假……"

甘又明分明觉得,他所经历的虚拟环境中的阴暗气息正逐渐渗入他的心田。他压着怒气冷嘲道："吴先生，虚拟世界是从好莱坞请的编剧吗？我看这里怎么尽是好莱坞盛产的暴力、血腥、毒品和美女。"

吴中摇了摇头，说："不，我们不必请什么导演，我说过，虚拟技术很快能抢掉他们的饭碗。该系统的超级电脑有很强的学习能力，我们只需把近二十年来美国每年的十大畅销片输进去，它就能学会好莱坞的导演手法，并远远超过那些导演。"

甘又明刻薄地说："怪不得这些情节十分眼熟呢。"那层无影无形的SHELL似乎一直在裹着他，箍得他无法喘息，他疲倦阴郁地说，"我要休息了，想睡个好觉再接着干。我的住处在哪儿？"

"就在对面的白领人员公寓里，103号。"

"你在那儿吗？"

"对，118号，我们离得不远。琼，今天的工作就到这儿结束吧，谢谢。"

琼同甘又明告别，披上外衣走出大厅，她还要赶回自己的公寓。

晚上，甘又明在床上辗转难眠。倒不是因为下午"身历"的血腥场面，而是因为他不敢确认自己身上那件外壳是否真的已经去掉，他对姐夫的虚拟技术已有了深深的畏惧，就像害怕一个摆脱不掉的幽灵。比如说，这会儿吴中没有邀请他去屋里做客，就不符合真实世界的常理，毕竟他是万里之外来的客人呀。

不过，也许这是西方世界的习俗，也许是吴先生的屋里还藏着一个情人，也许……还有别的秘密。

甘又明一跃而起，他要去姐夫的屋里看一看才放心。尽管知道自己的决定有点神经质，他还是来到了118号房前。

门铃响后很久，姐夫才打开房门，问："是你，还没有睡吗？"

姐夫穿着睡衣，脸上是冷淡的客气，分明不欢迎他进屋。

甘又明佯装糊涂，径自闯进去。没有等他的侦察工作开始，卧室中就传来嗲声嗲气的声音："亲爱的，快来呀！"

一个浓妆艳抹的裸体男人扭着腰肢从浴室里走出来，一只硕大的耳环在耳垂下游荡，正是在红灯区拉客的那只兔子！

甘又明扭头瞪着姐夫，他十分痛心姐夫的堕落，但最使他痛心的甚至不是这件事情本身，而是姐夫那种冷静的厌烦的神情，他肯定是讨厌这位多事的小舅子。

甘又明狂怒地吼道："我知道这不是真的！暂停！"

工作人员为他取下头盔，吴中微笑着走过来，没等他开口说话，甘又明已经愤懑地大喊："我退出这个游戏！我要回家去！"

吴中和刚取下头盔的琼都吃惊地看着他，想要劝阻，但甘又明厉声喝道："不要说了，我要回国！"

看来吴中很不乐意，他冷淡地说："这是你的最后决定吗？那好，我让秘书安排明天的机票。"

第二天，琼陪着他坐上了中国国际航空公司的波音777班机。

甘又明曾冷淡地执意不让琼陪同。琼小心地解释："甘先生，这是我作为向导的职责，只有在你确定自己回到了真实世界的时刻，我才能离开你。"

十八个小时的航行中，甘又明一直紧闭双眼，不吃也不喝。直到出租车把他送到北京芳古园公寓，他才睁开了眼。

甘又明急急地敲响了姐姐的房门。

姐姐惊喜地喊道："小明，这么快就回来了？这一位是……"

甘又明不回答，在屋里神经质地走来走去，目光疑虑地仔细打量着屋内的摆设。

琼只好向女主人做了自我介绍，两人时而用英语时而又用汉语亲切地交谈着。

甘又明在博古架前停住，突兀地问道："姐姐，我送的花瓶呢？"

姐姐迷惑地反问："什么花瓶？"

"你们结婚那天我送的花瓶啊！"

"没有啊，那天你是从老家下火车直接到我这儿，只带了一些家乡的土特产。"

甘又明烦躁地说："我送了，我肯定送了！"在他脑海中，对几天前的回忆似乎隔着一层薄雾。他清楚地记得自己送过一只精致的花瓶，那是件晶莹剔透的玻璃工艺品，但他又怕这只是虚拟的记忆，是逼真的虚假。

这种无能为力的感觉使他狂躁郁闷，他突然冷笑道："姐姐，非常遗憾，那位吴先生不是什么好东西……不不，我和他没什么实际接触，这几天实际我一直是在虚拟世界里和他打交道。但仅凭虚拟环境中的阴暗情节，我也可以断定创作者的人品。"

姐姐沉默很久，才委婉地说："小明，你怎么能这样说姐夫呢？你和他相处的时间，总共不过五天。仅仅五天能了解一个人吗？再说，虚拟世界是超级电脑根据美国高科技社会的现状为蓝本构筑的，他即使是首席科学家，也对内容无能为力。"

甘又明立即胜利般地喊道："这不是你的话，是吴中的话！我仍是在虚拟世界里，暂停！"

工作人员为两人取下头盔，甘又明一直紧闭双眼，不断地重复着："我要回国，回我的家乡。"

吴中和琼担心地交换目光后，说道："好吧，我们马上送你回国。"

破旧的大客车在碎石路上颠簸着。车里大多是皮肤粗糙的农民，他们一直好奇地盯着那位漂亮的金发白人姑娘。她身旁是一个脑袋锃光的中国小伙子，他一直闭着双眼，似乎是一个病人。金发姑娘小心地照护着他。

直到下了车，走进那个山脚下的小村庄时，甘又明才睁开眼，他指点着说道："看，前边那株弯腰枣树下就是我家。"

琼饶有兴趣地打量着这个农家院落，大门上贴的春联已经褪色，茂盛的枣树遮蔽了半个院子。墙角堆着农具，墙上挂着苞米穗子，院里还有一口手压井。

甘又明比她更仔细地端详着院子，他的目光中有一种病态的疑虑和狂热。

他妈妈从后院喂完猪回来,看见他们,惊喜地喊:"明娃,你咋回来啦?哟,你咋成了光瓢和尚?"她欢天喜地把两人让进屋,不眨眼地盯着那个洋妞。

停了一会儿,她冲了两碗鸡蛋茶端出来,瞅空偷偷问儿子:"明娃,这个美国妞是谁?"

甘又明一直表情复杂地看着妈妈,既有亲切,更有疑虑。听见这句问话,他立即睁大眼睛,劈头盖脸地逼问:"你怎么知道她是美国人?谁告诉你的?"

妈妈让这质问弄懵了,她怯生生地说:"我说错话了吗?打眼一瞅,任谁也知道她不是中国妞啊。"

甘又明不禁哑然失笑,他知道自己多疑了,他忘了妈妈的习惯:凡不是中国人,她都叫作美国人。他和解地笑道:"没错,妈,你没说错。这位姑娘的确是美国人,她叫琼。你问我们回来干什么?琼想听你讲讲我小时候的事儿,你一定讲讲那些我自己也忘记了的事儿,好吗?"

妈妈笑嘻嘻地看着儿子,他们巴巴地从北京赶回来,就是为了这事儿?不用说,这个美国妞是儿子的对象,是他的心肝儿宝贝,她哼一声也是圣旨。

妈妈笑着说道:"好,我就讲讲你小时候的英雄事儿,只要你不怕丢面子。姑娘能听懂中国话吗?"

"她能听懂中国话,听不懂的地方我给她翻译。"

"你八岁那年,在洄水潭差点丢了命……"

"这事我知道,讲别的,讲我不知道的。"

妈妈想了半天,嘴角透出笑意,说道:"行,就讲一个你不知道的,我从来没告诉过你。小学六年级时,有一天你在梦中喊李苏、李苏。我知道李苏是你的同班同学,模样儿很标致,对不?"

甘又明如遭雷殛,他一下子想起来了。李苏是个性格爽朗的姑娘,一笑便露出一口白牙。那时他对李苏的友情中一定掺杂着特别的成分,但他把这种感情紧紧关闭在十二岁小男子汉的心灵中,从未向任何人泄露过。他一直不知道自己在梦中喊过李苏的名字,也不知道大大咧咧的妈妈竟然能把这件事记上十几年。

李苏在初二时就患血癌去世了。同学们到医院去和她告别时,她的神志还清醒,她那双深陷的大眼睛里透着深深的绝望。

当时甘又明一直躲在同学们后边,隐藏着自己又红又肿的眼睛,也从此埋葬了那段称不上初恋的情感。

妈妈看见儿子表情痛楚,两滴泪珠慢慢溢出来。她想一定是自己的话勾起儿子的伤心,忙赔笑道:"明娃,你咋啦?都怪妈,不该提那个可怜的姑娘。"

甘又明伏到妈妈怀里,哽声道:"妈,现在我才相信你真的是妈了。"

妈妈又是好气又是好笑又是担心,"你发魔怔了?我不是你妈,谁是你妈?!"

甘又明没有辩解,他回头对琼说:"琼,现在我可以确认了,我已经跳出了虚拟环境。"

琼笑着掏出一张支票,说道:"祝贺你,你终于用思维的惯性证实了这一点。吴先生说,如果你能确认,让我把一万美元奖金交给你。"

从这一刻起,两人都如释重负。

妈妈开始做午饭,她在厨房里大声问道:"明娃,你能在家住几天?"

甘又明问琼:"我娘问咱们能住几天,看你的意见吧。你是否愿意多住几天,领略一下异国情调?"

"当然乐意。我还在认真考虑,是否把根扎在这儿呢……"

甘又明当然听出了她的话意。自打摆脱了外壳的禁锢,他觉得心情异常轻松,几天来对琼的好感也复活了,他笑着把琼拥入怀中。

妈妈端着菜盘进屋,瞅见那个美国丫头偎在儿子怀里,翘着嘴唇等着那一吻,她偷偷地笑了笑,赶紧退回去。

甘又明把手指插在琼金黄色的长发里,扳过她的脑袋,在她嘴唇上用力印上一吻。琼低声说:"你把我的头发揪疼了。"

在这一刹那,她觉得甘又明的身体突然僵硬了。他不易觉察然而又是坚决地把怀中的姑娘慢慢推出去,他的身体又明显地套上了一层冰冷的外壳。

琼奇怪地问道:"你怎么了?"

甘又明勉强地说:"没什么。"

停顿了一会儿,他把目光转向别处,低声用英语问:"琼,请告诉我,你吸毒吗?"

琼看看他的侧影,平静地说:"我不想瞒你,几年前我曾偶然服用过大麻,现在已经戒了。这在美国的青年中是很普遍的,不过我从来没有静脉注射过快克。喏,你看我的肘弯。"

她白皙的肘弯处的确没有什么针孔。甘又明仅冷漠地扫一眼,又问道:"斯托恩·吴……真的是一个同性恋者吗?请你如实告诉我。"

琼摇了摇头,说道:"我不知道。我不是瞒你,我真的不知道。在B基地,除了工作上的交往,我和他没什么接触。同性恋在美国是普遍的社会现象,有公开的同性恋组织和定期的公开集会,某些州法律已经承认同性恋为合法。但华人中尤其是高层次的华人中,有此癖好的极少。吴先生大概不会吧……"

甘又明阴郁地沉默了很久,突兀地发问:"你的头发不是假发?在进入虚拟世界之前,在套上那件'外壳'之前,我看见你剃光了头发。"

琼迟疑了很久才回答:"这是一个复杂的技术问题……"

甘又明烦躁地摆了摆手,不想听她说下去。他清楚地记得,光脑壳的琼是他在进入虚拟环境之前看到的,也就是说,这件事情是真实的。那么,他就不该在这会儿的真实世界里看到一个满头金发的姑娘。

他苦涩地自语:"我已经剥掉了六层'外壳',谁知道还有没有第七层?也许我得剁掉一个手指头才能证实。"

琼吃惊地大喊:"你千万不要胡来!我告诉你,你真的已经跳出了虚拟世界,真的!"

甘又明冷淡地说："对，按照电脑的逻辑规则，一个堕入情网的女向导是会这样说的。"

琼唯有苦笑。她知道两人之间刚刚萌生的爱情之芽已经夭折了。

午饭后，她很客气地同伯母告别。

甘又明的妈妈极力挽留了很久，但姑娘的去意很坚决，儿子冷着脸，丝毫不做挽留，似乎是一个局外人。她十分纳闷儿，不知道这一对年轻人为什么无缘无故地翻了脸。

两个小时后，琼已经坐上了到北京的高速列车，并在车站邮局向北京机场预订了第二天早上去旧金山的班机。她还给斯托恩·吴先生打了一个越洋电话，说甘已赢得了一万美元奖金，但对甘又明在赢得奖金之后对自己态度的变化，她未置片语。

她听见吴先生在大洋彼岸语调平淡地说道："谢谢你的工作，再见。"然后就挂上了电话。

METAVERSE

+

# 橙色倒数

(加拿大)孔欣伟

　　2015年夏天发表的《橙色倒数》,在本书中独树一帜,作者返朴还淳地描绘了一个与现实世界没什么区别的奇特元宇宙,然而依然有很多人热爱这个并没有美梦的、看似乏味的元宇宙,在它即将毁灭之时竭尽全力想要拯救它。也许,只有在这种奇特元宇宙中从容生活并经历过它的毁灭之后,人们才会更加热爱我们的现实世界。

# 1

橙色倒数出现的时候,我正在五号州际高速公路边上的一个露营地。那天风很大,我一只手抽着烟,另一只手必须压着我的湖蓝色长裙。

我仰起头,冲着天空吐了一口烟圈,然后看着它们在风里很快被吹散。

透过快要消散的烟痕,我突然发现漆黑的夜空里多出了一道鲜艳夺目的橙色。仔细看去,那是一串长长的数字,我数了数,有九位,每隔一秒左右,最后一位就会减去一。

我揉了揉眼睛,倒数还在那里。我想,我的抑郁症又加重了,竟然产生了这么奇特的幻觉。自从男友陆澜自杀之后,我一直处于崩溃边缘,又饮酒过度,产生过好几次幻觉。或许现在我终于精神失常了。

为什么精神失常了,还这么痛苦呢?我苦笑了一下。就不能产生一些令人愉快的幻觉吗?比如陆澜其实没有死……或者我干脆失忆也好,这样就可以把关于他的事完全忘掉。

我正在一路露营到温哥华的途中。因为不想和人接触,我专找偏僻的露营地,手机一直处在关机状态,开车的时候也只是听歌。在那段时间,对于人,我有着深深的恐惧。

第二天早上出发时,我发现橙色倒数还在天上。我没太在意,径直开上了五号高速公路。

但只开了十公里左右,就完全堵住了。我无聊地打开收音机,才知道橙色倒数竟然不是我的幻觉,它的存在已经引起了世界性的恐慌,各国政府一方面在努力平息局势,一方面在竭尽全力追查天空中的神秘橙色倒数背后的真相。

由于高速公路上堵车太严重，我决定在附近找一个露营地先住上几天。

我去了蓝湖。

蓝湖在一个火山口上，水色深蓝透明，又叫作火山口湖，或者深蓝湖。我曾经和陆澜在那里露营过一次，那片湖水深蓝得近乎不真实。我知道我应该忘掉陆澜，不该去到和他有关的地方，但是我管不住自己。

到了蓝湖附近，我才发现这里的露营区被关闭了，禁止闲人入内。

我犹豫了一下，还是继续往里开。橙色倒数出现之后，大部分人的第一反应都是要和家人聚在一起，只有像我这样无处可去的人才会在这里孤单游荡。

果然，我在湖边住下后，一个人也没看到。几天来，靠收听广播，我大概知道了外界的局势。

联合国成立了专门机构对橙色倒数进行调查，世界上所有的科研机构，包括各国军方的实验室，都进行了各种尝试，想要科学地解释这串不断递减的橙色数字。几个大国还派出了尖端战斗机甚至宇宙飞船，朝着橙色倒数的方向飞行，想一探究竟。

然而橙色倒数虽然看起来不远，却根本无法接近。就像遥远的恒星，橙色倒数永远在你的前方，无论你如何设法靠近。

在科学无法解释的情况下，各种神学、宗教、超自然的解释开始流传，最深入人心的说法是：倒数是神的喻示，在倒数结束的时刻，神会降临世间。

我相信科学，可能因为我的专业是心理学，科学对我而言可以是神秘而柔软的，违反现有物理法则但又确实存在的事物对于我来说可爱而不可怕。如果在几天前，我会很有兴趣地研究橙色倒数在心理层面对大众的影响，但现在我整个人好像自身难保的溺水者，世上发生的事再奇特，都非常遥远，与我无关。

就这样过了几天，蓝湖周围一点人迹也没有。我每天吃得很少，只是看着蓝湖喝酒抽烟。

一天晚上，我边看着星星发呆，边想起上次来的时候，也是这样一个群星璀璨的夜晚，我和陆澜坐在蓝湖边抽烟。我并不喜欢抽烟，但是有时也会陪他抽几口。我和他都没有说话，只是享受着彼此的存在。

沉默了一支烟的工夫，他突然提了个古怪的建议："不知道这个蓝色的世界还能存在多久，让我们做些疯狂的事吧。我们裸泳游到湖心去好不好？"

那时的我很害羞，没有答应，现在我想起他这个建议，突然非常想为他了却这个心愿。

蓝湖中间有个废弃的餐馆。二十年前，有个富翁突发奇想，在湖心造了一个漂浮餐馆为划船的人服务，他大概丝毫没有考虑过是否能够赚钱这件事，所以在他死后，这个餐馆就废弃了。

我脱掉衣物，只背着一个防水的小包，里面放着手电筒、衣物、香烟、打火机，还有一瓶蓝姆酒。我准备游到湖心餐馆喝酒抽烟看星星。餐馆的外壳已经锈迹斑斑，但是深蓝色的船体浮在湖面上，并不显得突兀。我觉得在上面喝酒抽烟一定不错。

水很冷，裸泳的滋味并没有我预想得那么刺激，也没有那么害羞。我慢慢游着，眼睛有些湿润，有些东西融进了蓝色的湖水。

当我爬上湖心餐馆，才发现自己全身冻得发青，我赶快拿出蓝姆酒，想要喝几口暖暖身子。

我刚哆哆嗦嗦地喝下一口酒，突然看到眼前出现了一个半裸的中年男子！

我顿时大吃一惊，手一哆嗦，手上的酒瓶也掉在甲板上摔得粉碎。

我立刻转身跳回水里，包也没有拿，飞快地游回了湖岸边的露营地。

因为晚上没睡，第二天我一直睡到中午，直到一阵巨大的轰鸣声把我吵醒。

我爬出帐篷,看到一架水上飞机降落在蓝湖上,然后慢慢地停在湖心餐馆边。

我离得太远,看得不是很清楚,但那架水上飞机的机身上似乎是美国空军白星蓝圈的标志。

过了十几分钟,一艘小汽艇从湖心餐馆驶到露营地的岸边,开船的是昨晚那个中年男子,他手里拿着我遗失的小包。

我害羞得无地自容,没想到他也一副做了错事的样子,我们两个人尴尬地站着,不知道说些什么。

过了良久,他才说昨天很不好意思,害我打碎了蓝姆酒,今天他特意带了两瓶酒来向我表示歉意。

我这时没有心情和人打交道,本想立刻拒绝,但是看到他拿出来的两瓶蓝姆酒,我有点儿心动。

陆澜最喜欢喝蓝姆酒,我饮酒是跟他学的,自然也喜欢蓝姆酒。眼前这人手上的两瓶酒,一瓶是白银镶嵌的红色水晶瓶身,肯定是安格仕的遗产,那是安格仕公司为多米尼加建国五十周年推出的顶级限量款,只酿造了二十瓶;另一瓶古朴得毫不起眼的蓝色瓶身上,镶嵌着淡黄的十一颗星辰,像是我在网上看到的巴蒂斯塔星辰。不过,巴蒂斯塔星辰只在传说中存在,古巴革命之后就不知所终,而且要从1959年储藏至今,只能窖藏在特制的橡木桶内,这个瓶子虽然是巴蒂斯塔星辰的专用瓶,但里面的酒不可能是巴蒂斯塔星辰。

不过,我还是忍不住问道:"这瓶真的是巴蒂斯塔星辰吗?真是古巴最后一个总统巴蒂斯塔为他女儿酿制的陈酿蓝姆?"

他说:"应该是真的,刚刚是连着橡木桶一起运来的,你要不要去看看?"

我答应了。

蓝姆酒,又名朗姆,是用甘蔗酿制的烈酒,本来是现酿现饮的廉价酒,辛辣刺喉,是水手和海盗之酒,但后来人们发现,如果加长储藏期,其酒味会变得更加可口,而且有着焦糖的香味。巴蒂斯塔星辰如果保存到今天，已经储藏了五十五年，应该是辛辣尽退，代以甘甜，但是后劲十足，一杯的酒力至少相当于五六杯新酒。

我们坐在甲板上，晒着太阳，喝着巴蒂斯塔星辰，一瓶喝完，就直接从橡木桶里再灌一瓶。两个人慢慢都有些醉了，我问他如何称呼，他说叫他X好了，他的名字是X开头，这也是我所知道的关于他有限的几件事之一。

我们又谈起了天上的橙色倒数。我说这个现象太诡异了，可能谁也不知道倒数的尽头是什么。

他喝的比我多，话也多了起来："怎么没人知道？我就知道，不过是世界末日而已。只不过我根本不在乎什么世界末日……"

我答道："对呀，我也一点不在乎，我的世界末日七天前就到了。"

他听了很开心，和我干了一杯，笑着说："难得碰到一个同样觉得世界末日不末日不那么重要的，能不能讲讲你为什么不在乎呢？"

也许是因为蓝姆，也许是因为蓝湖，我跟他讲了我为什么不在乎的原因。

我小时候的生活应该算是一帆风顺。我的父亲是一家上市公司的首席执行官，母亲是著名的作家，我是独生女，从小备受宠爱。

父母对我的宠爱并不是一味地给我物质上的享受，也和我分享了很多他们觉得美好的精神世界。

我记得妈妈喜欢给我念古诗，她很喜欢《古诗源》，我就是在"逢逢白云，一南一北，一西一东"的声音里开始认字的。爸爸喜欢他的事业，甚至不仅仅是喜欢，还有着一点点狂热，他认为自己成功的动力就在于他对生活一直充满激情。

我继承了母亲对美的敏锐感觉，也继承了父亲的激情，但是我又有着他们没有的害羞和内向，所以我最喜欢自己独处、读书或沉思。

十九岁那年，父母驾车来大学看我，路上与一辆超速的大货车相撞，两人当场死亡。

我不愿意继续待在让我触景生情的家乡，而且正好拿到了斯坦福大学的入学通知，于是，我用父母的遗产在斯坦福大学边上买了一间小公寓，步行五分钟就可以到大学，还请了一个钟点工帮我做饭洗衣，这样我可以更加专心地读书。读书成了我当时唯一的安慰与寄托。

第一次见到陆澜，是在去年夏天，我去听一个网络新贵的演讲会。作为青年一代的偶像、我们最出名的校友，此人的演讲会一票难求，朋友临时有事才把票让给了我。我一直以为财富可以让人拥有更多的感受，因为财富可以扩展你的视界，让你接触到更广阔的天地。作为一个如此年轻就赢得了巨大财富的人，我很好奇这种财富和青春的混合会产生一个什么样的结果。

但是那次演讲让我很失望，充满了庸俗的气味。我一边听一边想，个人内在的感受还是最重要，一个天才的诗人从一朵路边的野花得到的感受，远远胜过一个拥有着世间至美之花的富豪。

后来我实在忍受不了如此浪费时间，于是起身悄悄地溜走。

出了门，阳光有点儿晃眼，我也不知要去哪里，站在那里发了一会儿呆。

这时又有一个人溜了出来，还笨手笨脚地差点儿撞到我。这人对我笑了笑，想解释自己的开溜，"盛名之下……"

没等他说完，我接了一句："却是个银样镴枪头。"

他笑了，笑得那么灿烂。

他就是陆澜。

第一次见面，陆澜就约我去他家做客，而我也答应得自然而然。

他住在离学校不远的一栋平房里，房子有些老旧，但是很宽敞，而且有一个非常大的院子。

他话不多，让我觉得很舒服。我们一边喝咖啡，一边聊了一会儿，然后他问我看没看过打铁。我说听过，但是从来没有见过。他说他很喜欢打铁。

那天他打铁的样子，我一直记得。火光映照在他的身体上，泛出怎样的一种红色，闷热潮湿的气息中，他的汗水肆意横流，让我的心里有些温暖也有些潮湿。

后来我经常陪陆澜打铁。大部分时间我自己看书，有时会偷偷看他一眼，还是和第一次一样觉得又温暖又潮湿。

他也很喜欢我的无声陪伴，常专门打些小东西送给我。

有一次他对我说："在这个世界上得到幸福的方法，就是找到一件自己真正喜欢的事，而且可以经常做这件事。而最幸福的则是在做这件事时，有你喜欢的人在身边陪伴。"

陆澜和我一样也是孤儿，但他总是很快乐。从那晚之后，他就把快乐传给了我。他真诚地希望我快乐，带我走出了抑郁。

我因为他而看到了生活开心的一面。我学会了喝酒、唱歌，参加通宵聚会，还把自己的身体交给了他。他的声音很好听，歌虽然唱得有点儿跑调，但我很爱听。

开始我很忐忑，不知道为什么很受女生欢迎的陆澜会喜欢算不上美貌的我，直到半年过去后，我才慢慢习惯了他给我的幸福。

这份幸福一直持续到七天前的那个夜晚。

我们当时在网上语音聊天，还有八分钟就午夜了，他突然对我说："鸿，我只要你爱我八分钟，还有八分钟就是明天了。只要你能爱我到明天，我就能相信你会爱我到永远。"

刹那间我被感动得一塌糊涂，傻傻地说："我爱你，我当然爱你。"

他又轻轻地说："鸿，我们在心里说就行了，一直说八分钟。"

似乎过了很久，似乎又只是呼吸之间，八分钟已然过去，已经是明天了。

他叹了一口气，说："我终于能说永远爱你了，鸿。但是永远不永远不重要，重要的是，请你一定要快乐。"

我还沉浸在感动里，他已经下线了。我打他的手机，他已关机了。

我那时还不知道，他给我的永远并不是我想要的永远。

电话是清晨四点打来的，他自杀的消息传到我这里已经过了好几个小时。

因为我是最后一个和他接触的人，警察把我叫去了解情况。我从警察那里知道，他自杀的时间就是刚过午夜的那几分钟，当然，精确的时间没有人能知道。

他说完永远爱我之后，就自杀了，没有留下遗书，没有人知道为什么。

## 2

X听了我的故事之后，沉默良久。然后说，也许应该听一听他的故事，虽然看起来毫无联系，但他觉得也许可以对陆澜的自杀提供一种至少是可能的解释。

我尽量用X的原话，从他的角度叙述，但是难免会加入一些我自己的解读。至于他说的一切真实与否，我也不能完全肯定。

下面就是X的叙述：

我也许是这个世界上存留的最后一个知道橙色倒数真相的人，我正在竭尽全力让它停下来。这一切，要从一家色情电影院以及它旁边的那间文身店说起。

温哥华火车站出来向右走大约五分钟，在缅街上有一家狐狸电影院，这是北美最后一家纯色情电影院。我1999年第一次到温哥华，在火车站等车时四下闲逛，看到了这家电影院。

这家叫作"狐狸"的电影院，从外面看起来很破旧，放的也是些老旧的色情电影，一副门可罗雀的样子。

这样的电影院我在欧美住了十几年从来没有见到过，很有些好奇。本想买张票看看，但我不知道里面会是怎样一个场面，担心会觉得尴尬，也就作罢了。

狐狸电影院边上有一间文身店，我闲逛时在橱窗里看到了陈列的文身图案。虽然自己从没有想过文身，但我觉得文身就像是绘画和刻印的结合，是把一幅画刻在人的身体上。文身虽然不如绘画自由，不如雕塑深刻，却是和生命结合最紧密的艺术。

不过文身的图案一般来讲匠气的居多，有灵气的很少。这间文身店却很有意思，橱窗里放的不是照片或者纸上画出的文身图案，而是一棵棵青翠的竹子。橱窗上不封顶，养着十几棵或粗或细的竹子，竹身上有文身图案。这些翠竹上的文身并不是一味追求漂亮，初看很平常，但是看久了就会有种沧桑的味道。

我朝店里望了一眼，里面坐着一个看上去二十出头的小姑娘，样子清秀，很随意地穿着牛仔T恤。我抬头看了下店名——"青木文身店"。

因为工作地点的缘故，我经常路过缅街。我很喜欢那些饰有文身的竹子，有时间还会驻足观看。竹子经常变化，上面文身的图案也不会重复。看多了，我隐约觉得那些图案反映了文身师的心境，一种和她的年龄不相称的沧桑心境。

有时那个小姑娘会坐在里面，看到我来得多了，大家会相视一笑。她从来没有试着和我说话，更没有设法招揽生意，这一点让内向的我觉得很舒服。

来温哥华头三年，生活很平淡，工作早九晚五，闲暇时间我或者四处游逛，或者宅在家里看书上网。

我应该还算聪明，只是在某些事情上异常迟钝。当妻子一个人突然回国，然后打电话来要和我离婚的时候，我竟然事先一点也没有觉察到我们的关系已经到了无法挽回的地步。

还好我们没有小孩，我也不愿意放下尊严去拉扯纠缠，于是和她干脆利落地离了婚。

不久之后，她嫁给了一个多年以来对她旧情难忘的大学同学。念大学时，他们就有一段轰轰烈烈的恋爱，然后因为误会分开。伤心之下她出国留学，嫁给了我。他则在国内创业，一手打造了一个全国知名的社交网站，但是一直独身未娶等着她。这些都是我后来在网上看到的,他们二人的浪漫故事已经成了一个传奇,但是对于我这个传奇里的配角甚至反角,一切都很难心平气和地接受。

我和大多数人一样,只是个普通人。但我和所有普通人一样,不愿意承认自己其实无足轻重。我需要坚信自己的特殊性,而爱情的唯一性是对我的特殊性的一种确认,丧失这种确认是很难接受的一件事。

上面这段貌似很有哲理的废话,其实不过就是这么一句:我失恋了,很难过。

据说失恋的时候最需要的是朋友,但我内向到有些害羞的性格使我的朋友圈很小,而且我也不好意思和朋友谈论这件事,觉得很丢脸,结果我那不多的几个朋友也慢慢疏远了。我变得越来越孤僻,每天下班就宅在家里,一边独自喝酒,一边编我自己的程序。

我的程序是一个数学的世界。这个世界很简单,只由食物和生命组成。食物是各种数学问题,从最简单的四则运算到黎曼猜想,各种现存的数学问题都在其中。食物的产生和分布是随机的,但每种食物在每天产生的数量是恒定的。

这个世界里的生命则是一个个独立的小程序,我叫它们数学生命。数学生命的输入是数学问题,也就是进食;而它们的输出则是问题的答案,答案正确就能得到相应的能量。这些数学生命会成长、繁殖、死亡,死亡的原因可能是因为寿命到了,也可能是因为得不到足够的能量而饿死。一旦储存了足够的能量,数学生命就会开始繁殖。目前还只有无性繁殖,但是它们的基因会在繁殖时产生变异。基因决定了算法,而算法决定了数学生命能解答何种数学问题。

我感兴趣的是生命在这样一个世界中的进化。

在一开始,这个世界里所有的生命都只会四则运算,但是很快,只会四则运算的生命会达到一个四则运算食物总量允许的峰值,生命为了延续,就会找到办法去解答更复杂的数学问题。

这并不是我的第一个世界,我的第一个世界是股票世界。那里的生命都是为了买卖股票而活着,赚钱多的基因才能获得更多的繁殖机会。我创造这个世界自然是为了生成一个炒股赚钱的程序,但结果不是很理想,我并没有得到希望中的投资大师,而只得到了不顾一切的投机程序,因为这些程序在破产之前都得到了足够的繁殖机会。

也许我可以改进我的股票世界,但是我觉得我应该创造一个自己真正喜欢的世界,而数学一直让我感到某种奇妙的静美,这是我最想要而不可得的。

我不记得具体的日期,只记得那天阳光很好,樱花也开得正好。温哥华的雨很多,实在难得有这样的好天气,我专门提早了一会儿下班,去附近看看樱花。

看过樱花,我在去火车站的路上经过青木文身店,店门关着,里面没有人。我习惯性地停下来,看看那些饰刻着美丽图案的竹子。

我看的次数多了,很容易感觉到哪里有了变化。这次多出来的图案,在一个不显眼的角落,是一道瀑布下的堕天使。堕天使的面庞让我觉得似曾相识,但却想不起来到底是谁。

恍惚间我抬起头,发现边上的狐狸电影院正在上映一部叫作《寻找堕天使》的影片,海报上女主角的容貌和竹子上的图案有几分相似。

狐狸电影院卖票的是一个浓妆艳抹的少妇,来看电影的人很少,她一副无聊的神情。电影快开始了,我匆匆买了票,挑了个偏僻的座位坐下。

我听过关于狐狸电影院的一些传言,心下有些忐忑。影院里人不多,有几对情侣,一帮结伴而来的地狱天使[1]会员,也有几个我这样的单身客。

这时,一个穿着白衬衣、牛仔裤的女生走了进来,我认出她就

---

1. 地狱天使(Hells Angels)是一个被美国司法部视为有组织犯罪集团的摩托车帮会,会员大多骑乘哈雷摩托车,主要是由白人男性组成,小部分成员是西班牙裔和美洲原住民血统,没有任何黑人。

是边上那家文身店里的小姑娘。她也看到了我,大家都有些不好意思,害羞地相对一笑。

她没有坐到我边上,但也没有坐得很远,在四五米外找了个离所有人都有些距离的地方坐下了。

电影开始了,是一部典型的小制作色情片,但剧情却似有深意。起初,圣洁的天使在天堂无忧无虑地生活,但是有一些天使因为在人间的使命,接触到了人间的欲望,忍不住被诱惑。上帝把这些堕落的天使打落凡间,封印在种种人迹罕至之处,受到欲望的折磨,以此赎罪。撒旦是第一个也是最强大的堕天使,他挣脱了上帝的封印,在大地上四处寻找被上帝打落凡间的其他堕天使,解开她们身体的封印,满足她们心底的欲望,在她们的肌肤上印下撒旦永恒的印记。

电影放到一半,一个喝醉了的地狱天使会员摇摇晃晃地站起来,走到文身店女生的面前说:"小妞儿,让我亲一下?"

我从小被人欺负时只是忍耐,从来没有用拳头还击的勇气。我没想到自己面对黑帮成员时能够勇敢地挺身而出,保护别人。那天的表现让我为自己骄傲,虽然我面色惨白,声音颤抖,但我确实站了出来,即使面对一个掏出匕首的地狱天使会员,我也没有退缩。

幸运的是,那个家伙拿着匕首挥过来时,突然口吐白沫,委顿在台阶上。在他的同伴反应过来之前,我已经拉着女孩跑出了狐狸电影院。

我们没敢回影院边上的文身店,而是去了我家。

到家后,我为自己倒了一杯威士忌。经过刚才的事,我需要喝酒压压惊。

她也要了一杯百利,不过她看起来很平静,没有什么异样,仿佛刚才的一切根本无足轻重。

我们一边喝酒一边聊天,谈起文身。不知道是酒喝多了,还是那天发生的事让我产生了某种冲动,我提出改天她可以为我文身,就把那幅"瀑布下的堕天使"文在我的后背。

她笑笑说现在就可以。

我奇怪地问，难道你随身带着文身用具？

她说她有办法，让我露出后背趴下就好。

我趴在床上，心里想着文身会不会很疼，倒不是担心疼得受不了，而是不想在她面前失态。

但是等了许久，没有等到针刺的疼痛，却等到了一种柔软潮湿的凉意。青木的舌尖在我的后背游弋，勾勒出了那幅堕天使的轮廓。

那一夜，我才懂得，什么是不可想象的欢乐。

第二天早上我醒来时，青木已经走了，但是她在床头留下了一只竹制的酒杯，杯底是一个星辰图案。

## 3

说到这里，X起身从船舱里拿出一个竹杯，"就是这一只，倒上酒会很美。"

X顿了顿，似乎想多说点什么，但是最终没有说。

他向竹杯里倒了一杯巴蒂斯塔星辰，随着酒液的注入，那个图案慢慢升起，十一颗星辰蜿蜒排列，辉耀在深蓝的夜空。

我看得痴了，久久无言。细细看去，杯身上有一行我不认识却似曾相识的文字。我记得陆澜曾打造过一柄长剑，剑身上就刻着相似的文字。陆澜很喜欢这柄剑，将它挂在他的卧室里。在他自杀后，我还专门找过，却没有找到。

我告诉X，我在陆澜那里见过相似的文字。他笑了笑说，等他讲完自己的经历，再告诉我这行文字的意思。

于是，X继续讲述他的故事。

整个夏天我好像活在云端。每天下班，我都会到文身店，她文竹子，我写程序，然后一起吃饭。晚上两个人有时疯狂，有时温暖地抱在一起，一刻也不想分开。

我开始学习文身，虽然我还很笨拙，但是经常在失误里反而生出趣味来。她对我的数学世界也很感兴趣，对于如何让生命在其中更快更好地进化，有很多有意思的想法。

和她接触得越多，愈发感到她的神秘。她从不为人文身，但是隔一段时间就会有人买一棵她的文身竹，价格高得惊人。她很孤僻，没有什么社交活动，但是却有着很多非富即贵的朋友。比如，当我的数学世界需要更多的处理器和存储空间时，她的朋友轻易就可以为我提供，我当时没有仔细估算，但是明显感觉到，那些东西换算成金钱，应该是一个很大的数字。

有了足够的硬件支持，数学世界的进展非常顺利。世界的设定越来越完善，遗传算法也得到了改进。

慢慢地，无性繁殖的缺点逐渐显露，于是我引进了有性繁殖，生命从而变得更加多样，开始可以解决更加复杂的数学问题。

然而随着时间的推移，我遇到了一个瓶颈。

一开始，我把有性繁殖编写成完全随机的，也就是说，两个数学生命之间的配对完全是碰运气。但是，这样无法保证最好的基因之间的配对，一个良好的基因往往会碰到一个很差的基因，导致后代丧失了竞争力。

于是，我加入了"门当户对"的前提，只有能解决同样难度数学问题的生命才可以配对。但是，这却导致了有些优秀的个体不容易找到配偶。

我又增加了随着年龄增长放宽择偶范围的逻辑，然后我发现，"门当户对"并不代表相互匹配，能解决同样难度的数学问题，并不代表这两个数学生命能繁殖出聪明的后代。

无论我如何努力，却总是没有办法写出合适的配对逻辑。可是，能够保证一个生命找到适合自己的另一半，却是进化出更高级智慧的关键。

数学世界遇到了瓶颈，我的文身技术却越来越高超，我的梦想是有一天能在青木的胸前文上一朵蓝色的莲花。

一星期前的一天，公司停电，我无事可做，想去店里给她一个惊喜。

到了门口，却发现挂着"关门"的牌子。她有事要出去的时候经常如此。

我掏出备用钥匙打开门进去，准备等她回来。

不料一进门就听到里屋有人在讲话，虽然听不清在讲些什么，但是那两个人的声音我都很熟悉：一个是青木，一个是我前妻。

我从来不知道青木竟然认识我前妻，我不愿意面对这样一个尴尬的场面，于是悄悄地离开了。

那天晚上，我很晚才回到文身店，发现只有青木一个人在，我这才放下心来。我没有提起白天的事，没有问她如何会认识我的前妻，我只想好好抱抱她。

她也有些异样，平常占据主动的她，那晚对我反而百依百顺。

第二天，我再去文身店时，没有看到青木，前妻却在那里等我。

我很平静地点了一支烟，以我对她的了解，她会向我解释一切的。

没想到她第一句话就让我如坠深渊："如果用你可以理解的概念来解释，这个世界其实是一个虚拟的游戏世界，其中有玩家，也有NPC（非玩家角色）。我和青木都是玩家，而你，是NPC。"

我完全没有听懂，什么叫作我是NPC。

看着我茫然的神色，她继续解释："这个世界是量子化的，光速是不能超越的，空间、质量与能量都是有限的，你觉得这些像不像电脑里模拟出的世界？

"这个世界里能量的传递是量子化的，也就是说有着最小值；同样,电脑也是有最小精度的,电脑计算出的世界也必然是离散的、量子化的。这个世界里光速不能被超越,信息传递的速度也是不能超越光速的;电脑计算出的世界也有最大信息传输速度的限制。这个世界的质量与能量都是有限的,电脑也只能处理有限的数据,拥有有限的存储。如此种种都说明了这个世界是被计算出来的,也就是说,这是一个被创造出来的虚拟世界,而创世者必然在世界之外。真实的世界应该是无界限的、连续的、无最大速度的。其实当人类发现微观世界符合量子力学的原理,就已经显现了世界是虚拟的这一事实。"

看到她如此侃侃而谈,我有种怪异的感觉,我干涩地开口问道:"我为什么要相信你说的这些怪论?你怎么在这里?青木呢?"

她笑了笑,说道:"你不需要相信我,这件事本来就很难令人相信。七天以后,天空中会出现橙色的倒数计时,那时你就会相信我了。"

我忍不住问道:"什么是橙色的倒数计时?"

她答道:"你看到之后就懂了,就是橙色的倒数计时。倒数将在七天后开始,持续一百天,倒数的结束,也意味着这个世界的终结。如果把这个世界比作一个巨大的网络游戏,当一个游戏将要被关闭时,就会有倒数计时提醒玩家,玩家们可以转到另一个游戏、另一个世界,但是NPC则会随着这个世界消失。

"我和青木都对这个世界产生了感情,和我们相似的还有不少玩家。这个世界的生活平淡无奇,一般的玩家很快就离开了,但是留下来的人却越来越喜欢这里;而且这个世界的NPC也都很有意思,每一个都是自主的个体,有着自己的思想。我们想拯救这个世界,而其中的关键,就是你和你的数学世界。数学是创造者和被造者之间唯一共享的成果。在这个世界研究出的科学成果,对于真实世界根本毫无用处,哲学、宗教、艺术也是如此,这些成就都局限在这个世界之内。但是数学不同,数学可以超出世界之外,数学是普适的。如果能自发产生足够好的数学,那么这个世界就会被认为有着存在的价值。

"我曾经认为,你的数学世界是很有前途的,然而我发现你缺少必要的热情,所以我离开了你,去寻找其他更好的可能。但是青木却认为你有着深藏的潜能,所以她找机会接近你,给你提供资源上的帮助。现在倒数计时迫在眉睫,你的数学世界是最有可能在倒数结束前取得突破的项目,其他的计划都需要太长的时间。"

她停下来,给我一些思考的空间。

我回想了一下,前妻在我生命里出现得确实很突然,走得更加突然。我们之间从一开始,就是她更加主动,不然依照我有些害羞的性格,我和她不会走到一起。

想到青木接近我也是由于这些原因,我心底某处不禁隐隐作痛。

我问道:"青木呢?她为什么不亲口和我说?"

前妻有点冷酷地答道:"她说等你拯救了世界,她会回来亲口向你解释。"

# 4

听X讲完这个不可思议的故事,我久久无语。但是更加不可思议的橙色倒数就在天空上,这由不得我不信,而且X有一种令人相信的气质。

"不过这些和陆澜有什么关系呢?"我问道。

他说:"陆澜的长剑上刻着和青木竹杯上一样的文字,而这种文字不是属于我们这个世界的。陆澜和青木是在同一天离开的。那一天,玩家们都知道了这个世界要被关闭,从此,玩家一旦下线,就不能再登入我们的世界。而且他还选择了一种如此奇怪的方式自杀……所以我觉得陆澜也是一个玩家,他只是用了一种异常浪漫的方式来和你告别。"

我心中五味杂陈,不知是喜是悲,我不再说话,只是一杯接一杯地喝酒,直至醉倒。这些天我累得太狠了,现在一下子松弛下来,竟然一觉睡了足足十五个小时,醒来时凌晨四点多,天还没有亮。

蓝湖地处偏僻,四周没有什么城镇,夜空里的星辰异常璀璨,仿佛无数尘沙在黑色的大漠上呼啸。

但是,在夜空里现在最耀目的不再是璀璨的星辰,而是那抹不断递减的橙色。

X看我醒来,问我饿不饿,要不要吃点什么。被他一问,我才觉得自己确实饿了。他从厨房里端出一个热腾腾的蒸笼,里面是十二个小笼包。

我拿起一个尝了一口,竟然是"麟记"的味道。

我父亲在上海有分公司,曾经带我去玩过好几次,每次他都会带我去"麟记"吃小笼包和小馄饨。"麟记"很小,店里总共只有八张桌子,价钱也不贵,但是味道真的很好。

我狼吞虎咽地一口气吃了六个小笼包,然后才开始小口小口地细品,"你怎么知道我喜欢小笼包?这个味道真像是'麟记'的,是你自己做的吗?我在北美从来没有吃到过这么好的小笼包。"

他看我吃得香甜,微微笑着回答我:"昨晚你说梦话,叫着爸爸,说你要吃'麟记'的小笼包。我去上海玩过一次,也喜欢'麟记'的味道。"

他顿了一下,接着说:"我的前妻离开之前,留给了我一笔巨大的财富,还有一个由这个世界最有影响力的人士组成的后援会,他们会为我的数学世界尽力提供支持。我的任何要求,都会被无条件地执行,即使是要吃'麟记'小笼包这类无理的要求。"

我好奇地问道:"这包子是从上海空运过来的吗?"

他答道:"差不多。各种材料和工具都是从上海'麟记'店里空运过来的,同时飞过来的还有'麟记'的一位师傅,这些包子都是他在附近现包现蒸的，然后用遥控无人机给我们运过来，因此味道才能这么正宗。我还点了两碗小馄饨，一会儿就能送过来。"

我这才想起昨天自己喝得烂醉，还有些关键的问题没有问，我望着他说："你不是应该在什么地方努力研究拯救世界吗？怎么反而在这里优哉游哉呢？"

话刚出口，我就觉得自己的口气有点儿不妥，连忙道歉说："对不起，我不是指责你的意思，只是有点想不明白。还有，你说过要告诉我那段文字的意思……"

他丝毫不介意，答道："我来蓝湖有两个原因，一方面是因为我自己的困扰，另一方面是因为一个神谕。我的困扰比较容易解释，青木当初和我在一起只是为了我的数学世界，而且她是玩家，我是NPC。当然我的困扰只是让我缺乏动力，如果有能力，我还是会尽力拯救这个世界。但是我解决不了配对算法的问题，我觉得，你也许可以帮助我解决这个问题。"

我被他吓了一跳，说道："怎么可能是我？我只是一个普通的大学生，而且我学的是心理学，对于算法一窍不通。"

他说："这就和神谕有关了。创造我们这个世界的生命还创造过很多世界。他们把世界分成三类——随机世界、固定世界、神谕世界。随机世界是完全无法预测的世界，智慧生命在随机世界中没有优势，智慧基于未来可以预测这个事实。固定世界则相反，一切都可以被预测，一切都是固定的，是没有自由意志而且异常无趣的世界。

"神谕世界介于二者之间，短期的不完全的预测是可行的，但在本质上，它是一个可能性的世界。例如我们这个宇宙在微观尺度遵从量子力学，本质上是可能性的；但在宏观尺度，我们还是能做出一定程度的预言，只是我们无法对包含了生命的世界做出精确的长程预测。玩家们也曾设法预测我们这个世界的未来，可是只能得到一些含糊不清的结果。既然他们对于我们是神一样的存在，这些预测我觉得称作神谕很恰当。我们已知的神谕只有一条，那就是青木竹杯上的那行字：'当蓝色湖水里涌出蓝色的美酒，当没有意义的事物被赋予意义，被造者的造物将拯救被造者自身。'玩家们说这是关于末日救赎的神谕,我觉得很可能与你有关。"

我听了之后马上问道:"蓝色湖水就是蓝湖也还说得过去,那蓝色美酒呢?"

他说:"那当然就是你那晚打碎在我这里的蓝姆酒了。"

我觉得实在好笑,"蓝姆又不是蓝色的,而且蓝姆只是音译,和蓝色一点关系也没有,这也太牵强附会了。"

他也笑了,"后援会同时支持很多个哪怕只有一点希望的项目,也就是死马当活马医的意思。我正好离蓝湖比较近,所以来这里散散心,同时碰下运气。不管如何牵强,遇到你也是缘分,你好好想想,能不能帮我解决配对算法的问题,任何古怪的想法都好。"

我说:"从一个小女生的观点来看,我觉得你的世界需要的不是配对程序,而是爱情。因为一个依据逻辑的配对程序,是建立在可以知道最佳配对需要的另一半基因符合什么条件,如果你已经知道,那么自动生成另一半就好了,何必要去寻找另一半?爱情不依靠逻辑,而依靠直觉,所以我觉得你需要爱情。"

他笑着答道:"配对程序我编不好,但是至少还有个方向;而爱情太虚无缥缈了,我连如何入手都不知道。"

我说:"你不觉得爱情就像是一个神谕吗?我们心里泛起一个声音,忽然我们就知道自己遇到了那个正确的人。"

这时,一架小型无人机挂着一个三十厘米见方的银色方盒飞了过来,遥控无人机发出的噪音很小,让人几乎觉察不到,它把方盒轻轻垂放在甲板上,就离开了。

X打开方盒,里面是刚刚订的"麟记"小馄饨。他深深吸了一口气,然后说:"我们先吃馄饨吧,世界末日还有九十几天呢……"

后来的几天,我们在正事上毫无进展,但是两个人享受了很多以前只能幻想的事情,后援会的势力极为强大,甚至有些不是金钱可以做到的事,他们也可以动用政治力量甚至军队来实现我们古怪的要求。

X打造了专属于他自己的《星际争霸》，暴雪为他提供了一个由原来《星际争霸》开发人员组成的团队，开发了一款可以弥补手速的版本。X一直认为自己在《星际争霸》上成绩不好，只是因为手速不足，战略战术还是很强的。这个新版本让他在战网上连战连胜，非常开心。

我则索要到了许多关于张爱玲的珍藏。其中有一套张爱玲手批的《金瓶梅》，据说是她和胡兰成最恩爱时一起批注的，连她自己都以为被焚毁了，其实一直被收藏在私人手中。我不知现在我手上这套书的真假，但是记得胡兰成说张爱玲对《金瓶梅》里裙子的颜色都注意到了，他们之间也谈论过《金瓶梅》，所以有这样一套书存在，也不是完全不可能。我本着末日之前努力八卦的精神，捧着这套书看得津津有味。

每天我们也会花上几个小时研究数学世界。因为我对程序一窍不通，我能做的只是观看数学世界的图像模拟展示。

为了更快地进化，数学世界里的生死只在万分之一秒，如果用正常速度观看，只能看到色彩的变化，一片斑驳杂乱。但是，图像模拟还有一个慢镜模式，可以认真地观察一个数学生命从生到死的经历。

我从小对色彩有着特殊的敏感，能感觉到很微妙的色彩变化，看着一个蓝色的小点由暗变亮，遇到一个粉红的小点越来越暗、孤独地游荡，我竟然有些着迷。我知道亮度代表了一个数学生命的成长，能解决更多更难的问题，它就会更快地成长；而饥饿则会导致亮度减弱，黑暗就是死亡，也就是消失。

我开始在头脑里想象眼前小蓝点的生活：它找到一个容易的问题，好开心，看到一个自己喜欢的异性，但是错过了。它终于找到了另一半，却发现能解出的问题越来越难找到，彼此只好花越来越多的时间分头寻找，在一起的时间越来越少。离别多了，小蓝点有些伤心，不过聚在一起时还是很幸福。

我想到这里，才想起小蓝点根本没有感情，一切不过是生存的需要。由小蓝点又想到我们自己，我们也不过只是NPC而已，我们的感情又是什么呢？我们之所以会有感情，也许只是为了可以给玩家们提供更好的陪伴？我们觉得生死与共的爱，在玩家们看来不过是一场游戏，也许他们很认真地在玩这场游戏，也投入了一些感情，但是对于他们来说，游戏里的结果无论如何都不会影响到真实的世界。对于我们来说，是死亡，是终结，对于他们来说，却只是一次通关的失败。

我想着这些，情绪变得有些沮丧，宁愿自己和小蓝点一样，没有感情，没有悲喜，这样也就不会有爱情，不会老想着一个不属于这个世界的人。

"没有感情，就没有悲喜；没有悲喜，就没有爱情。"我不断重复着，觉得自己好像抓住了什么关键的东西，却无法说清楚，"配对逻辑需要爱情，爱情需要感情，但是感情在数学世界里为什么没有进化出来呢？"

我越想越糊涂，正好X打完一局《星际争霸》，我就问他："数学世界里有没有进化出类似感情的东西？"

他随口答道："没有，从来没能进化出感情。"

我接着问道："但是如果没有感情，父母怎么会尽力抚养后代呢？"

他说："数学生命一出生就可以独立生活，并不需要父母培养。"

我叹了口气，"原来如此，但是没有感情，就不会有爱情，也就进化不出你需要的配对算法了。你要试试让它们有个需要照顾的童年。"

X沮丧地摇了摇头，说道："这个我也尝试过。就像你说的，我试过给数学生命一个需要受照顾的童年，而且除了解答数学问题，我还在它们的生活里添加了很多其他的东西，很多看起来没有用的东西。我期待这样的世界里进化出的数学生命，会具有非理性的成分，就好像人类的感情。而这种非理性的成分，会产生类似神谕的效果，帮助一个数学生命找到它合适的另一半。可惜并没有用，无论我如何做，数学世界里的生命都无法进化出丝毫非理性的成分。我后来也想清楚了，电脑程序即使再复杂，它在理论上总是可以被完全预测的，因此我的数学世界注定是个固定世界，其中无法产生自由意志，无法产生感情，无法产生爱，也无法产生神谕。"

看着X沮丧的样子,我心里突然涌起一股暖流,让我非常想要帮助他,想要帮助他的数学世界,不仅仅是为了拯救世界,也是为了让他不要沮丧。

但是我有什么用呢?我不懂编程,而他已经做过各种各样的尝试,我能提供什么特别的数学世界没有的东西呢?

X看我不说话,又继续去玩他的《星际争霸》。

我拿起《金瓶梅》,但又不想读,心里只是想着数学世界的小蓝点和《金瓶梅》里面一个个被爱欲折磨的人。我真的想像小蓝点那样生活吗?即使我想,我也做不到。我注定是一个会被爱欲折磨的人。即使我曾经充满爱欲的心里破了一个大洞,爱欲也没有全部消失,我知道它只是陷入冬眠,在未来终会苏醒。

爱欲,爱欲,爱是神谕。我们的世界是一个神谕世界。数学世界基于电脑程序,是一个完全可以被预测的固定世界。要让数学世界也有爱欲,也有神谕,就是让数学世界成为神谕世界。

我突然大叫一声:"我明白了!!!"

X吓了一跳,抱怨道:"我正打到关键时刻,你没事不要大惊小怪。"

我说:"星际作弊者,别玩儿你的作弊版本了,起来拯救世界吧。"

X不情愿地认了输,对我恶狠狠地说:"如果你这次的主意没有用,今晚就只点我喜欢吃的。"

我说:"别想着吃了,我看你今晚大概没心思去想吃什么了。数学生命的问题,在于它所处的世界是一个固定世界,其中不可能出现情感。我们自己的世界就是一个现成的有情感的世界,我们只要打破数学世界和我们世界的界限,让数学生命进入人类的网络空间,它们就能进化出超越理性的东西。"

X本来还嬉皮笑脸,假装生气,这时却突然严肃了起来,一边思考一边说着自己的想法:"我以前一直担心即使数学生命可以解决一些玩家数学研究上的需要,玩家们只要复制一下数学世界就好,人类依然是没有存在价值的。原来关键在数学生命和人类NPC的融合,这样的话我们这些NPC才不会被清除。"

X越说越开心,一边说一边手舞足蹈,我也由衷地为他感到高兴。他接着说道:"倒数留给我们的时间不多了,我需要足够多的开发团队,也需要全球互联网的底层权限,嗯,还要尽量加快数学生命的进化。"

说到这里,X拿出手机拨通了一个号码,大声说道:"请尽快派一架直升机来蓝湖,我们找到答案了!"

打完电话,X和我一起走到甲板上等直升机。他一边走,一边说:"神谕里果然是你,'蓝色湖水里涌出蓝色的美酒',和我一起来,好吗?"

"我还是在蓝湖喝蓝姆酒吧,我还可以在湖里喝酒,这样才更符合神谕呀。"

X大概没想到我会拒绝和他一道离开,有些不知所措,我们之间的气氛也变得有些异样。

"你觉得怎么会有神谕的存在呢?这实在太不科学了。"我想要引开话题。

他说:"神谕也可以有科学的解释,比如在量子力学中,可能性是世界的本质。一个存在着很多可能的世界,就好像有着很多分叉的河流,但是在某个地方这些支流可能又汇合在了一起。在绝大部分时间中,预测是不可能的,但是对于某些节点,我们的世界也许只存在着一种可能性。对于这些节点,预言便成为可能,这些预言就是神谕。我们也许正站在这样一个节点上,无论你我如何选择,我们注定会拯救这个世界。"

我听了沉默良久后说道:"我倒宁愿神谕是真正神秘的、不可解释的,我更喜欢神秘的世界。科学的世界一切都被解释,让人感觉局限而没有自由。"

他说:"我也一样,尤其是在知道自己只是一个NPC之后。身为NPC,无论怎样努力,也无法超出自身的局限,即使我们的后代,也还是被这个虚拟的世界局限住,无法触摸真正的世界。就好像数学世界里的生命,因为世界的局限,无法进化出感情。我们其实和数学生命一样，都不过是一个程序。我的感情，我的喜好，我的爱，我的存在，其实都是NPC的程序而已。"

我倒不这么想，回应他说："我们现在不是正要开始和数学生命交流吗？这种交流必然会为数学生命带来无法预测的进化。我们这些NPC其实也一样，我们和玩家的世界并没有完全阻隔，玩家和我们之间有交流，也就给了我们超越这个虚拟世界的可能。"

这时直升机飞来了，螺旋桨的轰鸣声淹没了我后面想说的话。

X和我挥手告别，看着渐渐远去的直升机，我又一次想起和陆澜最后的八分钟。

也许我真的不过是一个NPC，也许陆澜只是在玩一个浪漫的游戏，在别人眼里，那最后的八分钟因此变成了一场骗局。但是对我来说，那八分钟的感觉依然特殊而珍贵。

有些感觉一旦产生，就仿佛存在于自己的时空，不会再被任何其他的事物打扰。

# 5

X走后，我一个人在蓝湖住了一段时间。X把湖心餐馆留给了我，还留下了很多东西。

橙色倒数慢慢变得不可遮挡，这个特性违反了已知的所有物理原理。比如飞机上的乘客看到的橙色倒数在遥远的天上，但是陆地上的人却看到飞机被橙色倒数遮挡，而不是相反。

橙色倒数从天上缓缓地压下来，大家心头的压力也越来越大。离倒数结束还有十天的时候，即使闭上眼睛也会看到倒数了。

很多人受不了精神压力而发了疯，我只能默默祈祷神谕是正确的，X一定能取得成功。

还剩七天的时候，那晚我好不容易睡着了，睡眠成了唯一能摆脱橙色倒数的方法。

第二天我醒来，觉得整个人轻松惬意，却说不出为什么。细细一想，原来是眼里的橙色倒数消失了！

我向窗外望去，蓝天如洗，终于又变得和蓝湖一样清澈。

我没有继续前往温哥华的旅程，而是回到了斯坦福大学。

陆澜一直没有出现。不过这也是正常的，对于这个世界来说，陆澜已经死了。就算他回来，应该也变成了另外一个人。

奇怪的是，对其他人来说，好像橙色倒数根本没有出现过一样。我偶尔和别人提起橙色倒数的事，他们都用一种茫然的眼光看看我，或者觉得我在开玩笑。

我去查看了那段时间的报纸，也没有任何关于橙色倒数的报道。

慢慢地，我开始怀疑自己的记忆，也许那些天的经历只是我的错觉，X只是顺着我的思绪讲了一个有趣的故事；或者X也根本不存在，一切只存在于我的幻想之中。

暑假的时候，我去了一趟温哥华，想看看是否真的有狐狸电影院和青木文身店。

缅街上确实曾有一家狐狸电影院，专门放映色情电影，但是已经关张，变成了独立乐队表演的剧场。不过狐狸电影院的标志还在，陈旧而斑驳。

狐狸电影院的附近并没有文身店，它的右手边是一家小小的名叫维隆纳的咖啡馆。

我在维隆纳咖啡馆里点了一杯黑咖啡和一小块芝士蛋糕。老板是个很有意思的意大利老头儿，开朗的笑容和夸张的恭维，让你感觉非常舒服。

我问这位开朗的意大利老头儿，这里是不是曾经有家文身店，而且专门在竹子上文身？

意大利店主一听就笑了，说他在这里开了十几年咖啡馆，他盘下来的时候是一家中餐馆，从来没听说过这里曾经有家文身店，而且怎么可能在竹子上文身呢?

　　我也笑了,确实从来没有听说可以在竹子上文身的。虽然我的记忆是那么清晰,实在不像是幻觉,但是如果要相信我脑中关于橙色倒数的记忆,需要颠覆的是整个世界,相比之下,还是承认自己产生过无比真实的幻觉更加简单。

　　回到加州,我更加努力地学习,每学期多选了三四门课,课外还上了糕点班,想让自己在忙碌之中慢慢忘却这一切。

　　转眼到了圣诞。圣诞这天连图书馆也不开门,我只好躲在家里,一个人看书。

　　书读得乏了,我起身想去泡一壶茶。

　　茶还没泡好,门铃响了。

　　我披上外套,打开房门,只见门口放着一个包装精美的礼盒。

　　我左右看了看,没有人。

　　礼盒是个蓝色的铁盒,上面镶嵌着黄色水晶做的星星,里面是一瓶巴蒂斯塔星辰,还有一只竹杯,竹杯的底部有一幅文身。

　　我向杯中注入巴蒂斯塔星辰,那幅文身在水里慢慢升起,十一颗星辰蜿蜒排列,照耀在深蓝的夜空。

　　我喝了一口,仿佛又回到了蓝湖。

　　我想,这个竹杯可能也是我的幻觉,也是自我欺骗的一部分。但是对于我来说,这些幻觉的价值和事实一样宝贵,甚至犹有过之。

## 后　记

　　最早萌生出写这篇小说的念头,是我看了《三体》第一部里面关于倒数的情节。

　　我当初看的是连载,中间有很多时间来胡思乱想倒数的真相是什么。结果看到的只是外星人入侵,当时还很失望。后来,《三体》愈来愈宏大,并不是一个外星人入侵那么简单,我的失望也就抛到九霄云外了。

不过,这个故事的最初想法一直留了下来,本来我是想写成《三体》的另一种更好的可能性,但是《三体》珠玉在前,再用同样的背景和人物就有些班门弄斧了。于是我把背景放到自己熟悉的北美,然后就有了《橙色倒数》这个故事。其中的数学世界和巴蒂斯塔星辰也都有着向《三体》致敬的成分。

《橙色倒数》的世界远远不如《三体》宏大动人,但我希望自己在其中写出了一点点比《三体》更加深刻的对世界的思考。

METAVERSE

+

# 玻璃迷宫

尹冰峰

2008年发表的《玻璃迷宫》,以扣人心弦的年轻黑客单枪匹马闯入元宇宙的冒险历程为线索,逐步发掘出一个骇人听闻的可怕阴谋,揭示出生物电脑技术与元宇宙结合将可能出现多么惨绝人寰的噩梦……《玻璃迷宫》与杨平的《MUD——黑客事件》一样,都是将叙事重心全部放在光怪陆离的元宇宙中的科幻故事,这种将"戏剧舞台"完全置于元宇宙中的故事,其实才是最"本格"的元宇宙故事。

> 你想证明你是最强的黑客吗？那么就来挑战中央服务器的防御系统吧！
>
> ——神秘的网络流言

刺痛伴随着剧烈的呕吐感一起袭来，宵枫睁开了眼睛。

环顾四周，晶莹剔透的玻璃高墙耸立在玻璃地板上，玻璃的天穹上飘荡着玻璃的云彩——除了空气和风，这个世界似乎都完全是由玻璃构成。

宵枫伸手触摸冰凉的玻璃墙壁，他在墙壁上的倒影也同时伸出了手。那是一位身穿蓝白相间的机械铠甲的黑客，全封闭式头盔正面的四个多用途光学传感器闪烁着不友好的红光，仿佛在瞪着他一样。

这里的玻璃很奇特，它们并不是完全透明的，虽然它们可以反射影像，但却不允许光线毫无阻碍地穿透自己，从而使人无法准确判断玻璃墙壁的厚度，也无法看到墙壁后面的东西。

置身于这样一座完全由玻璃构成的巨大迷宫内，宵枫感到有些无所适从，周围安静而诡异的气氛令他很不安。

这到底是什么鬼地方？

宵枫很快从最初的慌乱中恢复过来，他检查了自己的装备，机械铠甲完好无损，紧凑型强力冲锋枪乖乖地待在腰后的挂架上，扫描器好像也没什么问题，装在腰间两侧胶囊里的黑客程序一样不少。自己的电子体似乎也并没有什么损伤，刚才的疼痛和呕吐感只持续了几秒钟就完全消失了，并没有留下什么后遗症。

年轻的黑客垂头丧气地坐在玻璃地板上，开始努力回忆刚才发生的事情。

他把自己的记忆认真地梳理了一遍，中断点停留在破解最后一道防火墙的刹那。宵枫看了看表，时间已经过去了二十分钟，二十分钟前他成功入侵了中央服务器。

作为第四代互联网的核心系统，OPC公司为中央服务器设计了堪称完美的防火墙系统，号称不可能被入侵。宵枫用了将近四十个小时，才找到一个不起眼的小漏洞，并利用它突破服务器的主防火墙，终于成功入侵了号称"不可能被入侵"的中央服务器。

但是，宵枫并不是第一个成功入侵的黑客，两年前，他的朋友布利德被网上那些流言所蛊惑，为了证明自己是最强的黑客，曾冒险侵入了这里。

布利德确实成功侵入了，可是他却再也没能回去。

现在宵枫也成功侵入了中央服务器，但他其实并不在乎什么天下第一的称号，他用了两年时间准备这次入侵，目的在于揭开好友的死因。布利德究竟在这里遇到了什么？他又为何会死在这里？这些都是宵枫极为渴望查清楚的事情。

不过，宵枫没有想到的是，防火墙后面居然是这样一个封闭的数据空间，一个巨大得超乎想象的玻璃迷宫！

"茨妮娅！"宵枫呼唤着自己的电子精灵，"茨妮娅？你在哪儿？"

没有任何回应。

宵枫开始有些担心起来，黑客弄丢了自己的电子精灵，这本身就是一个大笑话。而且茨妮娅还是布利德送给他的友情纪念，几年来宵枫一直很小心地使用它，除了几次必要的升级，他几乎没有动过它的核心数据。一想到可能发生的种种危险，宵枫就变得沮丧起来。

不过沮丧归沮丧，束手待毙肯定不是个办法，所以宵枫还是很快展开了行动。

因为遗失了电子精灵，很多事情都必须自己来做。宵枫用机械铠甲的小型扫描器扫描了一下周围的迷宫。

扫描系统很快给出了结果，但结果却非常令人失望——这座迷宫似乎并不是一个简单的静态数据体，周围的地形在不断地变化，所有通道都会在他通过之后重新设定，即使回头也不可能回到原点。

虽然宵枫不知道设计者是如何保证这个变动数据体在不断改写和重组中不会出现逻辑错误和漏洞的，但光是数据空间本身就够他伤脑筋了。更加糟糕的是，这个数据空间所有的外部连接线路要么被加密，要么被切断，没有一条可以使用。但奇怪是的，由外向内的数据连接却畅通无阻。

难道只能往前走吗？这真是进退维谷……

宵枫把扫描器设定为"警戒"，然后伸手打开了腰带上的一个胶囊，纷飞的二进制代码组成了一辆黑色的摩托。

这是他最得意的电子武装之一，从核心代码到外围攻击程序都是他自己编写的。这辆摩托车不但装备了跳跃和推进用的喷射引擎，还配备了四联装导弹发射器，火力和速度都相当出色。

总的来说，只要不违反第四代互联网系统的物理规则，你就能在这个虚拟世界中为所欲为。

跨上摩托车，引擎立刻发出令人愉快的轰鸣，一条路线显示在控制面板上，自动驾驶系统将提示骑手该在哪里转弯。宵枫将油门加到最大，摩托立刻在玻璃迷宫内飞驰起来。

和先前估计的一样，每当他通过一个路段，身后的区域都会立刻被重新设定，而他不管怎么转弯，都会被诱导到某个特定区域去。宵枫实在想不明白，OPC公司的技术人员为何要在他们的中央服务器内设置这样一个对内不对外的复杂系统，难道他们是为了困住什么东西才建立了这样一座庞大的迷宫吗？

这个数据空间简直就像是用来困住牛头人身的弥诺陶洛斯的那个巨大迷宫。

不过，到目前为止，唯一值得欣慰的是，电子体和自己身体的连线还没有中断，虽然宵枫不知道生命维持系统中的营养液还能支持多久，但至少目前，他的身体还活得好好的。要知道黑客们为了更好地使用电子体和电子武装，往往将自己电子化的大脑作为终端直接接入网络，这样一来，自己的身体就会陷入一种假死状态。如果突然断线或者电子体被摧毁的话，大脑将首当其冲受到反馈脉冲的伤害，一般来说，当场死亡的可能性很高。布利德就是在入侵这里的时候，因为烧掉了自己的电子脑而一命呜呼的。

宵枫可不想成为第二个死在这里的黑客，眼下的当务之急，是他必须找到自己的电子精灵。在一些特殊时刻，黑客们会利用被称为"回溯"的特殊方法找到通往自己身体的通路，但这必须借助电子精灵的力量，其代价却是电子精灵本身。回溯成功的同时，电子精灵将作为替身承受大部分反馈脉冲而烟消云散，不过到目前为止，宵枫还没陷入过这样的绝境。

突然，扫描器有了反应，一个白色光点出现在控制面板上。

经过解析，宵枫惊讶地发现，那居然是个黑客们常用的路标。更加令他吃惊的是，这个路标居然使用的是布利德的代码，这是他的好友两年前留下来的！

宵枫将识别代码输入扫描器，更多的路标出现在迷宫中，它们星星点点地连成了一条线，通往迷宫的中心。

看来，两年前，布利德就是沿着这条路线，侵入了这个数据空间的中央区域，并且再也没有回来。

两年后的此刻，宵枫将沿着同样的路线入侵，但他早已有了心理准备。

摩托车的后轮在玻璃地板上擦出一道黑印，宵枫来了个九十度转弯向一条横路驶去，扫描器不断捕捉变化不定的路标，指引他向中央区域前进。

三十分钟后，一路狂奔的摩托在一面巨大的玻璃围墙旁边停了下来，它独立于迷宫的墙壁存在，而且要比迷宫的墙壁高出很多，在围墙与迷宫之间存在一片宽度大约二十米的空地。看来这里就是整个数据空间的中央区域了。

宵枫扫描了一下那堵围墙，组成围墙的二进制代码在扫描器的波束经过时闪烁着绿色的荧光。分析结果很快出来了，这只是一扇单纯的墙，没有任何机关存在。

就在他开始思考如何突破这扇墙壁的时候，少女的欢笑突然从寂静的迷宫中传来。扫描器上出现一个绿色光点，那是电子体的反应。

宵枫惊讶地扭过头去，只见不远处的迷宫中，一位少女的身影一闪而过。

那是个非常漂亮的女孩子,有着一双黑夜般深邃的眼瞳和一头乌黑的长发,鬓角的头发扎成了两根手指粗细的麻花辫,发辫末端的红色丝带显得非常顽皮。她穿着黑色的哥特式长袖风衣和深蓝色的背带长裤,白色衬衣的胸前扎着一个大大的红色蝴蝶结,那双浅棕色鹿皮靴显然也是量身定做的,看起来就像是一位十九世纪中叶的富家少爷,颇有些男孩子的味道。

放声欢笑的少女快步从两堵玻璃墙壁之间跑过。她的手里拎着一只金色的鸟笼,宵枫的电子精灵茨妮娅就被装在里面……

"茨……茨妮娅!"宵枫不禁大吃一惊,刚要追上去,那个少女的身影却消失了。

"她是电子体吗……"宵枫自言自语地说,"理论上说这个封闭的数据空间内应该不会出现电子体才对,而且那个女孩子……"

"女、孩、子?"一个怪里怪气的声音一字一顿地说。

"什么人?!"宵枫闪电般摘下了后腰挂架上的冲锋枪,枪口指向声音传来的方向。

只见一只黑猫蹲在墙根下,它看起来非常卡通,那张猫脸似乎无时无刻不在笑。

这家伙毫无疑问是个程序,宵枫扫描了它,但并没有发现任何攻击代码。

"你是……什么东西?"宵枫喝问道。

"东西?"猫摇晃着前爪,"现在的年轻人可真没礼貌,我不是'东西',我是笑面猫。"

"笑面猫?"宵枫疑惑地抬起了眉毛。

"名字只是个代号,你叫我笑面猫就可以了。"猫说,"还有……嗯……你能不能不要用那个危险的东西指着我?我可是一只善良又可爱的猫咪,你用那个东西指着我会让我很紧张的。"

宵枫犹豫了一下,最后还是把冲锋枪挂回了原处。

"这就对了嘛……"笑面猫嘻嘻地笑了起来。

"笑面猫,我问你,"宵枫问,"刚才那个女孩子是怎么回事?我的电子精灵茨妮娅被她抓走了！虽然没有来得及扫描她，但我可以断定她绝对是个电子体。"

"说对了……"笑面猫伸了个懒腰，"爱丽丝的确是个电子体，这没错，不过至于她为什么要抓走你的电子精灵，我就不知道了。如果你想要找她的话，最好到镇上去。"

"镇上？"

"就在围墙之内。"笑面猫嘻嘻一笑，然后消失了。

"等一下！"宵枫大喊，可是笑面猫连一个二进制代码都没有留下，它消失的是如此彻底，甚至连存在过的数据记录都清除干净了。

"看来真的要进去才行了。"宵枫仰望高大的围墙，"不过……到底该怎么进去呢？"

他取出一个黑客程序，想在墙壁上打开一个黑客通道，不过看似简单的墙壁代码却直截了当地拒绝了他的非法请求。

就在这时，扫描器发出警报，一个管理员程序正在接近中。

宵枫见状急忙激活了伪装程序，他和他的摩托车瞬间一起变成了透明的影子。宵枫自己编写的这种伪装程序，不但能进行视觉上的伪装，还能对抗扫描器和识别代码。他是有史以来最优秀的潜行者之一，多年来，他凭借这身本领在戒备森严的非公共服务器中来去自如。

几分钟之后，一只上半身穿着深蓝色西装、前爪抱着一块金色怀表的兔子，突然一蹦一跳地从他身旁经过。

宵枫诧异地盯着这只兔子，但兔子却没有发觉近在咫尺的他。

只见兔子举着那块怀表在墙上晃了一下，一扇门立刻出现了。但就在它准备进入这扇门的时候，却突然停下了脚步。

"真是忙死了……"兔子自言自语地说道，"最近逻辑错误和漏洞出现得可真是多啊，真怕哪天忙不过来……"说着它看了看表，不禁大惊失色，"已经这么晚了吗？迟到了，迟到了……"

兔子一边嘟囔，一边匆匆跳进了那扇门。

宵枫实在有点同情这个智商似乎不够高的管理员程序，但当他看到那扇门后面的青翠草地的时候，他立刻意识到这是个侵入围墙之内的好机会!

想到这里,他毫不犹豫地启动了喷射引擎,解除伪装状态的摩托车拖着橘红色的火焰,闪电般地冲进了门内,高温尾流把身后的玻璃地板烤得焦黑。

不过宵枫还是有些失算了,门和门后的山坡之间存在一定落差,他穿过门的同时几乎飞了起来!

车轮刚一落地,身后的门就消失了,宵枫望了一眼身后高不可攀的玻璃高墙,然后放眼向四周眺望。

他想要寻找那只兔子,但却发现自己正站立在一片青翠的山坡上,不知名的野花星星点点地点缀在草丛中,微风吹过,淡淡的花香随风飘散。

一座古朴的小镇坐落在小河对岸,它似乎是静止在时间中的艺术品,那里没有穿梭来往的汽车,没有蛛网般的电线,也没有嘈杂的人声,有的只是那份属于往昔岁月的安宁。

摩托车开上了通往小镇的木桥,桥面的木板在车轮下吱呀作响,潺潺的流水冲刷着木质的桥墩,发出令人愉快的声音。

宵枫突然觉得自己身上的机械铠甲和这辆霸气十足的摩托车与周围的环境比起来,显得是那么的突兀。但是在这个奇怪的数据空间里,他却并不敢随意解除武装。黑客的直觉告诉他,这座平静的小镇中隐藏着某种恐怖的东西,而且这里很可能就是他的好友布利德的葬身之地,他必须加倍小心。

不过,当务之急是他必须先找到那个叫爱丽丝的女孩,向她索回自己的电子精灵。

小镇比从远处看起来还要安静,但这种安静并不代表沉闷,只是没有任何声音而显得有些异常。

一位穿着咔叽布衬衫的中年人扛着锄头从宵枫身旁走过,面对宵枫这个全副武装的入侵者,中年人表现出一种不同寻常的冷漠。

不只是这位大叔,镇上所有的人都保持着令人窒息的沉默,在沉默之中默默地干着自己的活儿。

摩托车驶过人来人往的街道，宵枫与无数人擦肩而过，但他们却根本没有正眼看他一眼。扫描结果显示，这些人全部都是某种程序，是一种没有灵魂内核的电子体。

但是，没有灵魂内核的电子体是不可能存在的！

就在这时，那只抱着怀表的兔子突然一蹦一跳地从摩托车旁跑过。宵枫想都没想，就一把抓着它的耳朵把它拎了起来。

"好痛！放开我！"兔子叫道。

"我有些事情想请教你一下。"宵枫说，"告诉我，兔子，这里究竟是什么地方？这里的人究竟怎么了？怎么一个个都变得跟僵尸一样？"

"你看起来不是这里的居民，"兔子扫描了宵枫的ID（身份代码），"呃……有点不对劲，这个ID是假的！你是侵入到这里的黑客？"

"怎么你到现在才发现？"宵枫比兔子还吃惊，"你这个系统管理员怎么当的？反应也太迟钝了吧？我入侵过上百个服务器，但像你这么迟钝的管理程序还是第一次见到！现在你打算怎么做？召唤电子卫士干掉我？"

说着，宵枫激活了伪装程序，如果兔子真的召唤出了一大堆电子卫士，他会立刻消失得无影无踪。但是，兔子的回答却让他大吃一惊。

"召唤电子卫士？"兔子摇了摇头，"不，我不会这么做的。"

"为什么？"

"因为没有这个必要。"兔子挣脱了宵枫的手，"这个数据空间只能进不能出，你既然进来了，就绝对无法离开这里。等你的影子消失的时候，你就会变得和这些人一样，成为这个数据空间的一部分，到时候你自然而然就会被置于系统的控制之下。"

宵枫吃了一惊，他环顾四周，周围的人果然都没有影子。

"你这家伙！"他气急败坏地吼道，"难道你和那只猫是一伙的吗？还有那个叫爱丽丝的女孩，你们都是这个奇怪的防御系统的一部分！"

"猫？这里没有什么猫。"兔子说，"但是我要警告你，不要打爱丽丝大人的主意，严格意义上说，我和这个数据空间就是为她而存在的，这里是她的世界，她的梦想王国。如果你胆敢冒犯爱丽丝大人的话，'镇'会把你收拾掉。"

"可是那只猫……"

"我说了，这里没有猫。你也许认为我比较迟钝，但请不要把我当傻瓜。"兔子看了一眼怀表，不禁大惊失色，"哎呀！糟糕，时间快到了！我必须到下一个地点去了。迟到了，迟到了……"

它一边嘟囔，一边穿过街道，消失在路旁的一家商店里。

"这到底是怎么回事？"宵枫思考着，"程序是不会说谎的，身为管理员程序的兔子说那只猫不存在，那么它就应该是不存在的，但它却又是现实存在的。这已经违反了系统的基本逻辑，这应该是不可能的事情才对。"

"你在自言自语说什么呢，年轻人？"怪里怪气的声音又响了起来。

"是你！"

宵枫转过脸去，只见笑面猫正蹲在他摩托的后座上。

"你这家伙！什么时候上来的？"宵枫喝问道。

"这不重要，"笑面猫说，"重要的是，你真的心甘情愿被这个数据空间同化吸收吗？当你的影子消失的时候，现实世界中的你也会消失，啊哈……用你们的话说，就是死亡。"

"真有这么可怕？"宵枫有些吃惊，"那我该怎么做？"他询问道。

"找出这个世界的'真实'。"笑面猫说，"这是你离开这个数据空间唯一的方法。那只兔子说得没错，这个数据空间是为爱丽丝而存在的。但是无论多么完美的程序，都是有漏洞的，两年前那个叫布利德的男人差一点就成功了，不知道你会不会比他干得更出色……"

"你说布利德也在这里？"宵枫大吃一惊。

"他当然在这里。"笑面猫说，"不过你必须明白一点，他已经成了这个数据空间的一部分，他将会是你的敌人。"

"谢谢你的忠告。"宵枫启动了摩托，"在哪里能找到爱丽丝？"

"中央图书馆。"笑面猫嘻嘻一笑，然后消失在了空气中。

黑客的直觉告诉宵枫,这个空间里所有的东西都不能相信,在这个危机环伺的世界里,能够相信的只有自己和自己的电子精灵。

但是,他的电子精灵被那个名叫爱丽丝的女孩抓走了,没有电子精灵的辅助,他的能力将大打折扣,他必须把电子精灵找回来。

小镇的图书馆位于修道院旁边,是一座跟修道院同样古老的建筑。

把摩托车停在大门外,宵枫推开图书馆沉重的柚木大门。穿过朴实无华的门厅,他来到了图书馆的阅览室。

巨大的圆形阅览室分为上下两层,中间是个天井,天井周围有一圈带栏杆的回廊。数以万计的图书整齐地摆放在环绕中央大厅的书架上,纸墨的芳香在空气中弥漫着,好像要把阅读者的灵魂拉进书本的海洋。

大厅中央排列着用来供读书者阅读的木桌,四只巨大的黄铜吊灯为书桌提供了充足的照明。

宵枫忍不住从书架上拿下了一本图书,这本古旧的印刷品分量十足,无论是质感还是重量都被模拟得非常逼真。

翻开书页,一幅幅画面浮现在了他的眼前。这是记忆,一位十二岁少女的记忆。虽然书本中记载的只是一些片段,但它们却显得无比真实。

就在宵枫准备去拿另一本书的时候,少女银铃般的笑声突然从图书馆二层传来。

身穿黑色哥特式长袖风衣的少女,坐在二层的栏杆上,手中拎着一只金色的鸟笼。可怜的茨妮娅被装在笼子里,这个小小的电子精灵表情呆滞,看起来是被冻结了。

"爱丽丝?"宵枫放下了书,"喂!你那样坐在栏杆外面很危险!赶快下来!"

"本小姐才不要你来指手画脚!"爱丽丝做了个顽皮的鬼脸,"你是新来的吧?你应该为成为我爱丽丝·弗兰森的仆人而感到骄傲。"

"仆人……"宵枫突然觉得自己连底气都不足了,"爱丽丝小姐……能不能先把茨妮娅还给我?"

"这个妖精已经属于本小姐了。"爱丽丝摇晃着鸟笼,"铁皮人,你以后就是本小姐的二号仆人了,你应该为此感到无限的光荣。如果你想要回这个妖精的话,本小姐可以赏赐给你哦,不过前提是你要能取悦我。"

"铁皮人?二号仆人?"宵枫觉得自己的自尊心被插了根长箭,他简直都能看到白花花的箭羽在自己的胸前颤悠悠地晃动。

"二号仆人!"爱丽丝跳下了栏杆,"我们来玩捉迷藏的游戏吧。你要是能抓到本小姐,妖精就赏赐给你。但是,千万不要动那些红颜色的书哦,否则后果自负!"

说完,她跑进了图书馆的侧间,把宵枫一个人晾在了大厅里。

"这人到底是怎么回事啊?"宵枫暗自叫苦,"一副大小姐一样的任性脾气,完全不可理喻嘛……"

他摇着头转向书架,却看到一本红色的书就放在刚才他看的那本书旁边。

这一瞬间,好奇心战胜了理智,虽然已经有警告在先,但他还是拿起了那本书。

就在翻开书页的刹那,周围的光一下子暗了下去,黑暗吞噬了一切。

不过一切都在几秒钟内结束了。宵枫定了定神,他发现自己仍站在书架前面,只不过书架已经变得破烂不堪,上面的书都风化成了一碰就碎的粉末。整座图书馆变得破败不堪,栏杆早已腐朽,书桌也已经倒塌,原先光亮如新的吊灯长满了绿色的铜锈,整座房子似乎随时都有塌掉的危险。

宵枫快步走出图书馆,眼前的景象却让他大吃一惊,红色的天穹上飘荡着燃烧的黑云,整个世界好像都被地狱之火烘烤过一样。宁静祥和的小镇已经变成了一片燃烧的废墟,开满野花的山坡不知何时变成了一片流动着熔岩的焦土,教堂旁边的墓园里杂乱无章地耸立着无数墓碑，墓碑前的墓穴里却空无一物。

"究竟发生了什么事？"宵枫一脸震惊。

"这里是'里之镇'，而你刚才所在的地方是'表之镇'。"笑面猫从黑暗中走了出来，"没想到你这么快就找到这里了，'真实'就存在于这座被毁灭的城镇里的某个地方，这里才是这个世界的本来面目，一个充满毁灭和绝望的地狱！"

"你为什么会在这里？"

"因为我是笑面猫。"笑面猫嘻嘻地笑了起来，"我无处不在，但却又不存在于任何地方。小心了，年轻人，那些不干净的东西已经到附近了。它们是来自噩梦中的梦魇，贪得无厌而且胃口极好，不想被吃掉的话，你最好做好战斗准备。"

扫描器突然发出了警报，数十个凶险的红色光点出现在周围。

黑色的异形出现在黑暗中，它们形如从沙子里挖出来的干尸，但脑袋的上半部分却都被齐刷刷地切掉了，只留下半个空无一物的颅腔。这些危险的家伙已经锁定了宵枫，它们发射的索敌脉冲使他的伪装程序无法正常工作。

伪装程序启动失败，宵枫毫不犹豫地举枪向那些异形射击。

中弹的异形立刻燃烧起来，然后像被烧着的餐巾纸一样化为灰烬。但是，新的异形却源源不断地从黑暗中冒出来，它们的数量仿佛无穷无尽。

打光了一个弹匣之后，宵枫意识到自己的火力根本不够。他扭头招呼笑面猫，却发现它正若无其事地端坐在异形们之间。

"这不公平！"宵枫一边换弹匣一边抱怨，"这些家伙为什么只攻击我而不攻击你？你这只肥猫看起来可比我美味多了！"

"因为我是笑面猫。"笑面猫嘻嘻一笑，"我不存在于任何地方，它们是看不到我的。"

"那么你有什么建议吗？"

"建议嘛……"笑面猫想了想，"你就没有威力更大的电子武装了吗？比如火箭炮、转轮机枪什么的？"

"我擅长潜行而不是破坏！"宵枫抽出光剑，砍倒了一只异形，"不过……导弹倒是有。是H&D联盟生产的热能追踪导弹。"

"H&D联盟生产的非法电子武装可是黑市上罕见的高档货啊……"笑面猫催促道，"既然有这么厉害的玩意儿，那就赶紧拿出来用吧！难道你要把它们带到棺材里陪葬吗？"

"问题是它们装在摩托车上的四联装发射器里。"

"你的摩托车呢？"

"我把它停在'表之镇'的图书馆门口了！"宵枫苦笑，"还有别的建议吗？"

"那就脚底抹油赶快溜吧。"笑面猫说，"我设法给你找一个出口。"

"早点儿说嘛！"宵枫一剑挑翻了挡住退路的异形，转身向教堂跑去。他并不知道自己为什么要选择教堂这个逃跑方向，实际上他跟上帝一点交情都没有。

凌乱的墓地在燃烧的天空下显得格外恐怖，宵枫用最快的速度穿过了半个墓地，但是当他走到墓地中央的时候，无数干枯的手臂却从地下伸了出来。

"快！"笑面猫大声提醒，"启动推进器！"

听闻此言，宵枫立刻启动了机械铠甲背部的推进器，喷射引擎产生的巨大推力将他抛向空中。然后，经过一次短暂的逆向喷射，他穿透了教堂摇摇欲坠的屋顶，稳稳地落在了神坛前。

钉着耶稣的十字架已经倒塌了，彩色玻璃碎片反射着燃烧的天空，显得格外诡异。这里已经不能称之为教堂了，它变成了地狱的一部分。

"可恶！"宵枫叹了口气，"要是茨妮娅在就好了！"

"你真应该庆幸茨妮娅没跟你在一起。"笑面猫不知从哪儿冒了出来，"你跟你的电子精灵之间的连线并没有切断，你们理论上还是连接在一起的。"

"可是这又有什么用呢？我现在需要的是出口！"

"很不幸，出口不在这里。"笑面猫说，"但是我们可以做一个出口。你忘记回溯了吗？只要你和你的精灵之间有一点点联系，我就能将你们之间的通道开启，而她正好在'表之镇'与你相同的地点。"

说着，笑面猫吐出了数以万计的二进制代码，这些飞舞的代码组成了一扇花哨得犹如万圣节彩蛋的大门。

它伸出猫爪在大门上轻敲三下，大门便悠悠地开启了。

"好了。"它说，"出口制造完毕。"

宵枫谨慎地打量着那扇大门，他在想自己是不是要相信这只来历不明的大猫咪。

就在这时，数以百计的异形从各个角落里冒了出来，杀气腾腾地包围了他。

宵枫再也顾不上犹豫了，在异形们扑上来的同时，他纵身跃进了那扇门。

剧烈的撞击，少女的尖叫……

一阵混乱之后，宵枫回到了宁静祥和的"表之镇"，他这才发现自己居然是从教堂的神坛下面钻出来的，一起被撞出来的还有爱丽丝。

"好疼啊……"爱丽丝揉着屁股坐了起来，"二号仆人，你怎么从那里面钻出来的？本小姐不记得允许你钻进来的！"

"开什么玩笑！你以为我想用脸撞你的屁股啊？"宵枫气呼呼地摘下了头盔，"都是那只死猫，开门居然开在这种地方！"

他抬起头来，却看到爱丽丝正惊讶地看着自己。

"怎么了？我脸上有什么吗？"宵枫被她看得浑身不自在，心里发毛。

爱丽丝并没有回答，她慢慢地伸出手去，突然冷不丁地捏住宵枫的脸向两边使劲拉开。

虽然自己现在只是电子体，但是和人体高度连接状态的电子体也是可以感受疼痛的。

"那是我的脸啊！"宵枫拉开了爱丽丝的手。

"原来你内部还有这样的构造啊……"爱丽丝若有所思地点了点头,"没想你那铁皮脑袋里面还有另外一张脸,你真是太有趣了。"

"这是我的盔甲……"宵枫彻底无语了。

"好吧。"爱丽丝拍了拍衣服上的尘土,然后站起身来,"按照事先的约定,这个妖精就赏赐给你吧。虽然我很喜欢她的……"

宵枫从一脸不情愿的爱丽丝手里接过了笼子,他突然对这个女孩产生了一些好感,虽然她性格很任性,脾气也不好,不过一诺千金这一点上倒是和布利德有些相似。

"喂,爱丽丝。"宵枫捡起了头盔,"你是怎么到这儿来的?"

"本小姐一直住在这里好不好?"爱丽丝回答,"很久以前我就住在这里了,现在算起来……大约有十年了吧。"

"那么十年前呢?"

"十年……前……"爱丽丝的脸色突然变得很奇怪,"十年前的话……十年前……啊……啊!我想不起来了!到这里之前的事情,我都想不起来了!本小姐的记忆全部储存在图书馆的书本里,你想知道什么,就自己去翻书吧!你这个笨蛋仆人!"

她做了个鬼脸,转身想要跑开。

"下面这个问题很重要。"宵枫抓住了爱丽丝的手腕,"告诉我,你真的是人类吗?"

"本小姐当然是人类!"爱丽丝粗暴地甩开了宵枫的手,"铁皮人,你以后不再是本小姐的仆人了,不要再出现在我的面前了!"

说完,她头也不回地跑出了教堂。

"你终于发现问题的所在了。"笑面猫出现在了鸟笼旁边,"爱丽丝到底是不是人类呢?这个问题很值得你思考啊,年轻人。"

"把你知道的都告诉我!"宵枫亮出了光剑。

"这可不行。"笑面猫面不改色,"这个世界的'真实'只能靠你自己去发现,我只能给你提供帮助,而不能直接把一切都告诉你,因为我充其量只是个程序,程序只能按照规则办事。"

"那么,你现在有什么建议呢?"宵枫收起了光剑。

"建议？"笑面猫嘻嘻地笑了起来，"当然有了，先设法把你的电子精灵启动，然后尽快离开这里。爱丽丝讨厌你了，这意味着你将与整个'镇'为敌。"

话音未落，教堂的大门轰然倒下，原先那些一脸冷漠的居民出现在了门口。此时此刻，他们手持镰刀和铁铲，原先冷漠的眼神现在却变得像杀人魔王一样凶暴。

"不可原谅……"人们说道，"让爱丽丝大人生气的人必须消失……"说完，他们挥舞着各种各样的武器冲了过来。

宵枫扔出一枚烟幕弹，转身就跑。一声巨响，催泪瓦斯在教堂里弥漫开来。

趁着那些人眼泪鼻涕一起流的机会，宵枫抱着装着茨妮娅的鸟笼跌跌撞撞地逃出了教堂，而笑面猫又不知道躲到哪里去了。

宵枫连滚带爬地逃进了教堂的墓园。他终于明白了兔子那句话的意思，这个数据空间似乎和爱丽丝的意志整合在了一起，她可以随意地控制这里的一切，而糟糕的是，她自己似乎并没有注意到这一点。

在逃跑的过程中，关在笼子里的茨妮娅完成了初始化，有着一对透明翅膀的小精灵飞出了笼子，疑惑地看望那些追杀自己主人的镇上居民。

"主人，您又干什么坏事儿了？"茨妮娅问道。

"我正在被追杀！"宵枫有点哭笑不得，"茨妮娅，你难道还没有睡醒吗？如果你恢复正常了的话，就立刻给我找一条出路来。"

"遵命。"

小小的妖精打开了一个大型扫描器阵列，绿色的光束扫过了残破的墓园，一条隐蔽的通道出现在宵枫的目镜中。

茨妮娅的扫描系统不但极为强大，而且效率和精度都远远高于机械铠甲自带的扫描器。它是电子精灵，黑客们不可缺少的助手。

"主人，发现一条数据通道。"茨妮娅高声报告。

"我看到了。"宵枫转向通道所在地，那是一棵枯死的柳树，看起来就像是童话故事里的树妖一样狰狞可怕。

"这可真是个不错的入口，"他苦笑起来，"这棵鬼柳实在是太适合做地狱的门户了！"

"主人！主人！"茨妮娅着急地催促，"他们追过来了！"

"给我三秒钟！"

宵枫将一个黑客程序注入枯死的柳树，非法代码立刻改写了通行协议，柳树坚实的树干瞬间变得像果冻一样柔软。

敌人从四面八方围拢过来，已经没有时间放出探查程序查看通道对面的情况了，在各种农具带着呼啸的风声落到自己身上之前，宵枫和茨妮娅跳进了通道。

经过一段头晕目眩的旅程，宵枫和茨妮娅从同一棵树里弹了出来。望着燃烧的天空和化为废墟的教堂，宵枫知道自己又来到了"里之镇"。

在被那些异形发现并锁定之前，宵枫抢先启动了伪装程序，把自己变成了一个透明的影子，然后不声不响地离开了墓园。

小镇的废墟中潜伏着无数异形，但它们的识别代码并不能识破宵枫近乎完美的伪装，这些攻击性极强的家伙完全对他视而不见。

宵枫顺利地通过了小镇，他来到了干枯的小河边。河上的木桥已经变成了焦黑的木炭，对面的山坡上流动着红色的岩浆，里之镇完全被火焰包围着，根本没有出路。

"这里也是一片死地。"宵枫叹了口气，"茨妮娅，找找附近有没有隐藏的出口，或者能够通向外部的数据连接。"

"遵命，主人！"茨妮娅打开了扫描器，开始扫描这个巨大的数据空间。

当绿色的扫描波束扫过那些异形的身体，它们立刻变得躁动起来。

这些家伙居然对扫描波束有反应！这是宵枫怎么也没有想到的，他立刻示意茨妮娅停止扫描，失去目标的异形们这才逐渐安静下来。

"主人，这些攻击程序怎么会对我的扫描器有反应？"茨妮娅诧异地问道。

"我也在纳闷呢。"宵枫说,"理论上说,扫描器的波束应该隐藏在正常数据交换之中的,只要水平足够高,基本上没有被发现的可能,而这些家伙居然立刻就有了反应,实在是太奇怪了……不,应该说太诡异了!"

"可是,没有扫描器的话,我就找不到通路了……"

"现在看来只能想其他办法了。"宵枫沉思道,"茨妮娅,试试进行定向扫描,控制好扫描范围,尽量不要惊动那些家伙。"

"但是这么一来扫描系统的速度和效率都会变得十分低下。"

"这也是没办法的事情啊……"

茨妮娅再次打开了扫描器,但还没等她启动扫描,一个绿色的光点就出现在了宵枫的扫描器上——绿色的光点代表电子体!

"电子体正在接近!"茨妮娅高声提醒道。

"我看到了!"宵枫摘下了冲锋枪,"但这应该是不可能的啊!这里绝对不应该有电子体存在!"

"他来了!"茨妮娅大声尖叫。

沉重的脚步声从废墟中传来,好像一个穿着盔甲的巨人在大踏步地前进。

宵枫紧张地握着枪,天知道什么东西会从那片废墟中走出来。

一个黑影终于出现在了倒塌的墙壁后面,燃烧的火焰瞬间照亮了黑影身上那件漆黑的盔甲!这是一位身着中世纪骑士盔甲的武士,身材高大威武,手中握着一柄黑色的巨剑,漆黑的面罩下跳动着犹如鬼火般的目光。

黑骑士抬手放出一道闪光,宵枫引以为豪的伪装程序顿时失去了作用,他完全暴露在了对手面前。

"站住!"宵枫端着枪吼道,"虽然不知道你是怎么发现我的,但你要是再过来,我可是要开枪了!"

黑骑士发出一阵冷笑,笑声在它的盔甲里回荡,好像里面根本空无一物一样,显得格外的诡异。

没等宵枫再说什么,黑骑士抖开披风,用剑一指,他身后的黑暗中立刻涌出了无数可怕的异形。

宵枫一边开火,一边后退,异形不断地倒在他的枪口之下,但是后面的异形却丝毫没有停下来的意思,它们踩着同伴的灰烬拼命向前猛冲。

受惊的茨妮娅急忙躲进了宵枫腰间的胶囊里,这样剽悍激烈的战斗对它来说实在是太过刺激了。

宵枫瞬间就扫空了一个弹匣,这会儿他真希望自己手里端的是火箭炮或者转轮机枪之类的重型武器。他更换弹匣不断扫射,且战且退。

然而一堵倒塌的围墙突然挡住了他的退路,异形们立刻把他包围在了墙根下。

千钧一发之际,一双白皙的手突然从他身后的墙壁中伸出来,一把将他拉进了虚空之中。

刺眼的阳光驱散了黑暗,宵枫和身后的人一起倒在了一面巨大的镜子前,镜子里正是他刚才身处的地狱,无数异形疯狂地拍打镜子,但却无法穿透那几毫米的界限。

宵枫呆呆地看着这一切,他几乎不相信自己已经得救了。

"铁皮人!"一个声音从身后传来,"你这个笨蛋,你压到本小姐的脚了!"

"爱丽丝!?"

宵枫急忙站起身来,只见爱丽丝正坐在他身后的地板上,伸出手示意自己把她拉起来。

宵枫犹豫了一下,握住她的手把她拉了起来。

"你为什么要救我?"宵枫问道。

"因为你是本小姐的仆人啊。"爱丽丝笑嘻嘻地说,"你早就是本小姐的私人物品了,怎么能让你被那些梦魇吃掉呢?"

"你不讨厌我了吗?"宵枫试探着问。

"当然讨厌了！"爱丽丝满面通红，"但你已经是本小姐的仆人了，再讨厌也是没有办法的事情……不过本小姐一定会把你调教成最好的仆人的，这一点请你放心好了。"

说完，爱丽丝快步跑出了房间。

"这孩子真不坦率啊。"笑面猫说道。

"是啊……"宵枫笑了笑，"自尊心极强，连道歉都不好意思说出口。不过话说回来，笑面猫，你这家伙是什么时候出现在这里的？"

"你看见我的时候我就出现了呀……"笑面猫嘻嘻地笑了起来。

"你这是在愚弄我吗？"宵枫举枪瞄准了它。

"愚弄？不不，我可没这个意思。"笑面猫伸了个懒腰，"我只是来提醒你注意一下时间，看看你的脚下吧，你的时间已经不多了。"

宵枫猛地低下头去，却看到自己脚下的影子已经变得很淡了。他抬起头来想要和笑面猫继续理论，却发现它又消失得无影无踪了。

镇上的居民又恢复了冷漠的神态，他们不再攻击宵枫了，变得很安静从容，就像刚才的事情完全没有发生过一样。

宵枫来到了图书馆，直觉告诉他，这里一定存在某种线索。

在图书馆的大厅里，茨妮娅启动了扫描器，绿色的波束扫过了那些古旧的书架，构成这座建筑的程序被还原成二进制代码，然后在宵枫的目镜上重新组合成了精确的结构图。

图书馆的上层结构没有什么可疑的地方，但是大厅的地板下面还存在一个隐秘的空间。宵枫旋转刚刚生成的3D模型，然后把地下部分用红色标了出来。

"茨妮娅，"他命令道，"搜索可能的入口，并且设法打开它。"

"给我二十秒。"

电子精灵很快完成了工作，大厅内的桌椅突然滑向了两边，原先隐藏在桌子下面的太阳图案逆时针旋转起来，然后一层一层落了下去，最后形成了一道通往地下的螺旋楼梯。

楼梯的末端隐没在黑暗中，阴森的风夹杂着一股霉味从里面吹了出来，这个暗门似乎已经很久没有打开过了。

宵枫启动了夜视仪，黑暗立刻被绿色的影像所取代。他端着冲锋枪，小心翼翼地走下旋转楼梯。

茨妮娅拍打着翅膀跟在宵枫后面。妖精的磷粉在黑暗中留下一片淡绿色的光晕。

旋转楼梯很快到了尽头。推开锈蚀的铁门，一间特殊的牢房出现在宵枫面前。这间巨大的牢房几乎有整个图书馆那么大，它潮湿而阴冷，天花板上挂着生锈的铁链。

不过这间牢房显然不是给人类准备的，在牢房的正中是一个书架，但现在上面已经空无一物了，书架上的印记显示，很久以前这里曾经放着一本厚书。

"看来找对地方了。"宵枫摸了一下书架上的灰尘，"至少那件东西很久之前曾经放在这里，但是现在它却……"

"干得漂亮极了。"笑面猫出现在书架上，"年轻人，你果然比你那位前辈更加出色，你找到了'表之镇'的密室。两年前这个世界的'真实'，的确就放在那里。但我要告诉你的是，这样的密室并不止存在于'表之镇'。"

"难道……"

"没错！"笑面猫嘿嘿一笑，"就是那个'难道'。"

说完，它又消失了。

宵枫三步并做两步返回了图书馆大厅，他来到书架前，伸手拿起了一本红色的书。

黑暗立刻吞噬了一切。

当宵枫的视野重新变得清晰起来的时候，他已经来到了"里之镇"的图书馆，站在那些生满铜锈的吊灯下面。

"茨妮娅，开门！"他命令。

"给我三秒！"

暗门像刚才一样被打开了，互为表里的两个小镇在许多地方都是完全一样的。

宵枫端着冲锋枪冲下了楼梯,来到了那间牢房。但是这一次,在灯火通明的牢房中等待他的,却是那个黑骑士。

身穿黑色铠甲的骑士站在书架前,那把巨大的双手剑插在他面前的地板上,在他身后的书架上,一本被铁链捆扎得结结实实的厚书正在拼命地挣扎着,把捆住它的铁链弄得铮铮作响。

那就是这个世界的"真实"吗?宵枫没有想到,这个"真实"居然会如此的狰狞。

黑骑士拔起插在面前的双手剑,剑刃上立刻燃起一道火焰。

宵枫扫描了那柄巨剑,发现那真是一件威力强大的电子武装,剑身上附着了至少二十个攻击程序,但是核心代码却非常眼熟。不过现在已经没有时间想那么多了,宵枫亮出了光剑,他明白要想取得"真实",就必须打倒眼前的敌人!

两剑相交,惊心动魄的战斗立刻开始了。

黑骑士虽然身穿重甲,手中的武器也十分沉重,但是,他的行动速度却并没有因此受到任何影响,连续攻击非常迅猛。

宵枫的特长是潜行,他本来就不擅长战斗,更别说白刃战了。在黑骑士狂风暴雨般的攻势面前,他简直只有招架之功,毫无还手之力,被对手逼得连连后退。

没几个回合,宵枫就退到了墙角,剑法也变得散乱没有章法。

黑骑士反手一剑,挑飞了他手中的光剑,同时一脚把他踹到了墙上。巨大的撞击在墙上留下了一个大坑,宵枫的机械铠甲受到重创,四散的电火花从裂开的装甲下面冒了出来。

茨妮娅飞过来想修复主人的铠甲,但却被黑骑士闪电般伸出手,一把捏在了手里!

千钧一发之际,笑面猫突然出现在黑骑士的背后,它的嘴巴像蛇一样非常夸张地张得天大,凭空吐出来一门很卡通的大炮,对着黑骑士的后背就是一炮!

挨了这狠狠一记闷棍,黑骑士吃不住劲了,摇摇晃晃地倒在了地上。

"你到底是什么东西?"宵枫上下打量着笑面猫,"我扫描过你,在你身上没有发现攻击程序!你现在为什么居然能一下子就打倒这个可怕的敌人?"

"我无处不在,无所不能。"笑面猫嘿嘿地笑了起来,"'真实'就在你的面前了,快点儿把它打开,只要得到里面的东西,你就能够离开这里。"

"我正要这么做。"宵枫走向书架,但是身后却传来了甲叶摩擦的声音,黑骑士居然又站了起来!

"可恶的笑面猫,"黑骑士怒道,"你这是第二次从背后暗算我了!"

"这个声音是……"宵枫伸向书的手一下子停住了,听到黑骑士开口说话,他猛然省悟,"你是……布利德!?"

"托死肥猫这一炮的福,我总算能暂时摆脱系统控制了。"黑骑士摘下头盔,露出了一张苍白的脸,那张脸看起来憔悴不堪,密密麻麻的胡子似乎很久没有修剪了,显得有些邋遢。

宵枫自然认得这个人,他正是自己两年前死去的好友布利德。

"我的老天!你不是死了吗?"宵枫大吃一惊,"难道这个鬼地方本来就是地狱,我们两个现在都已经下地狱了?"

"地狱里怎么可能有天使呢?"布利德笑了起来,"爱丽丝就是我的天使啊,从见到她的那一刻起,我的目光就再也无法离开她。"

"看来人死之后只会用下半身思考了……"宵枫有点哭笑不得,"你这家伙到底怎么搞的,我可是参加了你的葬礼的,而且发现你的尸体的人也是我。"

"抱歉兄弟,最后还麻烦你给我送终。"布利德靠着墙角坐了下来,"虽然不知道怎么回事,我的电子体似乎还一直存在着,也许这就是爱丽丝的力量吧……不过我要给你一个忠告,千万不要相信那只笑面猫。所谓的'真实',其实是爱丽丝的记忆的一部分,但是只有这一部分千万不能交给她!而且'真实'本身确实存在问题,我曾经仔细扫描过它,它里面隐藏了一些很危险的代码,看起来似乎是某种程序的启动指令,因为这两个原因,两年前我才没有打开它。但当我拒绝启动'真实'的时候,笑面猫从背后给了我致命一击!这个家伙大概察觉到我已经发现了它的秘密,怕我把这里的真相传播出去,最后才杀人灭口的。"

宵枫转向笑面猫,但它却镇定自若。

"年轻人,你真的要相信一个被这个数据空间吞噬掉的电子体吗?"笑面猫笑嘻嘻地说,"你的朋友现在已经是'镇'的一部分了,两年前他没能找到'真实',因此被这个数据空间吞噬并同化了,而这个数据空间就是为了禁锢爱丽丝而存在的,他作为这个数据空间的一部分,当然有理由阻止你取得'真实'。最后我不得不提醒你一点,你的影子就要消失了,你是要活着离开这里,还是要跟你的朋友一起留下呢?他在现实世界可是已经死掉了啊……"

听到"死",宵枫的内心一下子动摇了。两年前发现布利德尸体的那一幕又浮现在他的脑海里。

那是一个闷热的下午,当宵枫推开好友公寓的大门时,扑面而来的是刺鼻的尸臭。他鼓起勇气走进了电脑室,看到的却是一具爬满蛆虫的尸体。那具尸体已经严重腐烂了,连枕骨下方的电子脑外接数据接口都从腐烂的头皮下露了出来,旁边的电脑屏幕上不断跳动着一个词组——"OFF LINE"(离线)……

宵枫打了个寒战,他不想变成那样,他不想死!

死亡的恐惧一瞬间战胜了理性,宵枫一剑砍断了绑住那本书的铁链!

铁链粉碎的瞬间,那本书打开了,纷飞的书页洋洋洒洒地飘落下来,最后在空中形成了一个吞食一切的空洞,离得最近的宵枫立刻被吸了进去!

"这是怎么回事?"抱着怀表的兔子出现了,"黑骑士,你在干什么?

这里到底发生了什么事？为什么有人打开了'真实'？"

说着，兔子举起怀表，飞舞的二进制代码从怀表中一涌而出，开始构建一个包围黑洞的隔离区域。

兔子拥有最高等级的管理权限，它的程序很快就控制了局势。黑洞逐渐安定了下来，四周的隔离程序幻化为新的锁链，准备把"真实"重新封印起来。

就在这时，笑面猫无声无息地出现在了兔子身后。

"笨蛋兔子，小心背后！"黑骑士大吼。

"背后？"

兔子疑惑地扭过头去，五根尖利的猫爪同时穿透了它的身体！

笑面猫冷笑着收回变成利刃的爪子，笑眯眯地看着兔子分解成无数二进制代码，和它的程序一起烟消云散。

封印失败了，黑洞再次变得暴虐起来。

"你的工作完成了，系统管理员先生。"笑面猫冷笑着说，"已经没有什么可以阻止我了，真应该感谢那个年轻人！"

说着，笑面猫的身体逐渐变形，最后变成了一位身穿白色研究员制服的中年人。

这个男人看起来文质彬彬的样子，消瘦的鼻梁上架着一副金丝眼镜，棱角分明的脸上挂着扭曲的笑容。

看到这张脸，布利德的瞳孔几乎缩小成了一点。

"你是……"布利德说，"你是……汉尼拔教授！第四代互联网系统的缔造者！你不是早就死了吗？"

"你说得很对，黑客先生。"汉尼拔转过脸来，"八年前，我的确被OPC公司灭口了，不过在死前，我还是完成了这个毁灭程序。现在爱丽丝已经拿回了记忆，她的自我意识即将因为真相大白而崩溃，而整个网络也会跟着一起崩溃。现在是向OPC公司复仇的时候了！哈哈哈哈哈哈……"

"你这个没良心的混蛋！"布利德吼道，"爱丽丝只是个孩子，那样的记忆对她来说，实在是太残酷了！让她在这个虚拟世界无忧无虑地生活下去，对她来说才是真正的幸福！"

"残酷？幸福？"汉尼拔扭曲的脸上燃烧着愤怒，"剥夺她的记忆、把她囚禁在这里，才是真正残酷的事情！你以为OPC这么做是为了她好吗？那群满脑子资本和利润的疯子眼里只有利益，他们总有一天会找到消灭爱丽丝的方法的，这座玻璃迷宫不可能永远存在下去！"

"爱丽丝可是你的女儿啊！"布利德愤怒地说，"身为一个父亲，你应该想想如何拯救她，而不是让她和整个网络系统一起毁灭！"

"她才不是我的女儿！"汉尼拔恼羞成怒地抓着自己的头发，"她是从我女儿的尸体里诞生的怪物，而让这个怪物诞生的，就是我啊！如果我能早一点察觉的话……如果我能早一点发现的话……"

"不管怎么说，你都是个十足的混蛋！"布利德高声打断了汉尼拔，"你是个懦弱的伪君子，一个卑鄙小人！你想要毁掉这个世界，为什么不自己动手？你的那只猫不是无所不能吗？"

"笑面猫的确无所不能，但它毕竟是个程序。"汉尼拔恢复了平静，"'真实'是启动毁灭程序的关键，但它却会摧毁一切触碰它的程序。只有拥有灵魂内核的电子体才能激活'真实'，你们灵魂深处的情感是解除'真实'枷锁最关键的钥匙。而在这些情感中，恐惧和憎恨是最好的催化剂。"

"你利用了我们！"布利德如梦初醒，"难道那个在网上四处流传、经久不衰的著名流言，也是你的杰作？"

"没错！"汉尼拔大声冷笑着，"'你想证明你是最强的黑客吗？那么就来挑战中央服务器的防御系统吧。'只需要一点点煽动，就能让你们这些愚蠢的黑客如蝇见血一般，棒打不回头地冲进来！争强好胜的心态驱使你们犹如飞蛾扑火，不断掉进我的陷阱里，为我所用。黑客，你应该为自己的愚蠢而叹息。"

大地突然震动起来，天花板上落下了许多灰尘。这不同寻常的震动是毁灭的先兆！

玻璃迷宫的墙壁开始龟裂，大块大块的玻璃从墙上脱落下来，砸在地板上化为无数碎片。数据空间开始动摇了，大崩溃即将到来！

"终于来了！"汉尼拔仰起头来，"爱丽丝已经恢复了记忆，她已经知道自己死亡的事实，她的自我意识已经开始崩溃。从某种意义上说，爱丽丝的意志就是整个网络的意志，玻璃迷宫的崩溃会导致不可避免的连锁反应，最终造成整个网络的全面崩溃！用不了几个小时，OPC的数码帝国就要土崩瓦解了，我要让他们一无所有！"

"你太小看我们这些黑客了。"布利德突然笑了起来，"不要忘了，我现在跟你一样，也是程序的一部分。托爱丽丝的福，我才能在被同化后保持自我意识。身为她的一号仆人，我怎能任由你在此放肆？"

"但你那副重伤的躯体又能做什么呢？"汉尼拔冷笑道。

"能做什么？"布利德故作神秘，"你马上就会知道了，不过现在对你来说，已经太迟了一点。"

汉尼拔猛地抬起头来，只见茨妮娅正在他的头顶展开一个传送程序，一台黑色的摩托车突然从虚空中掉出来，正好把汉尼拔压在下面！

茨妮娅把宵枫停在表之镇图书馆门口的摩托车给传送了过来。

"可恶的家伙！"压在摩托车下面的汉尼拔呻吟着，"不过……一切都已经晚了……毁灭程序已经启动……没有什么能够阻止它……哈哈……哈哈哈哈……"

"你太小看人心的力量了，"布利德伸手捡起了燃烧着火焰的双手重剑，"爱丽丝是个坚强的孩子，她不像你想象的那么软弱。况且宵枫现在也在她的身边，我们还有机会。你就带着你的春秋大梦一起下地狱吧，混蛋！"

说完，布利德挥剑放出一道燃烧的剑气，直接命中了摩托车后部的四联装导弹发射器。里面的四枚导弹同时被引爆，巨大的火球卷着碎片在牢房中央腾空而起。

在疯狂的笑声中，汉尼拔和摩托车一起炸成了碎片。

"幸好这里地方足够大。"布利德苦笑着拄着剑来到了黑洞前，他将茨妮娅和一个紧急修复程序整合之后，将它们一起注入了里面。

"宵枫！一定要把爱丽丝给我救出来！"说完，布利德重重地倒在了地上。

穿越了无尽的虚空与黑暗，宵枫猛地睁开了眼睛，好像一个刚刚从噩梦中醒来的孩子一样大口地喘息起来。

自己刚才似乎被什么东西给吞噬了，无数感情和记忆将他的意识淹没，让他无法保持清醒。但是现在，他却在一个古怪的数据空间里醒了过来，他睁开眼睛，最先看到的却是正在修复他的电子体的茨妮娅。

"茨妮娅，你怎么也被吸进来了？"

"是布利德先生让我来的，"茨妮娅说，"他让我传话给您：'把爱丽丝给我救出来！'"

"不用他说我也会这么做的。"宵枫站起身来，"不过话说回来……这到底是什么鬼地方？"

他环顾四周，想寻找一些线索，但是却发现自己置身于一间地下室中。

这个地下室相当奇怪，地板上铺着犹如棋盘般黑白相间的大理石地砖，墙壁上挂满了鲜红的帷幔，帷幔后面隐约露出一些白色的人体模型，这些模型大多缺胳膊少腿，没有一件是完整的。一座白色的楼梯耸立在帷幔尽头，它似乎因为这个世界发生的剧变而扭曲变形了。

宵枫顺着楼梯离开了地下室，打开尽头的房门，他发现自己来到了一座漂亮的大房子里。

他所在的位置似乎是一间会客室，这里处处洋溢着巴洛克式的奢华气息，古旧的电唱机播放着古老而优雅的爵士乐，红木家具和沙发都是最好的上等品。

但是这座巨大的豪宅其他部分，却笼罩在令人毛骨悚然的寂静之中。离开华丽的会客室，电唱机的声音完全消失在了大门后面，长长的走廊上铺着光洁的大理石地砖，走廊两边的墙壁上挂满了价值连城的油画。

空旷的走廊上回荡着宵枫沉重的脚步声，大理石地砖在他的装甲靴下呻吟，但是除此之外，再没有任何声响。宵枫不由自主地停下了脚步，四周立刻陷入了可怕的寂静。

我在这里，请到我身边来……

冥冥之中一个声音指引着宵枫，他穿过走廊，来到房子的后门。

这座大房子后面，有个巨大的花园，那个声音指引着他向花园中央的白色凉亭走去。

宵枫穿过修剪整齐的花圃，来到了花园中的白色凉亭。但是在这里，他却看到了毛骨悚然的一幕：身穿白色连衣裙的爱丽丝倒在地上，颈部插着一把军用匕首，殷红的鲜血四处飞溅，染红了白色的连衣裙和白色的汉白玉地板。

所谓的"真实"，就是爱丽丝作为人类被杀死的那一天的记忆。

"太……太残忍了。"宵枫不住地后退，"这到底是怎么回事？"

"不要害怕。"爱丽丝的声音突然从他的身后传来，"这些都是十年前的事情了，你所看到的，只不过是我的记忆。"

"爱丽丝！"

宵枫转过脸来，爱丽丝就站在他身后。

但是，现在的爱丽丝，早已没有了少女的顽皮和娇气，她身穿一件黑色的洋装，宛如参加葬礼的宾客。她那双黑夜般深邃的眼瞳中，已经没有活泼跳脱的神采，取而代之的是无尽的幽怨与绝望。片刻之间，她好像一下子长大了很多，变得成熟而又忧郁。

"不用安慰我！铁皮人！"她突然冲宵枫吼道，"也不准露出任何怜惜的表情！本小姐不允许你这个仆人这样做！十年前我就已经死了，作为人类的我，已经不存在于任何地方了！现在我已经取回了被拿走的记忆，我什么都知道了！"

"等一下！"宵枫突然想到了什么，"十年前死去的你，又为何会出现在OPC公司中央服务器的深处？这是不合逻辑的。如果这里仅仅只有你的记忆，你不应该以电子体的形式出现在我的面前。"

"你真是个铁皮脑袋。"爱丽丝露出一丝嘲讽的笑容，"十年前，OPC公司宣称它制成了世界上第一台量子计算机。这完全是谎言。他们确实制造了一台划时代的超级计算机,并以此为基础完成了以虚拟现实技术为卖点的四代互联网系统。但是,他们制造出的,根本就不是量子计算机,而是一台生物计算机。他们用爱丽丝·弗兰森的大脑和无数这个大脑的复制品,制造了一个庞大的矩阵!一个人脑的处理能力虽然比不上超级计算机,但数百个大脑同时联网产生的强大数据处理能力,却是划时代的!"

"难道杀死你的……"宵枫倒吸了一口凉气。

"是OPC公司豢养的雇佣军。"爱丽丝望着自己的尸体默默地说,"我的父亲汉尼拔·弗兰森教授,一直在进行生物计算机的研究,OPC则在秘密资助他。人类的大脑是地球上最复杂的神经系统,研究证明,人脑确实是生物计算机最理想的处理器。但是我父亲通过深入研究,发现并不是所有的人脑都能用来作为生物计算机的处理器,只有一些'特别的'大脑可以胜任。不幸的是,我就是那'特别的'之一。为了让我的父亲继续研究,OPC杀死了我,并且制造了这个虚假的凶案现场,目的就是为了得到我的大脑,让这项研究以最快的速度进行下去。"

"他们怎么能这样做?!灭绝人性啊!"宵枫一拳砸烂了白色的大理石桌子。

"他们当然会这样做!"爱丽丝的眼瞳中燃烧着愤怒,"OPC是世界上最大的跨国经济实体,甚至连不少国家都要对它唯命是从!为了成百上千亿美元的利益而牺牲一个小女孩,对他们来说真是一桩极为合算的好买卖。只不过他们低估了我的父亲。我的父亲是个聪明人,他很快就发现了真相。我的父亲和OPC都太小看生物计算机的生物属性了,我的意识仍然存在于矩阵之内,如果我愿意,我甚至可以主宰整个网络。在找到最终解决方案之前,为了能让系统正常工作,我的父亲装做什么也不知道,依照OPC的要求,设计了这个巨大的玻璃迷宫,想以此禁锢我的意识,使我不至于干扰破坏网络的运行。但是,父亲在暗地里,却预先在玻璃迷宫中留下了这个毁灭程序。"

爱丽丝叹口气,在椅子上坐了下来,慢慢地说:"然而人算不如天算，我的父亲汉尼拔在启动毁灭程序之前，就被OPC公司灭口了……不过他却留下了笑面猫。笑面猫从某种意义上说，算是我的父亲灵魂黑暗面的碎片，是那个被仇恨和绝望包围的男人最后的疯狂……笑面猫悄悄地在网上发布了大量煽动信息，利用黑客们争强好胜的心态引诱他们前来帮助他完成自己的计划——启动毁灭程序。对此我很抱歉，这个复仇计划把你也卷了进来。当这个玻璃迷宫崩溃之后，造成的连锁反应会使整个互联网系统也跟着崩溃掉！你和我，还有布利德，都将消失在这里。"

望着爱丽丝幽怨的眼睛，宵枫握紧了拳头。

"还没有结束呢！"宵枫一字一句地说道，"爱丽丝！我问你，你真的愿意就这样消失掉吗？就这样和这个世界，还有整个互联网，一起消失掉吗？"

"这是没有办法的事情啊。"爱丽丝幽幽地回答，"我知道自己已经死了，现在的我，已经没有了容身之地。我不存在于任何地方，也没有任何地方可去。在知道真相的那一刻，我就已经放弃了一切。如果消失在这里是我的命运的话，我会坦然接受。"

话音刚落，玻璃迷宫的大崩溃开始了！

巨大的玻璃天穹上出现了无数可怕的裂痕，大块大块的碎片像流星一样坠落在地面上的迷宫中，掀起冲天的烟尘。

地狱之火从小镇地下冒了出来，很快燃起一片火海，烈焰舔舐着房屋的横梁，燃烧的建筑纷纷倒塌。

梦魇从镜子和墓地里蜂拥而出，开始毫不客气地猎杀小镇上的居民。尸体残肢和内脏四处散落，鲜血染红了地面，到处都是修罗场一般的景象。

"表之镇"和"里之镇"正在融合，最后一起走向毁灭。

宵枫望着开裂的大地和崩溃的天空，现在他算是设身处地地彻底领会了"天崩地裂"这个词的含义。

花圃很快被地下冒出的火焰点燃，四周浓烟弥漫。但是爱丽丝却丝毫不为所动，她坐在凉亭中的椅子上，守在自己的尸体旁边。

她的眼神犹如一潭死水，似乎自己也变成了一具尸体。

一道裂缝劈开凉亭，爱丽丝掉了下去！

就在千钧一发之际，宵枫奋不顾身地扑上去，伸手抓住了爱丽丝的手腕。

"抓住我的手！"宵枫吼道。

"为什么？"爱丽丝慢慢地抬起头来，"为什么要来救我？一切都要结束了，那么就让一切结束好了，反正我已经死了，十年前我就已经死了……"

"如果你已经死掉了，那现在跟我说话的又是谁呢？"宵枫大声喊道，"爱丽丝，你还活着，你就活在这个网络世界里！你在这里获得了第二次生命，但是你现在却要舍弃它！你说你已经不存在于任何地方，但是你不就在这里吗？你不就在我的面前吗？爱丽丝，抓住我的手，我把你拉上来！"

爱丽丝怔怔地望着宵枫，晶莹的泪水突然从她的脸颊上滚落，她一下子抓紧了宵枫的手腕。

"你这个笨蛋仆人！"她突然破涕为笑，"你打算把本小姐挂在这里多久？还不快点把本小姐给拉上去！否则有你好看的！"

"稍微再坚持一下！"

宵枫用尽力气，总算在机械铠甲的帮助下把她拉了上来，两个人跪在裂缝旁喘息起来。

但是，更多的裂缝却出现在他们身旁，那座豪华的大房子突然坍塌，燃烧的建筑碎片卷着烟尘四处飞溅。危机还远远没有结束，崩溃并没有停止。

"现在怎么办？"宵枫大口喘着气，"世界的崩溃还在继续，你就不能让它停下来吗？"

"恐怕不行……"爱丽丝摇了摇头，"我的父亲在设计这个程序的时候，已经考虑了无数可能性，它一旦启动，就没有办法停下来。这个数据空间很快就要崩溃了，引起的连锁反应足以毁掉整个第四代互联网系统。"

"这么说，我们完蛋了？"

"本小姐可没有这么说。"爱丽丝思考了一下，"这个数据空间已经没救了，但是如果本小姐能到外面去的话，就能阻止连锁反应的发生。问题是……这个数据空间根本没有出口，本小姐曾经无数次想要穿越外围的迷宫，可惜都失败。就是在最后一次尝试的时候，我抓走了你的电子精灵，可是很快我就发现，你这个可爱的电子精灵也帮不了我。"

"只要带你离开这里，就能阻止崩溃发生吗？"宵枫试探着问。

"怎么，二号仆人？"爱丽丝皱起了眉头，"你在怀疑本小姐的能力吗？还是你从头到尾都一直把本小姐当成小孩子看？只要你能打开一个对外连接，本小姐就能把你和一号仆人一起带出去。"

一号仆人指的大概是布利德吧？宵枫想。

不过爱丽丝的确给他出了个大难题，刚刚进来的时候，他也曾经尝试和外界恢复联系，不过这个数据空间的对外连接，要么被加密，要么被切断，没有一条可以使用。

就在宵枫一筹莫展的时候，茨妮娅突然飞到了他的面前。

"主人，请使用'回溯'吧。"茨妮娅提醒宵枫。

"茨妮娅？"宵枫呆呆地望着自己的电子精灵，"你在说什么呀？茨妮娅！使用'回溯'的话，你会被毁掉的，而且不可恢复。"

"没关系。"茨妮娅摇了摇头，"我的主人啊，我就是为这种情况而存在的。我们电子精灵，就是为了实现主人的愿望而存在的。请使用'回溯'带着爱丽丝小姐一起离开这里吧，我的主人！"

在茨妮娅坚定的目光中，宵枫终于下定了决心："准备进行回溯！"

说着，他卸除了胸部的盔甲，露出结实的胸膛。在爱丽丝惊恐的目光中，他把右手插入自己的左胸，把构成自己电子体核心的灵魂内核从身体里拉了出来！

晶莹的灵魂内核闪耀着纯白色的光芒，好像一颗落地的新星，瞬间驱散了一切黑暗。

"茨妮娅，好好干！"宵枫紧咬牙关，"机会只有一次！"

"遵命！"小妖精展开翅膀，"回溯程序，启动！"

茨妮娅翅膀上脱落的磷粉，化为无数二进制代码，注入了宵枫的灵魂内核，这一瞬间，灵魂内核的光芒陡然增强了好几倍，整个数据空间都被照得一片雪亮。

"铁皮人！你疯了吗？"爱丽丝惊讶地望着他，"你会把你的电子体毁掉的！在这个数据空间里是不可能建立任何外部连接的，它是个绝对封闭的空间！"

"但我的影子不是还没消失吗？"宵枫忍受着巨大的痛苦，"如果问世界上什么羁绊最深的话，那就是灵魂和身体的羁绊！只要我还活着，我就能沿着自己的灵魂找回自己的身体！我一定会打开通往外部的线路的！"

"这样下去你会死的！"爱丽丝拍打着他的机械铠甲，"我是个任性而又刁蛮的坏女孩，我没有资格让你为我这样牺牲！"

"没关系！"宵枫挤出一丝笑容，"拯救你是布利德的愿望，虽然他是个满脸胡子的怪叔叔，但总的来说，他还是个很不错的朋友。而且你在'里之镇'也救过我一次，这个人情不还给你，我会寝食难安的。"说着他向少女伸出手去，"爱丽丝！请和我一起离开这个牢笼，到更广阔的世界去吧！"

"看来你终于有点仆人的样子了。"爱丽丝露出一丝微笑，然后紧紧握住了宵枫的手。

白色的光芒吞噬了一切，当它消失的时候，两人所在的地方已经空无一物。


整个数据空间粉碎瓦解。天崩地裂之后，剩下的碎片沉入了无尽的虚空，迷宫中央的镇子也在天翻地覆的浩劫中化为灰烬。

与此同时，OPC的核心服务器也出现了严重的系统错误，以玻璃迷宫所在的区域为核心，数据崩溃像多米诺骨牌一样以惊人的速度开始扩散，转眼之间就吞噬了三分之一的区域。

隔离区失守的警报此起彼伏，虽然防御程序和工程师们竭尽所能，但是仍然无法阻止崩溃区域的扩大。中央服务器的大部分区域很快沦陷，系统树变得岌岌可危。

外围模块不断从主体上脱落下来，然后在虚空中彻底瓦解。转眼之间，系统树就剩下了一根光秃秃的主干，而就连这根主干，也随时有倒塌的危险。

可是就在系统最终崩溃发生的前几秒，一切突然停了下来。

在损失了大量数据之后，OPC公司的技术人员最终还是成功地重启了服务器。不过，这次中央服务器的重启，却造成了全世界无数网民集体掉线，规模之大可谓空前绝后。

全世界舆论顿时大哗，骂声一片。

OPC公司的危机应对部门和客户服务部门反应神速，他们使出浑身解数，竭力运用各种各样的手段平息了公众的愤怒，公司的高层管理者也再三道歉，反复向公众保证此类事件再也不会发生。

公众总是健忘的，几个月后，这次事件就淡出了人们的视野。

但是OPC公司内部对这次事件的调查并却没有结束，他们耗费巨资建立和维护的生物电脑系统，是不可能说放弃就放弃的，至少在真正的量子计算机研制成功之前，他们不会放弃这个系统。必须保证以后不再发生这样的意外事件。

不过最终的调查结果却令人相当意外，爱丽丝的意志似乎和玻璃迷宫一起消失了，现在再没有什么能够干扰系统正常运行。为设置玻璃迷宫耗费的系统资源，现在也可以被用到其他地方，反而变相提高了系统的整体性能。OPC公司网络技术部主任在调查报告中称，这次事件是"因祸得福"的好事。

这便是结论。于是，OPC公司再也没人关心爱丽丝和玻璃迷宫这个话题了。

宵枫走在虚拟城市的大街上，与形形色色的电子体擦肩而过。

这座城市位于上海服务器的公共区域，被设定为一个繁华的商业中心。人们只需要在这里付款，就能很快在现实世界收到邮寄的商品，相当方便。

不过，前来购物的人却五花八门。你在这里可以看到头上插着羽毛、面涂油彩的印第安夏延勇士在和脚踏木屐、腰插打刀与胁差的江户时代日本武士讨价还价；宽衣博带、羽扇纶巾的中国魏晋名士向身穿华丽长裙的十八世纪法国贵妇推销最新潮的电子时尚服饰……关公战秦琼的景象在这里并不是什么稀罕事儿。电子体的外形是可以随意设置的，只要你能够想象到的形象，你都可以把它变成你在网络世界中的模样。

在几个月前的全球大掉线事故中，宵枫失去了十几个小时的记忆，也失去了自己的电子精灵。当时网络突然中断，反馈脉冲给他的电子脑造成了很大的冲击，他根本记不起来自己潜入OPC服务器之后发生的任何事情了。

失去茨妮娅对宵枫的打击很大，茨妮娅是他的好友布利德送给他的友情见证，而且彼此相处了很久，可这次他不但把茨妮娅弄丢了，而且还想不起来到底是怎么弄丢的。这让宵枫觉得异常失落，好长时间他都情绪消沉，块然独处。

今天，宵枫终于打起精神，决定出来散散心。他晃晃悠悠地走到一间酒吧前，打算进去放松一下，顺便再选购一只新的电子精灵。

马路对面的一块霓虹灯招牌粲然闪耀。这就是宵枫要去的那间酒吧，这里是黑客们的聚集之地，只有在这里，宵枫才能获得电子精灵的核心代码。

酒吧里有几个宵枫的老交情，熟门熟路，交易进行得很顺利。

半小时后，当宵枫离开酒吧的时候，他的身边又多了一只快乐的小精灵。

走在人潮涌动的步行街上，宵枫满脑子想的，仍然是那段失去的记忆，他任由无数电子体和自己擦肩而过，一概视而不见。宵枫在酒吧里并没有得到自己想要的放松，他还是一副对一切都漠不关心的样子。

就在这时，一名高大威武的黑骑士和一位身穿黑色哥特式长袖风衣的美丽少女突然出现在宵枫的视线之中。

这一瞬间，宵枫体内的某种东西被触动了。但当他回过神来，四处寻找那两个人的时候，却发现他们早已消失在了人群之中。

"您怎么了，我的主人？"小精灵拍打着翅膀，关切地问道。

"真奇怪，我感觉好像在哪里见过刚才那两个人……是我的错觉吗？"宵枫苦笑了一下，又无奈地摇了摇头，"我们走吧，茨妮娅，还有工作等着我们做呢。不能再颓废下去了，生活还要继续。"

"是，我的主人！"小精灵高兴地回答，"新的登录名称输入确认，从今天开始，我的名字就是茨妮娅……"

小精灵欢快地在新主人身边来回飞舞，翅膀上脱落的磷粉在空中留下一片闪闪发光的图画，好像飘浮在空气中的海市蜃楼一般。

宵枫不由自主地伸出手，想去触摸那奇幻的光景，可是闪闪发光的磷粉却在他的指尖触及之前，就消失在透明的空气之中，再也无迹可寻……

*METAVERSE*

+

# 超时空同居

## 宝 树

本文发表于2020年底,讲述了利用元宇宙的核心:虚拟现实技术,一对情侣如何超越空间与距离,真正实现古人"天涯若比邻"的渴望,以及依靠元宇宙强大的义体技术,将自己所爱的人从死神手中抢回来的奇妙故事,展现了元宇宙温情美好的一面。

# 1

飞机刚刚起飞,我就开始思念丁小雅。虽然距离我们的嘴唇分开还不到两个小时,但超音速客机每一秒钟都在带我离她远去,让我们之间增加几百米冰冷的太平洋海水,这是无法弥补的现实距离。

我在飞机上迫不及待地连上了机载Wi-Fi系统,又在视频里看到了小雅的面容,听到了她轻柔的声音,但那似乎也只是漫长告别的延长,徒增思念。

我们都明白这一点,所以更加伤感。

我和丁小雅刚刚认识半年,正在最热恋的时期,却不得不分别。如果我早认识她半年,也许就不会选择去美国留学。丁小雅在国内已经工作,不可能陪我出去。五年,我们至少要分开五年,直到我拿到博士学位。

虽然在这个时代,我们不再像父辈那样需要通过书信和很难打通的长途电话才能相互联系,但在线的文字和视频聊天却也代替不了那个活色生香的意中人儿。这年头,因为长期分居而劳燕分飞的情侣,不计其数。

到了纽约,我的助理已经给我找到了一间租住房。房间临近地铁,只需要坐两站地就能到达我就读的大学,租金相对经济实惠,而且比较安全,本区的犯罪率比起同样租金低廉的大部分房屋要低百分之四十,附近五百米内还有唐人街和中国超市,很适合留学生。这是在数十万出租房屋中根据我的需求选择的最优解。

入住的顺利,让我摆脱了一点对丁小雅的思念。多亏了助理帮忙。

当然不是真人助理,真人助理我根本请不起,而是腕表式电脑助理，华为出品的华耀7.0，这东西在国内的时候，一般也就是当手机用，助理功能用处还不明显。但到了国外，人生地不熟，就非常依赖它的帮忙了：查询交通路线，购买生活用品，提示当地的风俗禁忌，甚至有时候还需要它翻译一些生僻的外语。因为打交道越来越多，我给它起了个名字，叫阿华。

然而我最想要的，是让小雅陪在我身边。

有一天，我对阿华说："你要是能把小雅带到我身边就好了。"

但这是再完美的助理也不可能完成的任务，我想。

然而我错了。五分钟后，阿华告诉我："超时空生活共享方案已经制定完成。"

## 2

这个方案我很快就授权阿华去办理，但需要添置不少装备。虽然早已进入智能时代，美国的物流系统却还是慢得像蜗牛，好几天了，那些配件都没到货。

新学期刚开始，有一堆课要上，导师还开了很多参考资料给我，我忙得焦头烂额，每天早起晚归，差不多都忘了这事。

但那天早上，我被一个温柔甜蜜的声音唤醒了："快起来啦，大懒蛋！"

我睁开眼睛，看到了小雅娇俏的脸，她躺在我身边的枕头上，我一伸手就可以摸到她。

"知道了……"我懒懒地回答，"先让我亲一个——"

我突然反应过来，这不是在国内的旧时光。我眼睛瞪得滚圆，霍然起身，"小雅？是你？我在做梦吗？"

"做你个春秋大头梦！你难道忘了超时空生活共享方案了？我也授

权了的。"

我坐起身，看到小雅身后的房间陈设，正是我在国内的旧居，我仿佛就躺在她的床上。

"这……这是虚拟现实吗？"但我并未戴上VR眼镜。

小雅笑了起来，"傻瓜，你看自己身后。"

我转身看了看，背后却还是在美国租的蜗居，桌上还堆着我在美国买的比萨和饮料。身后又传来小雅的声音："跟你说了不要买那么多垃圾食品，会胖的！"

地球两边的两个房间，仿佛超越时空般拼在了一起。

"小雅，这是怎么回事啊？"我迷惘地问道。

小雅却咯咯笑着说："你过来我告诉你。"

我心一热，便去扑她，结果手撞到墙上，一阵生疼。我摸了下墙壁，才发现已经覆盖上了一层光纤显示膜。

我这才反应过来，两边的床都是挨着墙壁放的，通过将墙壁两边的光学信息对应传递，就制造出了两个房间拼在了一起的错觉。

道理说起来简单，但要清晰到几可乱真的程度，难度还是很大的。

"这是什么时候装的？"我诧异地问阿华。

"昨天下午你上课的时候工人来安装的。"阿华回答。

"我不在也能放人进来啊？"

"你已经授权了呀，而且智能家居系统可以保证安全。"阿华回答。

我明白了，的确，房间中的摄像头可以监视来者的举动，当判定有问题时，还能自动报警。

"好啦！"小雅说，从床上跳了起来，"快带我去你的学校看看吧！"

# 3

小雅当然不可能真的跟我去学校,不过阿华还给我买了一副VR眼镜,镜片本身就是摄像头,眼镜脚上还有传声器,可以将我看到和听到的一切都转换成电信号,通过卫星发送回地球另一边的中国。小雅只要戴上一副同样的眼镜,就可以和我同步共享一切视听感觉,就好像自己也身临其境。

当然反过来也是一样。

"哇,美国的校园真漂亮!"小雅在我耳边呢喃着,"这么大的草坪,那栋带钟楼的红房子是什么呀?校长楼啊……什么时候建的?十八世纪,真的假的……"

"小雅,你没有时差吗?"我问,"这个点国内应该是晚上快睡觉了吧?"

"今天高兴一下不行呀?"她娇嗔说,"哎,那边有一个湖,还有天鹅!快带我过去!"

就这样,小雅重新回到了我的生活中,虽然本质上仍然是通过电磁波和声波,但是却拥有了以前没有的在场之感。隔着仿佛是透明的墙壁,我们经常和以前一样靠在床头,她读她的小说,我看我的视频,偶尔说一两句话,再分享一下阅读和游戏的体验。即便出门在外,通过智能眼镜我也随时可以和小雅聊天,要是她睡觉了,还可以把看到的东西存储下来,回头再和她分享。

而智能家居系统甚至可以让我们的相处更深入。小雅可以通过阿华分享的冰箱、洗衣机、摄像头的数据随时管理我的生活。小雅做的几道菜非常好吃,出国后我非常怀念,这个需求阿华居然也能帮我解决,它添购了一台炒菜机,通过国内的智能家居系统捕捉小雅的动作和炉灶的火候变化等信息，加以灵活分析后输入炒菜机，就可以大体模仿出来，而且还可以不断学习，磨合了几次后，做出来的菜能有小雅八九分的水准。

阿华还有一个更加神奇的方案：通过3D打印技术，可以用金属骨架和仿生材料打印出和小雅几乎一模一样的体型和毛发等，组合成仿生人体，小雅在地球另一边穿上感应服，就可以实现动作同步，宛如在我身边有一个分身。

对此我一度感到心动，不过价格过于昂贵，而且总觉得有点奇怪，最后还是放弃了。

我感受到，今天的云通信手段已经越来越发达，可以实现远程会议、教学甚至诊疗等，以至于我都大为怀疑自己为什么还要来美国求学？照现在的技术，即便在国内也完全可以实现和美国导师的实时交流，以虚拟方式参加系里的会议，甚至可以通过机器分身来进行实验操作……只是社会制度的进步跟不上技术。

不过我想，到我和小雅的下一代，人类对于空间的概念将会完全不同，每一个房间都会变成连通世界的魔法门，甚至飞向宇宙的飞船……

# 4

这个世界上最遥远的距离，不是宇宙的尽头，而是相见不相识。即便表面上通过高科技能朝夕相处，但两颗心仍然可能渐行渐远。

学业进入第三年，再浓烈的爱情也会淡化下去，小雅的陪伴渐渐让我感到困扰。

因为时差问题，有时候很晚了她还要跟我说话，而那些絮叨的琐事，我并没有多少兴趣知道；有时候我做实验回家晚了，她问东问西，怪我不陪她；有时候她要我带她去看纽约时装周之类我不感兴趣的活动；而按她的手法炒的那几样家常菜肴，我也吃得有些腻了……

像所有认识了几年的情侣一样，我们开始相互指责、争吵、扔东西——当然砸不到对方，最后干脆关掉房间投影和一切信息交流渠道。坦白讲，我觉得这不失为一个双方冷静的好法子，但是小雅却做不到，每次这样，她只能更加抓狂。我还不想和她彻底分手，为此十分头疼。

时近我的博士中期考试，这是非常重要的一关，绝不能出差错。

我问阿华："能不能想个法子，不切断联系，但让小雅不要再干扰我？"

阿华说："我分析了你们这两年的相处模式数据，发现有些用语会极大地激化对方的情绪反应，建议您不要使用某些句式，比如'你凭什么管我''这和你没关系''你烦不烦啊'……我可以自动屏蔽和替换成'我爱你''我错了''消消气吧'……"

"得得，"我摇头，"吵架时说这个也不像话吧，还有没有更彻底的方式？"

"可以取消她的一些权限，比如房间影像读取权和VR眼镜登录权。"

"这她不得继续闹吗？"

"这样的话，可以采用人际交往授权代理模式。"

"说人话！"

"……就是我以您的身份去和丁小雅小姐沟通。"

阿华解释说，它的智能可以利用手环中存储的海量资料自动生成影像和对话来应对人际交往，当然一些重要的决定还是要征求我的意见，但日常对话方面，它完全可以代劳。事实上，因为现代人际关系日益复杂，已经开始有人将一些普通的社交往来交给A.I.打理了。

"那太好了！"我开心地说，"那就交给你了啊！"

"不过，"它说，"这违背了之前你们共同授权的生活共享方案中的条款，需要对方同意取消，否则无法操作……"

"……"

最后我在网上找到了一个黑客,帮我暴力删除了之前方案的代码,让阿华能不受其限制地帮我去应付小雅。

我试了几次,发现效果不错。在地球另一边,小雅可以看到一个窗明几净的房间,一个温文尔雅的男友,听她倾诉,陪她谈心,但那并不是我。而我获得了自由,可以自由做自己想做的事,甚至开始和其他女孩有些小暧昧……

多么完美的方案,感谢现代科技!

## 5

博士中期考核顺利通过。

得知消息的当天,我和朋友们去酒吧喝了个痛快,回到家就倒头睡去,等到醒来已经是第二天上午了。

想到还没告诉小雅这个喜讯,我心中略感愧疚。我想和小雅通话,但想想之前一个多月和小雅的互动基本都是让阿华代劳,万一有什么地方说漏嘴了可不好办,所以赶紧让阿华生成之前聊天的内容,让我过目一下。

聊天的内容还挺多的,我大概翻了一下,翻了一小半开始觉得有些蹊跷,许多内容都高度雷同:每隔几天,同样的对话就会重复一遍。"最近好累啊!""多注意休息,累坏了我要心疼的!""嗯嗯,么么哒……"

"怎么会这样?"我问阿华,"好多话都是一模一样的!"

"我是一个A.I.,虽然通过复杂性随机算法,不至于同样的问题每次同一个回答,但资料库本身有限,难免会有重复。"

"那小雅也不至于看不出来啊?"

"我分析了一下,"阿华说,"有99.7%的可能,小雅也是A.I.代替的。"

"她……她怎么能这样!"

说来可笑,我自己弄虚作假无所谓,但知道小雅也在躲着我,却忍不住一股怒气往上冲。但愤怒了片刻,又改为恐慌,小雅在公司很多人追求,这我是知道的,难道她已经移情别恋了?

"阿华,快帮我查查小雅的生活数据!"

"很多都加密了,"阿华查了一会儿说,"或者是她的A.I.伪造的,比如她每天的睡觉和起床时间几乎都是一样的,说明她这段日子可能根本没在家里。"

我顿时百爪挠心,吼道:"那有什么可以公开查的数据吗?"

"有了,"阿华查到了什么,"她使用打车软件的信息,因为你是她的紧急联络人,所以都会跟你分享,当然一般接收这些数据不会提醒……已经调出来了。"

我定睛看去,最近的打车记录也是十来天前的,而频繁出现的一个目的地是——

市肿瘤医院。

## 6

我联络了小雅的父母和闺蜜,终于搞清楚发生了什么。

小雅在两个月前的体检中查出了问题,乳腺有阴影,她去了好几家医院才确诊,是乳腺癌,而且已经是中晚期。看病前后,也是她情绪低落、经常和我吵架的时候。但考虑到我中期考试在即,她不仅没有告诉我,还叮嘱身边的人不要告诉我,怕我分心,在住院期间,她干脆使用了A.I.代替自己,以免露出破绽……

我买了一张最快的机票飞回她身边,当我跌跌撞撞地冲进医院时,小雅仍然在ICU，只能通过显示墙进行探视。她的头发已经掉光了，身上消瘦了很多，却努力笑着说，自己已经没事了，让我不要担心。

我跪倒在她面前，痛哭流涕。

我请假在小雅身边陪伴了两个月，直到她病情暂时稳定。然后我飞回了美国。小雅说，无论在家还是在医院里，都可以通过视频投影的方式远程陪伴，没有必要守在她身边；再说，她还想去看很多地方，让我用VR眼镜带她去呢……

但我没有听她的，而是办理了休学手续，很快又回到国内。

无论小雅怎么说，我知道她希望看到的是真正的我。科技可以缩短我们的距离，可以帮助我们管理人际关系，但无法取代最古老的沟通与陪伴，正如无法代替我们去——爱。

所以一年后，当小雅最后一次陷入昏迷时，握着的是我真实的手。

## 尾　声

"快起来，大懒蛋！"

小雅娇俏的面容再一次，再一次出现在旧日温馨的房间里。

我笑了，笑中带着泪。

过去生活的一幕幕在面前重现，这些五十年前的影像，上万个小时的回忆，阿华还忠实地保留在容量近乎无限的云存储里，通过智能剪辑的方式挑选出精华段落。

早已失落的时光，宛如昨日，宛如眼前。

"你看那时候的我们！"我对身边的人说。

小雅微笑着，将小手放在我的手上，钛金属骨架加上仿真高分子凝胶皮肤的身体，让她仍和五十年前一样美丽动人。

METAVERSE

+

# 时间的记忆

## 顾 适

元宇宙最直接的表现,就是超越时空相会。《超时空同居》讲述的是超越空间的故事,而发表于2015年的《时间的记忆》则演绎了一场元宇宙技术加持之下刻骨铭心的忘年之恋。有名句曰:"君生我未生,我生君已老,恨不生同时,日日与君好。"这个古人的美妙愿望,在元宇宙中将变为人间寻常事……

## 1

有一个巨星恋人最糟糕的事情在于,当他死了,全世界都会提醒你——他曾经活着。

## 2

我认识杜云生的时候,他已经是一位八十三岁的老人了。

我承认,当我接受这份工作时,心中的好奇胜过对金钱的需要。我出生时,杜云生已经在影视圈红了近三十年,后来他年岁渐长,不再像年轻时那样活跃,却依然是一个里程碑式的人物,一个超级大腕儿,一个帝王般的统治者。十年前,他因为投资失败破产,并且因此中风瘫痪,这消息着实让大小报纸很是欢欣鼓舞了一阵子,很久才平淡下去。他正在被人遗忘,或许当他死去的时候,人们会恍惚间又想起他来,但绝对不是现在这样,当他残破地活着的时候。

在这家养老院里,杜云生住着最窄小逼仄的一间房间,暖烘烘的,一步踏进去,登时能让人闷出一身汗来。

我跟在他的女儿身边,她淡淡地介绍我:"这是陈晓,你的新护士。"

杜云生费力地撩起眼皮,这就是我和他的第一次对视。我看到一双浑浊的眼睛,棕色的眼眸已经蒙上了一层淡灰,边缘和眼白模糊在一起。我突然想起小时候第一次看他的电影,他出演共和国元帅,英挺的身姿和锐利的眼神，鼻梁下两撇整齐的小胡子，只一出场便让电影院里爆发出一阵痴迷的尖叫。

"呃……"

他发出一个语意不明的单音节，手指略微颤动了一下。

他的女儿见状点点头，拍拍我的肩膀说："小陈，我爸以后就拜托你了。"

我当然答应下来，她又坐了大约五分钟后，转身离去了。我不能责怪她，毕竟，这几年来她一直在努力偿还父亲的债务，并且尽职尽责地让他活着。

房间里只剩下我和杜云生，我用了一分钟的时间来平复自己的失望。我想：这当然就是他的模样了，不然的话，我怎么会在这里见到他呢？

按照养老院的护理规范，我重复了一遍我的名字，然后告知他我每天会来到这个房间的时间、会做的工作，并且祝他愉快。

他显然已经昏睡过去，只在我声调提高时，才略略滚动一下眼球，从而在眼皮上掀起一阵小小的波浪。

我走上前去把他叫醒，尽可能温柔地哄他吞下这个小时该吃的药物。他的皮肤干燥发皱，其下包裹着数量可怜的脂肪和肌肉，几乎一触之下便能碰到硬邦邦的骨头。当他吞咽的时候，喉头发出古怪的咕噜声。

我轻轻摸了一下他绵软的头发，表示他做得很好，然后再让他躺倒睡觉。

他年轻的时候演过老人，老了却不肯再演这样的脆弱形象。他当然也演过垂死的人，演过无数次，英雄电影起码有一半到了最后要把男主角干掉：他中枪倒地，胸口的血液一点点融化进衣服，眼睛无神地望着天空，手指松开，枪坠到地上，接着走火，啪，啪，女性观众的眼泪随之滴落。但我总以为他不该是眼前这样的，这么无助，这么麻木，这么……

寻常。

当我端着托盘离开的时候突然想，或许这里的每一位老人都有过辉煌的故事，但是如今，他们却都走向一个相同的终点。

## 3

迷上杜云生的电影纯属偶然。当我读护士学校的时候，我的前男友安鑫在读演艺学校。他远远不够帅气，也不够聪明，却总认为自己会成为一代巨星。当然，这个评价是我现在才能给出的，并不是当时。当时我认为他充满了智慧，帅得惨绝人寰，一切不懂得赏识他的人，都必定是被电子时代的虚拟演员洗了脑子。

有一个学期，他的功课就是研究杜云生的电影，然后撰写论文，编一段模仿的小品。安鑫忙于走穴唱歌，而且坚信论文不过是扯淡，于是只去参加了学校的小品排演，把文章丢给了我。

"你随便写吧。"他这么指导我。

事实上，这篇论文是安鑫交给我的第一个任务，我不敢随便应付，只得去下载了十几部杜云生的电影，时间跨度从他十八岁一直到七十岁。我甚至去图书馆里调出杜云生存储的公共虚拟记忆档案，准备在适当的时间采访他的记忆。

一切都比我想象中容易得多，人们已经忘记了他，属于他的角落甚至开始堆积尘土。他最红的电影大都是半个世纪之前的，它们掩埋在虚拟数字电影的洪流中，只在偶尔的复古风潮到来时，才悄悄漫入人们的回忆。

我用了一个周末把下载的电影都看完，从此一下子爱上了这个不断成长的男人。

成长是在虚拟演员身上很难见到的词汇，它们总是完美无瑕，每一个表情、音调、手势都精确到极致。这些由人工智能设计的演员形象,只会在一部电影中存在一次,从某种意义上来说,它们就是为那一部电影而生的,随后便会"死去"。

但杜云生不是。起初他是个俊美的少年,举手投足间带着青涩和笨拙,读台词的时候会因为过于用力而喷口水,当在立体屏幕上看到那亮晶晶的液滴时,困倦的我竟一时笑倒在沙发上。

二十多岁时,他经历了一次失败的婚姻,眼睛里的亮光慢慢沉静下来。他饰演了一些颓废的角色,留着胡茬,叼着烟,一言不合便挥拳相向,紧身背心下面是结实光滑的肌肉。与此同时,他的表情开始变得放松,神情不再夸张,而是逐渐沉淀出真实的色彩。

等到三十五岁他拿影帝的那一年,这种细腻的掌控已经到了一种极致,我把那部得奖的影片反复看了三遍,深深感觉这虽然不是他最好的一部片子,但却是最成熟的一部。再过些时候,他在这种熟练的人物塑造手法之外,又加上了一点点魔幻现实主义的色彩——确切地说,是他的眼神变了。光彩再一次从他的眼中绽放出来,但这一次却不像少年时那样生硬强烈,而是流动的诱惑,像一剂迷幻药,让人猛然从现实中脱离,产生一种古怪的茫然感,要去相信眼前的事情,又仿佛身处梦境。他开始尝试的片子类型越来越多,甚至有许多与虚拟演员共同出演的数字电影。我最爱的恰恰是他在五十岁演的一个外星人——那真是一个特别的组合,人类科学家由虚拟演员出演,而长了六条腿的形如苍蝇的外星人,却是由杜云生来演。如果不是演职员名单上面有他,观众根本不可能从银幕上认出杜云生来,因为在这部电影中,真正出镜的,只有他的眼睛。

他的眼睛被放大成无数只,变成苍蝇的复眼,当他的目光这样充斥整个屏幕时,我惊恐极了,因为我居然可以明白这个外星人的想法,哪怕他一言不发。我在屏幕前瑟瑟发抖,感觉每一根神经都在绷紧:真实和虚幻彻底重叠,最终竟然是极端的惊悚。

这部影片也理所当然地让他再次拿到影帝的桂冠——然而,这基本上就是终结了。

三年之后,他便宣布息影,并且开始从商,只偶尔在数字电影中客串一些无足轻重的配角。

他的最后一部作品是他七十岁的时候，同样只有眼睛出镜，还有后期制作的配合。这次是一部魔幻巨制的反派。他的眼睛在双塔的尖端，目光如炬，熊熊燃烧着，却仿佛很快就会熄灭。

我最终还是把那份虚拟记忆档案原封不动地还给了图书馆。我不知道该问他什么，或者说，还有什么问题他没有被人问过。我更害怕在打开的那一瞬间，看到他活生生地坐在我面前，会一下子浇熄我对安鑫的爱恋。

我站在图书馆的档案架前面，手指划过每一个时代的他——我知道不同年月的杜云生就在里面，我只要付出几块钱就可以和他对话、调笑甚至做更多。

但我没有这么做。我不想成为那些沉溺在虚拟幻境中的人，最终被人送到戒除所去。因为我知道，只要我打开它们，我就会无法自拔。

## 4

给老年人使用虚拟幻境是一种颇具争议的做法。

一些学者认为，让老年人生活在幻梦之中，让他们依然可以感觉到年轻时的快乐与活力，是一种人道主义的安抚，是每个人应有的权利。

但更多的实证表明：这种行为大概率会导致老人在苏醒状态时产生巨大的心理落差，最终造成病情加重甚至自杀。因此，在大多数养老院，给老人使用虚拟幻境都需要经过严格冗长的审批程序。除此以外，对于过往感官记忆的信息化保存，也就是人们常说的"虚拟记忆档案"这项技术，虽然诞生于六十多年前，但真正向大众普及，却基本是在二十年前才开始的。大多数老人并没有把自己年轻时的记忆和身体状况及时储存下来，自然，也就无从使用属于他自己的虚拟幻境。

当然，杜云生是个例外。

作为电影明星，他是最早尝试虚拟记忆存储的一批人。他很早就学会了如何设定不同的记忆内容，使之既能够展现自己的魅力，又能够恰当地与记者、影迷和电影工作者周旋。同样地，他也可以短暂回到自己的记忆中去总结经验，找寻灵感。

在六十岁时的一次采访中，他曾经这样说道："很多人认为科学技术摧毁了传统的表演艺术，但我不这么认为。虚拟技术为我们的表演插上了一对翅膀，使我们可以到达以往不可能达到的高度。"

在随后的访谈中，他又笑道："当然。它也帮助我做到了许多平时无法完成的工作，毕竟，我没有足够的时间来同每一位影迷问好。"

当他笑起来的时候，脸上的皱纹带着岁月的沉淀，却依然是迷人的，而非眼前的可悲模样。我捧着他需要的营养食品，坐在床边一勺一勺喂他，每一次吞咽对他来说都像是折磨，黏稠的液体从他的嘴边一次次淌下，我必须不停地用毛巾为他擦拭。

"再吃一口，杜先生。"我哄他说，"很好，就是这样。"

吃完饭之后，我又帮他翻了个身，轻轻按摩疏通他后背瘀滞的气血。他发出极其轻微的叹息——也或者那是一声比较粗重的呼吸。

然后我绕到他的面前，"您还想要点儿什么吗？"我大声问道。

"呃……"

他显然是想说什么，但我无法理解他语义中的含义，不得已，我给他套上了助语器，它可以通过刺激大脑运动性和听觉性语言中枢，帮助失去语言能力的人完成相应的思维活动，进而将其结果转化为声音，与正常人对话。这种装置原本是虚拟记忆存储系统的周边产品，因为人们对其巨大的刚性需求，反而成了虚拟公司目前的主流产品。它并不昂贵，但每使用一次都要支付相应的费用，累积起来也常常是一笔不小的数目。在戴上沟通装置之后，我却发现杜云生居然可以免费使用助语器，丝毫不会耗费养老院有限的额度。

怎么会这样？我有些惊讶。

耳机中先是传来一阵窸窣的电流音，紧接着，一个缓慢、低沉却清晰的声音在我耳边响起："这是因为，我和虚拟公司签署了协议，在我死之后，公共记忆档案的版权都归他们。"

我怔了一下，才意识到这是杜云生在对我说话。我有些惊慌失措，停滞了两秒钟才问："您——能读我的思维？"

"我只能读出你的疑问，这是我定制的附加功能。"那个声音继续慢慢说道，带了一点俏皮的语调，"请你不要告诉记者这件事，他们总以为我本性体贴，善于洞察人心。"

这正是我所爱的那个男人！

我咬住嘴唇，几欲哭泣。这正是让我迷恋不已的杜云生——儒雅而不失幽默，睿智而不失体贴。只是声音，只是声音就让他重新拥有尊严，变回原先的自己。

他的嘴角在轻轻抽动，我知道，他想要微笑。

我尽量稳住自己的情绪，说道："原来是这样……我是您的护士陈晓，您还需要点儿别的什么吗？"

他停顿了一下，说道："我差点忘记了，是的，我需要……"

他的声音轻下去，我没有等到答案，便又问道："您需要什么？"

"它叫什么——不好意思，陈护士，我很久没有讲话，先前那位护士不喜欢助语器。"他似乎在费力地搜寻着一个名词。

等它最终说出来时，他的语调中夹杂着一丝疲惫的叹息："……幻境，对，就是幻境。你可以帮我找找我的……记忆档案吗？"

我连忙正色说道："使用虚拟幻境需要医生和您家人的批准。"

"医生告诉过我，我的使用申请通过了，我每天可以使用两个小时。"他终于逻辑清晰地回答道，"——如果，你不介意帮助我的话。"

我点头道："好的，杜先生，请允许我先去确认一下。"

"当然。"他回答道，"谢谢你，陈晓。"

我一路小跑蹦回办公室，很快就从杜云生的相关信息中调出一份公证函，上面清晰地印着他的主治医生和他女儿的签名，签署的时间是一年前。

这时，我立刻注意到一行让我脑门发热的字：患者进入虚拟幻境时，必须有医务人员在旁监督。显然，之前那位护士并不喜欢这凭空多出来的工作内容，但对我来说，这简直就是上天的恩赐！

我毫不犹豫地登录了虚拟公司的网站，输入杜云生的相关信息和公证函编码，把他多年的虚拟记忆档案都下载下来。我分明感觉到自己的手中握着一座宝藏，一座我一直不敢挖掘却又渴盼不已的宝藏。

我压抑着兴奋回到房间，对他说："天哪，您怎么会有那么多的记忆档案？"

"这大约就是活得久最大的好处了。"他说，"麻烦你……帮我找出最早的那份，好吗？"

我很快找到了，看年份，应该是他二十三岁的记忆。

——六十年前啊！

"您知道，我必须在幻境里监督您，杜先生。"我对他说着，自己也戴上档案读取器。

"是的，我知道你也要一起，麻烦你了，陈护士。"他的声音里带着舒适的暖意，又一次说道，"还有，谢谢你。"

# 5

我向所有我听说过的神祇起誓，我绝对不知道他"最早的"档案里会是这样一幅景象。

年轻男子赤裸的身体上泛着汗珠,他的嘴唇深深埋在一名女子的胸乳之间,呻吟与吸吮的声音让我的头皮发麻。我根本不知道自己站在这里能做什么,以及我是否应该制止他——说不定他需要的正是这个,一场酣畅淋漓的性爱,这能够让他愉快。我决定暂且由着他的心意,毕竟没有任何一本医学书上说过,老年人不宜做春梦。

但我又实在不想呆呆地看着。最后,我不得不在一旁浏览起档案的相关信息,以分散自己的注意力。

这份虚拟记忆是一份夫妻间的私密档案,那个女人是他的第一任妻子,苏珊。因为她已经去世,所以现在杜云生是该私密档案唯一的拥有者。

对于苏珊,我所知甚少,只听说她曾经是一名模特,二十一岁就和杜云生结婚,然后二十四岁时离婚。他们没有孩子,杜云生把当时几乎所有的财产都给了她,然后,她就消失在了人们的视线之外。

此时看来,苏珊的确是个美人。她有一头浓密的乌发,以及修长的双腿。只这一眼就让我脸上滚烫,我忍不住轻咳了一声,她毫无反应,但杜云生却抬起头来看了我一眼。

我看到了一丝复杂的情绪,少许尴尬,更多的是哀求。

非常脆弱卑微的目光。我猛然醒悟——他在我面前是一个彻底的弱者,我可以随时剥夺他的所有乐趣。这简直让我心碎。

我什么都没有说,继续低下头去。过了好一会儿,他们显然是结束了,但杜云生仿佛没有看到我一般,在苏珊耳边轻声说着爱语,我只听得牙根发酸,真不明白他对着前妻哪有那么多话可说的。

末了,他说道:"嫁给我,苏珊。"

我又飞快地看了他们一眼。年轻的女孩儿脸红透了,眼泪汪汪地,轻轻吻了一下他的面颊。

"嗯。"她回答说。

他闻言坐起身来,揭起床单披在身上,苏珊茫然地看着他。他的目光在她身上留恋地凝固,但紧接着,她就消失了。

我从未接触过早期的虚拟记忆档案，因而有些不明所以。

"她怎么不见了？"我问道。

杜云生看看我，他的语速比使用助语器时快得多，表情不像是垂暮的老人，倒像是我的同龄人，"当时的虚拟技术还没有现在成熟，我必须按照真实的记忆说话，不然就没有办法读取全部的内容。我的记忆只记录到这里。"

他停顿了一下，似乎是看我还没有完全明白，便又解释道："你可以将它理解为一段录像，只是我还可以亲身体验罢了。"

我点了点头，被他盯得有些不自在。杜云生是偶像派奶油小生出身，而今二十多岁的真人摆在面前，再加上内里几十年沉淀的优雅，只是目光便让我面红心跳。

他又说道："我太想念她了，不知道自己是否还有机会再用幻境——如果冒犯了你，我很抱歉。"

"啊，不，不会。"我居然说话结巴了，真是丢人。

他笑了笑，不再说话，而是把单子在身上横竖绕了两圈，用端头处打了一个结，露出一只赤裸的手臂来，看上去很像是古罗马的托加长袍。

接着，他把脸转向另一个方向，轻快地舒展起身体，看来很享受的模样。我相信他一定习惯于被人观看，但是沉默却让我又一次陷入尴尬。

片刻之后，我便忍不住问道："您还能记得和她的对话？"

"我能。"他停下来，认真地看着我——这让我突然明白为什么很多记者都对他赞不绝口，他的眼里有一种特别强烈的尊重，仿佛生怕你不明白他要表达什么。

"这一份档案，我来过无数次。"他又笑起来，"只是别人都不知道罢了。"

"那是……您的前妻？"我明知故问，简直蠢透了。

"是的，那是苏珊。"他垂下眼睛，"她走得很早，你大概都不知道她。"

我说道:"可不是嘛,这是六十年前的记忆啊。"

他闻言一怔,最终缓缓吐了一口气,"真是……那样久了。"

"您还爱着她?"我问了一句不该问的话。

杜云生竟然回答了这个问题,他说:"或许吧,我总会想起她。"

"那你们为什么要分开?"

"因为我犯了不可饶恕的错误。"他看了看我,摇头道,"那会儿我太年轻了。"

我猜想大概是他出轨了,对于演员来说这样的事情似乎很常见,便随意把这个话题带了过去。

他在这个幻境中显然比我自在得多,不一会儿,又开始自顾自地打拳,我想那是他演武打片学会的,行云流水一般,只是裹着身上那条被单,看上去颇为古怪。我不禁笑了起来。

他停下来,看着我说:"怎么了?"

"没什么。"我用手掩着嘴,摆手说道。

他却还是看着我,我只得又说:"你打扮得像是个罗马人,却在玩儿中国功夫。"

他低头看看自己的装束,也笑了,"这是混搭。"

我惊讶于他的用词,才觉得他也是个平常人,顿时放松许多。

"这是太极拳吧?您还会什么功夫?"我兴致勃勃地问他。

他竟两步跳到我身边,夸张的活跃,像是一个小孩子。

"如果你给我一把剑,我也可以让你看看罗马战士的模样。"他举起手臂来,挥舞了一下。

我大笑起来,他可真是个老小孩儿。我们又说了许多话,直到把两个小时用光,我才不得不催促他结束。

杜云生无奈地做了一个"遵命"的手势,对我说道:"有这样一件东西真好,我简直要以为这才是真实,而我从未老去。"

虚拟幻境消耗了他太多的体力,接下来的大半天他都在昏睡,连吃饭的时候都是一脸懵懂,只差让我托着他的下巴帮他吞咽了。

在交班之后,我又去查了一些当年的新闻,甚至是小报的八卦——他和苏珊分手的原因果然是出轨,但找第三者的那个人,并不是他。

苏珊在工作中认识了一位商人,很快就坚决地离婚了。没过几年,杜云生凭借在《桃花三弄》中扮演西门庆而爆红,苏珊却被她的商人男友骗走了财产,流落街头。她过得凄惨不堪,甚至被人拍到吸毒卖春。而杜云生被记者问及此事时,只是沉默以对。他没有伸出援手,显然,他不肯原谅她。

苏珊不到三十岁便自杀身亡,当时杜云生正在参加电影节。在异国的红毯上,一名记者生生扯住他的袖子,大声问他:"你是否知道苏珊今晨自杀身亡?"

他的明朗笑容僵在脸上,那张沉默流泪的照片,被各大报纸的娱乐版无限放大。

"我一直都爱她。如果我们没有离婚,或许我的生命会因此而改变。"

这是他中风之后才被记者翻出来的一句话,出处不明,却被无数次转载,成为他凄惨结局中的一抹异色。

# 6

再去上班时,我充满了期待,而很显然,杜云生也在期待同样的时刻。听到我进屋,他立刻睁开了眼睛,想在一片蒙眬的视野中搜寻我的身影。

我连忙握住他的手,严肃地说道:"您得先吃药。"

他发出那个常规的单音节,表示同意,乖乖把药吞了下去,又喝了一点儿水。

我帮他换了尿管，倒掉尿袋，翻了身拍过背，这才给他戴上助语器，问道："您今天还要用虚拟幻境吗？"

"是的，我希望用幻境，只是还要劳烦你陪着我。"他的语速慢极了。

"没事儿。"我干脆地说，"我的工作就是为您服务。"

"谢谢。"他没有犹豫，似乎早想好了自己要什么，"我想要《罪恶之渊》——你能帮我找出那份档案吗？"

我有些惊诧。在他出演的上百部电影中，《罪恶之渊》是为数不多的恶评如潮的作品，连我自己也只看了一个开头，便觉得这部莫名其妙的血浆片的确让人忍无可忍。

但他脑子显然很清楚，又说："我是真的想要那份。"

我赶忙答应，去把文件调出来。这一次，我没有像先前那样立刻进入他的梦境，而是等了几分钟，生怕又闯入他的私密空间。

结果这就是我在他的世界里听到的第一句话：

"我要你杀死他。"

在三十三岁的杜云生面前，站着两个男人，一个是以另类著称的导演路易枫；另一个，则是一张陌生的面孔。

杜云生皱着眉头，对路导演说道："我不干。"

"他不是真实的人物。"导演一脸恨铁不成钢，"你怎么不明白，他是个虚拟演员！"

"但是他现在活生生地、有血有肉地站在我面前，"杜云生飞快地说道，比起二十多岁的时候，他看上去更加严肃，眉间有两道深深的痕迹，"你不要当我是傻子，我一扣扳机，他就会死。"

"那你打算怎么让这部戏收场?！" 路易枫吼道，"你和他手拉手从此快乐地生活在一起？"

"随便你，反正我不干。"杜云生显然是厌烦到了极点。

但是那个虚拟演员却拉住了他。

"云生，别这样。"他说，"这是我的使命。"

"狗屁!"杜云生怒喝道。

"我请求你,让我完成这场戏,这就是我存在的意义。"

杜云生狠狠把手甩开,"我不和人工智能争论这种问题,你只要知道,我不干,这就够了。"

那个男人继续哀求:"就算我死了,还有另一个我会出现,你是知道的——这又有什么关系?"

"另一个你?"杜云生睁大了眼睛,他的情绪似乎有些太激动了,我赶忙伸手敲了敲墙壁以示警告,他没有看我,却似乎收敛了一些,放缓了语气,声调却愈发悲哀,"你们中的每一个人都是不同的,我难道不知道吗?另一个你会和你一模一样,有相同的记忆、相同的说话方式,但他不再是你了,你死了你就消失了,你的克隆体不代表你。在这部片子里我已经杀了那么多人,我真的受不了了,你放过我,好不好?好不好?"

克隆?

我彻底惊呆了,我从未听说过,虚拟演员居然是克隆人……

"这是一具橡胶身体,"幸好那男人及时解开了我的疑问,他抓住杜云生的手,放到自己身上,"你的子弹打进来,流出的是红色糖浆,我的身体可以进入工厂回收,我的记忆也可以通过电脑读取,我会感到所谓疼痛的唯一原因,是因为它的代码与我的面部神经相连……你究竟在怕什么呢?我根本不会真正死去,云生,你为什么不肯帮我?"

杜云生沉默了,时间仿佛也就此停滞下来,看来这也是老一代的记忆档案,因为当他保持安静时,他们也一言不发。

当我几乎以为他忘记了彼时的自己到底说过什么的时候,杜云生开口道:"因为我当你是我兄弟。"

虚拟演员眉角下撇,人工泪液滑过他的脸颊。

他哭了,他竟然会哭……

他伸出手去,紧紧抱住杜云生。

杜云生闭上眼睛,咬牙道:"别逼我。"

"有你这句话,我知足了。"

男人说完这话，就和路导演一起消失了。这段记忆实在短得不可思议，又或许，是杜云生无力再继续回忆。

我看着杜云生，他还作势抱着那团虚空，缓缓蹲在地上，最终双手交叉抱住自己的肩膀，像个孤独的孩子。

我走过去，小心翼翼地把手搭在他的肩膀上，他竟一下子扑进我怀里，真的像孩子一样号啕大哭起来。

我见过他各种各样的哭泣面孔，但从来没有这样近，这样彻底，这样肆无忌惮。他抽噎着说："我不该和他们在演戏之外的时候说话。"他的眼泪一串串滚下来，"我再也没有那样做过，我再也不敢那么做。"

我见过一些情绪崩溃的老人，我知道眼下最重要的事情，就是让他赶紧平静下来。我轻轻拍着他的后背，柔声安抚。

他的自控能力很强，很快便收住眼泪，后退几步，说道："真对不起，陈护士，我也没想到自己会这样……"

"您别叫我陈护士，叫我小陈或者陈晓都行。"我赶忙打岔，"您看，我的名字就这点儿好，用中式西式哪种方法来念，听上去都是一样的。"

他看看我，问道："是——早晨的晓？"

"是呀。"

他点了点头，却没有再说话。从表面上，已经难以看出他先前哭泣的痕迹，我不禁暗自感叹职业演员的高超本领。

他安静下来了，我也不想打扰他，便在这间摄影棚里四处转了转，远远看见他又打了一会儿太极拳，中途却突然停下来，怔怔盯着虚空中的一个点。

"我忘记了……"

他喃喃说道，声音很轻，但四周太静，所以我听得很清楚。

我见他手指在发抖，便赶忙走过去，"您怎么啦？"

他缓缓转头看着我，这一次，他的神态完全是个老人了。他的眼睛落在我身上，许久才有了神采，"刚刚，好像要想起一件事情……"

这种记忆的模糊，对于老人来说太常见了，他们很容易陷入这样的回忆之中，甚至会影响到夜间的休息。我想或许他是在说之前的幻境，便问道："为什么您要选择这一份记忆？"

他闻言沉思了一会儿，回答说："我只是觉得快要忘记他了，那么多年，我都再没有打开过这份记忆，没想到，所有对话都记得。"

他又笑了笑，"我想要再看他一眼……我想……证明他曾经活过。"

空气仿佛一瞬间凝结起来，无比沉重。

"他曾经活过。"我说，"那部电影也可以证明。"

"是啊。"他说着，又看向我，眼里竟有孩童式的依赖，纯真无瑕，"我很高兴你在这里，晓，你知道这是为什么吗？"

"不知道啊。"

"因为，你可以证明我活过。"

我觉得呼吸一紧，几乎不敢与他对视。我知道我不能再把话题带过去，我想要给他一个承诺。

"当然，我能证明您活过。"

那天我毫无缘由地情绪暴躁，睡到半夜又爬起来，找出《罪恶之渊》下载下来。原来，那个男人在电影里名叫"驯服"，是杜云生饰演的"骄傲"的搭档，他们形影不离。直到最后决战，"骄傲"才知道"驯服"是出卖他的罪人。"骄傲"不忍杀死这位同生共死的兄弟，决定放他离开，但是"驯服"却袭击了他。

"骄傲"本能地握住对方对准自己的枪，扭转过去，开火。

"驯服"像是被戳破的气球一般噗噗往外喷着红色血浆，这夸张的一幕终结于他倒下时的微笑嘴角。

"骄傲"却惊叫起来，那声音悲愤高亢，根本不像是人类的声音，简直像是垂死动物的嘶鸣。他先是想堵住那不断涌出血液的枪眼，随后竟用沾满红色糖浆的手，发狂般地揪扯自己的头发。按照影评人的说法，这段表演"糟糕透顶"，甚至可以用"完全失控"来形容。我却从中看到了一种真实的、让人背脊发寒的痛苦与悲哀。

看完《罪恶之渊》,我彻底失眠,脑子里全是他的尖叫,最后只得再去翻看和他相关的报道。

我看到,杜云生曾经加入过"人工智能权益维护协会",也发表过几次公开演讲,反对销毁虚拟演员,但几乎没有得到什么支持。在三十五岁获得影帝的颁奖典礼上,他手中捧着小金人,说了一长段感谢的话,最后说道:

"我还要感谢两位已经逝去的亲人,这个奖属于你们,我会永远记得你们。"

# 7

接下来的几天里,他选择的记忆档案就远没有起初两份那样让人印象深刻,我猜想其中一些甚至是随机选择的。

它们大多是他四十岁之前一些零散的片段——演唱会的准备,获奖的庆功宴,一段飞行旅程,抑或是在一处风景优美的地方的拍片经历。有一次竟然什么都没有,那个档案里一片空白,只有二十多岁的他和我。他坐在那里一动不动,像是累极了,最后说:"我忘记了,我最想要记起来的是什么。"

这真是人生最大的悲哀了。我不想让他不开心,于是开始说自己的事情逗他。我给他讲那次写论文的经历,他果然有了一点儿兴趣,问我道:"哦,这么说来,你从那个时候起就一直爱着我。"

我没想到他竟然会这样说,一时语塞。

他哈哈大笑起来,"难不成被我说中了?"

我面红耳赤,又有些期待他会说些什么,便默默地看向他。

杜云生看着我的眼睛,懒懒地笑道:"晓,你难道还不明白吗?从你踏入我生命的那一刻起,我就属于你了。"

这样夸张的表白,反而让我一下子明白了这爱情的荒诞可笑。我和他之间相差六十岁,这六十岁并不是他换一张年轻的面孔就可以弥补的,他的灵魂距我太远,是我怎么也追不上的;而他的身体又离我太近,那么残酷赤裸,一举一动都要依赖于我。

于是我对他说道:"您有没有想过,让我们也有一段记忆?"

"我们?"

"我是说,"我解释道,"您不一定要一直回忆过去,也可以让现在这段时间,变成很特别的日子。"

他眨眨眼睛,似乎颇有些惊讶。

"除了看您的回忆以外,我们还可以干点儿别的……"我突然冒出来一个点子。

"别的?"他慢慢重复道,"你指什么?"

他显然是误解了,我简直要抓狂,急忙道:"我不是说要我们两个谈恋爱!我是说你可以在这里写首歌,或者我们一起拍个电影!"我生怕他还要乱想,又加了三个字,"杜爷爷!"

他先是一怔,立刻摇头长叹:"杜爷爷,这个称呼!"

我想我的脸大概已经胀成了一颗茄子,他却笑起来,而且越笑越开心。

我愤愤然吐出一口气,他这才收住了笑,对我说道:"晓,我不擅长写歌啊,我的歌都卖不出去的。"说着他停顿了一下,似乎是在认真思考我的提议,"拍电影是可以的,就是有点技术难度。"

他一下子严肃起来,我倒有些难以适应。他开始认真地跟我讨论,只有两个人的电影该如何布景、如何编剧、如何摄影,但我是个彻底的外行,多数时候都是他自问自答。

在这一天的两个小时即将用光的时候,他总结道:"这个事情是可行的,你真的想做吗?"

我听他说这话的时候,并没有料到自己一时的心血来潮会带来那样多的后续工作,更没有想到这部电影会改变自己一生的路途,于是随意地说道:"想啊!"

他说:"这样的话,恐怕要麻烦你去和虚拟公司谈几件事情。"

"您不要这样客气,总是在说麻烦啊谢谢啊,真不用的,都是我该做的。"

他看着我的眼睛,摇摇头,显然知道,在虚拟幻境里天天陪着他并不是我分内的工作。但他没有再次感谢我,而是说:"那你也不要总是用'您'来称呼我,我们平等一点儿,我叫你晓,你叫我云生,反正别再叫我'杜爷爷'了。"

我笑着答应。谁知末了他又对我说:"我真的很想再拍点儿什么,谢谢你提醒我,接下来恐怕还要劳烦你做很多事情。"

我摇头道:"你又来了,云生。"

我故意加重了他名字的读音,这让他也笑起来,"好吧,你说得对。可你要知道,我没有办法付你薪水,除了感谢,我什么都给不了你。"

接下来的一个月,我和杜云生的虚拟幻境时光以及我自己所有的休息时间,都消耗在与技术人员的沟通工作中了。

杜云生要求建构一个特殊的幻境作为我们的摄影棚,让它既可以调用不同记忆档案中的自己作为演员,又要配备拍摄所需的摄像机和灯光设备。

为了换取技术支持,他把自己的几份私密档案卖给了对方。我见过其中之一,自然知道它们价值不菲,可想到档案中的那一幕会公之于众,心里又很有些别扭。

他反而安慰我说:"那时候我都死了,他们要怎么看我、怎么说我,就随他们去吧。"

他说出"死"这个字眼的时候,带着一种特别客观的神情。那并非淡漠,也不是恐惧,就像是在说他第二天要去旅行一样。

我突然有些害怕,我很喜欢这样每天和他在一起,我不希望他有一天消失不见。

看到我的模样,他叹道:"我在床上躺了十年,还有什么事情想不通？你还是个孩子，自然不明白。"

似乎是感觉到气氛沉重，他又笑起来，"好了，这一次，你可是杜云生团队的监制、编剧、演员和摄影，还是我的经纪人，担子很重呀！"

我顿时被那一大串头衔压得晕头转向，只得挑了一个我还有一点点概念的名词问道："编剧？"

"是啊。"他说，"我想我们的第一项正式工作，就是讨论出一个剧本来。"

我们给这部戏选择了一个非常简单老套的底子——鹊桥相会。只是在这个故事里，牛郎不断老去，织女永远年轻。布景简单至极，带着超现实主义色彩，银色的通廊在雪白的房间中画出一条弧线，远端是暗红色的月亮，近处则是空空荡荡的黄土地。

等剧本完成，我惊喜地发现自己在其中几乎不需要说话，因为整部戏里，全都是牛郎大段大段的独白。从二十岁到老去，每年的七夕，他在桥的这一端徘徊、轻吟、高呼、大笑和哭泣。他把不同时间的自己带到这个房间里，从一个满怀愤怒的俊朗少年，成长为一个卑微期盼着的失意中年。在漫长的等待中，他开始怀疑这份爱情的真诚，不明白到底是因为爱才珍贵，还是因为珍贵，才把这份心情当成是爱。然而，还没有得出结论，他便开始老去。这让他惊恐万分。他拼命追逐着织女年轻的身影，重燃热情却再次惨败给时间。

这部戏终结于他们最后一次相遇，这也是我唯一需要出场的一幕。织女依然年轻，牛郎却已是位瘦骨嶙峋的老人，他的内心满怀恐惧，却又不肯放走最后的希望。他说："我一无所有，唯剩生命，我愿用生命去换取继续爱你的机会，可当我失去了生命，又用什么来爱你？"

## 8

拍摄电影远比我想象中复杂,也远比我想象中有趣。

杜云生无疑是趣味的最大来源。曾经有人告诉过我,演员是一个充满遗憾的职业,因为年轻貌美时,人往往不太会演戏;而当一个演员能够理解角色的灵魂时,他的身体又往往已经衰老。但我眼前的杜云生,却是在用最丰富的经验,饰演他早已经历过的年龄。当他进入角色的时候,我能想到的唯一一个形容自己感觉的词汇,就是震撼。无论是少年的纯真直爽,还是中年人的犹豫彷徨;无论是高亢的疾呼,还是卑微的乞求;无论是哭泣的泪水,还是嘶哑的音调,他信手拈来,仿佛只要一个镜头,就可以让他脱胎换骨。

可惜的是,专业的他遇上的是我这个业余至极的导演和摄影师。因为我的许多低级错误,导致他不得不一遍遍重复自己——一遍遍哭泣,一遍遍大喊,一遍遍匍匐在鹊桥上哀求。他毫无怨言,每次都只会比先前更加投入;而对于我的失误,他起先是纯粹宽容,到后面,也开始认真地教我机位和视角的选择,如何用灯光烘托气氛。

但我要学的太多,他又不肯降低标准,只要不符合要求,就要全部重来。有时候短短三十秒的独白,我们能拍上两个礼拜,以至于我做梦都在推摄影机。

三个月之后,我心中已深感挫败,只感叹拍电影实在是一项艰巨烦琐的工作,尤其当唯一的演员每天只能工作两个小时,而另一名工作人员还是兼职的情况下,完成这部电影,几乎成了一件不可能的任务。

他比我先一步发现了这件事,对我说:"晓,我想要休息一下。"

我知道他太想要完成这部电影,他的心情是如此强烈,连生命力都比以往强了许多。

在充满阳光的午后,医生已经允许我推着他出去走走。他垂着头,闭着眼睛,鼻孔里发出悠长的鼻音,过了许多天,我才听出那是一首歌。

于是等回到病房,我给他戴上助语器,问他道:"那是什么歌?"

"你发现了?"他竟有些不好意思,顿了顿,才说,"是一首老民谣,小时候,我母亲唱给我听的。"

"下次在幻境里,你唱给我听吧。"我说道。

"我想……休息一下,先不用幻境。"他又重复了先前的请求。

我没有说什么。我真的太累了,一连几个月没有休息,即使下班回家,也在学习拍摄的基础知识。看来他知道了。

"好吧。"我说,"那我们就先停工几天——或者你还想看看别的记忆档案?"

他起先是想否定,才说了"不用",却又说:"也好。"

"你想要哪份?"

他迟疑了一会儿,说道:"我想再去一趟布拉格。"

这段记忆里依旧只有他一个人,当然,还有布拉格和我。

我从未到过如此美丽的地方,查理大桥上空无一人,河面上是一群群的野鸭和天鹅,清晨,一轮红日从千塔之城背后升起,给对岸的城堡蒙上一片灿烂的红光。

杜云生每日带着我在老城深深的巷子里走,它们每一条都相似,每一条又都不尽相同。他告诉我,这是他和苏珊相识的地方,他曾和她约定在这里买一套房子,每年带她来这里小住。

结果可想而知,等他成名时,她已经不在他身边了。

"这里每条街我都很熟悉。"他说,"只是,以前我都是一个人来。"

我们说了好多好多话,确切地说,是我听他说了好多好多的话。他心里有成百上千个故事,连他自己都分辨不清是真是幻。我好像每一天都在认识一个不一样的人,但那个人又是他,只能是他。

有一天，我看着他微笑的侧脸，忽而有一种错觉——这里是另一部电影中的世界，我不再是我，他也不再是他，我们只是两个角色，在这里生，也将在这里死去。我可以不是护士，他也可以不是老人，我们之间的关系，只取决于电影的剧本，而这剧本由我们自己来定。

"怎么了，晓？"他停下脚步。

教堂的钟声响起，悠长的，一下下敲着，在古城的墙壁间撞击回荡。

我说："真是不公平，你居然来过这么漂亮的地方。"

他回答道："我才要说不公平。你的生命里，不知道还会有多少美的风景。"

那一刻，我清清楚楚地在他眼中看到爱慕，如此璀璨，像是暗夜中绽放的烟花。

我突然想问他：你爱慕的，究竟是我，还是我拥有的未来？

那真是最快乐的日子了。每一天我都是雀跃的，像是初恋的女孩子。

他也很快乐，在幻境中的举止愈发像个年轻人，甚至是个少年。他的眼中充满了希望与活力，那明亮的光芒，那朵烟花，也越来越多地在他眼中燃起。

终于有一天，我们在伏尔塔瓦河边漫步时，他突然停下脚步。

"晓，我想告诉你……"

他说话时，声音微微颤抖，就像一个紧张的小男孩。我听见自己的心跳声，我很害怕，又很开心。

"我想告诉你，你对我来讲有多么重要……"

他话说到一半，却猛然顿住。我本以为他是紧张，或是后悔了，但下一秒我却看到他的身体打着寒战，脸涨得通红——那样红，根本不可能是一个健康人会有的红。

他喘息着，眼里的光芒一下子消失了，充满了绝望与卑微。

我立刻意识到事情不大妙，赶忙切断了幻境。

还未睁开眼睛,我先闻到一股恶臭的气味。他痛苦地蜷缩着,嘴里发出呜呜的声响,我赶忙去看他的监视器——一切正常。

接着我掀开被子,才明白他的痛苦是因为腹泻。

我反而长舒了一口气,这不是什么大问题,只是有些污渍浸到了床上,稍稍有些麻烦。我帮他清理干净,又换了床单和被罩。

他看起来还是不舒服,我便坐在他床边,慢慢帮他按摩肚子。等他排泄完毕,又帮他换了一张尿垫。

在这个过程中,他没有发出一丁点儿声音。直到我快要走的时候,才想起来他还戴着助语器。我问他道:"云生,你好些了吗?"

他没有回答我。

他闭着眼睛,鼻息却表明他明显没有睡着。

我猜想他大约是有些不好意思,因为他向来是在夜间大便,我先前从没有帮他清理过。所以我也没多说什么,只帮他盖好被子,便离开了他的房间。

第二天,我们还是像往常那样进入幻境。他的肩膀微微佝偻着,讲话的速度也慢下来,竟像是一夜之间苍老了。

我猛然感到,一道深不见底的鸿沟已经划在我们之间,我却不知道该如何跨过去。

那天我们坐在高堡上,午后的阳光在水面洒下一片灿烂的金光,白橡树在地上铺了一层落叶和果实,如果不是无穷无尽的沉默,一切本应惬意美好。

幻境快结束时,他突然握紧了我的手臂,我看向他,他却看着远方。

"怎么了?"我忙问,"你不舒服吗?"

他没有回答我的问题,却低声念起我们电影中的对白:

"上苍怎可如此残酷,用病痛来磨光我的渴盼,让时光来剥离我的勇气……它让你的青春美貌,来映照我的丑陋衰老。"

没等我说话,他便看向我,说道:"晓,我想把电影拍完。"

# 9

在养老院里,你无法避免死亡的到来。

死神痴迷于这个食物充足的地方,它会在树叶变黄时突然带走那个爱唱歌的老太太,或者表现一下仁慈,准许被癌症折磨的老先生回归平静。这些事情瞒不过老人的耳朵,他们对一切都迟钝麻木,却唯独对死亡敏感至极。

深秋里的一天,杜云生突然告别了完美主义,他告诉我说:"我们得快一点儿。"

开始我还不明白这是怎么回事,直到换班时我遇到杜云生的主治医生,才感觉事情没有那么简单。

主治医生看到我很高兴,说:"你照顾他真是用心,我本以为他像刚走的老赵一样,撑不过这个夏天,现在看着竟好多了。"

我刚要表示谦虚,他又说道:"只是他的状况,要过冬是不大可能了。这两天他有些发烧,你要让他注意休息。"

他显然知道我们在做的工作,却没有点破。

我恍惚着提起包回家,心底有种绝望的悲凉。我突然想到,看着牛郎老去的织女,又会多么悲伤?她无力改变一切,却连哭泣抱怨的资格都没有,只能笑着等待,等待他的到来,等待他老去,等待他离开,永远离开她。

杜云生没过几天便好起来,他坚持要继续工作,我也不敢拂逆他的意思。

但他显然有些力不从心,有时候说着台词,便会突然忘记,怔怔地凝望我,像是个初生的婴儿,安安静静的,茫然,又淡然。万幸年轻的片段他都已经完成，而作为一位老人，他不需要再大吼大叫、蹦来跳去。他尽力让自己保持清醒，表演也逐渐凝结在一些细腻的片段上，我把镜头一次次推近，甚至变成眼睛的特写。当我从那个小小的窗口里看着他时，我想起了那只苍蝇外星人。它是那么像人，又那么不像。现在的他又何尝不是这样？这双眼睛代表了他的一切，却又仿佛超脱了他的肉体，变成了别的什么东西，让我胆战心惊。

他不再纠结于细节，总是催促着我——快点，快点。一连数周，我们几乎没有与电影无关的对话，每天都匆匆忙忙，也总算是看到一点点快要完成的曙光。

可正当这时，他却突然倒下了。

这场病来势汹汹。他的女儿来了，也有一些或老或小的影迷，但更多的，是如同秃鹫一般的记者。他们在等待他死去，然后便可分食他的尸体。

我尽力把他们挡在病房外面，但总有一些人能够钻进去，拍他苍白的面容和身上各式各样的管子。

我既愤怒又无奈，我只是他的护士，别的什么都不是。我一遍遍地说："病人需要休息。"

他们却回答我："就拍一张而已。"

报纸上开始出现他过往的故事，他们采访他的女儿，采访他的后辈，采访跟他相关的各种人，就好像他已经死了，一本《影帝艳史》一夜间红遍全国，许多人说他是流氓，是戏霸，是杀人犯。

那天我实在忍无可忍，又一次接通了他的虚拟幻境。

他竟然是清醒的。他说："这有什么奇怪的呢？咒骂一个死人，他们就失去了道德的优势，所以只好趁我还活着时说这些话了。"

我问他："你不生气吗？"

他看着我，轻声说道："我知道你在替我生气，就觉得欢喜了。"

杜云生的烧没有再退下去。他的身体持续发热，消瘦得愈发厉害。

有时候我知道他很不舒服，可即便用助语器，他都说不出完整的话来，只有一些语意不明的音节，或是毫无逻辑的片段。医生能做的就是不断加大药物的剂量，来支撑他活着，这需要大量的钱。

每次他女儿来的时候，我都会十分恐惧，因为我不知道她会不会让他继续活下去，我们都知道这些药只能延缓他的离去，却不能让他再度康复过来，这是纯粹的消耗。我更不知道如果她放弃了他，我有没有勇气替她坚持这种消耗。我恐惧那些秃鹫，我知道一旦我这么做了，他们绝不会放过我。

幸而她没有给我选择的机会——她还是待不久，有时甚至只留下钱，便转身离开。

虽然杜云生清醒的时间越来越短，但我还是坚持每天让他戴上助语器，生怕错过他说话的瞬间，生怕他还有什么事情要我去做。极偶尔地，我还会和他一起进入虚拟幻境，毕竟那份公证函依然有效。

杜云生在幻境中也是昏昏沉沉，我甚至不敢让他在里面超过十分钟。有一天，我把我们的电影剪辑出一个片段，在幻境里给他放，他坐在我身边，把脑袋靠在我肩膀上，像是在看，又像是在睡。

片子即将结束时，他忽然低声哼起那首古老的歌谣，仿佛陷入了儿时的梦。

我关掉电影的声音，静静听着，把这一幕存入了我的记忆之中。

## 10

那一天总会来的，情理之外，意料之中。

"云生，下雪了——"我给他戴上助语器，对他说道。

"真的吗？"他说。

我好久没有听到他的声音了，很是惊喜，赶忙坐到他身边去。他的眼睛深深陷进眼窝里，两颊凹陷下去。

"当然是真的，外面的屋顶都白了。"我告诉他。

"晓，我们的电影……还没有拍完。"他断断续续说道。

我忍住鼻酸，镇定地说："等冬天过去，你就好了。你还要参加首映式呢。"

"我记起来……那是什么了。"他说，"那份……我最想记起来的……"

"什么？"

"你去找……"他停顿了一会儿，"《时间的记忆》，有一个，最长的记录……"

我这才明白他是说虚拟记忆档案，赶忙劝道："云生，你不能在里面待太久的。"

"就是……那个。"他固执地说。

我只得去找了来。《时间的记忆》是他晚年作为男主角演的最后一部电影，沉闷文艺的小成本制作，有口碑却无票房，人们都说正是这部戏，让杜云生萌生退意。

我回来时，中午刚过，阳光映在雪上，把房间照得格外亮。

我坐在他身边，帮他接入那份记录。

他握着我的手不肯放，我只得坐在床边闭上眼睛，也进入那个幻境，然后立刻看到他。

他站在一个空旷苍白的房间里，身着燕尾服，像是要去参加一个盛大的典礼，头发是花白的，却精神抖擞。

不——我突然明白——这不是他，这是他的记忆。

我才想起这一年多来，自己一直沉溺在专门构建的虚拟幻境以及杜云生早期的记忆档案之中。眼前这份才是当下人们会用的记忆档案——以人工智能来补完记忆中的人格，使之能够同你对话、交流。

"请问你是谁？"这一个杜云生问道。

我迟疑着，不知道该怎么介绍自己。

不等我回答，他皱着眉头又问："这是私密档案，你是怎么进来的？"

"是你让我进来的。"我只好这么说道。

他看了我好一会儿，眉头渐渐舒展开来，似乎终于接受了这个现实，说："你好。"

"你好，我是陈晓。"我说，"我是你的护士。"

"原来如此。"他点了点头，"你一定把我照顾得很好。"

我有些忐忑不安，他的眼神比平日要锋利许多，像是要割开我的身体看个明白。我问："你为什么这样看着我？"

"因为我是一个彩蛋。"他回答道。

我不明白他的意思，"彩蛋？"

"拍这部电影时，我已经对世界感到厌倦。我不想老去之后，还同无关的人周旋，我删掉了那些能够与人对话的虚拟记忆。"他慢慢解释道，"但我还想给自己留一个希望，我怕自己留有遗憾，所以，我只留下这一个具有独立人格的记忆档案。我告诉我自己说，这是我生命之外的彩蛋，我只能让一个自己深爱的人发现它。"

他摊开手，说道："看来，那个人就是你了。"

有一瞬间我惊诧得不知道该说什么好，等我明白他在说什么的时候，眼泪已经铺了一脸。我觉得自己像个傻瓜一样，他却还在对面定定地看着我。他说："这段记忆很长，但也没那么长。告诉我你需要我做什么？任何事情都可以。"

我吸着鼻子，狼狈不堪，恼恨自己没有他那样的本事，可以自由控制眼泪。

我告诉他说："我……需要你帮我拍完一部电影。"

当我醒来的时候，云生刚刚离开。

我没有立刻叫医生来，我知道这是我们最后的独处机会。我看着他平静安详的脸，俯下身去，轻轻吻了一下他的额头。

## 11

  我花光了所有的积蓄,又借了许多钱,来发行我们的电影。或许是借着他刚刚辞世的效应,它竟然真的上映了,并且大获成功。杜云生第三次拿到了最佳男主角,而我则收获了最佳编剧和最佳剪辑。这十分荒诞,但却是真实的。

  我用赚来的钱帮助他女儿还清债务,又高价买回他的私密档案版权。然而终我一生,我都没有打开它们。

  许多年后,一位记者问我,拍那部电影时,和杜云生到底有没有相爱。

  这个问题他们纠缠了我几十年。于是我告诉他:你应该去看看新的导演剪辑版。

  剧终的时候,年轻的男人坐在女孩儿旁边,把头靠在她的肩膀上。他那么年轻英俊,又那么衰老虚弱。

  屏幕黑下来,别的声音都渐渐远去,只剩下他哼的古老歌谣。

*METAVERSE*

+

# 镜中的天空

叶星曦

2011年发表的《镜中的天空》，揭示出元宇宙科技可怕的一面：实现"意识上传"固然是无数人的美梦，似乎让人看到了长生不死的希望，但从另一个方向展开想象，这种技术也会让人求死不能……元宇宙应该是一个美好的天堂，而不是人类"灵魂"的监狱，对此人们应该保持足够的警惕。

我站在被告席上，被电磁栅栏围在中间，在栅栏的外面，四台身披钛合金装甲的法警机器人严密监视着我的一举一动。

灰色的大理石柱子环绕着庄严的法庭，法官庞大的全息影像给人一种无形的压迫感。

没有听众，没有陪审团，偌大的法庭之中只有我一个人。来自周围空旷空间的压迫感不停地向我袭来，令我感到一阵眩晕。

"本庭宣布！"法官用铿锵有力的声音说道，"被告龙仪一级谋杀罪成立，判处死刑，立即执行！"

一阵嗡嗡声在我的脑海中炸响。我究竟杀了谁？我为什么被判有罪？我完全没有这方面的记忆。

法警机器人将我带离法庭，一切都结束了……

苏醒……令人不快的疲惫感在我的身上蔓延。睁开眼睛，出现在我眼前的是一名美丽的金发女子，她年轻性感，身着红色的低胸晚礼服，端庄大方地坐在我的对面。

在我和她之间的餐桌上，精美的法国料理犹如艺术品一般排列着，新鲜的鱼子酱散发着诱人的味道，令人垂涎欲滴。

"史密斯先生，"金发美女端起了高脚杯，"为了这个愉快的夜晚，干杯。"

"谢谢。"我的手自动端起了杯子。

玻璃碰撞的清脆响声在饭店的雅间中回响，在我们一侧的玻璃窗外，是城市灿烂的夜景，辉煌的灯火令人沉醉，我的心情一下子变得愉快起来。刚才的审判，应该只是一场梦吧？一场不愉快的噩梦。

就在这时，我注意到了倒映在玻璃上的那张脸。那是一张陌生男人的脸，肥胖臃肿，衰老的头皮上长着稀疏的头发。

这根本不是我！

我到底怎么了？这是在做梦吗？

就在这时，雅间的门被粗暴地撞开了，一个蒙面人闯进了房间。

"埃斯特·史密斯！"蒙面人举起了装有消音器的手枪，"你的死期到了!"

"等一下,"我站起身来,"你一定搞错了!"

在金发美女的尖叫声中,蒙面人朝我连开数枪!子弹穿过我的身体,打碎了我身后的玻璃窗,将桌上的法国料理轰得四散纷飞。

我跟跟跄跄跌出身后的玻璃窗,与灿烂的夜景融为一体,消失在夜色中……

惊醒,触电的感觉让我深深地吸了一口气,随着更多的空气涌进肺部,我的深呼吸变成了剧烈的咳嗽。我发现自己穿着乳白色的亚麻拘束衣,被绑在一张镶嵌着软垫的椅子上。

我环视四周,很快看清自己被关在一间不足八平方米的小屋内,周围的墙壁和地板上都镶嵌着白色的软垫。

这里是精神病院吗?我使劲挣扎,但是拘束衣上的皮带将我固定得牢牢靠靠,根本无法挣脱。

这是什么地方?我环顾四周,却发现在正对着我的那面墙壁上,一层软垫突然向后收缩,露出一块老式液晶显示器,显示器上的画面闪烁了一下,一个穿着西装的胖男人出现在屏幕上。

"杰克,还没好吗?"胖男人侧头对旁边说道。

一个满头卷发的年轻人在画面中一闪而过,"好了,主任,我们连上他了。"

"很好。"胖男人似乎有些不安,"龙仪,你能听到我说话吗?"

"你是谁?这是什么地方?"

"很好,真是太好了。"胖男人似乎很高兴,"听着,小子,我的名字叫约瑟夫·凯西,'临终回忆'计划的负责人。你运气不错,在执行死刑期间被我们发现具有很不错的'才能',现在我们把你加入到我们的计划中,如果你合作的话,我会申请法庭将你的死刑改为无期徒刑。你觉得这个条件怎么样?"

"你打算让我做什么?"我问道,"我连自己之前是干什么的都不知道,我怎么帮你?还有,那个什么'临终回忆'是怎么回事?"

"说实话,"约瑟夫说,"在实验的第一阶段,你什么都不用做。"

"啊?"我一愣,"什么都不做?"

"没错。"约瑟夫点了点头,"现在我来回答你的第二个问题,'临终回忆'是警方的绝密试验,这项实验的目的就是提取刑事案件被害人大脑最后的记忆。你知道,人类的记忆分为永久记忆和临时记忆,就像计算机的缓存和硬盘一样。人类的大脑在完全停止活动之后,仍然可以储存大约450秒的记忆,当然了,根据年龄和性别,这一储存时间可能会延长或者缩短。但是,大部分人都集中在450秒左右。"

"这跟我有什么关系?"我大声问道。

"别着急,请耐心听我解释。"约瑟夫继续说,"目前,我们的大脑皮层扫描技术已经可以从活体大脑中提取永久记忆,但是对于死亡之后的大脑就比较麻烦了。我们必须先把脑细胞激活,导入模拟电信号,然后才能开始提取记忆。但即使如此大费周章,也只能提取最后450秒的'临终回忆'。然而这已经足够了,对于那些死于凶杀或者其他意外事故的人,只要大脑保存完好,我们就能通过设备来重现最后450秒的场景。不过……"他顿了一下,"为了欺骗已经死亡但被重新激活的脑细胞,我们必须制造一个假象,用一个活的大脑与死者的大脑同步,让那些失去活性的脑细胞以为自己还活着,然后将死者最后的临终记忆转录出来。说得直白一点,你目前的作用,就相当于一个路由器,作为一台设备和死者大脑之间的媒介,帮助我们提取'临终回忆'。在目前的阶段,我们完全能掌握一切,你什么都不用做。如果一切顺利,我们将在第二阶段试着从死者的大脑中提取永久记忆。"

我不禁吞了口唾沫,原来我刚才看到的,是一个人死前的记忆。被子弹击中的巨大痛楚依然残留在我的胸口,好像真的有子弹射进去了一样。

"好了,说明到此结束。"约瑟夫点了点头,"第一次启动试验很成功,等下一次需要你出场的时候,我们会把你'激活',到时候就是正式的工作了。"

屏幕上的影像消失了,我被独自留在精神病院的牢房里。

在这个没有任何参照物的单调房间里，时间的流逝变得无法察觉，我呆呆地坐在椅子上，注视着眼前的屏幕。

不知道过去了多久，那个胖子约瑟夫的脸终于再一次出现在屏幕上。"准备好了吗？"他问我。

"我想是的……"我有气无力地回答。

"似乎有些时间感的丧失带来的迟滞？别担心，一切都会好起来的。"约瑟夫说，"接下来，我们要把你跟一名飞行员的大脑连接在一起，可能有点刺激，不过别担心，那都是幻觉。现在，深呼吸，然后慢慢放松精神，我们就要开始了。"

刺耳的电流声穿过耳膜，周围的景物一下子向后退去，一股麻木的感觉冲击着我的神经。我被拉进了一个漆黑的洞里，消失在深渊的最深处……

当我再次清醒过来的时候，出现在我眼前的是个狭窄的驾驶舱。我环顾四周，平视显示器上面浮现出一排排飞行参数，湛蓝的地球浮现在舷窗外，大气层边缘的闪光耀眼炫目。

我猜想这应该是在一架低轨道穿梭机上，距离头顶的空间站还有数十公里。

"引擎关闭，开始弹道飞行。"副驾驶一边说着，一边用手指触碰全息面板上的按钮，"一切正常，热防护罩开启，平衡翼收回……很好。"他转向我，"嘿，张，怎么一副心情不爽的样子，昨晚跟女朋友分手了吗？"

"啊，差不多吧……"我回答着，这些台词已经完全设置好了，现在直接从我的嘴里说出来，这样的感觉让我觉得自己好像变成了吊线木偶。

"没关系，兄弟。"副驾驶拍了拍我，"等我们降落到西雅图，我给你介绍一打金发碧眼的漂亮妹子，你正好是她们喜欢的类型。"

我干笑一下，移开了目光。

黑色的宇宙出现在舷窗外，我想这架低轨道穿梭机应该已经调整了飞行姿态，准备再入大气层了吧？

通过观察面前全息面板上的数据，我基本确定这是一架用于洲际飞行的低轨道穿梭机，它像弹道导弹一样升空，穿过外太空的边缘，然后再像弹道导弹一样落回大气层内，整个飞行过程不超过四十分钟，是一种非常快捷的远距离交通工具。

"我总觉得我老婆有问题……"副驾驶开始侃侃而谈，"她总是抱怨我在床上的时候不够给力，而且最近她好像交了很多朋友，上次我出飞行任务，她在家里举办了一个派对，把我的客厅和棕榈花园搞得乱七八糟。真是的……她以为是谁在养这个家？总是摆出一副自以为是的嘴脸，我都想跟她离婚了！"

我只是苦笑，并未接腔。

"要知道，婚姻就是一副锁链！"副驾驶继续抱怨，"结婚就是把男人锁在一个女人身上的变相无期徒刑，除非离婚或者那个女人死掉，否则结婚的男人一辈子都不会自由。不过没关系，西雅图的漂亮妹子们一定等得不耐烦了，如果我们下一次飞拉斯维加斯，那可真是从地狱到天堂的直通车。你知道什么是天堂吗？连上帝都去拉斯维加斯度假了，我们为啥不去看看呢？咦……等一下！张，你面前的警示灯在闪！"

我把目光投向控制面板，只见一盏警示灯不知道什么时候亮起来了。"计算机，"我命令，"启动自检系统！最快速度！"

计算机接受了指令，几秒钟后，穿梭机的三维影像被投射在全息面板上。在飞机的左翼，一块红色区域正在不停地闪烁。

"糟糕！有什么东西击中防热瓦了！"

"见鬼！是太空垃圾！"副驾驶撇了撇嘴，"再这样下去，我们进入大气层的时候，左边的翅膀就倒霉了！"

"维持轨道高度，等待救援。"我握住了弹出的操纵杆，"切换到手动操纵模式，启动引擎点火程序，准备强制退出弹道飞行！"

"引擎启动，"副驾驶打开了一组控制开关，"点火前5秒！4！3！2！1！点火！"

点火的瞬间，巨大的冲击力从背后传来，我感觉自己的脊椎几乎弯曲到了极限状态，然后又被周围的肌肉群重新拉直。耳边警报大作，窗外的地球跟太空交替出现，巨大的离心力让我一时摸不到操纵杆。

面前闪烁的全息面板上，穿梭机的三维图像的后半部分解体了！

"哦，上帝！推进剂爆炸了！"副驾驶叫道，"怎么会这样?!"

我意识到一个问题，刚才自检的时候只顾注意机体表面，没有去检查燃料系统，结果泄漏的燃料被提前点燃，炸毁了引擎。

下一瞬间，我突然觉得哪里不对。我根本不了解亚轨道飞行器，根本不可能做出这样的事故分析。这些知识来自何处？我的身体依然被操纵着，我意识到，那些知识来自我正在扮演的死者。因为某种原因，在同步状态下，我也能拥有跟他一样的知识和技术。

"呼救！呼救！"我接通耳麦，"这里是S112号低轨道穿梭机，我们失去控制，正在掉进大气层！"

"天哪！我们死定了！"副驾驶哀号起来。

我握紧操纵杆，努力控制局面，如果现在能以一个比较好的角度和姿态再入大气层的话，我们也许还有救。

可就在这时，一个奇怪的东西突然击穿了机窗，在强化玻璃上留下一个碗口大小的窟窿。空气迅速泻出，我手忙脚乱地去拿飞行头盔，可是它却在刚才的爆炸中不知去向。

驾驶舱内的空气很快流失殆尽，我感觉到自己的眼睛和胸口在气压的作用下鼓了起来，难以言表的痛苦来自我破裂的肺泡。我很清楚自己就要死了，不，应该说这段记忆的主人就要死了。我现在正承受着跟他临死之前一样的痛苦。

可就在这时，我看到他从口袋中掏出了手机，选择了一个号码，然后进入了短信编辑界面，但他的皮肤已经被冻结，手指关节再也无法触碰手机屏幕……

然后一切都结束了，只有一个声音在我的脑海中回荡：爸爸，妈妈，对不起……

周围的黑暗消失了,我回到了精神病院的小房间,刺骨的寒冷依然残留在我的皮肤上,虽然还裹在厚厚的拘束衣中,我的身体仍旧不断地发抖。

"龙仪,你还好吧?"约瑟夫出现在屏幕上,"告诉你个好消息,通过刚才我们对S112号低轨道穿梭机驾驶员张明生的记忆复原,使警方充分了解了当时发生的情况,排除了恐怖袭击的可能性。这只是一次单纯的事故,穿梭机遭到太空垃圾的撞击,他们还真是倒霉……如果不是'临终回忆'计划,那群傻帽警察肯定要忙活几个月才能得出结论,谁让那架穿梭机的黑匣子在第一次爆炸中就损坏了呢?哈哈,这只是个开始,一个不错的开始。以后'临终回忆'系统肯定会在更多的领域大显身手,比如凶杀、疾病、事故,还有其他需要从受害者脑中提取记忆的情况。有了这套系统,我们就能更加有效地查清事实,打击犯罪。"

"先生,"我有气无力地抬起头来,"你们把所有的数据都提取出来了吗?"

"是的,每一个细节。"约瑟夫洋洋得意,"跟上一次一样出色,毫无瑕疵。"

"上一次?"我冒出一个疑问。

约瑟夫咳嗽了一声,摆正坐姿,问道:"你有什么疑问吗?"

"我想知道那个飞行员最后准备给谁发短信。"

"这个嘛……"约瑟夫敲了几下键盘,"哦,是他家人的电话号码,好像在……嗯,不过这跟事故没什么关系。"

"我在他死之前听到了他最后的声音,"我试着驱散身上的寒意,"他想对他的父母说一声对不起,您能帮他代为转达吗?"

"开什么玩笑!"约瑟夫绷起了脸,"'临终回忆'是警方的顶格机密,我们不可能为了一个死人的遗愿而把这项秘密泄露出去。而且如果那对老夫妻知道我们把他儿子的大脑从遗体中挖出来然后插上各种各样的电极放在实验室里,他们没准儿会干出什么出格的事来!"

"用那个号码发个短信,也不行吗?"我问道。

"不要多管闲事。"约瑟夫摇了摇头,"我们必须保密。保密的原则你明白吗?就是尽可能减少泄密的可能性!而且用死人的电话发短信,你这是在制造灵异事件吗?"

我无话可说,但这个人的自私让我很反感。

"好吧,今天就到这里。"约瑟夫说,"下一次我们试试新功能,那需要你的充分合作,请做好心理准备。如果你表现得足够让我满意,我会想办法提前把你从这个分不清白天黑夜的鬼地方弄出去。"

屏幕黑了,我再次被关进了那间分不清白天黑夜的精神病小屋。

时间过得很慢,我想要依靠数数来计时,但是还没有数到50我就放弃了,完全没有任何东西作为参照物,在那个白天黑夜都分不清的小房间里,我被拘束衣绑在椅子上,只能无奈地等待通讯联络。

不知过了多久,我的精神开始涣散,可就在这时,约瑟夫的脸再次出现在屏幕上。

"嘿,今天精神吗?"他似乎很高兴,"你看,龙仪,这是什么?"

他把一份文件传输到了屏幕上。

那是一张申诉状,似乎是准备给我进行减刑的申请。我不禁心中暗喜,这个家伙虽然自私,但是还算守信用。

"别高兴得太早,"约瑟夫整了整领带,"没有沃尔特先生和检察总长的签字,法院是不会受理的,不过如果你好好跟我们合作,我会设法说服检察总长。好吧,我们开始今天的工作吧,让我们进入计划的第二阶段。"

"先生,"我抬起头来,"今天是几号?"

"今天是几号?"他重复道,然后笑了起来,"今天是几号一点都不重要,关键是你要开始干活了,我们可没有休息日。"

"主任,"那个卷发的年轻人从屏幕边缘探出头来,"差不多可以开始了,脑电波同步完成,随时可以载入。"

"好的,杰克,我知道了。"约瑟夫转向我,"现在,我们开始吧,你有450秒的活动时间,先体验一下全新的第二阶段吧。"

话音未落,巨大的吸力从我背后袭来,将我的意识生生抽离了躯体,拉进比黑暗更加黑暗的深渊中。

这种自由落体的感觉持续了十几秒,周围的景色突然变成了一间古朴的书房,精致而古老的木质书架散发出檀木的气息,脚下的地板铺着红色的地毯,踩在上面软绵绵的。在书房四周的墙壁上,挂着名家的油画和古代刀剑的复制品。这些物品在偏暗的室内照明的映衬下,显得非常有格调。

这是谁的记忆?我不禁环顾四周,这一次,身体随心所欲地动了起来,那种吊线木偶一样被操纵的感觉消失了,我好像获得了前所未有的自由。

我来到书架前,伸手拿起了一本书,翻开那本厚厚的线装书,出现在眼前的,却是模糊和失真的文字。

我拿起另外一本书,翻开之后,却发现与前一本差不多。

就在这时,门开了,一位老年绅士走了进来。他完全没有注意到我的存在,径自走到书桌前,然后坐了下来。

我向他走去,来到他的面前。

老绅士依然无视我的存在,仿佛我是一个看不见的幽灵。他从抽屉里拿出了钢笔,开始在纸上写信。

在这个电子通信异常发达的时代,很难相信有人还会用这么古老的方式进行联络。我聚精会神地看着笔尖在纸上写下一行又一行漂亮的拉丁文,直到老绅士把信纸折好装进信封。

老绅士把信封封好,然后来到书架前,从书架上的藏书中取出了一本很厚的书,封面上的十字架表明了那本书的身份——《圣经》。

老绅士将信小心翼翼地夹在《圣经》之中,然后回到书桌前。我本该给他让路,但是身体的反应却慢了半拍,结果老绅士直接从我的身体中间穿了过去,好像我才是不该存在于这个世界的幻影。

他在书桌前坐下,似乎在思考什么,苍老的眼睛里逐渐充满了泪水。过了一会儿,也许是想通了,他从右手边的抽屉里拿出了一个玻璃管,将里面的液体倒进了嘴里。

几秒钟内，他的身体剧烈地痉挛起来，然后死去了。

周围的一切在老绅士死去的同时崩溃了，我掉进了脚下的黑暗，然后被一股看不见的力量拉回了那间精神病院的病房，重新被拘束衣束缚在椅子上。

"感觉如何？"约瑟夫出现在屏幕上，"我是说新模式。"

"糟透了，"我抱怨道，"我刚才进入了一间格调高雅的书房，但是我拿起书架上的书来看，却只能看到文字碎片和意义不明的图画。然后一个老头进来，写了一封信之后服毒自杀了，我甚至不知道他为什么要寻死。"

"看起来相当成功！"约瑟夫满意地笑着，"杰克，告诉所有人，我们晚上要庆祝一下！到西大街22号的'贝尼莱德'沙龙去，告诉沙龙老板，我们包场！"

"好的，主任！"卷发年轻人的声音很兴奋。

但是我却一点儿都高兴不起来，因为那个老人就在我面前死去了。

"你怎么了，龙仪？"约瑟夫转向我，"身为我们这个团队的重要成员，你也应该高兴才对。可是很抱歉，我不能把你从那个房间里弄出来，你知道，光是用精神异常这个借口把你弄出死囚监狱，就花了我们很大的力气。"

"我能理解。"我点点头，想伸展一下被束缚的手臂，但是失败了，"我只是觉得……看到一个人在我眼前死去，心里很不舒服。"

"一个杀人犯能说出这样的话，真是令人吃惊，"约瑟夫保持着笑容，"我心里很高兴，这是你开始悔改的表现，如果法官听到你刚才的话，一定会很感动。但是我必须纠正你一点，你在记忆中看到的那个老头，名叫查理·霍夫曼，他还活着。他服下的毒药并没有夺去他的生命，不过却使他陷入意识不清的深度昏迷，也许他想保护自己最后的秘密吧？不过没关系，这只是个测试，测试一下设备在与活人的大脑连接的时候能提取多少记忆。你刚才所在的空间，实际上是霍夫曼先生的最后450秒记忆在你脑中映射而成的假想空间，那个假想空间是根据他的记忆生成的,所以你翻阅的那些书本中的内容才会变得模糊不清,因为它们只是存在于场景中的物品,并非真实存在。好在我们链接结束之后,从你的大脑中提取出了相关数据,基本上知道了那封遗书的内容,这对警方的侦破工作帮助很大。"

"这样啊,"我突然有些庆幸,"他还活着,真是太好了。"

"主任,"一名年轻女性进入了屏幕,"沃尔特先生要见您,他说再有十分钟就要赶到了,你最好去准备一下。"

"哦,上帝。"约瑟夫站了起来,"今天就到这里吧,别忘了……"他欲言又止,警惕地关掉了屏幕,把我一个人留在了精神病院的小房间里。

随着时间的不断流逝,我开始在狭窄的房间里思考起来。我究竟是什么时候被关进这里的呢?模糊不清的记忆无法提供任何线索。那么?我最后一次吃饭是什么时候呢?同样没有任何记忆……持续的思考使我的意识变得模糊起来,但是却无法入睡,只能保持一种半梦半醒的朦胧状态。对了,我究竟杀了谁呢?连受害者的脸都记不起来,我又如何去忏悔呢?

寒冷悄悄地流进了我的身体,我一下子清醒过来,却发现自己的双脚已经被污浊的冰水淹没,黑色的水散发着恶臭,不断从天花板上淋下来,而它又是那么的冰冷,很快水面上便浮起了肮脏的冰块。

我拼命挣扎,试图离开椅子,可是拘束衣却把我固定得结结实实。

渐渐地,水漫上了我的脸颊,我不得不把嘴抬高,艰难地呼吸着,我想自己现在看上去肯定就像金鱼一样……我的意识开始变得模糊起来,逐渐消散……

突如其来的刺痛感将我惊醒,屏幕上出现了约瑟夫焦急的脸。

我大口大口地喘息着,周围的房间什么都没有发生,污水、冰块都消失了,只有寒冷仍留在我的体内。

"增加一倍的肾上腺素!快点!"约瑟夫大喊着。

"有反应了,主任,脑电波恢复了。"

"谢天谢地,"约瑟夫转向我,"能听到我说话吗?龙仪。"

"可以,"我舔了舔冻得发紫的嘴唇,"能给我来点儿暖气吗?这个地方突然变得跟冬天的下水道一样,我快要冻死了。"

"没关系,那些都是幻觉而已。"约瑟夫说,"也许他们把给你的药搞错了。"

"药?什么药?"我问,"我在哪儿?我究竟在什么地方?"

"你在一间精神病院的隔离治疗室,"约瑟夫微笑着说,"那里很安全。"

"除了很冷,还有幻觉?"

"不,这不是关键。"约瑟夫向屏幕凑了凑,"听着,你对我们很重要,整个'临终回忆'计划几乎全部建立在你大脑的基础上,你是我们团队非常宝贵的一名成员,所以我们会为你做任何事情。"

"但是我却不能去沙龙。"

"很遗憾,"约瑟夫抱起了双臂,"因为你是个囚犯,而且杀了人。"

他似乎在刻意强调我的罪行,有这个必要吗?我突然觉得有什么地方不对,但是现在却说不上来。

周围的温度逐渐恢复了,寒冷的感觉随之消散。我深深地吸了几口气,让自己的身体逐渐复苏。

但是拘束衣却将我的双手固定,我甚至无法站起来,只能乖乖地坐在椅子上。我突然觉得自己是一具木乃伊,正被放在金字塔的墓室中。

"我保证这样的情况不会再发生了,"约瑟夫说,"今天只是个意外,我们犯了一个错误,不过请你相信我们,下不为例。"

我点了点头,表示认同。

"好啦,今天就到这里。"约瑟夫说,"下个任务不会太久的,你今后会很忙。"

影像消失了,我深深地叹了口气,迟滞的感觉接踵而至,我只能低着头忍受时间的流逝,同时试图回忆起我杀死的那个人。

但是我不管如何尝试，最后都以失败告终，好像有人在我的记忆中筑起了一扇门，而我却没有开门的钥匙。

门，一扇门？

念之所致，我的意识沉入了脚下的黑暗。当视野变得清晰的时候，我发现自己正站在一扇巨大的门前。

那扇大门的高度，目测在30米左右，宽度则是10米，完全用洁白无瑕的白色材料建造，突兀地耸立在倒映出蓝天的浅水中。白色的云和蓝色天空在镜面般的浅水上流动，而在那薄薄的水面下，是白色的地面，脚踩在上面感觉粗糙。

我弯下腰去，用手指划过水面，蓝天因为水波而扭曲，但是水面上并没有我的影子。明明双脚就在水中，却没有倒影，这真是非常奇妙的感觉，好像忘记了自己是谁一样。

将指尖上的水滴放入口中，咸涩的味道充满了舌尖，原来我脚下是一望无尽的盐沼，广阔的盐壳上覆盖着一层饱和盐水，没有任何生物能在其中生存。

这里是生命禁区。

这里是世界尽头。

这里是天空之镜。

一阵风拂过，镜中的天空变得飘忽不定。

好像有谁在呼唤，我将视线转向屹立在镜中的白色大门。门正在逐渐关闭，门后被晚霞染成紫色的天空正在消失。

我飞奔而去，试图窥视门内的奥秘，却只看到一抹被夕阳染成金色的秀发与晚霞映衬下的消瘦身影。

那个女孩背对着夕阳，我看不清她的容貌，但她却是我认识的人。

难道，被我杀死的就是她吗？

深深的罪恶感在心底涌起，我的身体因为痛苦而弯曲，指甲划过白色的大门，细碎的颗粒从门上剥落。

原来构成门的白色材料，是成千上万的盐粒。盐之门耸立在天空之镜中央,等待着开启真实的时刻。

究竟什么是真实?我没有答案。

意识被拉回了精神病院的小房间,我无奈地动了动被拘束衣束缚的身体。我似乎已经在这里待了很久,但是却并没有饥饿感,也没有去过厕所。我开始怀疑,自己现在究竟处于何种状态。

墙壁上的小屏幕中,约瑟夫正冲着身后大喊大叫,看得出他们遇到了什么麻烦。我竖起耳朵仔细倾听,却只能听到只言片语。

"见鬼!有人启动了机器!"约瑟夫一脸不悦,"该死的黑客!看起来下一次我最好把网线拔掉,不能让他们有任何可乘之机。"

"遇到麻烦了吗?"我问道。

"麻烦?不,只是个小问题。"约瑟夫摆出了微笑,"龙仪,告诉你个好消息,我们已经向法院申请对你的死刑暂缓执行,如果检察院不抗诉的话,我有七成的把握把你从死刑转成无期徒刑。不过在此之前,你要好好干活,现在我们就有一件工作要做。"

"什么内容?"

"你马上就知道了。"

来自脚下的巨大引力,将我的意识拉进了无底深渊。我讨厌这种感觉,每一次都好像从深渊掉进地狱。

数秒钟之后,视觉和听觉逐渐恢复,我意识到自己进入了"角色扮演"状态。身体不受控制,视野随着头部转动而晃动,这种感觉真不好。

空气中弥漫着血腥和恶臭,就像屠宰场的下水道,疼痛从身体的各个部位传来,我忍着死者强加给我的痛苦,努力睁开眼睛。

"准备好了吗?"朦胧的声音在耳边响起。

随着一声闷响,一块镜子放在了我的面前,镜子中倒映出一个皮肤白皙的女人,她看起来20岁左右,赤身裸体地被绑在椅子上,她的身上满是伤痕,十根手指血肉模糊。

一个穿着皮夹克的男人出现在了视野边缘,他的头上套着一只麻袋,上面挖了两个窟窿,一双布满血丝的眼睛从窟窿中露出来,眼神之中弥漫着兴奋与疯狂。

金属摩擦的声音响起,蒙面男拿出了一把长长的匕首。

"不,求求你……"我扮演的女人哀求着。

但是下一秒,哀求变成了撕心裂肺的惨叫,锋利的刀刃刺进了女人的后背,四溅的鲜血飞散开来。

剧烈的疼痛从我的背后传来,死者临死前遭遇的痛苦正在我的意识中重演。我恨不得现在就跳起来给那个蒙面的杀人狂一记老拳,可是我所扮演的死者显然没有这个能力。

第二刀、第三刀、第四刀……蒙面男刻意避开了要害,但是每一刀都恰到好处地造成最大的痛苦。他轻车熟路地一点一点折磨着那个女人,鲜血飞溅到镜子上,模糊了影像。最后,锋利的刀刃划过了女人的脖子,一切终于结束了。

我重新回到了精神病院,在拘束衣中大口大口地喘息着。死者遭受的痛苦还在我的身上流动,好像那些可怕的伤口真的在那里一样。我从未想过450秒会如此漫长,好像过去了数百年。

"感觉如何?"约瑟夫问我。

"非常糟糕,"我回答,"以后别让我到这种重口味的记忆中体验了。"

"抱歉,偶尔会出现这种情况,不过请务必忍耐。"约瑟夫轻描淡写地说,"今天早上,死者的头颅在河里被发现,面容已被毁坏,幸运的是,大脑保存完好。警方会对我们提取出的信息感兴趣的,那个变态杀人魔一定会付出代价。"

"能问个私人问题吗?"我说,"现在我究竟在什么地方?"

"精神病院的隔离病房,还能是哪儿?"

"我在这里待了多久了?"

没等我继续问下去,约瑟夫突然皱起眉头转向了身后:"杰克,怎么回事儿?他开始有所察觉了?"

"不会吧?"叫杰克的年轻人从屏幕边缘一闪而过,"我们的程序应该是完美的,可能是今天被害人的记忆对他深层意识产生的刺激过大,导致虚拟人格出现混乱。也许我们之后应该改进一下,避免出现这种情况。"

"嘿,伙计们,"我有些不解,"你们在说什么?"

"看来只能'重启'了。"杰克敲了敲键盘,"不过目前为止的数据足够进行第三阶段了,虽然有点抱歉,不过这也是没有办法的事情。"

紧接着,屏幕被关闭了,我的意识沉入了脚下的万丈深渊……

我站在被告席上,被锈迹斑斑的栅栏围在中间。在栅栏的外面,四台破旧的法警机器人严密监视着我的一举一动。

环绕法庭的灰色大理石柱已经风化,看起来好像是古罗马时代的遗迹。在对面的高台上,体态臃肿的法官像一堆起伏的肉瘤,皮肤上长满了蟾蜍一样的疙瘩,表面流淌着绿色的黏液。

"本庭宣布!"法官用铿锵有力的声音说道,"被告龙仪一级谋杀罪成立,判处死刑,立即执行!"

这样的场景似曾相识。我意识到这一点,将注意力从法官身上移开。

周围空荡荡的座位似乎已经很久没有使用了,开裂的皮革座垫上落满了灰尘。陪审员席位早已腐朽坍塌,变成了一堆黑色的烂木头。然而在我身后靠近大门的那个位置上,一个年轻的女孩子悠然地翻阅着报纸。她是这场审判唯一的听众,但却是一副心不在焉的样子。

法警机器人拉开栏杆,用冒着电火花的金属手臂把我拉出来,粗暴地推着我向法庭外走去。

莫名其妙的死刑判决简直像一场闹剧,没有证人也没有犯罪证据,只是单纯可笑的过场而已。

就在我经过那个女孩身边的时候,她突然放下报纸,转过脸来看着我,黑色的眼睛中透出莫名的锐利目光。

"我究竟是谁?"我脱口问道。

她露出了微笑,将手指竖在唇边,阻止我继续问下去。

周围的场景在一瞬间崩塌了,化为无数黑色的沙粒,消失在黑暗的水面之下。我被独自留在了黑暗中,目瞪口呆地注视着脚下的水面。

没有倒影。覆盖在黑曜石地面上的浅水之中并没有我的影子,类似的事情以前似乎发生过。

我究竟是谁?我犯了什么罪?我不知道……

意识逐渐消散了,我的身体逐渐化为黑色的沙粒,慢慢地风化。黑色的沙子消失在了黑色的水面下,不留一点痕迹。

逐渐消失的我仰望天空,目光穿过无尽的黑暗,在那黑暗的尽头,耸立在天空之镜中央的盐之门向我发出无声的召唤。

一切都结束了,我沉入了黑暗。

当意识再次被唤醒的时候,我穿着拘束衣被关在精神病院的小房间里。在我对面的墙壁上,一小块液晶屏幕被点亮,身穿西装的胖男人出现在了屏幕上,对于那张脸,我似乎有点印象。

"连接开始。"胖男人整了整西装领带,"龙仪,你能听到我说话吗?"

"你是谁?"我问,"我们之前见过面吗?"

"不,我们这是第一次见面。"胖男人的表情出现了一瞬间的动摇,"听着,小子,我的名字叫约瑟夫·凯西,'临终回忆'计划的负责人。你运气不错,在执行死刑期间被我们发现具有很不错的'才能',现在我们把你加入到我们的计划中,如果你合作的话,我会申请法庭将你的死刑改为无期徒刑。你觉得这个条件怎么样?"

"我杀了谁?"我问道。

"这不重要。"约瑟夫打断了我,"重要的是你被判了死刑,现在只有我们能帮助你,你懂吗?只有我们可以让你免于一死。"

"我懂了,"我暧昧地回答,"我会好好合作的。"

"很好,非常好。"约瑟夫满意地点了点头,"对于'临终回忆'计划的说明,我们直接跳过,因为时间比较紧急。那么,我们开始工作吧，不稳定因素似乎已经被排除了，接下来只要配合基本工作就可以了。"

"乐意效劳。"我装出谦恭的样子。

"杰克，"约瑟夫回过头去，"开始载入。"

我的身体颤抖了一下，紧接着，来自脚下的巨大引力将我拖进了无底深渊。我试图挣扎或者尖叫，但是冥冥之中我似乎记得这种感觉。虽然很刺激，或者说令人很不愉快，然而却没有任何危险。

温暖的房间里弥漫着木头燃烧所散发出来的特有气息，古老而怀旧，好像连凝聚在年轮中的时光都散发到了空气中。气息的源头来自石头砌成的壁炉。在壁炉上方，摆放着精致的小工艺品，还有粗大的鹿角与老式猎枪。

窗外飞舞的雪片堆积在玻璃窗的根部，寒风拂过屋顶，即使暖炉的火焰也无法完全驱散冬日的严寒。

"哟，年轻人，"一个声音说道，"过来这边，这里有热咖啡和毯子。"

我惊讶地转过脸去，只见一位垂暮的老人坐在火炉边。他看起来已经很老了，脸上满是岁月留下的沟壑，稀疏的白发下露出长着老年斑的头皮。但是那双眼睛依然炯炯有神，好像所有的生命力都在目光中燃烧。

我在老人对面的椅子上坐了下来，学着他用毛毯盖住双腿，随着咖啡的清香在口中扩散，寒意逐渐从我身上退去。

沙沙的电子音吸引了我的注意力，一台古老的黑白电视机被打开了，上面播放着褪色的画面。从小男孩跟父亲一起打棒球到一场盛大的婚礼，紧接着战争爆发了，血腥的战斗，胜利的喜悦，孩子的出生，自己的老去……

我意识到，那些褪色的画面是某个人的一生。

"会下象棋吗？"老人微笑地注视着我。

我摇了摇头，又点了点头。

老人露出了无可奈何的笑容，在我们之间的桌子上，咖啡和咖啡壶被挪到了一边，整齐列阵的棋子和黑白两色的棋盘从桌子中冒了出来。

老人推动一枚兵卒作为先手，我同样将一枚兵卒向前移动以示抗衡。"你能出现在这里，说明沃尔特还没有死心。"老人移动着主教，"他依然在窥视着我所留下的遗产，但是我绝对不会给他的。"

"我……"我顿了一下，"不是很明白。"

"那当然了，你只是一个媒介，就像路由器。"老人说，"不过我并不想责怪你，更不想对你发脾气。毕竟我现在在法律上已经是个死人了。我的大脑现在想必被那些混蛋泡在培养液中，上面插满电极，看起来就像是某种海洋生物。孩子，跟我说说你的事情，你是怎么被拉进'临终回忆'计划的？"

"你知道'临终回忆'？"我愣住了，"这个应该是绝密吧？"

"绝密？那是对外人来说。"老人笑了，"作为'临终回忆'系统的创造者，没有人比我更了解它了。但是，我的研究也许从一开始就是错误的。只有上帝才有权查看死者的记忆，人类根本没有这个资格。不过当初我却没有意识到这一点，对研究的狂热和过度的自信蒙蔽了双眼，使我没有办法看到自己造就的罪孽。窥视死者的记忆，这并不是人类应该掌握的力量，你的到来就是对我最大的惩罚，我试图用死亡来埋葬的东西就要被挖掘出来了。"

"原来如此，"我把骑士移动到前线，"说实话，我没有自己加入这个计划的记忆，所以没有办法回答你的第一个问题。"

老人扬起了眉毛，用战车吃掉了我的骑士。

"啊！"我发出一声小小的惊呼，"能悔棋吗？"

"当然不能。"老人将双手交叉在一起，"人生本身就是一场棋，区别在于你是在当别人的棋子，还是在用别人当棋子。当然，无论哪种情况，后悔药目前都还没有被发明出来。"

我扫了一眼棋盘上的局势，左侧失去了骑士，兵卒的支撑点变得不甚稳固，而老人的皇后和主教已经就位，这样下去左翼被突破只是时间问题。

于是，我决定孤注一掷，从右翼发动一场攻势。

"气势不错，"老人评论道，"不过却有勇无谋。"

在三步之内，我失去了主教和战车。

"看起来要战败了，"我苦笑，"不过我居然会下象棋……"

"这有什么好奇怪的？"老人轻描淡写地说，"在你的大脑与我的大脑同步的时候，我所掌握的技能与知识也能为你所用。你刚才说你没有自己加入计划的记忆，也就是说你并非沃尔特的协助者或者雇员？"

"我不认识那个人，"我说，"把我弄进来的是约瑟夫。"

"那个死胖子！我就知道他是个脓包！"老人咒骂道，"不过仔细一想，你也许真的是受害者。因为在我离开实验室的时候，我将核心数据全部毁掉了，在没有完整实验数据的情况下，要想重新构建'临终回忆'系统，必须按照以往的实验数据再现当时的情况。而这种'再现'是非常困难的，至少必须付出很大代价。"

"比如？"

"非法人体试验。"老人说，"寻找脑电波波形接近的人作为实验体，通过原有数据进行还原。不过这种还原也许是永久性的，那个被抓来的倒霉蛋不管愿不愿意，都必须一直充当路由器，永远被关在实验室中。"

我感到一阵寒意从背后升起，轻声说："他们说我杀了人。"

"杀人？"老人打量着我，"我怎么看你都不像是那种能把刀子或者子弹送进别人身体的家伙……不，也许你连只鸡都杀不了。好吧，为了测试一下，你回答我一个问题，你究竟杀了谁？受害人是男人还是女人？年龄几许？相貌如何？"

我摇了摇头，无法回答。

"看来你本来的人格被冻结了，"老人叹了口气，"植入虚拟人格是我的研究成果之一，不过这项成果十分危险。如果给克隆人植入合适的虚拟人格，那么他们就能够成为无畏的战士，组成最强人的军队。现在的你，根本就不知道自己是谁，只是被迫'相信'他们展示给你的所谓事实。人类的负面感情中，罪恶感和内疚感最容易成为虚拟人格构建的基础，前提是你必须是个善良的人。只要怀有这样的负面感情，他们就很容易操纵你的行为。"

说到这里老人停住了，片刻之后，他说道："我问你个问题，你是男人还是女人？"

"我是男的。"我毫不犹豫地回答。

老人注视着，扑哧一声笑出声来："你现在最需要的是一面镜子。"

"可是镜子里什么都没有。"我叹了口气。

"当然了，因为你原来的人格被冻结了。"老人解释，"人对自己的形象特别是自己的脸拥有最深刻的印象，为了避免你原有的人格复苏，首先要抹掉的，就是你的形象。不过沃尔特显然没有完全掌握虚拟人格的构建技术，无法用虚假的形象完全覆盖你原本的形象，所以我才能看到你真正的样子。"

我完全糊涂了，在老人的眼中，我究竟是怎样的人呢？

就在这时，老式黑白电视发出的沙沙声消失了，取而代之的是一幅幅清晰的彩色画面。

"时间差不多了，"老人转向我，"我能为你做的十分有限，但是即使如此，我还是想帮助你。不管你是谁，不管你做过什么，你都是我的研究的受害者。"他展开枯瘦的手，将一枚硬币放在我的掌中，"这是一个心理暗示，可以从一定程度上动摇他们对你的人格覆盖。沃尔特并没有获得实验的全部数据资料，而约瑟夫不过是个又蠢又笨的死胖子，他们都不能很好地控制这套系统，如果你拥有足够强烈的意志，你也许能取回原本的人格。"

我望着掌中的硬币，那是一枚古罗马银币，上面雕刻着某位皇帝的肖像。

"我该怎么做？"我问道。

"开启你心中的记忆之门。"老人回答。

下一秒，周围的场景像砂之城堡一样崩溃了，我跌入了万丈深渊。

当我回过神来的时候，自己又出现在了那间小小的精神病院病房中，被拘束衣束缚在椅子上。

墙上的小屏幕里并没有人坐着，但是却有几名穿着白色工作服的技术员来来往往，他们似乎遇到了什么问题，一副手忙脚乱的样子。

就在这时，约瑟夫坐到了屏幕前，他用手帕擦了擦油腻腻的额头上的汗珠，然后将领带整了整。

"龙仪，你在吗？"他问道。

"我在，"我回答，"刚才好像不太顺利？"

"看来你也察觉到了，"约瑟夫苦笑，"并不是每个死者都允许我们窥视他的记忆，而且这个大脑因为中风而严重受损，光是让脑细胞活性化就耗费了我们几个月的时间。不过没关系，虽然排斥反应异常强烈，但我们还是提取到了一些有用的信息。"

"这能成为我减刑的条件吗？"我试着套他的话。

"当然，当然可以。"约瑟夫虚伪地笑着，"你做得很好，很出色，这样的合作态度正是我们所需要的。法官一定很希望看到你改过自新的样子，我已经委托律师向法院提出申诉，过一段时间便可以收到答复。"

"这可真是太好了。"我故作高兴地说，"真希望赶快从这里出去。"

"这就要看你的表现了。"约瑟夫咧嘴一笑，"今天的成果必须尽快向沃尔特先生汇报一下，下次行动可能要延后，我会在需要的时候通知你。"

屏幕被关闭了，我陷入了恍惚的时间牢笼之中。由于没有任何参照物，我甚至无法断定时间是否真的在流逝。

突然，手中的硬物引起了我的注意，有什么东西就在我的手心里。我努力挣扎，试图摆脱拘束衣，但却无济于事。那些皮带勒得太紧了，我根本无法挣脱。

朦胧的感觉再次袭来，我的意识越来越模糊。

不能屈服！我大声告诫自己。一定有什么办法能从这里出去。硬物无声地从我手中滑落，身后传来了石块落入水中的叮咚声。

精神病院的牢房在一瞬间崩溃了，我跪在浅水中，平静的水面倒映着蓝天与白云，一直延伸到地平线的尽头。

这里是天空之镜。

我摸索着转过身去，一枚银色的硬币躺在水底的盐壳上，闪烁着银色的光芒。

我将硬币捡起，放在掌心。就是它将我带到此地，帮助我逃脱束缚。

我转过身去，只见白色的盐之门就耸立在我身后不足十米的地方。飘荡着白云的蔚蓝天空下，洁白的大门占据了天空之镜的中心。

我走向白色的大门，用手轻轻抚摸厚重的门扉。

突然，门打开了，出现在门后的是布满晚霞的紫色天空。在黄昏的夕阳下，那位在法庭中与我有一面之缘的女孩正注视着我。

世界仿佛被一分为二，门外的蓝天白云与门内的黄昏晚霞只有一线之隔，但是却无法交融在一起。洁白的盐之门成了世界的分界线，将我和她分隔开来。

"你是谁？"我问道。

她望着我，轻轻摇了摇头，优雅地用手拨开耳边垂下的长发。

掌中的热流温暖了我冰冷的手心，我打开手掌，却看到老人给我的罗马银币反射出耀眼的光芒。我抬起头来，门后的女孩手中也出现了一枚相同的银币。

两枚银币仿佛在互相吸引，我和她不约而同地抬起手臂。

在银币接触的刹那，它化为光粒子烟消云散，而我们的手掌却紧紧地贴在了一起。

坚硬而冰冷的触感从掌心传来，那是玻璃？不，是镜子。我突然意识到，盐之门后面的世界，是存在于镜中的倒影。

门崩溃了，化为无数盐粒烟消云散，好像被堆砌起来的沙子突然失去了粘合力。消散的盐粒融化在了风中，仿佛往昔的幻影，未曾存在过。

我抬起头来，望着爬满晚霞的紫色天空。不知何时，我来到了镜子的内侧。脚下的盐沼被一层浅水所覆盖，倒映在水面上的晚霞与真实的天空交相辉映。

我低头注视着水中的倒影，出现在我脚下水面上的，是那个长头发的年轻女孩。

我伸出手指轻轻触碰自己的脸颊，水中的倒影做出了同样的动作。这时我终于意识到，原来她就是我，我本来的人格。

意识到这一点，无数记忆好像破闸的洪水一样从我的意识内侧涌出，使我一阵眩晕。但是那些记忆却暗示着更加恐怖的事实，450秒的时间确实非常短暂。

周围的一切都化为沙粒消散了，我回到了精神病院的小病房中，被拘束衣束缚在椅子上。

"龙仪，你准备好了吗？"约瑟夫出现在屏幕上，"我们即将进入实验的最后阶段，'临终回忆'系统如果能通过最终测试，那么警方将正式采用它。除此之外，还有很多部门对它表示出浓厚的兴趣。如果能成功的话，我们将会大赚一笔。"

"我准备好了。"我回答道。

"你看起来很疲惫，"约瑟夫注意到了我的变化，"也许我们需要检查一下，毕竟这次的时间可能会比较长，你的状态至关重要。"说完，他转过身去，"杰克，准备一下，他的状态好像不太好，需要加些料。"

"好的，主任。"年轻人回答，"我会提高神经系统的兴奋等级。"

几秒钟后，我感觉一股力量沿着脊髓流进了大脑，因为受到打击而疲惫不堪的意识突然变得清醒起来，好像给即将熄灭的木炭浇上了汽油。

"我感觉好多了。"我抬起头来，"什么时候开始？"

"现在就开始。"约瑟夫得意地望着我，"杰克，开始载入。"

来自脚下的吸力将我的意识拉进了黑暗的深渊，这种感觉非常不好,有种坠落地狱的错觉,但令我感到惊讶的是,自己似乎开始适应这种感觉了。

视觉比其他感觉更快恢复,当周围的景象变得清晰起来的时候,我意识到自己又回到了上一次的木屋中。

但是,刺骨的寒风却让我不由自主地打了个寒战,现在房间里的景象与我记忆中的完全不同。壁炉中没有炉火,陈旧的家具上蒙着厚厚的灰尘,被胶纸勉强固定在一起的玻璃窗不住地颤抖着,寒风从墙上的裂缝渗入屋内,带来了无尽的寒冷。

"我们又见面了。"

老人的声音将我从震惊中唤醒,他依旧坐在壁炉旁边,隐身在黑暗的阴影之下,好像来自地狱的幽灵。

"这究竟是怎么回事儿?"我问道。

"记忆空间的崩溃是我人格被破坏的真实反映。"老人回答,"这个房间不过是我的意识投影在你的大脑中的镜像罢了,它是根据你的理解生成的不存在于任何地方的意识集合体,也是我们可以互相交流的唯一媒介。"他望着我,苍白的脸上露出的笑容,"看起来你已经取回了原有的人格,不再是披着虚拟人格的傀儡了。"

"是的。"我闭上眼睛,点了点头。

"为了测试一下,我再问问你,"老人裹紧了身上的破毛毯,"你到底是男是女?"

"我是……女性。"我羞涩地移开了目光,"你就不能换个问题吗?"

"我还有其他选择吗?"老人苦笑,"打开记忆之门的同时,你应该已经知道了关于你自身的真相,虽然很残酷,但是你必须接受它。"

"是吗……"我叹了口气,"我果然已经死了啊。"

最后的记忆在我脑海中闪过,那是短短的450秒,也是我人生的最后一段回忆。

我是在前往百货商店的路上被卡车撞倒的,那辆卡车的自动驾驶A.I.似乎错误地识别了交通信号灯，结果从我的身上轧了过去。我躺在地上，慢慢地死去，最后映入眼帘的，是那被晚霞染成紫色的天空……

我隐约意识到，那并不是什么事故，而是几个月前一次脑部测试所带来的必然结果：有人为了获得我的大脑而谋杀了我。

"为什么要告诉我这些呢？"我抬起头来，身体因为死亡而颤抖，"如果不知道真相的话，也许我还能以现在这种形式自欺欺人地活下去！"

"死亡是无法逃避的，"老人摇了摇头，"只有真正面对并战胜死亡的人，才有资格获得重生的权力。"他叹了口气，"好吧，说实话，唤起你真实的人格，其实是我自私计划的一部分，除此之外我就没有其他办法了。幸运的是，老天也并没有因为我犯下罪孽就将我弃之不顾，如果送进来的是个罪大恶极的杀人犯，我恐怕根本就没有机会弥补我的过失。"

我望着他，心中怨气翻滚，但是对自己已经死亡的事实却不得不接受。老人说得没错，死亡是无法逃避的。

"让我们继续吧。"他用手指轻轻敲击面前破旧的茶几，黑白两色的棋盘出现在了桌子上，上面的棋子还保持着我离开时的状态。

我在对面的椅子上坐了下来，破旧的椅子在承受我的体重时发出了快要散架的呻吟，我从未想过一个幽灵会有这样的重量。我和他，都是死人。两个死人在一个不存在于任何地方的小屋中下棋，光是这一点，就足够作为灵异故事的题材了。

为了将精神尽可能集中起来，我移动中间的兵卒，发动攻势。

"攻击是最好的防御，"老人露出了笑容，"但这并不完全正确。"

三步之内，我的两个兵卒被拿到了棋盘下。

"中央突破。"老人望着我，"防御，还是继续进攻？"

我咬着下唇，眉头紧锁，说实话，棋盘上的局势很不妙。

"我现在的处境就像棋盘上的你。"老人说，"被人逼到了绝境，而且翻盘的机会很小很小。不过，这并不代表完全没有希望。我料想到沃尔特会在我死后打我大脑的主意,虽然我在遗嘱中交代过要将遗体立即火化,但是他却有很多门路将我的大脑保存下来。本来我可以用手枪对着脑袋来一下,一劳永逸地解决后顾之忧,可惜的是,我缺少那样的勇气。我不是什么英勇无畏的战士,敢于将生死置之度外,我只不过是一个虚弱衰老的怕死鬼,我的所有研究,都是为了一个自私的目的。"

"自私的目的?"我疑惑地问道。

"没错,我是个自私的人。"老人苦笑,"首先请你回答我一个问题,人类究竟是什么?"

这个问题我一时想不出答案,思考了几分钟之后,我慢慢开口:"人类就是从父母血脉中诞生出来的生物吧?"

"那只是人类的生物属性。"老人说,"所谓的人类,就是智慧与意志的统一体。单单拥有智慧并不能被称为人类,虽然智慧是人类很重要的一个属性,但人类制造的A.I.也拥有智慧,那么A.I.是人类吗?显然不是。人类的另外一个重要属性是意志,意志才是人类与A.I.的根本区别。我们人类拥有意志,而不仅仅只有智慧。我们能够支配自己的行动,甚至做出违背理性的行为,这些都是由于我们拥有意志。换句话说,只要意志存在,无论是变成超级计算机的记忆信息,还是变成无形无质的无线电信号,人类依然是人类,只不过是换了一种存在的方式罢了。"

"抱歉,"我露出了苦笑,"你说的这些我不是很明白。"

"当然了,让你一下理解我的理论,根本不现实。"老人宽容地说,"无论是从大脑提取'临终回忆'还是虚拟人格的载入实验,我所有的计划都是为了实现一个最终目的:将人类的记忆与意志完全写入空白的克隆体,从而实现长生不老这一目标。"

"这太疯狂了。"我摇了摇头,"人类没有资格追求不朽的生命。"

"没错,的确很疯狂。"老人自嘲地笑了起来,"我花费了半生时间所做的研究,最后不过是一个垂暮老人的妄想罢了。因为直到最后,我都无法解释'意志'这个关键因素是怎样存在于人脑之中的。就像中世纪的学者们试图从血液中寻找灵魂一样,我最终也没有能够找到意志存在的证据,更无法解释它的存在原理。但是,我却留下很多不该留下的遗产,这些东西都是我疯狂计划的副产品,过于危险,必须被永远埋葬。可是,也许是报应吧,在我死后,我的灵魂被自己制造的机器搞得不得安息。不过我还是提前做了一些准备,在大脑的最后450秒记忆中写入了一些'有用'的东西。就像我之前给你的罗马银币,那是精神暗示,利用大脑特有的'编码'制造出来的程序。"

我凝视着棋盘,谈话之间,局势变得对我更加不利了,老人的皇后吃掉了我的骑士,距离王只有一步之遥。

"我该怎么做?"我问道,"我该如何帮助你?"

"这是我最后的实验,"老人从毛毯下拿出了一把黑色的钥匙,"将意志与肉体分离的疯狂之匙,如果你的意志能够脱离大脑这个载体独立存在,那么我的理论将是正确的。但是,这很可能是一条不归之路。由于很可能使实验者丢掉性命,我从未进行过分离意志与肉体的实验,连技术理论也无法验证。你能否成功,我根本无法保证。但是至少,你可以用自己的意志选择是否接受它。"

我移动了我的皇后,然后接过了钥匙。

老人看了看棋盘,又看了看我的脸,若有所思地眯起了眼睛,"原来如此,左翼的攻势只是为了减少棋子的数量,中路的自杀式攻势是为了调走我的皇后,打开奇袭的突破口……兵不厌诈,真的是非常不错的诡计。"

"承蒙夸奖,"我微微颔首,"Check mate!"

"如果你成功了的话,"老人说,"请实现我最后的心愿。"

"什么心愿?"我问道。

老人沉默了一下,轻声说:"请让我安息。"

他的话语仿佛万年的冰霜,冻结了我心中的某样东西。

"我会尽力而为。"我只能如此回答。


世界的消灭与重建在数秒内完成了,黑色的沙子从墙壁上褪去,我又回到了精神病院的狭窄病房中。

墙壁上的小屏幕中，约瑟夫志得意满的笑容比任何时候都灿烂。

"龙仪，告诉你个好消息。"他说，"我们似乎已经快要成功了，这次得到的数据超乎想象，要不了多久，你就能够从这里出去了。我们已经为你安排好了一切，法院的裁定也即将做出，没有什么能阻止你重新过上体面的生活了。"

"先生，"我打断了他，"我想知道我究竟杀了谁？"

约瑟夫的脸上闪过一丝阴霾，他换上了不愉快的口气："那不重要，反正你即将成为一个自由人，过去的罪孽有必要深究吗？"

"我只希望能记住他的名字，"我试探着说，"并且终生为他祷告。"

"这没有必要，"约瑟夫说，"你只要再完成一次任务就行了。不过在此之前，我得去吃点东西，下午我们再继续。"说完，他关闭了屏幕，病房里一下子安静下来。

我意识到，这是我最后的机会了。

坐直身体，我稍微用力，随着皮带断裂的声音，我挣脱了背后的束缚，从椅子上站起身来。乳白色的拘束衣像长袍一样耷拉下来，我用断裂的皮带将袖口扎起来，然后摊开了手掌。

一把黑色的钥匙出现在我的掌心，那是一把古老而巨大的钥匙，看起来很像一个象征物。它的确只是一个象征，是某种程序在我的意识中的具象。

我抬起头来，望着椅子背后的门，这扇门从前真的存在过吗？我一点也不确定。唯一能够确定的是，我手中的钥匙可以打开它，而门后面的世界究竟怎样？谁也不知道。

已经没有时间犹豫了，我深吸一口气，将钥匙插进了门锁，随着金属锁头发出的咔嚓声，那扇包着软橡胶的大门开启了，但是出现在门后的，却是永恒的黑暗。

我望着黑暗，犹豫不决，可是黑暗中突然飞来无数绳索缠住了我的身体，在我来得及挣扎之前，便以迅雷不及掩耳之势将我拉进了黑暗深处。

坠落，不停地坠落……自由落体的感觉随着沉重的撞击而结束，我猛地睁开了眼睛，想要呼吸，可是灌入肺中的液体却让我无法发出声音，奇特的液体侵入了我的眼睛，却没有任何不适的感觉，呼吸虽然因为肺中的液体而变得沉重，但是没有窒息的征兆。

我试着冷静下来，努力观察周围。视觉因为淡绿色的液体而扭曲，但是透过外面的玻璃罩，我依稀看到许多设备摆放在房间里。

这是什么地方？带着这个疑问，我向脖子后面摸索，似乎有什么东西限制了头部的转动。在后脑枕骨的下方，我摸到了一根数据线，这根数据线连接在植入我脊髓的微型电脑上，这种小小的脑部改造貌似在年轻人之中很流行。

虽然记忆依旧模糊，可是知识与常识已经先一步在我的脑中复苏，我试着通过数据线对外部设备下达了一条指令，容器中的液体立刻被排出了。

我扶着玻璃外壁，拼命咳出肺中的液体，消毒水一样的味道令我感到一阵恶心。就在这时，容器的外壳突然打开，我一下子失去了平衡，跌倒在了白色的地板上。

身体没有任何力气，我感觉自己好像成了刚从长眠中苏醒的植物人，无法驱动肌肉萎缩的身体。剧烈的疼痛从膝盖和手肘传来，能感到疼痛是件好事，我很久没有这样真实的感觉了。

试着调整了几下呼吸，我慢慢地坐了起来，转动僵硬的脖子观察四周。

这里好像是一座实验室的一部分，五个高达两米的大型水槽并排放在我身后，除了第一个已经打开的水槽，剩下的水槽中都充满了淡绿色的培养液。四名一模一样的年轻女性漂浮在水槽中，她们闭着眼睛，好像失去了灵魂的空壳，又像是泡在福尔马林中的尸体。

那张脸我永远不会忘记，因为那就是我啊！

现在这里的"我"有五个，我拼命说服自己冷静下来，因为可能的答案只有一个：克隆体。

这里有五具我的克隆体，而我刚刚激活了其中一具。老人给我的钥匙原来就是程序的最后一部分，我的意志被载入了一具空白的克隆体！

这就是老人终其一生的妄想，现在他成功了。

在感慨之余，我想起了自己的承诺。光是想象一下一大群长相一模一样的克隆人士兵昂首阔步踏上战场，我就感到一阵不寒而栗的绝望。这是科学技术下的"撒豆成兵术"，被植入特定人格的克隆人士兵将会成为有史以来最高效的杀戮机器。而创造一支军队不再需要人类，仅仅只需要资金和武器，战争将变得更加不可预测。

我扶着墙，挪动虚弱的身体离开克隆体仓库。

实验室里没有人影，墙上的电子钟显示，现在是中午12点，正好是午餐时间。在实验室的中央摆放着一台大型实验设备。它由复杂的生命维持系统和两组量子演算核心组成，一个充满淡绿色培养液的玻璃容器放置于设备之间，里面漂浮着一个插满电极的大脑。那就是我在这个世界上仅存的肉体了，而我不久之前才刚刚把它抛弃。能亲眼看到自己的大脑，并不是一件令人愉快的事情。

我磕磕绊绊地摸进了隔壁的控制室，这里同样没有人，只有漂浮在控制台上方的全息面板上不断更新的最新实验数据。

我在一个位置上坐了下来，打开平面键盘，迅速输入查询指令。随着全息面板的关闭，一个对话框提示我输入账号密码。

我犹豫了一下，混乱的记忆中并没有什么有用的信息，但一个清晰的名字和生日却从纷乱的记忆中浮现出来。

我迅速将其输入电脑，几秒钟后认证通过了，我取得了最高管理员权限。

"计算机，"我命令，"删除所有实验数据！"

指令确认，开始删除。

大量数据被彻底粉碎，我望着不断被填满的进度条，稍微松了口气。电脑是人类创造的工具，它不会对指令产生任何疑问，只要你拥有足够的权限，你就可以驱使它做任何事情。

删除所有数据，然后对固态硬盘进行不可恢复性的数据覆盖与格式化。将自己能想到的手段全都用上之后，我关闭了电脑，轻手轻脚地离开了控制室。

现在悄悄逃走也许是个好主意，可是我还有一件事要做，因为我答应过那个疯狂的老人，我会让他获得真正的安息。

从控制室的侧门出去，绕过实验室中央的设备，我来到生物样本储藏室。

这里看起来好像是医院的标本间，十余个大脑漂浮在淡绿色的液体之中，上面都插满了电极。与这些玻璃容器相连的，是负责的数据传输线路和生命维持装置。

我用手轻轻抚摸那些容器，它们就是我与之接触过的那些人，那些死者最后的残骸。

每个容器下方都有死者的名字，我依次寻找，终于在置于一台特殊设备上的容器上发现了那个名字：殷明国。

他就是一切的始作俑者，那个穷尽一生终将妄想变成现实的疯狂科学家。而现在，他的灵魂就被囚禁在这团蛋白质之中，即使死后也不得安息。

我现在要做的，就是毁掉这个大脑。

"你是谁？"一个声音从身后传来，"你在这里做什么？"

我转过脸去，只见约瑟夫正站在门口，一脸惊慌地看着我。

当他看到我的脸的时候，手中吃了一半的三明治啪地掉到了地上。"这……这不可能！"他用手指着我，"实验还没有进行到最后阶段，到底是谁激活了克隆体？杰克，快叫保安来！快点！"

片刻之后，实验室内警报大作。

约瑟夫向我扑来，伸出手来想要抓住我，但是他太低估我的行动能力与决心了，在他试图抓住我的手腕的刹那，我毫不客气地在他两腿之间的重要部位狠狠地来了一脚。

这个肥胖的男人立刻捂着下体痛苦地蜷缩在了地板上。

我举目四望，想找到用来打碎容器的工具，墙上的工具箱引起了我的注意，我从里面拿出最大的一把扳手，再次来到了殷明国的大脑前。

"对不起，"我举起了扳手，"请原谅我……"

一声闷响，淡绿色的液体四散飞溅，金属扳手击碎了玻璃容器，破碎的脑组织再也无法进行复原。

我看着在地上汩汩流淌的培养液，无力地松开了握着扳手的手。我刚才究竟做了什么？是杀死了一个人，还是损毁了一件物品？唯一可以确定的是，我刚刚解放了一个受难的灵魂，给了他真正的安息。

震耳欲聋的枪声在实验室中回荡，来自背后的冲击使我失去了平衡。我倒在了地上，腹部血流如注。

疼痛与求生的本能支撑着我向前爬去。可就在这时，一只靴子踩住了我的后腰，紧接着，四发子弹一连串击穿了我的后背。

我感到自己的心脏逐渐停止了跳动，意识逐渐涣散，但是我却并不恐惧，因为这样的事情已经不是第一次发生了。

过场式的有罪判决很快结束，我又回到了精神病院的小房间里，被乳白色的拘束衣紧紧地束缚在椅子上，一切都跟从前没有什么两样。

墙上的屏幕闪动了一下，约瑟夫出现在了上面，他脸色苍白，看起来很不妙。

"我们开始吧，龙仪。"他说，"为了减轻你杀人的罪责……"

"请不要用那个名字称呼我，"我冷冷地打断了他，"约瑟夫·凯西先生。"

约瑟夫的脸色瞬间变得无比苍白，他动了动嘴唇试图说什么，最终却变成了歇斯底里的大叫："杰克！这是怎么回事儿？植入的虚拟人格没有起作用？"

"不可能！"杰克的脸从屏幕一角闪过，"系统运转正常，所有数据都在许可范围内。"

"快点再来一次！"约瑟夫喊道，"这次绝对不能失败，如果再出什么岔子，沃尔特先生会要了我的命！"

房间内的灯光闪烁了一下，但是周围的场景并未崩溃。我冷笑着站起身来，拘束衣的皮带随着我的动作纷纷断裂。

约瑟夫望着我，流露出恐惧的表情，好像屏幕里的女鬼就要爬出来向他索命。

"我知道你们想要什么，"我把脸凑近了屏幕，"但那绝对不是可以交给你们的技术，由克隆人组成的大军，光是想想就够吓人了。"

"坐下！你给我老实点！"约瑟夫不断地向后挪动肥胖的身体，"给我待在那里不要动！我们一定会想出办法对付你的！只要你的大脑还在我们的掌控之下，你就只能乖乖任我们摆布！你明白了吗？要是你合作的话，把我们想要的东西交出来，也许沃尔特先生会大发慈悲给你一具克隆体，让你重新回到这个世界上来，如果不然，我可是有无数种方法对付你这臭婊子！"

"被我踢坏命根子的男人没资格口出狂言。"我微笑着反驳，"你想要的东西就在这里。"说着，我摊开手掌，向他展示我手中的钥匙。

"把它给我！"约瑟夫贪婪地伸出手来，"我们有话好说……"

我冷冷一笑，收起了钥匙，转身走向椅子后面的大门。

"等一下！你在干什么？"约瑟夫呻吟起来，"不要做傻事！这台机器现在没有跟任何克隆体连线！贸然启动转移程序，天知道会发生什么事情！该死！她是认真的！杰克，快想办法阻止她！我们需要转移程序！"

外部干涉开始加强，病房的墙壁开始扭曲。

一切都太晚了，我将钥匙插进了锁孔，随着门锁发出轻微的咔嚓声，门又一次被打开。

出现在门后的，依旧是被黑暗笼罩的虚空。

面对门外无尽的黑暗，我没有任何恐惧，也没有任何犹豫，勇敢地走向黑暗的最深处。

METAVERSE

+

# 山民纪事

杨 平

2011年发表的《山民纪事》，描述的是元宇宙时代普通人的生活与命运。作者以饱染烟火气息的笔调，讲述了一个沉迷元宇宙科技的技术男最终不顾一切迷失在元宇宙中的沉重故事。杨平是出道比刘慈欣还早的科幻作家，心中饱含科幻小说应该"文以载道"的警世情结，视线总是警惕地扫描着元宇宙的阴暗面。元宇宙将来会成为生活的一部分，所以它也会和生活一样变得立体复杂，不会只有阳光，也不会只有阴影。

其实，山民不是山民。

他们和城里人一样，住在楼房里，每天出门坐电梯、乘公交；下了班，他们也去超市买些菜或熟食回来做饭，或者直接在某个家常菜馆解决问题；晚上，他们看电视、上网，或者三五成群去娱乐区找乐子，和城里人没啥两样。

之所以叫他们山民，是因为他们全都住在高度超过五百米的超高层大楼里。这些大楼分布在六环以外，相互间离得很近，将京城团团围住，仿佛巨大的人工环形山，因此也叫山楼。这其中的居民，自然也被称为山民。

山楼里各种设施一应俱全，从幼儿园到养老院，从黑着灯的电影院到亮着红灯的发廊，从各色商店到办公写字楼，什么也不缺。空中轨道交通将所有山楼连成一体，山民们不用走出大楼就可以过得好好的。实际上，他们中有些人，一辈子真就完全在楼里度过，从没有出去过。

开始的时候，山民们很反感自己被称作山民，认为这是蔑称。可这个词简洁方便，人们用得越来越多，最后他们自己也用起来，竟不再觉得别扭。不过他们也不客气，转身就用盆地人这个词来称呼那些住在市区的有钱人，因为那里的房子都很矮，还有大量的空地、湖泊、树林和古迹，如同环形山包围的盆地。

我就出生在山楼里。家里在山民中经济条件算是不错的，因此我从小在楼里最好的地段长大，上的是楼里最好的学校。等我中学毕业，父母卖掉了昌明广场的商铺，凑足了供我进城上大学的费用。从那个时候起，直到工作和成家，我一直住在城里，成了一个盆地人，只在逢年过节的时候回到山楼里去看望父母。

从小我就对神经改造之类的东西很感兴趣，成天往神经人的店里跑。那些神经人把芯片嵌入到身体中，用计算机数据代替原有的神经信号，从感知到肌肉反应，都可以调节。和如今不同，那时候神经改造还是个非常时髦的东西，山楼里，戴着嵌入式芯片的年轻人在广场上骄傲地走来走去，吸引人们的视线。随处可见的显示屏上循环播放着广告片，说人类正站在新时代的门槛上，可以在这种最新、最酷的生活方式中获得从未有过的美妙体验。

在这种环境下长大，我居然没有往身体里放点儿什么东西，真是个奇迹，这一方面是因为家教甚严，在芯片植入问题上绝不通融；另一方面，我想可能跟张油子有关。

张油子个子不高，体型瘦弱，貌不惊人，属于扔到人堆里就再也找不出来的那种。他曾在一场什么竞赛中拿了个冠军，被某公司选为昌明小区的嵌入式芯片推广员，一时成为小区里的风云人物。我还记得他坐在一辆华丽的彩车上向人群挥手的样子，眼睛发亮，满脸油光。

当年我只有十来岁，在广场上看热闹的人群中挤来挤去，好不容易才挤到最前面，可彩车已经开过去了，只看到跟着彩车的几个西服革履的年轻人，还在不时冲人群拍照。他们都显得很平静，脸上带着一种我不太理解的浅浅微笑，这种微笑我直到进城读书的时候，才再一次在那些自命不凡的盆地人脸上看到。

后来，公司帮张油子在小区里开了家嵌入式芯片专卖店，一时间顾客盈门，所有认为自己应该更酷一些的小青年都来了，还有很多女孩三天两头往店里钻。

我就是从那时开始了解神经改造的，和张油子店里的店员们打得火热，甚至和他们一起嘲笑张油子关门前总要晃一晃的习惯。到了后来，我几乎每天放学都往那里跑，总想看看有没有新到的芯片，哪些应用程序又更新了什么的。

每次到了新货，我总是心怀敬畏地看着店员从箱子里将包装精美的芯片取出来，一字排开摆在柜台里，让它们在泛光的底座上傲慢地迎接人们好奇的目光。我会将包装翻来覆去地看上好久，仔细寻找特性说明中的新东西，为每次内存的扩展、零星功能的添加激动不已。在透明的硬塑料包装内，轻薄的芯片上密布着蚀刻的电路，含义丰富的缩写字母与数字得意扬扬地印在上面，显示着自己高贵的出身。

和其他芯片迷一样，我们会为了不同的品牌争得面红耳赤，有人支持A家族系列产品，有人支持B家族。双方从硬件到软件，从功能到使用范围，进行严格比较，甚至争吵。这种争论往往会变成炫耀知识的比赛，最后变成人身攻击，互相指责对方糊涂、无知和没脑子。

张油子总是笑呵呵地看着我们吵个不休，也不说话，谁都不帮。被逼得急了，他就会毫不经意地举出几个数据，将其中一方一下击倒。

到了后来，我们都怕了，在争论的双方都心里没底的时候，大家就心照不宣地互相扯几句，也不去找他求证，直接偃旗息鼓。毕竟，没有结果总比坏的结果好。

每当这时，他就露出一副"你们知道自己傻了吧"的样子来。

在这样的日子中，我差点就成了神经人。

那些店员每当理屈词穷的时候，就用"你又没用过，你知道什么"这样的话来堵我的嘴。那一天，我刚刚在一场争论中败下阵来，憋着一肚子气去找张油子。我激动地复述了双方争论的过程，张油子只是专心冲着电脑屏幕敲字，不时安抚地瞟我一眼。当我要求他给我植入嵌入式芯片时，他停了下来，笑着问我有没有得到父母的许可。

我激动地表示父母无法控制我，只有我自己可以决定人生的方向，如果结果不好就让我独自承担吧，生命总是有这样那样的遗憾，多一个不多少一个不少。

他花了半个小时劝我打消这个念头，但反倒让我的意愿更坚决，甚至开始怀疑这里有什么不可告人的事情。最后，他用柔和而坚决的语气跟我约定，等我上大学的时候，如果还想当个神经人，他就会帮我。

这个约定没有兑现。几年后，当我考上城里的名牌大学时，对新生活的向往、对女孩的迷恋和对成就的追求，已经让我忘记了那些和大哥哥们争论芯片优劣的日子。我一头扎进了大学生活，在漫天星光下喝着啤酒，唱歌聊天，在散发着淡淡香气的草地上闲坐，在跑道上狂奔，感受自然的空气迎面扑来的惬意。我认识了许多人，和他们没日没夜地混在一起，尝试着各种稀奇古怪的事情，为面前那崭新的世界目眩神迷。

偶尔，我们会谈到郊区，谈到山楼和山民，每当这时，那些自小在城里长大的孩子们就会露出好奇的神色，还带着一丝隐隐的轻蔑。我很快就学会了以自嘲和玩笑来回避尴尬，甚至表现得比那些城里孩子还过分。他们会跟着我的玩笑乐那么几下，然后互相使使眼色，把话题岔开。说真的，这种傲慢的善意让我更别扭，仿佛我的存在干扰了他们本应有的乐趣。

在我的大学时代，神经改造、芯片植入之类的事已经失去了几年前的光彩。在盆地人看来，一个正派人是不会随便往身体里放什么东西的。人造心脏、碳纤维人造骨骼这些东西也就算了，毕竟那是维持生命所需，可如果只是为了追求什么体验，或者获得更强的力量，甚至纯粹只为了享乐，就将身体变成芯片的基座，这实在是无聊而且拿不上台面的事。

我没有在校园中与人讨论过神经改造，其实，我就没听人提起过，这个话题仿佛被人们自动屏蔽了一般。

有时，在晴朗的夜晚，我看着远处环绕的山楼，也会想起那些遥远的日子，想起在嘶嘶作响的日光灯下那些激动而年轻的脸庞，想起"这玩意挺牛"之类的低语和期待反馈的眼神。不过，这种出神的时候不多，后来更是越来越少了。

离开校园后，我进入了一家网络贸易公司，混了几年，又转到了媒体行业。三十岁那年，我和一位盆地女孩结了婚。她虽然生在城里，但家境一般，只是靠着祖上的房产和关系才得以栖身市区。我们就像所有没什么背景的年轻人一样，辛苦工作，小心花钱，认认真真地谋划共同的未来。她是个很懂事的女孩，对我的父母非常好，每次陪我回到山楼中，总会带上一堆礼物，在我父母家抢着干这干那。我父母对她非常满意，并开始催促我们要孩子。

我几乎已经忘记了曾经有个叫张油子的人，直到我们再次见面。

那是个冬日的午后,第一场雪纷纷扬扬地从京城上空落下。我们两口子刚在父母家吃过午饭,老婆觉得困倦,去屋里小睡了,于是采购的任务就落在了我头上。

多年后再次走进小区的超市,我发现这里几乎没什么变化,布局装饰还是老样子,只有人们的着装多少显示出时光的流逝。有学者撰文说过,京城经历了大半个世纪的剧烈变动,"该干的事都干完了",在二十年前终于稳定下来,进入了休眠期。

我照着母上大人列出的清单挨个货架转,不经意间,走到了电子产品区。货架上那些五颜六色的电子设备,一下子勾起了我多年前的回忆。我想到了张油子和他的那家专卖店,有十多年没去了,那家店还在不在?

我拎着鼓鼓囊囊的购物袋,沿熟悉又有些陌生的路走着。每个拐弯,每家店铺,每块招牌,都一次次给我重新发现的感觉,一点点揭开我内心尘封许久的记忆。

拐过几个弯,张油子的专卖店出现在我面前。

有那么一瞬间,我觉得自己走错了。在我的记忆中,他的店里灯火辉煌,柜台晶亮通透,功能强大的芯片低调地躺在角落里,等待识货的买家,人们矜持地低语着,传递着可靠或不可靠的消息。

可眼前我看到的,是一面巨大的烤鸡招牌,仔细察看,才能发现后面的电子专卖店。

店里人不多。几个中学生模样的年轻人勾肩搭背地趴在柜台上,正嘀咕着某个芯片的好坏,旁边的店员表情烦躁。店里的灯只开了一半,墙上的涂料已经有些斑驳,不知谁把饮料洒了,在柜台一角留下一片模糊。

正中的墙上,仍然挂着当初张油子获奖时的照片,下面的显示器原先是循环播放那场竞赛录像的,现在关着。我走到那张照片前,那时的他,比我现在还年轻,一手奖状一手支票,意气风发。

店员走过来,没精打采地问我在找什么。这可不像从前,这里的店员一向傲慢,自视为人类的领航者,总是意气风发的。

我表示想找老板谈谈。对方露出警惕的神色,飞快地回答说老板不在。

我用最诚恳的语气表明自己是张油子的老朋友,好多年没见了。

他狐疑地看了我几眼,转身走向门口的烤鸡摊,用力敲了敲玻璃,朝里面的摊主做了个手势。

摊主回头看了看我,擦擦手,推门向我走来。

他四十多岁,头发花白,神情落寞,身形佝偻。

我上前几步,喊了声油子哥。

他开始还有些迷惑,但很快就认出了我,温和地笑了:"长这么大了,有盆地人范儿了。"他在围裙上蹭了蹭手,和我握了握。

他把我让进后面的屋子,里面杂乱无章,弥漫着电子设备特有的味道。

我笑着问他怎么卖起烤鸡了。他显得有些不好意思,说这是业务多元化,不能把鸡蛋都放在一个篮子里。

随后,他拿起纸杯给我倒了杯饮水机里的温水,问起我这些年的情况。

我简单说了说,开了几句婚后生活不自由的玩笑,他随和地跟着我笑。

我问他个人生活什么样,孩子多大了。他说离了,也没孩子。

然后我们沉默地坐了一会儿,我机械地喝光了杯子中的水。他还要给我续,我表示不用。

这时外面有人问烤鸡多少钱。他有些窘迫地站起来,伸着脖子往外看,但什么也没说。

我赶紧起身说自己就是过来看看,没什么事,这也该回去了,你忙你的吧。

我们一起往外走的时候,我看到桌子上摆着块新到的芯片,就随口问了问芯片的情况。

他站住了,脸上谨慎小心的神情消失了,眼中露出神彩。他拿起芯片，开始滔滔不绝地介绍起来，从芯片的基本功能、特性差异，讲到厂商背景和用户的反馈，甚至未来的新一代前景。他语调迅疾，用词精准，旁征博引，仿佛忘记了外界的一切。

我微笑着，偶尔表示下赞同，但最后，我再也忍不住了，开始向外挪动双腿。

他一愣，脸上的光彩瞬间消散，住了口，重新换上一副谨小慎微的表情跟着我往外走。

烤鸡摊前已空无一人，刚才看芯片的几个年轻人也不见了，店员戴着虚拟现实头盔坐在角落里，完全没有随时准备接待顾客的样子。

张油子看到这个场景，脸上颜色不大好看，但没有发作，转头礼貌地将我送出门。

回到家，我同父母谈起此事，他们都笑我迂腐。在昌明区，张油子已经是过去的人了，没什么人还把他看作偶像。当初为了凸显本区的先进，让他在非常好的地段开了店，现在区委会越来越不满意，正准备将他的店赶到神经人聚居的区去。可他赖着不走，非要"生于昌明，死与昌明"。

这次见面，让我彻底埋葬了对少年时代的美好回忆。对芯片植入的狂迷，只是年少时无知的胡闹，都已经成了过去式，张油子，也只是这场胡闹中某个团伙的大哥，现在他已经不重要了。

然而，世上的事就是很奇怪，你以为某个人将消失在你的记忆中，可他总会在你预料不到的时候站到你面前。

几年后，我的孩子已经上了城里的幼儿园，将在满天星光下长大。我们在城里置了房，更努力地工作，更快乐地享受简单平凡的生活。

那一天，我正在网络空间中为最近的选题收集资料，突然遇到了一位陌生女人。她径自走到我的面前，问我是否认识张油子，他现在急需我的帮助。

她说得又急又啰唆，我不得不打断她，问她是谁。

"我是他老婆。"女人说。

我有些惊讶："张油子又结婚了？"

"你这个人真磨叽，他现在遇到难处了，你到底帮不帮？"女人有些愠怒。

好在我在媒体行业里待的时间比较长，和什么样的人都聊过，就算这个叫刘瑾的女人说话颠三倒四、毫无逻辑，我耐心听了半天，还是把事情大概搞清楚了。

这一对男女在过去几年一直在当"影子"，靠出租自己的大脑赚钱。这不是什么好营生，不过倒是合法。问题是，他俩破坏了这行的规矩，结果捅了个大娄子。

正规的影子，在进入意识分离状态后，是不许在本地记录用户数据的，但他们却偷偷将数据记录下来，然后打包卖给信息贩子。其实，这也罢了，黑市自古就有，人们总是需要一些体制外的交易，可他们千不该万不该，不该偷数据偷到网络巫师的头上。这些巫师，已不是早期网络游戏中那些低调客气的服务者，而成了网络空间的管理者，或按照那些激进的说法，成了统治者。

就在几天前，张油子和刘瑾为一位巫师提供影子服务，并照例偷录了数据拿去卖，结果买家发现这是些关系到网络底层安全的关键性数据，一时害怕，就举报了。该巫师极为震怒，全力追查，最后找到了张油子在网络中的踪迹，将他的意识封锁在了一个虚拟世界里。

据刘瑾说，这个巫师的手段非常狠，如果强行切断张油子和网络的连接，人就会疯掉。

"为什么来找我？"我仍然不解。

"必须要有人进入那个世界，将他作为一个影子带出来，再进行意识分离。"

"你不能自己把他带出来吗？"我实在是不愿和这种事扯上多少关系。

"这太危险，我的踪迹可能也被跟踪了。"她在我身边坐下，精致的数字面孔凝视着我，"而你，是他最信任的人，我听他说过，你是唯一不会出卖他的人。"

除了二十年前那些懵懵懂懂的日子，我和他打交道其实并不多，没想到在他心里居然这么想。当然，这也许是这个女人的谎言，神经人的道德感都很低，但仍然多少打动了我。

我们到达张油子被封锁的世界时，天上正飘着五颜六色的雪花。

这是个伞状的山头，纤细的石柱上顶着宽大的平台，四周环绕着无边无际的云层。张油子在平台上来回走着，口中念念有词。

为了避免被跟踪，刘瑾通过影子方式附身在我的账号上，这样系统就认为只有我一个有效连接。我见情形有些不对，问她张油子精神是不是有些问题。

她有些迟疑地说，张油子在过去一段时间，视觉、听觉上出了问题，有时会看到不存在的东西，有时会听到奇怪的声音。后来，他的精神也变得不大正常，所以他可能不会自愿跟我走出去。

我有些生气，"这么重要的事为什么不早说？是不是还有什么事瞒着我？"

她使劲安慰我，说："没了没了，一切都向你坦白了，你看你人都来了，就帮人帮到底，送佛送到西吧。"

我很无奈，觉得自己好像掉进了什么陷阱，只能硬着头皮上了。

我走上前，问张油子："知不知道我是谁？"

张油子抬头看看我，咧嘴笑了，"你是阿育王。"这是当初我们在一起混的时候，他们给我起的外号，因为我名字中有个"育"字。他还记得这个，看来还没糊涂到不可挽回的地步。

我让他跟我出去，他向后退了几步，摇了摇头，说："这里很好，我在这里是万能的。"

不妙，他已经被洗脑了。我试着唤起他的记忆，讲起了他的家、店铺还有他的老婆。

他一直呆呆地听着，直到最后才突然打断了我："老婆？什么老婆？"

"他已经糊涂到这个地步了？"我悄悄问刘瑾。

她有些不好意思地说:"其实,我只是他的同伙,也就当初刚认识的时候和他睡过几次觉而已。"

我已经懒得表达上当受骗后的愤怒了,还有要紧事问,"那你为什么要急着救他出来?别告诉我你突然爱上他了。"

"当然没有,可……我的钱还在他手里。"

我不再理会这个女人,转头继续劝张油子:"你的店铺怎么办?不管了吗?"

"我累了。为了这个店铺,我把我最好的青春岁月都给了它,可最后得到了什么?他们吊销了我的执照,说这里不需要我的店铺了。"

这事我一点都不知道,父母也没告诉我,他们可能认为这不算什么值得一提的事。我决定换个路数,于是问道:"你还记得当初你怎么劝我不要当神经人的吗?"

"有这事吗?"他往地上扔着种子,它们落地即生根发芽,噌噌地长起来。

我被噎了个半死,原来对我意义如此重大的事,他根本就没放在心上。"你当时和我约定,当我上大学时,如果还想当神经人,你就同意帮我的忙。"天啊,当时的他,是多么冷静睿智的人啊!

"我怎么会这么说呢?我应该全力劝你当神经人才对。"他的话很平静,但语气之恶毒,让我吃了一惊,"你们家很有钱,肯定会送你上城里的大学,最后当个衣冠楚楚的盆地人。对你来说,来我的店里就是玩玩而已;可对我而言,我的店铺和芯片就是我一辈子的事。"

我一下子被推到了为自己辩解的地步:"当时我是真心喜欢嵌入式芯片!我觉得很酷!"

"你当然觉得那些玩意儿很酷。有一个更好的生活在等着你,你有权觉得任何东西很酷。"

我心里冒出些莫名的怒火,大声说:"你知不知道,在你店里那些争论的日子,是我最美好的记忆?每次有新货到了,大家一起来,反复调试那些参数,直到获得最优的效果。那些日日夜夜,我永生难忘!而且我告诉你,如果不是为了那些记忆,我今天根本就不会来这里!"

周围的蒿草燃烧起来，猎猎作响，张油子端坐在火焰之中，平静地看着我，语含讥讽："你完全可以把它写进回忆录嘛，或者写首歌什么的。"

"你到底怎么了？"我已无力再说什么。

起风了，五彩的雪花在我身边打着旋儿，起起落落。头顶上，奇怪的云层正在汇集，形成一个令人目眩的旋涡。这是他的怨气吗？

他冲我诡异地笑了一下，"看来你根本不了解我。好，那我就说说。你知道为什么我的生活变得一塌糊涂吗？你知道为什么我会从一个令人瞩目的数码明星变成卑躬屈膝的烤鸡摊主吗？"

"时代变了，世道变了。"

"错！"他大声道，"是我自己停下了脚步。当初我的成功，是因为命运给我开了一扇门，可我只是往里走了那么几步，就停下了。我满足于虚假的荣耀和短暂的乐趣，看不到更远的未来。如果当初我就撒开了腿往这条道上使劲跑，跑到很远很远的地方，跑到人迹罕至的地方，也许，今天我已经是个伟大的人了。"

"你说的那条道，就是躲在网络空间中吗？"

"哦，这只是过渡阶段。"他的语气平缓下来，"你不是神经人，你无法体会到信号沿着通路汩汩流淌的感觉，全身的血管在指令下有节奏伸缩的感觉，肌肉增强模块启动后无所不能的感觉……我现在总算明白了，我追求的，就是这种感觉，其他的，都不重要。所以，我决定将自己变成一个纯粹的神经人。我将放弃所有物质财产，删除一切往日的回忆，不再让思考折磨我的内心，全身心地拥抱神经体验——直到永远！"

"不再思考？这不是成了行尸走肉了吗？"我喝道。

"有人替我思考。"他又笑了。

我还没来得及明白这句话的意思，从翻滚的云层中传来一阵笑声，嗡嗡作响："你们三个聊得很开心嘛……"

三个？我有种不祥的预感。

果然，几秒钟后，云端劈下一道闪电，正中我的头顶。刘瑾的影子从我身上飞出，跌落到地上，如同上了色的果冻。

"你们真以为，可以随便进出一个巫师设置的世界吗？你们真以为，当个影子，就能无视一切吗？"云层中的声音说道。

"巫师！是那个巫师！"刘瑾躺在地上低声对我说。

我马上举起双手，冲头顶的云团大声喊道："我是个合法用户！我是被骗来帮助这两个违法者的！"

张油子则安详地坐在火中，闭目养神，仿佛不知道刚才发生的巨大变故。

又是一道闪电，击中了刘瑾，她消失了。

云层投下一道光柱，将我罩住。

"我知道神经人惯于无视规则，没想到你这么一位有良好教养的城里人也会如此胡闹。"巫师仍然躲在云层中，"想必你已经知道这两个人都干了些什么，你干吗蹚这浑水？"

通常情况下，我对巫师都很尊敬，可刚才的事让我无法控制自己的情绪。"你就是那个替他思考的人吧？你想把他变成你的奴隶？"我冷冷地问。

"这与你无关。"巫师的语气变得严厉起来。

"如果这涉及网络巫师阶层的恶行，那就与我有关。"我背着手，歪着头望向云层，"你可以查一下我在什么行业工作。只要我的报道发出来，就有你忙的了。"

巫师显然没料到我会和他正面硬刚，过了好一会儿他才回答，语气也平缓下来："这不涉及巫师滥用权限，而是个双赢的合作。他放弃一些东西，我补偿他一些东西。"

我摇了摇头，说道："你觉得这样就能说服我？"

"你不了解张油子过的是怎样的生活。你只是浮光掠影看了看他，就自以为真理在握。如果你不相信，就自己看看吧。"巫师从云层中扔下一副眼镜。

我犹豫了一下，捡起眼镜戴上。

过了好一会儿，我才明白自己看到了什么。

这是一间堆满了杂物的房间。在大大小小的箱子中间，放着一张小床，我就躺在床上。

整个画面是黑白的。

"你是不是觉得自己的显示系统出问题了？"巫师通过耳语频道说，"别傻了，这就是张油子现在看到的世界。"

"怎么回事？"

"他的店被关已经两年多了，只能靠当影子度日。不久前，他出了一次事故，神经受到了永久性的损坏，看什么都是这个样子了。而且，他已经失去了生活自理能力，如果不是当地区委会找了个人照顾他，以免往日的数码明星潦倒至死，他恐怕还撑不到今天。"

我能看到皱巴巴的床单，听到门外人们说话走动的声音，闻到室内灰尘的气息。

我试着挪动身体，但没有反应。

门响了，一个老太太走了进来，将一个装满东西的袋子放在床边，戴上手套，开始给我擦身子。她从头至尾没有说一句话，也没有抬眼看我。

完事后，她将手套扔进垃圾袋，拎着走了。

我把眼镜摘了下来，喃喃低语："这是……我不知道……"

张油子依然在烈火中端坐，闭目养神，仿佛根本不关心周围的一切。

"我是带着愤怒去找他的，可看到的景象让我改变了主意。"巫师仍然在耳语频道说，"神经人是这个社会的毒瘤，道德低下，破坏欲强。可仔细想想，他们也是神经改造的牺牲品，能帮还是要帮一下。我们现在有非常先进的神经改造技术，也许能修复他的损伤。我们正在准备这件事，你和那个女神经人就混进来找他了。"

"可是，你为什么要控制他呢？"

"这是他自己提出来的，我只是点了个头。"

"可是……"我很想说出什么有力的话来，却找不到合适的词。我突然觉得，在整件事中，我只是一个无关紧要的旁观者。

张油子睁开双眼，浑身上下仍然冒着火。他慢慢走到我面前，平静地说："你走吧。"

"我们也许可以想别的办法。"我不甘心地说。

"不，我已经决定了。"他微笑起来，"把我忘了吧！我以后不会再是张油子了，我将有新的身份，新的未来，还有……新的记忆。"

五彩的雪花纷纷落下，隐约的乐声缥缈悦耳。

一年后，我以志愿者的身份来到山楼中，参加社会服务。

我申请的项目，位于神经人聚居的社区，这期间我也住在这里。

在一个深夜，我独自从社区中心往宿舍走，突然迎面碰上了一个高大的神经人，光头文身，体形健硕。

我待在原地，有些犹豫，这种社区治安都不太好，会不会是一个劫道的？

神经人盯了我一眼，擦身而过。他行动起来悄无声息，就像鬼一样。我在惊恐中只来得及看到他合上身后的门。

关门前，他轻轻晃了一下。

我松了口气，这时信息终端来了动静。

我调出发来的信息一看，原来是社区里又有一位神经人驾鹤飞升，永远地奔向了那个无数1和0终日尽情飞舞的虚拟天堂……

现在我这个社区志愿者得去收拾残局，料理后事。

我叹了口气，一边向电梯走去，一边在心里祈祷：但愿死者不是张油子……

METAVERSE

+

# 演 艺

海 杰

  元宇宙科技涉及人类生活很多方面，都有可能造成很大影响。《演艺》所演绎的，只是元宇宙早期的过渡性科技：虚拟现实头戴式显示设备。这种通往元宇宙的"视觉桥梁"，几乎是元宇宙小说和电影的必备之物，似乎没啥文章好作。但作者海杰却看出这种技术升级发展之后，非常危险的一面：当虚拟现实头戴式显示设备发展下去，从单纯的视觉显示演变为情绪情感交互体验，未来的人们很可能懒惰到连情感起伏都要利用元宇宙技术托付给演艺高手，然而，当有人发现自己能够左右他人的情绪情感时，会不会邪念丛生？

> 没有小角色，只有小演员。
>
> ——斯坦尼斯拉夫斯基

> 技可进乎道，艺可通乎神。
>
> ——魏源《默觚》

## 一

身为演员，我曾经是个幸运儿，出道没几年就接到了热门大片，又凭着片中的精湛演技拿到了影帝提名。可以说当时的我，星途璀璨，风光无限。

然而谁都没想到，随后的一件丑闻竟彻底断送了我的前程。

那天晚上的盛装派对，灯光摇曳迷离，一位华服美女款款而至。她自称是我的粉丝，对表演艺术也很感兴趣。

那时我刚走红，完全没经验，一时色迷心窍就跟她热乎上了。

我跟她聊得越来越开，席间我不告而别去接了个电话，回来后她非要罚我干杯痛饮，结果等我一饮而尽，后面的事就记不得了……

总之，醒来时我们两个睡在一起，身无寸缕。

正当我努力回忆之时，几名警察踹开房门走了进来，执法记录仪上的红光犹如鬼眼闪烁……

那幅画面真是可怕至极，至今我还经常梦到。

"他强奸我，这个流氓！"女孩突然大喊。

"不，不是这样的——"

一开始我还很冷静，想要解释和挽回一切，但女孩却一边哭诉一边对我又撕又咬，随后还向警察展示她身上的瘀青和伤痕。

当时我被她炉火纯青的表演惊呆了，直到被警察带走，我才恍然大悟，明白她只是单纯想毁了我，可是已经晚了。

所幸证据不足，尤其是一路上的监控视频对我比较有利，最终我被关了一段时间后就放了出来，但荣誉、地位和未来却永远离我而去了。

整件事情扑朔迷离，我一度想过报仇，却又无从下手。

娱乐圈干净利落地抹掉了我这号人物，我这辈子也难东山再起了。最抑郁的时候，我自杀过，但运气不好，半死不活被送进了医院，没死成，只落得又欠了一大笔债。

生活还得继续，也许是心有不甘，抑或我唯一能拿得出手的本事只有表演技能，总之，为了谋生，我索性当起了替身。

身穿密不透气的动作捕捉服，头戴沉重的表情摄像机，每天全副武装地吊着威亚，蓝精灵似的在片场摸爬滚打……这就是我眼下的生活写照。

大概是因为憋着一股气，我更加敬业了，拼得很凶，努力将每个镜头完成得尽善尽美。几台摄像机追着我紧张地拍摄，后场的特效计算机疯狂输出着表演画面，全方位无死角地锁定我的一举一动，同时用高效的算法提炼出角色模型。

然后，一帧一帧地将其替换成另一个人物形象。

换上来的那些人都是我的金主，通常是流量明星或者偶像小生。过去几年来，我替演了七八部电影，帮两三个人拿了奖。当看着他们走上红地毯时，说我不妒忌或者不羡慕，那肯定是假的，但我心里最多的还是骄傲。颁奖台下掌声山呼海啸，电影散场后观众脸上泪光涟涟，一篇篇激动人心的影评四处流转，我知道，造就这一切的，全都来自我出神入化的表演。

说到底，明星只是演员的副产品罢了。演员最大的魅力，莫过于能像魔法师一般调配情感，并让它们插上翅膀、直抵人心。而获得这种支配人心的魔力，让全世界一刹那间围着自己旋乾转坤，才是我研习表演艺术的初衷。

而现在，我确信自己已经拥有了这种力量，只欠一个翻身的机会了。

但现实很快给了我教训。正当我觉得自己略有身价，准备和经纪人再谈谈报酬的时候……

"不行不行，这不符合规矩。"戏头摇着头，下巴肉浪起伏。

"可是，我毕竟出了很多力啊！"我按捺住性子，想以理服人，"拿了这么多影帝，我也有一份功劳啊！"

我只能厚着脸皮乞求。代演的地位很尴尬，而且这是见不得光的勾当，签的也是抽屉合同。最要命的是，我现在的工资甚至还不如普通替身。

原因也很简单，我还在劣迹名单里待着呢。

"注意摆正位置。"戏头一字一顿，肥脸上表情严肃，"奖是看人给的，投资和剧本都是定身打造。你能做啥？就是甭给我出岔子。"

我还想争辩，却被一句话堵住了："别把自己当大爷，不服气的话，今儿就可以走人。"

为了生活，我最终还是屈服了。他说的也没错，得奖有时也是要看人气的。至于观众的口味？好吧，也许我引以为傲的演技在流量面前什么也不是……

其实我撂担子又能怎样？大把的人等着上呢。生活的灰暗再次笼罩了我。

正当我犹豫着放弃这份行当另谋出路时，一场闹剧彻底改变了我的人生。

## 二

一天傍晚，我收了工，正躺在破沙发上琢磨着晚餐是泡面还是煮面时，电话突然响了，有个意想不到的人找到了我。

"我这里有个项目需要人手，来不来？"

打电话的是我从前认识的一位导演，我们都叫他特总，早年也有点儿名气，对我有过提携之恩。听说后来犯了点儿忌讳，息影出国搞游戏去了，不知怎么回事，现在他找上我了。

"有钱赚谁不赚，不违法就行。"我一个鲤鱼打挺坐了起来。

特总哈哈大笑，随后说道："不跟你瞎扯，这次回国我准备做个大生意，需要你这种人才，见面细谈。"

咖啡厅里，我接到了特总的新名片，上面写着：

"超动传媒？"我嘀咕着，没听说过啊。

"昨天成立的新公司，还是个空壳子。"他咧嘴一笑。

"你准备搞什么？"

"情感直播。怎么说呢，类似心理治疗课吧。"

我一口茶水喷了出来。

"您不是开玩笑吧？这我哪儿会啊……"

特总看着我半天，哈哈大笑起来，让我一头雾水。

"还非你不可。我又不傻，不然找你做什么？"

"那怎么玩儿？"我愈加迷糊起来。

"虚拟角色扮演游戏，玩过没？"特总没有直接回答我的问题，而是打开随身带来的行李箱，翻出了一个类似VR头盔的玩意儿，只不过与普通VR头盔相比，它在头顶上加了一层覆盖，像个倒扣的雷达。

"里面有个DEMO，试试看，我保证你一定会感兴趣的。"他笑着说道。

我戴上了头盔，很好奇他葫芦里到底卖的什么药。

眼前一片漆黑，几秒钟后光线亮起，我发现自己身处一架飞机里，引擎在轰鸣，应该已经在半空了。VR场景游戏的常规开头，画面做得很真实，取的应该是实景，透过打开的舱门，能看到远处朵朵白云游动变化。

有个家伙全副武装站在舱门口检查伞具扣带什么的,有点手忙脚乱。

我没多想,只顾着摸索菜单功能,甚至连现实中都手舞足蹈起来。

忽然,我感觉肩膀被拍了一下,画外音急促传来:"注意,好戏开始了。"

话音刚落,我眼前一阵天旋地转,下一刻惊讶地发现自己已经站在舱门口。

怎么说呢?我现在活像灵魂附体了那位跳伞者,躯体和目光已然与他合二为一,甚至我都能听到冷风呼啸吹来,在扣带上发出呜呜的响声。

气流从护目镜一处缝隙射了进来,我感觉眼睛有点不舒服,便下意识抬起手正了正扣具。

可动作一做完,我就惊呆了。

刚刚的动作是那么流畅和自然,我真的分不清楚发出指令的到底是谁了。是我,还是这个角色?到底什么原因,似乎那一瞬间,我和他就像完全不分彼此地合二为一了?

但有一点我很确定,这绝不是VR能达到的效果,真是匪夷所思!可这还没完——

接下来,难以形容的感觉层层涌现,我心中掀起了惊涛骇浪,逐步走向迷失。这具身体挑衅似的做出几个探身出舱观看的动作,强迫我观看深渊一般的云海缝隙。

顿时,兴奋、恐惧还有渴望一一浮现,刺激得我浑身阵阵战栗。

我没有恐高症。我也玩过不少VR游戏,所谓的恐高症,在"怎么也不会死"的意识加持下,是不可能产生的。至于现实中——我记得某天夜里喝醉了,冲动之下登上了楼顶,想要感受一番死亡的滋味,可也许是摩天大楼之间距离太过狭窄,很快我就沉浸于那一道道由玻璃和灯光层层反射构成的迷宫幻象,忽略了楼底的风景。

但这次,我却真真切切地感受到一种暴躁,一种死亡的召唤,诱惑我放弃一切跳下去,摔个稀巴烂。

恍惚间,我猛地向外跃去,在空中张开四肢,然后翻滚着向下掉落。

在天旋地转中,我看到巨大的机翼在我视野中一掠而过。耳畔呼啸的声调越来越高,但我已经忘了聆听,脑中一片空荡,只剩下紧压耳膜的怦怦的心跳声。片片白云如石板一般向我拍来,我害怕极了,竭力保持冷静,让自己拥有置身事外的心态,但是却完全无法控制自己。

这种感觉,并非失控所致,而像是有另外一个意志在引导我、主宰我,要强行把一系列感受塞进我的灵魂之中!

一番挣扎后,我的抵抗全面失守,我的意识与这位跳伞者水乳交融,分不清彼此。我的大脑从一片虚空转瞬切换成难以言喻的眩晕。

我瞳孔紧缩,盯着眼前的高度表,看到一串数字在疯狂跳动:"九千、八千、七千……"而身体也因为急速下坠生出被拉长的感觉。白云由浓变淡,与褐色的大地一同反转着朝上包围过来。

就在我跌进茫茫白雾的瞬间,这具身体仿佛体会到了我的情绪,恰到好处地张开嘴巴,于是我听到了自己的声音——

"啊——"

穿过云雾之后,下落的速度似乎慢了,但我清楚那是缺乏参照物的假象。速度计的数字仍在不断增加,冰晶和气流模糊了镜片,身下的大地化成一团稀粥,我全身绵软,就像是达到了高潮。

不知过了多久,我打了个激灵,意识到下坠似乎变得无休无止,顿时口干舌燥紧张起来。就在这时,眼前突然出现了提示标记。

我如蒙大赦般摸向了开伞拉绳,狠狠地拽动着。

令人意外的事情发生了。开伞绳好像被什么东西卡住了,任凭我怎么用力也拉不开!眼前的警示灯疯狂闪烁,数字变成了血红色,远处地平线轮廓已由模糊变得锐利,身下的树木像一丛绿色长矛向我急速刺来!

我疯狂而绝望地拼命拉动伞绳。

终于在最后一刻，降落伞打开了，巨大的力量把我紧紧勒住向上抛起，我长长吐了口气，整个人松懈开来。

于是下一刻，我低头看到一条缓缓流淌的小河，夕阳下水面波光粼粼，树木掩映的河岸上朵朵黄花盛开，在风中摇曳。

脱下头盔时，我已经泪流满面。很多年来，我都没有过这种感觉了。作为演员，我并不缺乏调动情绪的能力，但那只是在演戏而已。而此时，我真的像是经历了一场生死攸关的巨大考验，又找到了生命的真谛。

"怎么样？评价一下。"特总的脸凑得很近，打断了我的回忆。

"不可思议，是怎么做到的？"我颤抖着问道。

"科技日新月异，没有什么是做不到的。"

"少废话，我问的是情感动作同步的原理。"

"心理暗示，加上同视角产生的共情效应，外加条件反射——"

"少来蒙我。"我摆摆手，对特总的信口开河表示无视。他说的这些我都懂，很有创意，也有一定的道理，不过实现起来难度不小，更何况达到刚才的惊人效果。

"这个嘛，后面再说。"特总笑了笑，卖了个关子，"你先挑挑毛病，刚才那场戏，有什么问题吗？"

"那我就实话实说了。"既然提到了演戏，我顿时来了精神，"情绪的过渡似乎不太自然，还有，最后关头情感冲击如果再大一点，就完美了。啊……这种情绪情感该不会是故意装出来的吧？"

"厉害！"特总竖起了大拇指，"跳伞的人技术专业，但表演确实不内行。还有，绳子卡住的小插曲是事先编排好的，不管有没有问题，到时间伞都会自动打开。真玩命的事谁愿意干？"

"头盔有问题？"我眯起了眼睛。

"哈，你还真猜对了。"

"怎么弄的？"

"在这里加了个高频电磁模块，对特定脑皮层发射磁信号……听说过经颅电磁刺激疗法吗？"

特总指向头盔的顶部,我摸了摸,有点微微发热。

我点了点头。这技术我略有所闻,医生们发现不同频率的电磁脉冲,能抑制或激活特定的神经冲动,达到双向调节大脑兴奋与抑制功能之间的平衡效果。该技术上个世纪曾被用来治精神病,但临床不算太成功。

"本该是一项失败的发明,谁知道竟然傍上了脑机接口技术。实际用途怎么说呢……能完美模拟特定的脑电波活动,并且还能干涉接受对象的心理活动。假如用在直播上——"

"将主播的情绪感受广播出去?"我立即抓住了要点。

特总点点头,露出得意的神情。

"心理暗示过头就是癔症,也算是神经病了。"我压低了声音,"这玩意儿还没正式经过审批吧?"

"瞒不过你。"特总打了个哈哈,"不过只要市场运作起来了、火起来了,一切都好解决。"

"这东西能改变一个行业……"我若有所思。

"也能挣大钱,我敢拿性命打赌,这门生意,前途一片蓝海!"他搂住我肩膀,放低了声音,"你听说了没有?政府很快就要管制精神药物了,还有那些暴力游戏……"

"好,我干。"我对他接下来要讲的东西毫无兴趣,兀自沉浸在那段坠落的模糊画面之中。一丝躁动从我心头升起,替身、直播和表演这三个词在我心头翻来覆去,将我曾经的遭遇与梦想巧妙无缝地联结在一起。

现在,我隐隐约约看到了机会,一个能让世界再次围着我旋转乾坤的机会。

# 三

"公司打算为你量身定制一段宣传片。"

正式敲定合作后上工第一天,特总拿出几张纸,示意我看看剧本。

"狩猎是个好题材,特别是这种第一人称视角。不过,你打算怎么拍,预算多少?"我粗略扫了几眼,问道。

"最小成本,你懂的。"

他这么一说,我顿时就明白了。

"原来是看中了我造假的能力啊……"

我心里有点儿酸溜溜的,不太舒服,感觉像被揭了伤疤。

"当然不是,你老弟有多大本事我还不清楚?你龙游浅水,我适逢其会罢了。"

特总文绉绉地打起了哈哈。

"你有点侮辱我的职业操守了。"

"操守?演员要什么操守我不比你清楚?"特总语带讥讽,让我生出一丝眩晕,"你以为在摄像机前真刀真枪就是演员的操守?得了吧,你拍电影没上过虚拟制作?没用过道具?没做过后期?包括你演戏的时候自说自话,对着空气哭泣,一本正经地泪流满面,难道就没想过自己是在作假?更别说你这几年替演的事了,我都懒得提。"

"可拍电影跟这不一样。"我争辩道。

"当然不一样,这个来钱多了。"他语气充满诱惑,就像魔鬼,"我承认为了省事,我们取了巧,可我们卖的不是那点儿新鲜劲,而是创造力,是真材实料的表演。别死脑筋了,想想你这几年,帮人骗帮人数钞票,难道比这还有意思?"

我心念电转，脑海中闪过无数画面。其实直到刚才，我对干直播心里还是有点儿别扭，暗地觉得委屈了自己。而特总的话却句句砸进了我的心坎。

"算了。"我举起剧本，结束了争论，"不过有几个地方我想稍做改动。"

我再次穿上了动作捕捉套装，戴上漆黑的录制头罩。逼真的三维画面填满四周，把我带进了一片丛林。

丝丝凉风拂过，带来了水汽和树叶的味道。第一人称镜头缓缓向前推动，模拟出微微起伏的晃动感，森林寂静幽旷，四周只剩下鸟语虫鸣和脚下枯枝断裂的声音。

我调动情绪，毫不费力地代入了角色。按照原剧本的安排，这位菜鸟猎人应该举止莽撞，深一脚浅一脚中带着不安和刺激，但我改变了设定，因此镜头也调整了走位方式，没有无谓地东张西望和上下起伏，而是平缓坚定地朝着一个固定的画面走去。

我呼吸舒展，心态从容，一个个过往角色浮现心头，纷纷被我剥离出精华——杀手的残忍、侦探的耐心、窃贼的狡狯——统统熔于一炉。

我穿过茂密的灌木丛，满眼的枝丫由密而稀，终于在一片空地上发现了狩猎目标。

那是一头巨大的野猪，黑毛粗壮，獠牙暴突，凛然不可侵犯。

我悠然站定，几乎是带着玩味的心态扣动了不存在的扳机，然后看着它背上冒出绚丽的红花。

这头剽悍的畜生打了个趔趄，然后愤怒地朝我冲来。我似乎早有预料，毫不惊慌地转身后撤。

按照原先设定，我此刻应该惊慌且莽撞地逃命而去，可如今我却毫无被追杀的觉悟，反而显露出几分优雅。我踏着轻快的脚步淡定脱离，就像玩世不恭的浪子在情人幽怨的眼光中拂衣而去。

野兽的喘息声死死咬在身后，我在密林中灵活穿梭，翻过一道道土坡和浅沟，时而急停转向，与猎物错身而过。此刻，我是踩着蝴蝶步的拳王，挑衅着场上虚弱的对手，我下定决心要展示出一种雄健而精湛的技巧，这技巧曾经是一种象征，代表人类征服自然、突破自我的能力，只不过它已经消失多年。

最后，在一棵合抱粗的栎树下，我停下转身，沉闷的枪声响起，野猪疾冲而来的巨大躯体翻滚倒地。

"牛叉！"我摘下头盔，特总握着我的手大力摇晃着。他脸色潮红，手心汗津津的，像是刚进行过剧烈运动。精良的科技设备让他全程完美体验了我的出色表演。

"效果如何？"我问道。

"完美！"他再次说道，呵呵笑了起来。

"但还有个问题。"我突然想起一件事，不禁有些担心，"我可没法露脸演出。"

"没人在乎你这张臭脸。放心吧，我自有安排。"

"其实有机会的话，我还是想做电影……"我用第三人称视角把刚才的短片又看了一遍，低声说道。

"会有那一天的，有钱了什么都好办。"特总把胸脯拍得砰砰响。

## 四

公司正式开业了，启动资金陆续到位，上万个定制的"磁疗头盔"以试用的名义，陆续送到了各路媒体、博主和大V们的手中。

紧接着，之前录好的节目也上线并引发了轰动。在我的表演生涯中，这是头一次跟数万人同时互动体验，当明星的感觉让我有点儿目眩神迷。特别是"直播"结束后，观众们纷纷留言打听下一场的开播时间，光是回复信息就让我手忙脚乱。

不少人意犹未尽，询问能不能发行拷贝，好让他们线下继续欣赏，更是出乎我们意料。

"这是个好兆头。"特总语气意味深长,"说明我们的节目定位不再是快消品,而是艺术品了。"

没错,与市面上风格千篇一律、拙劣玩弄惊奇和意外的直播节目相比,我们更像是一股清流。我们用真挚而细腻的情感,征服了观众,尽管该征服手段稍嫌心机,但却无损我们的美好愿景。专业的表演成了我们的核心竞争力,公司迅速吸纳了一批替身演员——拿特总的话来说,好用又便宜——开始壮大着实力。

除此之外,特总充分发挥了他惊人的编导能力,一个个风格迥异、气质清新的小剧本接连自他手中流出。而我在提出建议之余,则在演绎方式上费心耗力,力求不落俗套。

是的,你可曾想过在北冰洋的冷月星光下,独自驾着小舢板穿越漂满浮冰的海面,只为一睹某场流星雨的盛况?或者流连于某个蜿蜒幽深的喀斯特岩洞里,在黑暗中拍摄千奇百怪的钟乳石,却在不经意间发现了史前文明活动的痕迹?我们向观众慷慨展示出,人类除了喜怒哀乐之外,还有更多无法用言语和概念解释的高级精神活动。

一切正如特总所预料,情感体验直播市场开始烈火烹油,公司知名度蒸蒸日上。

没多久,磁疗头盔的上市许可也批了下来,硬件订单如雪片般飞来。

"其实硬件不赚钱,点播费什么的也都是小钱。"特总点起一支烟,捋了捋发量日趋茂盛的大背头,意气风发。

"我已经很知足了。"我瘫在沙发上,懒洋洋地打开手机银行,对账户余额的数字看了又看。

"眼界决定格局,格局决定未来。"特总眯着眼睛,摇了摇头,抽出一沓合同,甩上了桌面。"好好弄,这才是正菜。"

我扫视了一眼,心里咯噔一声。

圣诞购物季开始倒计时,超动传媒暂停了节目更新,而是打起了广告,宣布与线上最大的购物平台——天马商城开展特别合作。在连续买了一星期的热搜之后，就连我们节目最忠实的观众都已经忘记了不满，转而好奇起来。

"撸起袖子加油干，别搞砸了。"大决战之前，特总分明也紧张了，他仪式化地披上了多年未穿过的八袋马甲，手持电喇叭，站上了道具箱，对一帮替身主播展开了动员训话。

在得到公司将创收提成增加百分之五十的承诺之后，主播摩拳擦掌、满脸红光奔向了各自的直播间，摄影棚里音乐响起，气氛陡然变得热烈，四处的激情如岩浆沸腾。

我摇摇头，取下录制头盔，决定不参与这场盛宴。特总无疑多虑了，巨大的利益让他开始患得患失，而我却早早看透了一切。这分明是一场不对等的战斗，胜利在开战之前就早已确定了归属。

零点的钟声敲响了，开始有零星的好奇观众接入了直播平台。他们万万没想到的是，摁下接收键后还没来得及反应，立刻就在一阵天旋地转中被热情的导购们簇拥着冲进了虚拟大卖场，他们手足无措中被一股股强烈的冲动轮番冲击，稀里糊涂地心潮澎湃起来，将一件件商品堆满了购物车——不管他们之前做出过什么计划、多少预算。

强制共享视角下，顾客们无处可逃，琳琅满目的货品走马灯似的从他们眼前掠过，但凡动过一丝念头或一丝犹豫，都会被聪明的推送系统所捕捉，挖掘出他们最隐蔽的欲望，具化成他们最满意的样式，在他们面前晃来晃去。

然后，这些欲望又被交给我们这些野生影帝通过头盔十倍百倍地放大，直到化为金钱的符号。

雪球开始滚动。一开始主播还在不厌其烦地介绍着商品，调动各种虚拟场景，运用语言和情绪的技巧，竭力感染、说服自己滋生消费的冲动，将其化成电磁信号映射到客户终端。但销售额很快如指数般膨胀，主播们逐渐情绪失控了，他们抽空计算完自己的收益后，喘着粗气双眼通红。是的，在鼓起来的钱包加持下，他们不再伪装欲望，而是赤裸裸袒露出真实的需求。谁有钱不会花啊？

一时间，这些曾经的专业演员仿佛集体出戏——不对，应该说是打破了出戏与入戏的界限，从而呈现出十分诡异的矛盾。我无法用任何表演理论去描述，因为从戏剧效果上看，他们又像是入戏更深了，他们停下了无休止的唠叨，嘴里只剩下一句：

"买它！买它！"

直白的词汇生出怪异的魔力，欲望的狂潮扫荡一切，虚拟货架上的数字一行行告罄。

我目瞪口呆，内心深处生出一股恐慌，浑身大汗淋漓地跑出了直播间。

我一连被好几个噩梦惊醒，其中甚至包括被警察从床上铐走的场面，只不过在这个梦里，睡在我身边的换成了特总。等我彻底醒来时已是黄昏，阳光穿过窗帘缝隙将枕头染成粉红色。

"昨晚有点沉不住气了？"特总好整以暇躺在办公椅上吐出一口烟，盯着我看了许久。

他说的昨晚应该是凌晨，我却懒得计较他的口误。他看上去精神亢奋，但面色苍白头发油腻，眼里满是血丝，应该还没合眼过。

"这场情绪带货，效果太过头了，你不担心？"我问道。

事情的发展已远远超出了我的预计，我不得不有所顾虑。

"能出什么事？"

"作弊、诈骗！"我加重了语气，又急促说道，"一旦顾客们反应过来，知道是我们背后搞鬼，怎会善罢甘休？我看了新闻，昨天不少人刷爆了卡，甚至有人把救命钱都花光了……"

"每年购物季都这样，你多虑了。"特总打断我的话，不以为然地撇了撇嘴，"后悔的话，那退货啊。"

"毕竟是我们帮他们做的决定。"

"别开玩笑了，这些都是真实需求。当然，没我们帮忙，他们可能整晚都在反复纠结，但最后结果还是一样的。我们可是帮他们省下了睡觉的时间。"

"我不相信。"

"不信也得信。"特总晃了晃手机，向我转发了一封邮件，"看看合作方的数据怎么说的。"

天马商城给我们发来的订单对账信息中,首日退单率百分之五的字样被加粗了,十分扎眼。

"他们非常满意,这个数字比所有合作方都低,甚至比平台自营还低不少,所以,都准备跟我商谈明年的合作了。"

"这不可能。"我嗫嚅道。这个结果太出乎意料了,压得我有点儿喘不过气来。

"祸福无门,唯人自召。"特总似乎意有所指,他放下搁在办公桌上的双腿,掸了掸裤脚上的烟灰。

## 五

这种力量绝不是我想要的那种魔法,我开始后悔上了贼船了,可又能怎样?我很清楚自己已经无法回头。属于我的污点又被重重涂上一笔,如果说过去发生的纯属不幸,只是给我的人生添上了坎坷,而眼前的这些却撼动了我的初心。

我觉得自己再也演不下去了。

但我还是决定保守这个秘密。就像中世纪的妇女用草药为人治病时会大声祈祷,并将病人痊愈的功劳全部归于上帝一样。我怂了,我有种说不出来的害怕。无数张狂热表情的面孔在我眼前不停划过,他们会不会有一天带着同样的表情冲出家门、冲进公司,举着火把将我们五花大绑,然后烧死在十字架上?

我萌生退意,在我的执意坚持下,特总勉强同意我退出一线。之后我的工作主要是技术指导,有时也会客串几把导演,让特总腾出更多精力去搞运营。

他不断折腾出新花样,但我已无心关注。从台前走到幕后让我有种如释重负的感觉,至少,再也不用担心直播时会有人闯进来跟我算账了。

时间一天天过去,日子寡淡如水但胜在安宁,我敢说如果我的表演生涯就此画上休止符的话,等待我的人生该是何等美妙。

但命运显然还不肯放过我,有一天晚上下班后,我照常去找特总汇报工作,顺道喝上两杯。

在他办公室门口,我听到了说话的声音。

"我们已经尽力了,可他还是不满意!"

特总的语气无奈又懊恼。

"这个我不管,总之得搞定他,否则麻烦大了。"

另一端的声音十分强硬,讲完没等回答,就掐断了通话。

我推门而入,倒了杯白兰地,推到特总面前,端详着他失魂落魄的一张脸。

"有麻烦?"我问道。

或许是因为看到了我,他眼睛突然亮了起来。

"是这样的……你也知道公司虽说出了名,但只能算刚起步。"特总没有正面回答,而是岔开了话题,"可整个集团在海外还是有点儿能量的,不少导演跟我们也有业务合作。我知道你一直想走——"

"直接说重点。"我冷冷地打断了他。

"好吧,本不想麻烦你的,毕竟我答应过你。可是……"特总深叹了口气,"如今看来只有老弟你出马才行了。"

特总细细说出了事情的原委。他这段时间在张罗超动传媒上市的事情,本来一切还算顺利,但最后关头却被卡住了。

"你知道的。磁疗头盔是作为保健器械批下来的,当时算是打了个擦边球。可现在买卖做大了,关注就多了,监管部门觉得这是个问题,说它实际是媒体终端,非要我们重新注册媒体许可证。"

我点了点头,身为公众公司,无证经营可是大问题,这个在法律上无可辩驳。

然而想拿媒体终端许可证,可不是件容易的事。但事已至此,特总只能四处活动，经人指点后，找到了一位贵人。

可万万没想到的是，对方并没有狮子大开口，而是提出了一个古怪的需求。

"其实私人情感伴侣也是公司下阶段的目标，只不过硬件是准备好了，产品开发还有待时日。"特总懊恼不已，灌了自己一大口酒，"都怪我那天瞎吹牛，把他的胃口勾起来了。"

"他有什么要求？"我问道。

"其实就是想找刺激。"特总说，"可是你知道，这种有钱有势的家伙什么刺激没经历过？我派了一批人伺候他，用尽浑身解数也没辙。"

我心念电转，公司上市是头等大事，作为创始团队成员，我也分了不少股份，能成功上市实在是套现离场的好机会。而且，这位油盐不进的贵人勾起了我沉寂已久的兴趣和好胜心，我这时有一种强烈的直觉：我能搞定也必须搞定这块绊脚石。

就当作我的告别演出吧，就算耗尽毕生功力，也不亏！

我花了三天的时间来熟悉私人服务的专业录制端。与直播录制端相比，它的功能受到了一些限制，信号接收的选择权转为以客户为主，显示出一种尊重。

以前面对客户，我们这些人是随心所欲的导演，对他们随意拿捏；而在私人服务里，我们的身份只能是服务员，必须以人为本。

"有个最大的问题。"我提出了心头的顾虑，"我的真实身份，公司该怎么介绍？别以为现在取了个艺名，节目中换了头像，就能蒙住人家。这些大人物个个神通广大，用一个劣迹艺人去服务一位媒体大佬，被抓包了可不是闹着玩儿的。"

"我早就想到了。还记得公司股份化时，我帮你找人代持的事吗？"特总拉开抽屉，拿出一个厚厚的文件袋。

"熟悉一下，有备无患。"他将文件袋递了过来，"放心吧，现在天天信息爆炸，各路名流丑事不断，你当年那点儿破事，早就没人记得了，如今你就是个无名小卒，他对你能有多大兴趣？再说了，你们也不会有面对面的机会。"

第四天晚上,我终于和那位大人物连上了线。他的名字我没资格知道,只有一个代号:M先生。

由于交流场景是对方选择的,我睁开眼睛时,一切让我颇感意外。

我发现自己正斜靠在一座大厅的沙发上,大厅算不上富丽堂皇,但初看有种古朴的贵气。一盏花式繁杂的巨大枝形吊灯悬在高高的、几近昏暗的天花板下,垂着烛焰般的光芒。墙壁上四处布满雕刻纹饰,线条庄严而抽象,家具和地砖的包浆厚重,像是裹着一层油光。

客户视角的现实场景!这可是我头一次遇到。

情感直播在现实场景中的性能我很清楚,抛开风险不谈,主播视角的录制反而更加出色,通过共享视角就能将刺激体验发挥得更充分。但在客户视角的情况下,主播仅靠意念或者说表演信念,到底能起到多少效果,真是不好说。

"没想到是吧?"声音从我脑海中直接响起,语调温和,像是受过训练,但自带一种距离感。

我很不习惯这种体验,虽说从视角上看,现在是我附身在别人身上,但总感觉自己才是傀儡。毕竟从前都是我占主导,对着别人的脑海发号施令。哪怕我当替身演员的那些年,主宰角色也是我,而不像现在这样。我感觉真的有点坐立难安。

"确实有点没想到……"我老老实实地回答。我有点摸不透他的想法,但又不得不去琢磨,私人定制服务难就难在这里:你没法像摆摊一样,找准了地方就是一顿吆喝,把想卖的东西一股脑儿全塞给对方。

更何况,这帮上流社会的家伙太过复杂,寻常套路是行不通的。

"之前有几个蠢材一来就忙着向我推荐那些所谓的刺激场景。"他笑了起来,"老实说,你们的东西做得还算凑合,不过对我们这种人来说,就不太适合了。"

"那是自然,"我斟酌一番后开口了,"那些东西太粗陋了!当然,不完全是技术水平,主要是想象力方面。"

"哦？你倒是个明白人。"M先生语气中有几分赞许，"说白了，你们根本没法想象我们的生活，更不知道我们需要什么。高仿真场景？拜托，军用级的超仿真火星项目我们都玩腻了……算了，不提火星了，就拿地球上的事来说吧，珠峰我登过不下五次，几条路线都爬过，去年还遇到过一次冰风暴，团队里几位向导脚都冻坏了，差点儿截肢。"

"您说到重点了。"我凭直觉抓住了他话中的重点，试图撬开一条缝隙，"军用级超仿真先不提了，那种东西我们接触不到，完全没有发言权。不过，您既然提到了登山，您参加的一定都是商业登山吧？"

"是的。"

"那么您在登山中获得的所谓冒险刺激，实际就与您无关了。一个团队或者几个团队，围着您保驾护航，再大的危险，都只能算热闹。恕我直言，您就像是被押送的银镖，也许跟着镖师们沿途经历了些腥风血雨，但如果您说自己也在刀丛剑树里冲杀搏斗、尝到过刀口舔血的滋味，恐怕就是个笑话了。"

我说的一点也不客气，M先生沉默几秒钟后，显然对我产生了兴趣。

"董事兼艺术总监？嗯，我看过你的节目，确实有点真东西。"他慢慢地说着，突然话题一转，"听说你是正儿八经的科班出身？"

我心头掠过一丝波澜，然而迅速被我抹平，我佯装惊讶的样子，说道："这您也知道？不过我虽说是戴伯茨戏剧学院出来的，但从没正经入过演艺圈，一毕业就回去做家族生意了。不过我运气真不好，生意做得乱七八糟，最后只能出来跟着特导混口饭吃。"

之前说过，我在节目中从不以真面目示人，即使与粉丝互动也只用文字。演出中，我故意保持一种高度抽离的风格，模糊了性别、年龄以及一切价值倾向，同时又保持了鲜活的生命力而不是行尸走肉。这一点说起来容易，但能做到的还真没几个。

不过，我的拥趸们对此倒是津津乐道、争论不休，他们坚信我符合他们心中的理想形象，甚至撰文通过分析我的表演细节来论证自己的观点。于是，我既是稳重成熟的中年男人，又是昂扬激情的年轻小伙,还是孤傲冷清的成熟女士,甚至还被认为是一位隐姓埋名的叛逆少年。

但不管怎么说,我科班演员的出身,倒也不难猜。

"略有耳闻。"M先生似乎通过其他途径查过我,印证了我的这套说辞,磁疗头盔让我们情绪相连,或许他也捕捉到了我流露出的一丝遗憾,语气也有所变化,"这么说你也算是我这个圈子里的人了。"

"不敢当,只能说曾经踏进过半只脚。"我谦虚回答,心头闪过一丝明悟。公司的股东名单中没有我,特总找了个过去的学生,帮我这个有前科的家伙做股份代持。那个学生原本是个公子哥,家道中落后一直在国外晃荡瞎混。

既然M先生查到过这些,我干脆直接顶起了他的名头。

当然,为了演好这个身份,之前我自然也做足了功课,于是我继续说道:"所以我才敢说,您声称享受过许多生活乐趣,但说实话,您怕是没这个能力的。而我因缘际会,获得了这些能力,如您所见,才出了……那些作品。"

我完全进入了角色,同时也在打赌。我明白像他们这种人,往往心如磐石、情感淡薄。他们从未经历过苦难和惊吓,因而极度缺乏共情能力,只怕那颗荒芜的心里,剩下的也只有自尊心了。

"也不对,其实我也有不少乐趣,而且跟你们有点儿像。"

"愿闻其详。"

"你们擅长用演技支配别人,而我能直接支配别人的人生。"他哈哈一笑,"我曾经也学过表演,也想尝尝当明星的滋味,后来却扫了兴……"

"为什么?"我漫不经心地问道。

"没什么,只是玩玩而已,调剂调剂生活。"他似乎不想讨论具体情况,或者觉得我还不够格,岔开了话题。

"这或许就是成功人士的乐趣吧,朴实无华且枯燥……"我突然记起网上的一个老段子,随口附和道。

"哈哈,那是。我有钱有势,说句不好听的,娱乐圈里我让谁红谁就能红,要谁滚蛋,第二天他就得屁滚尿流地滚蛋。"

他这种唯我独尊的霸气感染了我,我不禁畅想起自己当年要是没有倒霉遇到那个女煞星,此刻身为圈内一方大佬的情形。一念至此,我恍若置身巨型舞台,脑海里颐指气使、睥睨天下。

头盔录下了我的心理波动,为客户送上了酣畅淋漓的情绪助攻。

M先生似乎很是享受,眼睛都快眯上了。

"你们的业务能力还得加强。要是所有主播都能有你这个水平的话,我投资起来也就放心了。"

"请您放一万个心,回去后我一定加强培训。"

我语气恭敬,同时又不失忠心地回答道。

## 六

毫无疑问,M先生认可了我,磁疗头盔的媒体许可证马上进入了申报通道。作为回报,公司承诺给他最后一轮增资的优先认购权,同时由我担任情感顾问,继续为他提供私人定制服务。

"我需要M先生的全部资料,越详细越好。"为确保服务质量万无一失,我向特总摊了牌。

特总非常犹豫,但反正也是上不得场面的勾当,利益权衡之下,为了保证我马到成功,特总没有恪守客户隐私至上的行规,他找了几个工作室,暗地里搜集起M先生的各项资料,出身背景、成长经历、花边新闻等……事无巨细一股脑儿全塞给了我。

我沉下心来细细苦读揣摩,试图从每一个蛛丝马迹中了解M先生的性格、爱好和价值观,对他进行了最深层次的画像。

这习惯也是我多年来用以锤炼演技并仗之无往不利的法宝。

读着读着,我的心中掀起了巨大的波澜。

我头一次发现，原来与生活的真相相比，艺术是那么的卑微和不值一提。一股压力铺天盖地向我袭来，我心慌、害怕，同时又为自己的怯场感到愤怒，迫使我要去做出某种突破。

我反反复复咀嚼他说过的那句话：

"你们擅长用演技支配别人，而我能直接支配别人的人生。"

这句话在我脑海里来回晃荡，我心中坚持的许多理念开始消散，支撑我精湛表演的信念逐渐土崩瓦解，我一度觉得自己已经没法再投入进去了。

然而我没有回头路可走，必须继续为他服务，还不能掉链子。在不断的纠结矛盾中，我不得不强行咽下我的愤怒、我的苦闷，专心琢磨每一个细节，尽力挖掘服务终端的潜力，并将其转化为一个个行动策略和可执行的技术手段，然后又融入我的服务当中去。

我深深明白，这就是我最后一场表演了。

我完全进入了状态，M先生对我也愈发信赖和倚重起来。

当然，这远远谈不上友谊，说白了，他就是精神太空虚。他的身份决定了他无法与任何一个"朋友"分享喜怒哀乐，只能找我这样还算有点儿层次的"情感服务员"而已。

过了不久，我们除了谈天说地，共享心情体会之外，他有时外出活动也会召唤我前来。比方说登山或者潜水的时候，给我开个共享视角，在赛车场上一起狂呼乱叫着疯狂追逐，或是驾着他的私人游艇出海钓鱼。只是他仍不肯进行任何单独的冒险活动，对我的种种鼓动和嘲讽始终无动于衷。

"我承认你说得有点道理，但都不适合我。"M先生是个非常谨慎的人，尽管磁疗头盔在实景服务时，情感连接会伴随一定的动作映射能力，但他的意志显然强过了我，他只允许我的情感成为他精神的某种补品，视为一种服务来享受，却极少给我机会去影响他的身体动作。

他似乎有种野兽般的直觉，警惕任何危险的信号，哪怕放弃更强烈的刺激和享受。

我也采取了渐进的方式，慢慢让他在可接受的范围内，偶尔尝试一下我针对他开发的新节目。

有时我会带动他拿起一把锯子，默默锯上半天木头，脑海中始终一片空白；或者对着水面静静发呆，心绪随着鱼儿挣脱钓钩的涟漪起伏，神游天涯海角；他心情大好时，我们一起合作生火下厨，然后捏着鼻子吃下自己做的黑暗料理。

M先生不知不觉成了我的试验田，我惊奇地发现，自己的演技再次有所提升。而我在他身上取得实验数据，经反复推敲验证后，又极大地促进了公司私人情感顾问项目的开发进程。

阳光活泼的角色在我们的指点下去连接抑郁症患者，干涉他们灰暗的心理；社交恐惧症们在乐观自信的主播全程陪同下，站在演讲台上侃侃而谈；内向羞涩的姑娘在主播的鼓动下爆发热情，对着男神勇敢示爱……

而我，也终于等来了机会。

在那座城堡似的豪宅中，斜阳穿过打开的落地窗，满地金光闪烁。

M先生手捧一杯白兰地，站在窗台边兴致勃勃地同我讲起了他新做成的一笔生意。

"……后来我把条件一开，对方那位总裁脸都绿了。不过没办法，谁让他不识相，这笔买卖亏本也得做！"他得意地笑了笑，遥遥举了一下酒杯，啜饮了一口。

我当然清楚，他自诩的所谓高明手段，无非是依仗权势给人下绊子，然后逼人往坑里跳。

不过我还是不失时机地送上了连篇溢美之词，让发自内心的自豪和赞叹荡漾在他的脑海之中。同时竭力表演起"当年生意破产"时的心情，让他真实体会到得罪自己的那位倒霉蛋是如何的可怜悲惨。

他满意地干了杯，此时我敏锐地察觉到，一股醉意从他的终端传来。

我深深地吸了一口气，睁大眼睛竭力向他传递出清醒和放松的脑电波信号。

　　头盔的情感共享机制起了作用，他似乎没察觉到自己已经醉了，在我东一句西一句的家常话中，又给自己满上了一杯。

　　这一杯又见底后，清醒的天平又开始失衡，不过我已经轻车熟路，巧妙地再次用信号骗过了他的感知。同时我分明感觉到，M先生的意志正变得薄弱起来。

　　终于，在双方的情感角力中，我头一次占据了上风。

　　喝完第三杯后，他也意识到了不妥，嘴里咕哝几句，放下了酒杯，专心同我讲起话来。

　　日头已经快完全下山了，一阵穿堂风吹过，掀起了落地窗的织缎长帘，歪歪扭扭地挂在窗台上，一半在内一半在外，显得很是难看。

　　M先生皱了皱眉，这个动作被头盔捕捉到了，并忠实地传到我这里。

　　我心下一动，尝试着将这种情绪提炼、放大，并代入到他的角色之中。

　　他犹豫了几秒，还是不耐烦地走向窗台，俯身从窗外捞起窗帘。

　　我放松了对他醉意的压制，岩浆般的酒力顿时直扑他的大脑。

　　他浑身陡然一软，趴在了窗沿上。

　　然后我轻轻做了个双腿起跳的动作。

　　天旋地转中，我听到了连接断开的嘟嘟声……

　　我愣了半天，才记得摘下头盔，满头满脸全滴着汗珠，心里有种说不出的滋味。

　　窗外的地形我留意过很久了，掉下去断然没有生还的道理。

　　在M先生的那些资料中，我浏览过他投资的电影清单，不巧发现其中一部刚好是我出事前拍的那一部。我顿时想起当年接拍前曾有人暗示过我别抢那个男一号角色，不过当时那个擅长拍文艺片的老外导演却坚持跟我说没关系，不要去理会……

　　是的，没关系。他断送我的演艺生涯的那天，肯定想不到今天我会用科学和演艺断送他的一切。

我知道，一切都结束了，头一次在一场戏中，我同时品尝到了入戏和出戏的双倍痛苦。

# 七

"你被捕了。"警察撞开门，亮出一张纸片，语气威严。

"罪名是什么？"

面对执法记录仪熟悉的红光点，我带着宿醉，迷迷糊糊地问道。

"性质十分恶劣。"法庭上，法官重重敲下审判槌，打断了律师的辩护。

"难以想象，要不是这场事故，还不知道会有多少人被你们继续蒙在鼓里！你们明目张胆地销售没有媒体终端许可证的器材，提供危险医疗服务，对社会造成了极大威胁！"法官痛心疾首，"就连我自己也险些上了你们的当，我还以为你们是正经企业。"法官满脸愤慨，"这真的……毫无底线，一定要严惩不贷！"

于是，我和特总就这样被指控非法经营、销售违规器材、过失致人死亡等罪名，当庭判了十年，随后双双被送去服刑。

监狱的情形跟我想象的完全不同。

我身边，如今充斥着形形色色的各类罪犯，如果换作以前，对我而言可都是难得的生活体验素材。但很可惜，我现在从他们身上没看出任何值得关注的闪光点，一个个目光暗淡、暮气沉沉，既没有对往事的吹嘘，也没有对现状的悔恨。

"你过几年断网的生活试试看。"我在劳作的间隙偷偷问一位身边的狱友，结果他没好气地这么回答。

"以前你上网都喜欢玩什么？"我问他。

"当然看直播了，那身段、那长腿、那刺激……"他擦了擦嘴角的涎水,嘿嘿笑了两声,眼神亮了起来。

特总在另一个监区,我放风的时候远远见过他几次。凭着职业的本能,我能察觉出来,似乎整个监狱里,痛苦只发生在我们两个身上。

但过几年就难说了,因为我感觉到,我的思维也在慢慢迟钝,每天的工作似乎也不那么累了……

几个月后的某一天,我被叫到了提审室,却意外地发现特总也在场。

我们面面相觑,静静等待发落。

"上头说给你们一个立功的机会。"

一名领导模样的中年狱警踢来两把椅子,示意我们坐下。

"需要我们做什么?"我掩饰住激动,谨慎地问道。

"是这样的,"中年警官满脸堆笑,"相信大家也看到了,监狱当前的改造方式不是很跟得上时代。怎么说呢?对那帮木头人,真是关也不是,放也不是,因此我们觉得——"

警官的声音陡然变得非常坚决,"他们应该接受情感上的熏陶!"

我心中闪过不祥的预感。

只见这位警官的手里,魔术般地亮出一副漆黑的头盔!

"你们分个工,如果没问题,现在就可以开始演艺了!"

METAVERSE

+

# 夺魂者

于 岳

　　《夺魂者》所关注和演绎的，是很少有人注意到的一个特别危险的可能性：元宇宙技术对人类"灵魂"的侵蚀。

　　为了进入元宇宙，人类"灵魂"不得不实现高度数字化，因此拥有高强数码技术实力的实体组织和个人，就拥有了对其他人"改魂夺魄"的能力！作者所描绘的未来星际殖民帝国中，帝国当局和它的反叛者竟然把人民大众的躯体当做了战场，肆无忌惮地操纵经过数字化改造的平民百姓，无所不用其极地展开厮杀对抗，这场秘密战争中被删除了记忆的人，竟然对自己以前的悲惨遭遇产生不了共情，因此也就不能产生对帝国的仇恨与叛逆……

**特大新闻：埃拉迪亚总督弗兰克·诺曼伯爵拔枪杀妻！**

　　来自埃拉迪亚的消息：日前，埃拉迪亚总督弗兰克·诺曼伯爵在官邸内枪杀了自己的妻子艾琳娜·诺曼女士，行凶手枪上的DNA记录和现场摄影机拍摄到的画面都清楚地揭示了这一点。但是，诺曼伯爵矢口否认自己参与谋杀的事实，并且一再表示自己对官邸内配置的远程义体毫不知情。

　　请不要换台，辰星社将为您跟踪报道这一特大新闻。

　　贝克·尼尔森刚关闭新闻频道，辰星社漂亮女主持的全息影像立刻被一大堆公文所取代。现在的记者越来越无孔不入了，凌晨4点发生的命案，还没到上班时间就被捅了出去。

　　本来帝国内务部打算封锁消息息事宁人的，毕竟行星总督枪杀自己的老婆，怎么说也是件给政府严重抹黑的事情，然而现在看来纸已经包不住火了。尼尔森真有点怀念二十年前那个《媒体良化法》还在施行的年代，虽然说公民们的知情权多少受到了侵害，但是总比现在这几个新闻社的跳梁小丑整天在电视上叽叽歪歪强得多。

　　伴随着电动轮的嗡嗡声，一台自动机器人来到了尼尔森的办公桌前，这个家伙和它众多的同类一样，有着一副圆滚滚的身躯，在这副身躯内隐藏着一台合成咖啡机和一部自动三明治制作机，无论是食物还是饮料，都可以3D打印出来。

　　"请问您需要咖啡吗？尼尔森警长。"机器人用它一成不变的电子音问道。

　　"最浓的黑咖啡，"尼尔森说，"加一块糖。"

　　几秒钟后，一杯咖啡出现在办公桌上，服务机器人随后转身离开了。

　　尼尔森一口气喝光纸杯中的咖啡，顺手把空杯子扔进旁边的垃圾桶，不过他今天的手感差一点，纸杯偏离目标，在垃圾桶的边缘弹跳了一下，然后掉到了外面。

一台清洁机器人见状急忙跑过来，把这个空杯子装进了自己肚子里的垃圾箱。

十几分钟的时间很快过去了，大厅里那台老钟的时针指向上午8点30分，警察们陆陆续续地来到警署上班。

喧闹的声音响起，一名超过羁押期限的流浪汉被两名警察请出了牢房，但是他显然不愿意离开免费供应食宿的拘留所，结果立案大厅一角突然发生了争执，而争执很快上升为了拳头对决，许多警察过去帮忙，导致现场更加混乱……

虽然办公设备先进了上千倍，但是这座殖民行星上的警署和它在地球上的祖先却没有本质区别。

警察们终于平息了闹事分子，骂骂咧咧地把他们重新关进了牢房。尼尔森回到自己的办公桌前，就在这时，一个视频通讯接入了他的私人频道。

对方署名是罗伯特·汉尼拔教授，尼尔森以前帮这位教授处理过一个案子，两人因此建立了友谊。这次尼尔森向教授先生求助，很快就得到了回应。

尼尔森正了正领带，接通了视频通讯。一位头发灰白的老人出现在视频对话框中，他看起来已经七十多岁了，苍老的脸上布满了皱纹。但这位教授可不是个普通的老人，而是远程义体技术领域最顶尖的专家之一。

"你好，尼尔森先生。"教授礼貌地说，"看起来您又熬夜了。"

"还不是总督大人害死人……今天凌晨总督一枪崩了他的老婆，害我们折腾到天亮。"尼尔森苦笑了一下，"教授，我给您传过去的资料您已经看到了吧？里面是维邦远程义体服务公司的技术资料，直接从总督那台远程义体储存箱提取出来的，那个横征暴敛的混蛋总督就是利用那具远程义体枪杀了他老婆，然后立刻把意识传输到几光年以外，试图制造自己不在现场的假象。"

"这些技术资料显示的信息的确如此，"教授说，"但尼尔森先生，您是个很聪明的人，这些技术资料只要交给你们的技术鉴定部门就能解析，而您却把它们给了我。我想您已经发现了或者正在怀疑某些事情吧？"

"哼，我不认为那个害我们折腾半宿的混蛋会想出这样弱智的犯罪手段，而且他一再坚决否认这一点。因此，多年的经验告诉我，这里面一定有问题。"尼尔森话锋一转，"教授，您难道认为像星域总督这样的高官，为了除掉自己的老婆非要亲自动手不可吗？"

"您的确是个聪明人，尼尔森先生。"说着，教授传输了一些图像资料过来，"请注意这张脑波配形图，它和原来的脑波记录存在非常细微的差异，波峰和波谷都存在1.3%左右的不正常波动。当然了，在你们的技术鉴定人员眼里，这些差异并不是什么大不了的事情，但作为一个专家，我要告诉您的是，这份记录里面的确存在着一个秘密。"

"秘密？"尼尔森眉毛一扬。

"这是一个不为人知的秘密，"教授神秘地说，"知道这个秘密的人往往会被不幸所缠绕，很多人还因此丢掉了性命。您确定要卷入其中吗？"

"消灭犯罪是帝国皇家警察的职责！"尼尔森咧嘴一笑，"请告诉我真相。"

"真相可能有些耸人听闻。"教授的神情严肃起来，"激活那具远程义体的，很可能不是总督本人，而是别的什么人。"

"这是不可能的事情。"尼尔森笑了起来，"教授，您在跟我开玩笑吗？"

"玩笑？不，您错了，尼尔森先生。"教授说，"能够潜入别人的远程义体、盗用他人身份的夺魂者，是真实存在的。我为帝国生命科学院效力了二十年，然后又为维邦远程义体服务公司效力了十年，在这期间我们一直在和那些黑客打交道。将人的意识从身体中抽取出来，然后转换为数字编码，传输到几光年之外的义体储存舱，然后再写入新义体的大脑……这一过程本身就是一个复杂的技术问题。在数据进行写入的时候，如何维持自我意识非常关键，混乱的记忆与各种神经冲击都会使自我意识崩溃。自我意识一旦崩溃，即使写入成功也只是一个废人。在远程义体技术开发的初期,的确出现了很多问题,但是随着技术的进步,这样的问题已经不会再出现了。从理论上说,把自己的意识写入到别人的电子脑里是件不可能的事情,但这仅仅只是理论。一些自我意识超强的人也许可以做到这一点,他们能忍受脑波配形期间的混乱状态,能够在任何时候保持自我意识——这种情况在远程义体技术研究初期曾经出现过至少一例,只不过后来这方面的技术变得越来越安全,就没有人再提了。"

"您的意思是……有人在陷害那个混蛋总督?"

"我可没有这么说。"教授露出了一丝微笑,"我们只不过是在进行早饭后的闲聊,讲述一些奇奇怪怪的都市传说,是这样的吧,尼尔森先生?"

"的确是这样。"尼尔森淡淡一笑。

"那么,我要去给学生们上课了。"教授离开了座位,"再见,尼尔森先生。"

"再见,教授。"

看来这个聪明绝顶的老头子是不想在这件事情上陷得太深,但他的确提供了非常重要的情报,这些情报可能是国家机密,也可能是那些远程义体服务公司的商业秘密。但不管怎么说,这个秘密确实有些烫手。

结束了上午的工作,尼尔森换上外套,离开了警署。

从昨天晚上就开始的小雨丝毫没有停息的迹象,冰冷的雨水从阴沉的天空飘落在满是白色蒸汽的街道上,把原本坑洼不平的路面弄得泥泞不堪。

在弥漫的雨幕之中,巨大的全息投影广告和各种霓虹灯在夜色中交相辉映,超大型虚拟广告牌高悬于夜空之中,不断循环播放着各种消费广告。而在这象征繁荣的辉煌灯火之下,却是破败肮脏的街道和颓废麻木的帝国公民,人行道上的垃圾无人清扫,泡在雨水之中的一次性饭盒散发着腐败的臭味。

这里是埃拉迪亚的首府诺因，一座在帝国扩张初期就建立的城市，它古老而神秘，充满了各种各样的都市传说。

发生凶案的总督官邸，仍旧在警察们的严密封锁之下，不过现在封锁消息已经不那么重要了，辰星社的大嘴巴一早就把一切都捅了出去。帝国内务部已经开始接手调查工作，警察们正在有组织地撤出现场。

尼尔森绕开了挤满记者的前门，在后门出示了工作证之后，顺利地进入了凶案现场。

地毯上的血迹还没有清理，但是总督夫人的尸体已经运走了。总督夫人是一位教徒，身体几乎没有经过电子化改造，所以子弹直接要了她的命。原先尸体倒下的地方只留下了一个虚拟的全息影像，用于记录尸体的姿态。几台勘测用小型机器人不断地爬来爬去，用低功率激光反复扫描着现场。不远处，一位身穿黑色制服的内务部上校正冲着部下大喊大叫，这些军人和特工干起活来显然没有刑事警察老练专业，他们总是把简单的事情弄复杂，复杂的事情弄糟糕。

维邦远程义体服务公司的一位技术总监正在现场帮助分析义体储存舱里的数据资料，尼尔森找的就是他。

"巴克先生，"尼尔森礼貌地摘下了帽子，"能借一步说话吗？"

"当然可以。"技术总监克力佛·巴克点了点头。

两人离开安置义体储存舱的房间，来到走廊尽头的凉台上。

雨还在下着，总督官邸的花园笼罩在一片薄薄的雨幕中，官邸内的调查人员在远处走来走去，这里的确是个没人打扰的好地方。

"你抽烟吗？"尼尔森掏出了香烟。

"不，我不抽烟。"巴克摆了摆手，"警官，您想跟我谈什么事情呢？"

"关于夺魂者。"尼尔森轻描淡写地说道。

巴克脸上的笑容凝固了零点几秒，但并没有表现出任何慌乱，他脸上的微笑很快又变得自然起来，好像刚才的震惊完全没有出现过。

"您在说什么啊？警长先生。"他笑了起来，"您也相信那些无根无据的都市传说吗？我向您保证，本公司提供的远程义体服务具有极高的安全性，想把自己的意识克隆到别人的身体里是不可能的事情，这一点请您放心。"

不过，尼尔森已经得到了自己想要知道的一切，这位技术总监那一瞬间的慌乱，足以证明他完全知道夺魂者的存在。

"其实我想说的是……嗯……"尼尔森故作犹豫，"因为工作原因我想在贵公司设置一具远程义体，这样比较方便我办公。"

"没问题，警长先生。"巴克恢复了常态，"维邦远程义体服务公司随时为您效劳。只需要填写一份简单的表格，再抽取一些组织细胞，四十八小时后我们就能为您准备好一具远程义体，并且免费把它送到任何有本公司储存设施的地点。"

"那就说定了。"

虽然这种做法主要是为了打消对方的疑虑，但尼尔森确实想尝试一下远程义体，设置远程义体需要支付一万八千帝国马克，不过对于他这样的公务员来说，这点钱并不算太多。

又寒暄了几句之后，尼尔森不动声色地结束了谈话，他的脑子里已经有了一个粗略的计划。

快到中午的时候，警察们完全把调查工作移交给了内务部，尼尔森带着他的手下集体撤出了发生凶案的总督官邸。

回到警署，他一如既往地开始批阅卷宗，从凶杀案笔录到各种申请，五花八门，应有尽有。

好不容易熬到下班，尼尔森又像往常一样，拖着疲惫的身躯向自己的公寓走去。自从五年前离婚之后，他就一直住在这套廉价公寓里，他的前妻和独生女都不愿意再和他扯上任何关系，在她们眼里，他是个十足的工作狂，一个不称职的父亲和丈夫。尼尔森并不是没有钱搬进好一点的住宅，而是他觉得没必要。五年来，他一直想靠养宠物来摆脱那份挥之不去的孤独和寂寞，但在先后死了三只猫和五条狗之后，他最终放弃了努力。

白色的蒸汽从路边的下水道里飘散出来，地下的供热管道在寒冷的季节总是喜欢制造这样的人造雾气。五光十色的霓虹灯和巨大的全息广告屏交相辉映，淅淅沥沥的小雨总是下个不停。雨水慢慢地侵蚀着人类制造的混凝土沙漠，街道因为小雨而变得泥泞不堪，排水沟里流淌着混浊的泥水，向着下水道奔涌而去。浓妆艳抹的年轻人穿着光亮的外套，把自己装扮得犹如发光的孔雀。

几个披着塑料布的乞丐在街边冒雨乞讨，那位失明的艺人依然在老地方吹着萨克斯，尼尔森像往常一样给了他一枚硬币，然后快步走向街角的车站。

等车的人很多，不过这些人几乎全都是这座城市的贫民，你只要抬起头就能看到那些坐在飞车里在天上飞来飞去的富人，不得不依靠老式磁悬浮交通工具的只有这些最穷的贫民。

尼尔森当然不算是贫民，他有着一份体面的工作和不错的收入，但是他却不想坐在飞车里在人们头顶上耀武扬威。作为一个出身平民阶层的荣誉贵族，他曾经是光荣的皇家近卫军的一员，对于上流社会腐朽的生活一直相当反感。也许正是由于这个原因，他的前妻和独生女全都离他而去，因为她们期盼的并不是这种清贫的生活方式。

纷飞的细雨之中，一辆老旧的磁悬浮公共汽车在车站前停了下来，它全身饱经风霜锈迹斑斑，现在车底又沾上了一层污泥。驾驶这辆巨大的交通工具的是一位漫不经心的年轻人，他看起来并不满意自己现在的工作。

公共汽车刚刚停下，人群就蜂拥着挤向车门，争先恐后地登上公共汽车，小孩子在哭，女人在叫骂，但是所有的人都拼着老命往上挤。

看着混乱的人群，尼尔森顿时失去了搭乘公共汽车回家的心情，不过最后他还是咬咬牙挤了上去。

晚上七点，尼尔森回到了自己狭窄的公寓。歇斯底里的房东太太正和隔壁的一对年轻夫妇吵得不可开交，但是当尼尔森从她身旁走过的时候，这位干瘦得如同木乃伊一样的老太婆立刻露出献媚的笑容。在她看来，尼尔森还算是个不错的房客，至少每个月的第一天他都会主动交上房租，而且五年来从不拖欠。关上房门，外面的争吵仿佛发生在另外一个宇宙，高性能隔音材料把这座小小的公寓变成了一个安静的私人空间，虽然它又小又破，但却非常安静。

把外套挂在衣架上，尼尔森从冰箱里拿来了啤酒，然后靠在躺椅上准备接入互联网。他后脑枕骨下方有一个小型无线网络接口，只要启动它，就能直接登入互联网。说实话，尼尔森的大脑电子化程度并不高，只有63％多一点，远远低于现在年轻人85％的平均值。不过电子化程度不高也带来了另外的好处，那就是他可以一边上网一边喝啤酒。虽然将自己和电子体完全融合直接体验绚丽多姿的网络世界是件很诱人的事情，但是一想到自己的大脑将被换成一堆芯片和电线，尼尔森就再也不想这件事儿了。

登录网络非常顺利，全息界面直接通过视觉信号传递给了尼尔森的大脑，虽然还做不到真正的身临其境，但对于思想有些保守的尼尔森来说，现在这种程度已经足够了。

尼尔森在纷乱的公共服务器中搜索"夺魂者"这个关键字，导航程序立刻给出了一大串主题聊天室的地址，最后他选择了一个访问量最大的聊天室并尝试加入。

飞舞的二进制代码组成了一个近乎真实的房间，这里酷似古罗马的元老院，加入聊天室的电子体们围坐在半圆形的观众席上，一位发言人正在台上向所有人发言。而发言人身后的全息大屏幕，又让尼尔森想起了自己的军校生活，虽然台上的并不是什么著名教授，也不是脸色阴沉的教官。

尼尔森激活了自己的电子体，他化身为一位年轻英俊的近卫军中尉。这位身穿黑色制服的年轻人是尼尔森根据自己年轻时的样子设定的电子体，只不过他身上的近卫军服已经不再使用了，现在近卫军的军服都换成了漂亮的深蓝色制服，显得有些过于张扬。

尼尔森的出现并没有引起太多的关注，因为这里的电子体大多都是奇装异服，有17世纪的法国贵妇、中国的剑客、伊斯兰的暗杀者、中世纪的骑士、身着和服的大和美女……总之只要你能想到的，都能在这里看到。相比之下，这位年轻英俊的近卫军中尉就显得正常多了。

台上的发言人把自己打扮成了麦当劳叔叔一样的小丑，他滔滔不绝地讲述着自己关于夺魂者的研究成果，台下的观众听得如痴如醉，仿佛台上的小丑是位权威专家。

不过尼尔森听了几分钟，就发现这个人讲的完全不靠谱。他毫不客气地站出来推翻了小丑的全部论据，使得全场一片哗然，几乎所有人的目光都集中在了他的身上。

尼尔森露出一丝微笑，计划进行得很顺利，至少最初的目的达到了。

小丑灰溜溜地离开了讲台，在角落里退出了聊天室。尼尔森旁若无人地取代了他的位置，两份脑波配形图出现在他身后的全息屏幕上。

全场立刻传来一阵窃窃私语，所有人都在关注这个陌生人到底带来了什么。

"大家请注意看这两幅图，"尼尔森模仿教授的口吻说，"把它们重叠在一起我们可以看到，配形图的波峰和波谷存在1.3％的误差，这样的不正常波动，虽然可以看作设备故障引起的偶然现象，但如果每道脑波都存在这样的现象，就足以说明问题所在。使用这套设备把意识传输过来的人，并不是这具义体原本的主人。"

台下顿时骚动起来，也许这些网民从来没有看过真正的证据。

"但是先生，"一位法国贵妇人站了起来，"你这些资料是从哪里来的呢？如果是利用假数据捏造出来的，我们自己也会做。"

"问得好。"尼尔森表现得像一位真正的教授，"这个波形图我不介意你们拿去传播，它来自今天凌晨发生在本市的枪击案现场，就是总督官邸那具用来行凶的远程义体的储存设备。维邦远程义体服务公司的加密码与特殊代码都在资料中，足以证明其真实性。我们有理由相信，干下这宗杀人案的并不是总督本人，而是盗取了他的远程义体的夺魂者。请问各位，你们还能找出更加直接或者真实的证据吗？"

台下顿时一片哗然，几乎所有的人都呼出了自己的控制面板，开始下载这些数据。

尼尔森优雅地结束了自己的发言，走下讲台回到原来的位置上坐下。下一位发言者立刻迫不及待地走上了讲台。他的目的已经完全达到了，传播这些资料足以引起那个神秘黑客的注意，这是执行下一步方案必需的准备工作。

"很精彩的发言，近卫军先生。"

"谢谢。"

尼尔森转过脸去，发现说话的是一位穿着蓝色连衣裙的美丽少女，她看起来十五岁左右，有一头乌黑的长发和一双比黑夜还深邃的眼瞳，从打扮上来说，可能是这里少数几个看起来比较正常的观众。

"你在追踪那个黑客吗？"少女问道。

"此话怎讲？"尼尔森警觉起来。

"只是随便问问，"少女露出了笑容，"贝克·尼尔森警长，你把警方的关键证据拿到网上传播，就不怕被炒鱿鱼吗？"

这下轮到尼尔森震惊了，自己面前的少女显然不是一位普通的听众。

突然，周围的声音全部消失了，窃窃私语的观众们安静下来，好像一群突然断了线的木偶。实际上他们真的变成了木偶，虽然衣着没有丝毫改变，但是衣服里面的人却变成了白色的与真人等身大小的人体模特。在寂静的聊天室里充斥着这样的假人，气氛一下子变得诡异起来。

"放心，"少女淡淡地说，"我只是把你从聊天室隔离了出来。这里是我的私人空间，我们所有的谈话都不会被第三人窃听。"

"你到底是什么人？"尼尔森有些紧张。

"我是'偶戏师'。"少女微微一笑，"一个普通得不能再普通的电脑黑客。"

"普通得不能再普通？"尼尔森的嘴角浮现出一丝冷笑，"据我所知，偶戏师可是网络中的顶级黑客，而且这个人从来没有露出过任何破绽。

我们网络安全部的警官们整天被弄得头昏脑涨,虽然他们抓住了不少自称偶戏师的家伙,但最后证明那些都是冒牌货。"

"我可不是冒牌货啊。"少女有些生气地抱起手臂。

"不过,你能瞬间把我隔离在这个私人空间,足以说明你的确本事不小。"尼尔森说,"但我暂时还不能肯定你就是偶戏师,况且偶戏师没事干吗要和我这个警察接触呢?你难道不知道我们中的很多人都想抓住你?"

"原因嘛……各种各样,"少女吞吞吐吐地说,"不过,在此之前我给你一个忠告,不,警告!'夺魂者'这件事,你最好不要陷进去太深,它关系到很多秘密,其中包括国家机密。如果你不想某一天突然被内务部的特工从家里带走然后在什么地方秘密处决的话,就最好不要再管这件事情了,毕竟它和你的工作没有什么关系。如果仅仅是因为一点好奇心而丢了性命,那可就太不值得了。"

"好奇心吗?"尼尔森苦笑起来,"我是个警察,我坚守手中的正义与心中的信念,让一个杀人犯逍遥法外,我无论如何也做不到!"

"既然如此,"少女站起身来,"明天晚上8点30分,国王酒店顶楼22号台,我们来讨论一下抓住那家伙的方案。"

"我们?"尼尔森诧异地问。

"因为某些原因……"少女顿了一下,"因为某些不便透露的原因,我想找那家伙谈一谈,也许他能给我长久以来我一直在追寻的一个答案。"

"喂,等一下!"

少女的电子体消失在了空气中,四周静止不动的木偶们顿时再次活动起来,声音又回到了大厅里,台上那位还在滔滔不绝地宣讲不知所云的长篇大论,下面的人则在交头接耳。不过,尼尔森知道自己已经没有留在这里的必要了,于是他断开网络连接,回到了现实世界。

突然接到偶戏师的邀请,这让尼尔森有些心神不宁,一夜没有睡好。

第二天早上,他像往常一样来到了自己的办公室,启动信息终端开始处理各种积压的工作。一边忙活,他一边从服务机器人那里要来了咖啡,当着所有人的面一口喝光。

"贝克,"警署负责人乔纳森·福克走了过来,"你还好吧,贝克?你看起来比昨天还要糟糕,睡眠不足,还是怎么回事?"

"乔,我没事。"尼尔森摆了摆手。

"哦,你最好找个机会把年假休了,"福克说,"最近你们刑事一科老是接到一些稀奇古怪的案子,我觉得你应该找个地方好好放松一下。你马上就要到退休的年纪了,我可不希望你就这么倒在工作岗位上,然后大家冒着雨排队站在你的墓碑前看着我给你发勋章……总之,你最好做个度假计划,去'老兵天堂'找个满是漂亮妞的沙滩好好享受一下,毕竟那可是皇帝陛下为你们这些退伍老兵御赐的福利,不享受的话就太可惜了。"

"我知道了,乔。"尼尔森点了点头,"我会认真考虑的。"

"考虑好了你随时可以来找我,"福克友好地拍了拍他的肩膀,"最好把你的度假计划也带来,我最近也想休假了。"

署长转身离开,回到了自己的办公室,两间办公室的门都自动关上了,尼尔森顿时有种如释重负的感觉。乔纳森·福克比他小五岁,总的来说是个相当不错的上司。与从近卫军转业到警察部门的尼尔森不同,他出身于警察世家,从小就接受了良好的高等教育,最后以当年第一名的成绩从皇家警察学院毕业。步入警界之后,乔纳森事业顺利婚姻美满,是一位各方面都无可挑剔的成功男士。

相形之下,尼尔森就差多了,年近五十的他几乎一无所有——五年前离婚后,大部分财产都被前妻瓜分走了。现在的他,除了一个不能世袭的荣誉子爵爵位,几乎一无所有。

就在这时,一个私人通讯接入了频道,是罗伯特·汉尼拔教授。

"早上好,教授。"尼尔森接通了通讯。

"早上好,尼尔森先生。"教授不紧不慢地说,"我昨天的分析结果似乎正在网上大肆流传,是您干的吗?"

"您打算兴师问罪吗,教授?"

"兴师问罪?"教授摇了摇头,"不,我丝毫没有这样的打算。不过尼尔森先生,现在几乎所有人都得到了'夺魂者'确实存在的证据,您作为证据的发布者,是不是有点太乍眼了?这件事情我已经警告过您不要陷入太深,但您不仅陷进去了,还把自己推到了风口浪尖上,您难道想成为众矢之的吗?"

"我只是想让那个家伙知道我的存在。"尼尔森说,"这样一来我才能进行下一步计划,最后抓住那个家伙。"

"您最好放弃这个打算。"教授摇了摇头,"从各方面来看,这都太冒险了。而且这件事不仅关系到几大义体公司的商业机密,还关系到一些不为人知的国家机密。不管怎么说,夹在两者之间的您,处境非常不妙。"

"那么,您的建议是……"

"立刻收手,不要再想这件事了。"教授说道,"就当它从来没有发生过,您什么都没有听到,什么都不知道。您知道,在我们这个国家,只要闭上嘴巴闭上眼睛不去看不去说,就能平安地活下去。我建设,趁着还没出事,您最好把一切都结束掉。"

"我会考虑您的建议的,教授。"尼尔森点了点头。

就在这时,一个十六七岁的男孩突然出现在教授身后。

尼尔森认识那个男孩,他是教授的孙子吉米,但令尼尔森大吃一惊的是,这个男孩突然举起手,将一把泛着黑光的手枪对准了教授的后脑勺!

"教授,小心身后!"尼尔森大喊道。

"什么?"

教授转过脸去,没想到正好撞在少年的枪口上,随着一声闷响,尼尔森面前的画面变成了一片红色!

汉尼拔教授被杀了,凶手是他的孙子,而且这一切就发生在他的面前!尼尔森惊呆了,一时之间不知道该如何是好。

"贝克·尼尔森警长,"少年神经质地把脸凑到摄像头前,"如果你敢继续妨碍我的复仇,那么下一个挨枪子的就是你!"

话音未落，那张扭曲的脸消失了，屏幕变成一片雪花，视频中断了。

"可恶！"尼尔森一拳砸在终端屏幕上，他怎么也没想到会把教授卷进去。

关着门的办公室非常安静，尼尔森很快冷静了下来，刚才杀人的吉米显然不是他本人，那个怯懦的少年绝对不会有杀手一样的眼神。那个神秘的夺魂者，显然盗用了吉米的远程义体，并且犯下了这宗骇人听闻的谋杀案。

警察的职业思维高速运转起来，尼尔森开始分析凶手的警告，他很快从那句简单的威胁中分离出了一个关键词：复仇。

既然是复仇，那么受害者之间一定存在某种联系。

尼尔森利用自己的权限，迅速从数据库中调取了弗兰克·诺曼伯爵和罗伯特·汉尼拔教授的资料，但是看似正常的个人资料中，却都存在一些被巧妙修改的痕迹，而且两人资料中被修改的部分在时间上几乎完全吻合。

就在尼尔森想继续调查的时候，却发现自己的权限不够了。

事情很明显，他接触到了一些不该接触的东西。

但尼尔森不能坐视不理，汉尼拔教授是他的朋友，尽管不是非常好的朋友，但对于他的死，尼尔森觉得自己负有责任。他决定继续按计划推进，在此之前，他认为自己有必要跟偶戏师见一面。

晚上8点30分，国王饭店顶楼。

一位穿着红色晚礼服的年轻女子坐在尼尔森对面，她年轻而漂亮，有着一头白金般的卷发和一双天蓝色的眼睛，精致的五官几乎无可挑剔。

相形之下，身穿深黑色警察制服的尼尔森，显得又老又有些邋遢，他已经很长时间没有修面了，如果不是这身警服，侍者肯定会叫来保安把他赶出去。

"是偶戏师吗？"尼尔森试探着问道。

"我还以为你不会来呢……"金发美女微微一笑,"时间掌握得很好,8点25分你就在这里坐下了,不让女士等待是最起码的绅士风度。至少这一点你做得不错,贝克·尼尔森警长。我们的话题应该从哪里开始呢?"

"这不会是你的本尊吧?"尼尔森问道。

"你可真会开玩笑,警长先生,"偶戏师笑了起来,"这个身体是我借来的,只要大脑电子化程度超过50%的人,我都能入侵他们的电子脑并对他们的身体加以控制,因此我才会被称为偶戏师。"

"那么……你控制的这个女人……会怎么样?"尼尔森试探着问道,"我是说,咱们之间的谈话内容,她能听到吗?还有……"

"这一点请不用担心,"偶戏师打断了他,"这个女人的意识现在被我冻结在了脑前叶,我们谈话的几个小时对她来说只是短短的一瞬,当我把身体还给她的时候,我会进行一些技术处理,她永远不会知道自己曾被我附过身。而且在离开之前,我会彻底清空她的外部记忆区,任何证据都不会留下来。请相信我,这方面我是最专业的。"

"看来你精于此道。"尼尔森点了点头,说道。

"当然了,因为我是偶戏师。"偶戏师微微一笑,"那么警长先生,我们来谈谈正事吧,关于如何抓住夺魂者的事情。"

"我就是为此才和你见面的,"尼尔森把双手交叉在胸前,"但是在开始之前,有一件事情我必须确定一下。"

"但说无妨。"

"你帮我抓住那个家伙的目的是什么?"尼尔森严肃地问道,"你是个可以操纵别人身体的极度危险的黑客,虽然你并没有犯下任何严重的罪行,也没有干出什么太出格的事情,而且在你操纵的人身上我们也得不到任何证据,但在我眼里,你毕竟是个犯罪分子,你帮我抓住那个杀人凶手,绝对不是一时兴起。你的目的到底是什么?"

"在我们彼此取得信任之前,亮出底牌并没有什么好处。因为某种原因,我没有办法以真面目示人,虽然我能入侵别人的电子脑,将受害者像木偶一样操控,但是这种方式有很大的局限性,而且风险很高。

因此，我在现实世界中需要一个代理人，而你，尼尔森警长，正是我最佳的人选。至少在这件事情上，我们有着共同的目的，可以互相展开合作。"

"你回避了我的问题，偶戏师。"尼尔森微微一笑，"虽然你坦诚了自己的苦衷，但你还是没有说出你的目的。我在警察这一行干了二十年，问过无数犯人的口供，避重就轻转移视线的方法对我不管用。如果你真有诚意的话，就告诉我实情。"

"你果然是个精明人。"偶戏师移开了目光，"我的目的很简单，在你抓住他的时候我要问他一个问题。"

"是什么样的问题呢？"

"到时候你自然会知道。这个问题对我来说非常重要，也许那个人可以给我一个答案。因为我和那个人身上有不少相同点，我确信我们之间存在某种联系。"

"原来如此，"尼尔森点上了一支烟，"在这件事情上，我姑且信任你，偶戏师。不管你那该死的问题是什么，只要你能帮我抓住那个家伙，我可以给你一个小时让你随便问。"

"一个小时？"偶戏师再次避开了他的目光，"要不了这么久，几分钟就可以了。"

"那么，这些资料交给你。"尼尔森利用手机同偶戏师建立了连接，把外部记忆区储存的资料传给了偶戏师。两位受害者的资料立刻出现在偶戏师的视野中。他们使用的是加密通讯，外人看不到。

"这些人是……"

"弗兰克·诺曼伯爵和罗伯特·汉尼拔教授。"尼尔森说，"弗兰克·诺曼是一天前枪击案的凶手，受害者是他老婆，这件事情已经证实是夺魂者所为。另外一位汉尼拔教授是我的朋友，就在今天上午，那个混蛋操纵他孙子的远程义体杀了他。不过这两人的关系并不是这么简单，他们的个人资料都存在被巧妙编辑过的痕迹，仔细分析后发现被编辑部分在时间上差不多，都是大约十五年前。最重要的是，凶手在对我的威胁中提到了'复仇'，因此我有理由相信，这一切都存在着某种联系。"

"警察的标准思维。"偶戏师点了点头,"你的思路基本上是对的,警长先生。不过……你还忽略了一些重要的东西。"

"我忽略了一些东西?"尼尔森拧起了眉毛。

"更深层次的东西。"偶戏师指出,"能够如此巧妙地对个人档案进行编辑,恐怕没有哪个黑客可以做到这一点。资料被编辑得很巧妙,几乎滴水不漏,如果不是内行,根本看不出其中的问题。能做到这一点的,恐怕只有政府了,只有他们的工作人员才能把一切做得近乎天衣无缝。尼尔森先生,你必须明白一点,现在在你面前的,并不是一马平川的大道,而是一个危险的十字路口。如果你执意追求真相,你很可能会被国家机器碾压成粉末;而如果你就此退出,忘掉一切,那么就不会再有危险。警长先生,现在退出,还是来得及的。接近真相就意味着接近死亡,你会如何选择呢?"

短暂的沉默后,尼尔森抬起头来,慢慢说道:"我是皇家警察的一员,以皇帝陛下之名,伸张正义是我的使命,我绝不允许一个杀人凶手逍遥法外。"

"很好,你的决心我一并收下了。"偶戏师望着尼尔森,"我会尽快查出这些资料背后隐藏的东西,到时候我会和你联系。"

"偶戏师,你最好快一点。"尼尔森说,"我不希望第三个受害者出现在死亡名单上,那家伙的复仇并没有结束。"

"不要小看我,"偶戏师淡淡一笑,"我可是SS级别的顶级黑客,在下一个受害者出现之前,我一定会把他的名字送到你的手上。时间不早了,对这个身体的控制差不多也快要到极限了,我们就此告别吧。"

"告别?"

没等尼尔森再说什么,偶戏师眼中的光彩就消失了,但仅仅过了一秒,她又像一台被重启的电脑一样缓过神来。虽然看起来没有什么变化,但是那仿佛能够看透一切的目光,却永远地从她眼睛里消失了。

"这里是?"那个女人疑惑地看着尼尔森。

尼尔森这时候要多尴尬有多尴尬，偶戏师说走就走了，却把这个烂摊子丢给自己。

"您刚才睡着了，小姐。"尼尔森尽量保持着笑容，"我看到饭店没有空位置了，就在这里坐了下来，不过不用担心，我马上就走。祝您度过一个愉快的夜晚，再见。"

说完他灰溜溜地离开座位，向最近的电梯走去。原本等着点菜拿小费的侍者，一脸不解地目送他走进电梯。

第二天一早，尼尔森就向乔纳森·福克署长递交了休假申请，后者什么都没说就批准了假期。

拿到正式的休假许可，尼尔森迈步离开警署。他穿过混乱不堪的立案大厅，沿着大理石台阶来到了宏伟的正门。

就在这时，手机铃声响起，尼尔森拿出手机接通了号码，对方是维邦远程义体服务公司的客服人员，他告诉尼尔森，远程义体已经定做完成，随时可以运往需要的地方。

尼尔森给了客服一个详细地址，对方承诺24小时之内送货上门。

回到公寓，尼尔森打开邮箱，一封偶戏师发来的邮件赫然躺在邮箱里。他打开了邮件。

一份详细的电子表格出现在屏幕上，其中包括一份很长的名单。不过，名单上的大多数人已经不在了，仅存的几人中又有两人的名字后面被打上了"谋杀"的标记，他们正是弗兰克·诺曼和罗伯特·汉尼拔，而第三个名字，竟然是乔纳森·福克！

"糟糕！"尼尔森从椅子上跳起来，抓起外套就冲出门去。

他以最快的速度返回了警署，三步并作两步冲上十六楼的署长办公室，看到他握着手枪在走廊上狂奔，沿路的警员纷纷投来诧异的目光。

"头儿，出什么事儿了？"他手下的一位刑警问道。

"带上人跟我去署长办公室！"尼尔森命令，"有人要杀署长！"

"啊!？"

警察们大吃一惊，纷纷掏出随身携带的手枪跟在尼尔森身后狂奔起来。

一群人冲到十六楼的署长办公室门口，却发现大门被反锁了。

就在大家准备破门而入的时候，里面突然传来一声沉闷的枪响。

"冲进去！"尼尔森对着门锁开了一枪。

柚木大门被撞开了，警察们鱼贯而入。

突然，一串从侧面射来的子弹将冲在最前面的两名刑警当场击倒在地。

尼尔森掉转枪口，却看到开枪的正是身着警服的署长本人。但是，办公室的旋转椅上却躺着另一位署长，他胸部中弹，奄奄一息。

就在大家犹豫的刹那，一枚手榴弹滚到了脚下，巨大的爆炸顿时吞没了办公室。

尼尔森在一片惨叫声中奋力推开压在身上的伤员，却发现那个假署长已经从安全出口逃之夭夭了。

他安排好手下救治伤员，自己一个人不管不顾地追了上去。

顺着安全通道一直追到停车场，尼尔森始终没有追上凶手，他最终在一辆卡车里发现了一个远程义体储存舱，但里面的义体正处于休眠状态，凶手已经把自己传输到别的地方去了。

不过，在远程义体储存舱的盖子上，凶手却留下了一句颇有挑衅意味的话：下一个就是你！

面对这赤裸裸的威胁，尼尔森露出了一丝冷笑。


警察总署发生的凶杀案，震惊了整个埃拉迪亚行星。

媒体和记者蜂拥而至，但却被手腕强硬的保安主任带人强行驱散。

尼尔森做了必要的汇报之后，离开了仍旧一片混乱的警署，他知道自己必须做个了断，而且不能再把任何人牵扯进来。

晚上，他登录了互联网，在最初相遇的那个聊天室里，他又见到了偶戏师。

那个有着一头黑色长发的女孩子仍旧坐在最不起眼的角落里,她似乎正在等待尼尔森的到来。

于是,一身黑色军装的近卫军中尉坐在了女孩身旁。

"新闻我看到了,"偶戏师说,"这次遇害的好像是你的上司。"

"他们应该都跟那个该死的计划有关。"尼尔森说,"对了,我们现在的谈话别人能听到吗?还是我们换个地方?"

偶戏师微微一笑,下一秒,那些吵吵嚷嚷的宾客统统变成了白色的人体模特,满场杂乱的声音也在一瞬间消失得一干二净。

"这样的话,就没有任何问题了。"

"你总是会给我惊喜……"尼尔森无可奈何地笑了笑,"你给我的虽然只是一分名单,但也牵扯到了不少机密。为什么不把其他东西都给我?"

"有些东西你还是永远不要知道的好,警长先生。"偶戏师叹了口气,"那是个非人道的人体改造和试验计划,前后进行了一百多年,就是现在也还在进行中。我想那个夺魂者,应该是逃脱出来的试验体,他要向那些把他当成实验品的人复仇。"

"哦?"尼尔森抬起了眉毛。

"他可能跟我一样,也弄丢了自己的身体……"偶戏师苦笑,"他因此获得了进入别人身体的能力,成了一个地地道道的夺魂者。"

"那你又是怎么回事呢?"尼尔森试探着问道。

"我?"偶戏师叹了口气,"我完全没有原来的记忆,等我缓过神来的时候,我已经飘浮在这个虚拟世界里了。我在网上无所不能,但在现实世界中却只能借用别人的身体。我总感觉,那个家伙可能知道我原来的身体在什么地方,也许从他嘴里我能找到关于我身体的线索……"

"原来如此。"尼尔森笑了起来,"你会如愿以偿的,陷阱已经做好,钓饵也已经放出,现在就看那个家伙上不上钩了。"

"你打算怎么做,警长先生?"

"很快你就会知道。"尼尔森给偶戏师发过去一个压缩包,"这是我的度假别墅的详细地址,里面还有我给你设置的最高访问权限的密钥,你可以随意使用那间屋子的电脑系统,那里将是我的狩猎场,而猎物就是那个混蛋。"

偶戏师收下了压缩包,"那么我该做些什么呢?"

"经过今天下午的交锋,我已经上了他的黑名单。"尼尔森说,"那家伙下一步肯定会除掉我。为了达到这个目的,他一定会去盗取我的远程义体。忘了告诉你,前两天我刚刚和维邦远程义体服务公司订立了一份合同,我在他们那里设置了一个远程义体。为了安全起见,那个家伙一定会先把我的远程义体移动到一个他认为安全的地方,你的任务就是在让他以为自己成功了的前提下,保证货物顺利运抵我的别墅。"

"原来如此……"偶戏师点了点头,"不过你的计划好像有一个很严重的漏洞:如果那个人借用别人的义体来杀你,怎么办?"

"你认为和一个参加过L5战役的近卫军老兵正面冲突,他能有多大胜算?"尼尔森笑了,"那个家伙是个谨小慎微的人,从他的作案手段就能看出这一点来。与其和我正面冲突,倒不如盗取我的义体然后陷害我来得方便。他的目的只是排除我这个干扰,杀了我或者把我送进监狱,对他来说都能达到目的,而他一定会选择最安全稳妥的方案。"

"我明白了。"偶戏师抬起头来,"赌上偶戏师的名誉,我一定会完成你交给我的任务。"

"时间差不多了,"尼尔森看了一下表,"我还要去赶飞机,我希望到地方的时候看到诱饵就躺在别墅的地下室里。"

"那我们别墅见。"

尼尔森断开连接,穿上外套走出了公寓,临出门之前还不忘把下个月的房租交上。

房东太太眉开眼笑地目送他乘上一辆出租车疾驰而去。

六个小时后,尼尔森到达了位于埃拉迪亚南半球的老兵天堂。

老兵天堂仅仅向近卫军退伍军人开放,它是帝国皇帝贝恩贾卢姆三世为了表彰在普拉迪克大会战中表现出色的近卫军军人而特设的，它可能是世界上最豪华的公费度假中心。

这座度假中心属于皇家建筑，不论是建筑规格还是豪华程度，都和王公贵族们的行宫不相上下。但是它却专门对老兵们开放，获得一级金十字勋章以上荣誉的老兵还能终身免费拥有一栋豪华度假别墅的使用权。尼尔森在L5战役中获得了最高级别的帝国勇士勋章，这个勋章本身还带有一个不可世袭的子爵爵位，因此他的别墅也是最豪华的。

夏日的阳光照耀着清澈的大海，银色的沙滩一眼望不到边，帝国皇帝贝恩贾卢姆三世的巨大纯金雕像耸立在山顶上，它是用普拉迪克大会战中被击碎的行星残骸里提炼出的黄金铸造的，这尊耀眼的金像正在午后阳光的映照下熠熠生辉。

尼尔森走下穿梭机，一位近卫军上尉扫描了他体内的识别芯片之后，立刻向他致以一个标准的军礼。

磁悬浮轿车已经准备好了，它也是平民能买到的最高级的型号。尼尔森坐上了轿车，自动驾驶系统将把他平稳地送到别墅门口。

这座小岛长八十八公里，宽三十公里，海湾沙滩一应俱全。实际上，度假中心几乎占据了整个小岛。除了北部的机场和码头，岛上的其他地方都是娱乐和疗养设施。这里有最豪华的酒店和洗浴中心，酒吧二十四小时免费供应各种酒水，所有的餐饮服务都是免费的，也就是说，来这里度假不需要掏一分钱。

但是，尼尔森丝毫没有忘记自己来这里的目的，他将在这座皇帝陛下赐予的乐园中把那个张狂的杀人凶手逮捕归案。

飞驰了一段时间后，轿车在一间非常气派的别墅门口停了下来。尼尔森走下轿车，别墅的大门自动在他面前开启。尼尔森放下随身携带的行李，然后掏出那把大威力警用手枪插在腰后的枪套里。

他走进别墅的地下室，那个活像特大号保温箱的远程义体储存舱就摆在地下室正中央。令他大吃一惊的是，那个穿着蓝色连衣裙的黑头发女孩也在这里。

"偶戏师?"尼尔森吃了一惊。

"这个身体只是个全息影像,"偶戏师转过脸来,"这间房子里面的全息投影设备还挺高级的,居然在地下室里也能生成如此逼真的幽影。买它你花了多少钱?"

"这些都是皇帝陛下恩赐给我们这些老兵的。"尼尔森说,"我们在战斗中获得了荣誉,因此才能免费在这里享受天堂一样的生活。"

"近卫军的福利可真好啊。"偶戏师感叹。

"有付出才有回报。接下来就等鱼儿上钩了,"尼尔森望着玻璃舱盖下面的另一个自己,"不过把枪口对准自己总觉得有点不习惯。感觉就像三流肥皂剧里面的镜头,一个白痴站在镜子面前用枪打镜子里面的自己。"

"可惜我连自己在哪里都不知道……"偶戏师幽幽地说。

"抱歉,"尼尔森收起了笑容,"不小心说了很过分的话。"

"不,"偶戏师摇了摇头,"也许我很快就再也不用为此烦恼了。"

"对了,"尼尔森打量着眼前的偶戏师,"你好像很执着于这个形象,无论是在网上还是在这里,只要你不操纵别人,你都会用这副样貌现身。这是你原来的样子吗?"

"我不知道,"偶戏师摇了摇头,"这个形象是我残存的少量记忆之一,可惜的是我却把自己的名字给忘了。不过她应该不是我原来的样子,我曾经想用政府的人事系统依据这个形象进行检索,结果却一无所获。"

"原来如此……"

就在这时,门铃突然响起。

尼尔森一脸疑惑地离开了地下室,他打开房门一看,一个头发染得花花绿绿的年轻女孩站在门口,她穿着五颜六色的露脐短上衣和迷你裙,脚上却蹬着一双长靴,显得很不协调。

在女孩身后的地板上堆着大包小包的东西,看起来好像把全部家当都搬过来了一样。

"爸爸!"女孩惊叫起来,"你怎么会在这里?"

"我还想问你呢,杰西卡。"尼尔森皱着眉头说,"你这身打扮是怎么回事?还有你的头发,花花绿绿的简直跟鸡毛掸子一样!"

"这叫时髦。"杰西卡不为所动。

"你又跟你妈妈吵架了?"

"是她把我赶出来了。"杰西卡一脸怨愤,"那个混蛋女人现在心里只有她的新老公,只想把我发配到大学里了事。昨天我回家一看,她居然又给我生了个弟弟!而且还把我的房间变成了育婴房!真是气死我了!"

"于是你就跑出来了?"

"是啊!"杰西卡抱着双臂说,"反正这个地方你也从来不用,与其让'皇帝陛下的赏赐'晾在这里落灰,倒不如我来帮你合理利用了。"

"你来的可真不是时候……"尼尔森叹了口气。

"不是时候?怎么不是时候?"杰西卡怒气冲冲地说,"你在这里一个人逍遥快活,却让我蹲在大学寝室里天天守着那台老出问题的空调艰难度日!这不公平!这真的非常不公平!"

就在这时,偶戏师的幽影走了出来,正好撞上了杰西卡的目光。

"啊!"杰西卡大吃一惊,"这个女孩子是谁?难道是你的私生女吗?臭老头!我一直不相信你和别的女人有染,现在你居然给我制造了个妹妹出来!你太让我失望了!"

被误会了,尼尔森顿时有种跳黄河的冲动。

"我似乎卷入了很奇怪的家庭内部矛盾,"偶戏师显得很生气,"而且我好像被误解成了什么不太好的人。"

杰西卡愣了一下,然后很不自然地伸平了双臂。

"爸……爸爸!"她惊叫起来,"我的身体……我的身体自己在动!这到底是怎么回事?救命啊!我无法控制!"

接着她又做了一个金鸡独立的动作。

"算了吧,偶戏师。"尼尔森叹了口气,"她只是个孩子,原谅她吧……"

"小孩子才应该严格管教,"偶戏师不为所动,"否则他们只会在歧途上越走越远。警长先生,我不否认你是位精干的警察,但是你在家庭教育方面的确存在很多不足,特别是对小孩的教育。"

又被说到了痛处,尼尔森只有叹气的份儿了。

"偶……偶戏师?"杰西卡惊恐地看着眼前的少女,"你就是那个非常有名的黑客?不会吧!我爸爸怎么会和你在一起?"

"我们因为某种原因正在合作,"偶戏师淡淡地说,"我只希望你的到来不要干扰我们的合作计划。如果你执意而行,我会把你像木偶一样操控在手里,就像现在这样。"

说完她闭上了眼睛,杰西卡的身体一下子失去平衡,像断了线的木偶一样瘫软在地上。

尼尔森叹了口气,急忙把女儿扶起来。偶戏师出乎意料的强硬一下子帮他解决了最大的难题。

太阳沉入了西边的大海,天上的晚霞逐渐退去,行星开始在夜空中闪烁起来。

尼尔森把自己的积分卡给了杰西卡,打发她住进了附近的度假酒店,而他则和偶戏师一起留在了死气沉沉的别墅里,等待即将到来的决战时刻。

晚上18点45分,义体储存舱突然有了动静。

"开始写入了,"偶戏师看了一眼控制面板,"既然你还在这里,那么进入这具身体的就一定是那个黑客了。写入大约需要十分钟,进度比正常的写入速度慢很多。"

"终于来了。"尼尔森掏出了手枪,"我很想看看他见到我的时候,会是什么样的表情。"

"你马上就能看到了,警长先生。"

两人一起陷入了紧张的沉默,片刻之后,偶戏师率先打破了沉默:"警长先生,虽然有些冒昧,但我还是想问一下……离婚之后,你一直觉得很亏欠你的女儿吧?"

"为什么这么说?"尼尔森点上了一支烟。

"因为你太诚实了，"偶戏师说，"你完全无法掩饰心中的负罪感。你从心里一直认为自己是造成家庭破裂的主要原因，你认为自己对不起自己的家庭。"

"她们只是不想跟着我过苦日子而已，"尼尔森开始检查自己的武器，"她们希望的那种生活和我现在的生活差得太多了，因此她们才选择了离开。她们总是……"

"撒谎。"偶戏师冷冰冰地打断了他，"这只是你自己欺骗自己的理由罢了，至少你的女儿，她仍然从心里爱着你这个父亲。刚才侵入她的电子脑的时候，我顺便偷看了一下她的记忆，那孩子真的很单纯，她一直从心底里崇拜着你这个父亲。如果有可能的话，我希望在一切都结束之后，你们能好好谈一谈。"

尼尔森压子弹的动作停了下来，片刻之后他含含糊糊地说道："你的意见我会考虑的……"

偶戏师露出一丝不易察觉的笑容，她隐去了幽影，立刻消失无踪。

随着一阵轻微的嗡嗡声，义体储存舱的盖子打开了。里面的义体深深地吸进了一口空气，然后睁开了眼睛。

尼尔森的嘴角露出一丝冷笑，他知道自己该上场了。

"这里是……"另一个他环顾四周。

"欢迎来到我的别墅，杀人犯先生。"尼尔森端着手枪走了过去，"这座别墅与外部网络的连接已经完全被我的朋友切断了，你逃不掉了。"

"臭老头，"义体的脸上露出了古怪的表情，"你以为我是被你骗进陷阱的吗？你太天真了，我只不过是将计就计而已。"

"也许吧。"尼尔森拿出了手铐，"你有权保持沉默，你所说的一切都将成为呈堂证供；你有权聘请律师，如果你没钱聘请律师，法庭会为你指定一位。"

说着他把手铐铐在了义体的手腕上，但那一刹那他突然发现了问题，那双手腕居然比钢筋还要坚硬。

咔嚓一声，手铐顿时变成了碎片，义体的拳头炮弹一般击中了尼尔森的前胸，尼尔森的身体像被一辆十二个轮子的大卡车撞到了一样飞向地下室的角落，撞毁了一堆废旧家具后被埋在碎片之下。

义体站起身来，他身上的肌肉突然像气球一样膨胀起来，块头几乎变成了尼尔森的一倍半。附着在骨骼上的生化肌肉现在鼓鼓囊囊的，使他看起来活像一具肌肉异形。

"哈哈哈！大意了吧？皇帝的走狗！"义体得意地笑着，"远程义体并不像你想象的那样只是你身体的复制品，除了必要的脑部组织，这种人造身体的其他部位都是可以定制的！没想到吧，你肯定没想到！看看这超量装配的肌肉模组，看看这强大的人工骨骼，这具身体的性能，已经接近军用义体！你不可能战胜我的！"

纷飞的灰尘中并没有任何回应，尼尔森仍旧躺在那里，他那被侵占的义体像独角戏的演员一样自顾自地表演了一番，但是观众却一个没有，场面一度有些尴尬。

"哈……"义体一脸不屑，"才一下子就打死了吗？真是太便宜你了。"

就在这时，楼梯上传来了脚步声，喝得有些微醉的杰西卡走下了地下室，她似乎刚刚从酒吧回来，一身的酒气。

"爸爸？"她问道，"你在做什么？哦！天哪……"

面前有着和他的父亲一样脸孔的肌肉巨人把女孩吓了一大跳。

"你是那个男人的女儿吗？"义体转向吓呆了的杰西卡，"正好，就让你来代替你父亲让我高兴一下吧！"

"不要啊……"杰西卡想逃走，但吓软了的身体却不听使唤。

就在这时，义体的动作突然停了下来，偶戏师的幽影出现在他的身旁。

"杰西卡！"偶戏师叫道，"快逃！"

可是杰西卡此刻却连站立的力气都没有了，完全吓瘫在了地上。

"你这家伙……"义体拼命挣扎，"不要阻止我，我会把你一起……哦！天哪！你难道是……"

偶戏师一愣，急切地问道："你认识我？"

"不可能！不可能！"义体发疯似的摇晃着脑袋，"No.68，不可能是你！"

No.68，这个编号像一枚重磅炸弹一样在偶戏师心中炸响！就在她失神的刹那，义体挣脱了她的操控，恶狠狠地转向了她。

"不可能，"义体神经质地笑着，"No.68，你不可能在这里……"他泪流满面地举起了巨大的拳头，"你在地狱里好好安息吧，大家的血债由我来讨还！"

义体的拳头穿过偶戏师的幽影，在地面上砸出了一个大坑。偶戏师只是一个有形无实的幽影，拳头从她身体中穿了过去。

"你打算睡到什么时候？"偶戏师突然冷冷地说，"贝克·尼尔森！"

角落里的家具残骸突然像火山爆发一样飞到了空中，尼尔森从烟尘中走了出来，伸手扯下了破烂不堪的外套。外套下面隐藏的却是和他饱经沧桑的面容完全不相称的健壮身躯，那具身躯犹如正值壮年的年轻男子，肌肉发达而匀称，左胸的胸肌上烙印着一枚近卫军的军徽。

"启动战斗模式花了点儿时间，"尼尔森活动了一下咔咔作响的脖子，"多谢了，偶戏师。我们父女欠你一个人情，等会儿我把这小子抓住之后，你有多少问题都可以随便问！"

"不胜感激。"偶戏师淡淡地说。

"小子！"尼尔森走上前来，"你刚才说你的身体已经接近军用义体？我可以很清楚告诉你，仅仅在性能上接近是无法战胜我的！"

他举起拳头像铁锤一样击碎了义体的肋骨，把这个人偶打飞了出去。

"不可能！"义体挣扎着站起来，"臭老头！你的身体究竟是怎么回事？"

"这是皇帝陛下赐予我的战斗义体！"尼尔森自豪地说，"在L5战役时我失去了大部分身体，虽然脑部被抢救回来，但是已经形同废人。皇帝陛下赐给我了这具义体，作为我为帝国而战的奖赏，让我再次走上了战场！小子，给我站起来！让我教教你男人是怎么战斗的！"

"你吓不倒我！"义体举起了巨大的拳头。

尼尔森露出一丝冷笑，他用拳头迎了上去。两只拳头撞击在一起，骨骼碎裂的声音猝然响起，生化肌肉和骨骼碎片四处飞溅，义体的一只手臂居然被尼尔森的铁拳击垮、撕碎，最后变成纷飞的碎片。

"啊！"义体歇斯底里地号叫起来，"啊！你这混蛋！"

"痛证明你还活着！"尼尔森握紧了左拳，"好好珍惜这种感觉吧！"

尼尔森的拳头击穿了义体的腹部，一把扯断了他的脊椎，完全瘫痪的义体倒在了地下室的角落里，腥臭的生化血液染红了地板。

"我一定要……杀了你……"义体有气无力地威胁着。

尼尔森毫不理会，他转向身后的偶戏师，"该你了，偶戏师。不用担心，这个家伙暂时死不了的，义体化的他就是这样扔着不动，也能活好几天。"

"谢谢您，警长先生。"偶戏师轻轻鞠躬。

"我把杰西卡送上去，"尼尔森搂住一旁被吓呆了的杰西卡，"你们慢慢聊，我不打扰你们了，我答应过你给你一小时。如果这个小子嘴硬，你就上去叫我，再嘴硬的混蛋我也会让他开口的。"

说完，尼尔森挽着杰西卡离开了地下室，地下室再次变得安静起来。

"杀了我，No.68。"义体抬起头来。

"No.68？"偶戏师望着他，"是这个女孩的名字吗？"

"名字？"义体笑了起来，"名字？谁会用这样的名字？这只是个可恶的编号，那些人为了称呼我们方便而给我们排的号码！那个设施里的所有试验体，都没有名字，有的只是号码而已！他们就是这样称呼我们的，在他们眼里，我们只是试验台上的小白鼠！他们根本不把我们当成人类！"

"你是说'铁人计划'？"

"你到底怎么了，No.68？"义体一脸不解，"你好像把所有的事情都忘了？你忘了他们是怎么对待我们了吗？你居然把这些都给忘了！"

"我失去了记忆，你所说的一切跟我都没有关系。"偶戏师冷冷地说，"也许你能告诉我，我的身体究竟到哪里去了？"

"你的……身体？"义体突然大笑起来，"你别告诉我你连自己已经死了都不知道！我亲眼看到他们把你的尸体从试验台上拖下来，然后像扔死狗一样扔进了焚化炉！相信我，你的身体已经连灰都不剩了！"

"原来是这样……"

偶戏师慢慢抬起头来，她的身体已经不存在于任何地方了。多年来的梦想彻底破灭了，但她却觉得莫名轻松，真相是如此残酷，也许她一直以来都在欺骗自己。

"No.68，"义体抬起头来看着她，"求求你把我杀掉吧……我不想再回到那个实验室去，与其回到那种地方，我宁愿死在这里！"

偶戏师点了点头，她伸手去捡尼尔森掉在地上的手枪，但她的手指却从冰冷的枪身中径直穿过，在现实世界里，她只是个幻影。

"对不起，我办不到。"她充满遗憾地摇着头，"我只是个幽影。"

"已经够了，谢谢你。"义体好像认命似的低下了头，"请你一定要活下去，不管你变成了什么，只要坚信自己还活着，你就一定能活下去！No.68，请永远记住我的遗言吧，最后……能再见到你，真是太好了。"

反重力运输机的轰鸣打破了夜的寂静，白色的探照灯在别墅四周闪动，全副武装的特种兵从各个入口冲进了别墅。

尼尔森坐在门口的沙发上，毫不惊讶地迎接这些"贵客"。他知道这些人属于内务部的特殊机动部队，专门处理这种突发事件。

在门外探照灯刺眼的光芒中，身着黑色西装的乔纳森·福克走了进来，他看起来毫发无伤，完全看不出一天前他曾经躺在自己的办公桌前，胸口还开了一个可以放进网球的大洞。

"哟，署长！"尼尔森起身敬礼，"看到您活蹦乱跳我真的很高兴。"

"No.109怎么样了？"福克开门见山地问。

"在地下室里,被我打成半残了。"尼尔森笑了笑,"不过我女儿在二楼休息,你们搬运那个家伙的时候能安静一点吗?"

"当然。"福克露出一丝做作的笑容。

几名身穿防化服的特种兵冲进了地下室,没过多久他们就把义体抬了出来,并把他装进了带有生命维持设备的密封箱。

几分钟之内,反重力运输机和那些特种兵都撤了个干干净净,宁静的夜再次降临,好像刚才的一切都不曾发生过。

房间里只剩下尼尔森和福克。

"你们一直在监视我吧?"尼尔森冷冷一笑,"从退役开始,我的电子脑就从来没和近卫军的服务器断开过,我想你们一定早就察觉我的计划了。"

"当然了,"福克面无表情地回答,"否则我就不会站在这里了。"

"我们开始吧,"尼尔森双手一摊,"一切为了帝国和皇帝陛下,做你想做的事情吧。"

福克点了点头,从西装口袋里掏出一个控制器,他对着尼尔森的眉心扫描了一下,尼尔森的目光立刻变得死气沉沉。

"外部控制确认,"尼尔森木然地说,"系统准备完毕。"

"清除皇历2987年6月18日下午3点到2987年6月20日晚上22点10分的全部记忆资料。"福克命令,"另外,关于汉尼拔教授的所有资料也一并清除。清除模式为:不可恢复。"

"遵命。"尼尔森木然地回答,"资料清除开始。"

"贝克·尼尔森子爵,皇帝陛下会为有你这样忠诚的骑士而骄傲。"福克向尼尔森致以一个军礼,"皇帝陛下万岁!"

礼毕,福克最后望了一眼身后一脸呆滞的尼尔森,转身离开了别墅,消失在茫茫的夜色中。

偶戏师的幽影在黑暗中注视着这一切,她其实一开始就发现了尼尔森的秘密,因此刚才抢先一步从他的记忆中把自己抹去了。应该说从一开始她就是这么打算的,所以她才会选择尼尔森作为自己的同伴。

"警长先生,"她来到了正在消除记忆的尼尔森面前,"虽然你所坚信的正义只不过是虚无缥缈的幻影,但是,请千万不要忘记在一切结束之后和杰西卡好好谈谈,我相信你们一定可以解除误会。最后……再见了,警长先生。不……也许永远不会再见了……"

说着,她移开幽怨的目光,消失在了虚空中。

三周以后,尼尔森结束了他的休假,像往常一样回到警署上班,驱策手下们投入了一件又一件棘手的刑事案件的调查工作。

让他开心的是,他和女儿的关系在假期之后,得到了根本性的改变,虽然连他自己也说不清楚究竟是怎么回事。

在这之后,夺魂者也彻底变成了虚无缥缈的都市传说。

METAVERSE

+

# 湿婆之舞

## 江 波

"微软小冰"之父李笛认为,如果元宇宙中没有"人工智能个体",那就称不上是元宇宙,而只是虚拟空间。发表于 2008 年并荣获当年度银河奖的《湿婆之舞》,就展现了一个被人工智能所控制、占据的元宇宙,而且创意最独特的是,这个奇特元宇宙不是无机的。有机的生物科技,照样能开创一个元宇宙。而且,生物科技也许才是元宇宙最正确的发展方向,因为同样的生物属性,或许很容易就能打破人类大脑与数字元宇宙之间的壁垒。而在《湿婆之舞》后续的百万字恢宏科幻史诗《银河之心》中,人类进军银河,人工智能进军元宇宙,相得益彰,共同开创辉煌未来!

我认为人的一生是不值得过的，可以随时死去。唯一值得过的，最美好的事情，是你要想做一件事情，彻底忘掉你的处境，来肯定它。要满怀激情做一件事情，生活才有意义，这绝对是生活最重要的真谛。

这不是我讲的，是韦伯[1]说的。所以我并不照着这个做。韦伯这么做了，他穷困潦倒，最后因为没有钱吃饭而饿死在冰原上。这对我来说实在过于可怕，所以我不这么做。人们常说，真理可以战胜恐惧；可对我来说却恰恰相反，恐惧战胜了真理。我爱真理，却怕痛，怕冷，怕吃不饱，于是我便投降了。在我这一生中，从来没有片刻忘掉过自己的处境，所以我不敢……不敢……不敢……日子就在这样小心谨慎反复算计中不知不觉地消耗掉了，直到我突然明白：这样的一生是不值得过的，我可以随时死去。

问题在于我应该怎么死去。

有人在招募志愿者，从事一项据说很光荣很伟大的事业：试验埃博三号病毒疫苗。

这个事业没什么"钱途"，没有薪水，连工作都算不上——不需要技术，只要是个活人就行。如果不幸死掉，还不能保留全尸，因为尸体要拿来解剖研究。

然而我却报名了。我想，人的一生不能老这么猥琐，而告别猥琐，最快最直接——不能算最好——的办法，就是用一种轰轰烈烈的办法死掉。

在报名的那一刹那，全世界的目光都聚焦在了我身上。现在我就是人类的代表，将与那种比头发还要细小上万倍的恶魔进行殊死搏斗。

我报名充当了志愿者，随时准备死掉。神圣的使命感让我浑身发

---

[1] 这段话来自水木清华BBS上的签名档，是清华大学中文系的格非老师接受采访时说的。接下来的这句"所以我并不照着这个做。韦伯这么做了，他穷困潦倒，最后因为没有钱吃饭而饿死在冰原上"则属于本人狗尾续貂。

抖，感觉到自己的生命充满了意义。

埃博病毒的来源谁也说不清楚。据说它来自一种猴子，当时这不幸的猴子被做成一道菜放在餐桌上，孰料这猴子没有死透，竟猛然睁开了眼睛，然后被它的眼睛瞪上的食客就染上了埃博病毒，在三天后死翘翘了，而瘟疫就此传播开来……

以上这种说法，据说来自一个神秘的动物保护宗教组织——自然派。在他们的圣书里边，《启示录》第一章第一页第一句写着："毁灭，然后才有创造。"

这是一种奇怪的逻辑。我不是自然派教徒，于是另一种说法对我而言显得更有吸引力：某种变异的流感病毒在某国的实验室里被培植成烈性传染体，打算制成一种秘密生化武器，然而，病毒不小心被带出了实验室，于是就有了大灾难。

大灾难是非常恐怖的回忆。那时候城里边到处都是死人。刚开始的时候，还有人收尸，后来连收尸的人都死光了，于是尸体堆积在城市的各个角落，再也没有人理会。城市开始腐烂发臭，令人作呕。

人们试图逃离城市以躲避灾难，他们冲出大厦，冲出地下室，使用汽车、摩托车、自行车……只要能找到的一切交通工具，全都用上了，力图跑出城市，争取一线生机。

可是城市之外也在死人，人们死在田野里，倒毙在公路旁。那些被看作避难所的地方，原始森林，荒漠，草场，也到处是尸体。动物们也和人类一样死掉，家养的和野生的，都在死亡线上挣扎。野兽死在巢穴里，而飞鸟则从天上掉下来。

我是幸存者。病毒无孔不入，却不能对抗低温。在那些终年覆盖着冰雪的地方，病毒无法生存。南极洲和北冰洋，这地球的两极，是目前仅存的避难所，夹在两者之间的广袤土地，都成了生命禁区。

据说北冰洋的冰盖和岛屿上曾经有人幸存，后来他们也都死了，因为没有电力和食物。我们比他们幸运，大灾难发生的时候，南极洲拥有四座核电站和三十六个地下基地，甚至还有专门为了研究太空旅行而设置的两个合成食物研究院及附属工厂。联合国世代飞船计划也在这里设置了训练基地，把一个大飞船的骨架放在极地严酷的环境中接受考验。这个大飞船的周围和地下，就是我所在的基地，南极洲最大的基地城市——联合号城。

南极洲现在有三十四万人口，这就是目前世界上所有的人，我们所知道的全部的人。

如果对于痛苦和绝望没有感受，这样的死亡也不算什么。亿万年前那些寒武纪暴发之后的三叶虫，以及六千五百万年前那些统治了大地和天空的恐龙，都经历了大规模的死亡，然后灭绝。生物圈却永远不死，总会在每一次毁灭性打击之后恢复生机。

生命总能够为自己找到出路。人类祖先也曾面临灭绝，十万年前黄石公园的火山爆发，触发了冰川期，严寒和饥饿杀死了成千上万的人，最严重时整个地球仅剩下上千人口……然而人类还是挺了过来，发展了文明，繁衍出八十亿人口，遍布地球的每一个角落。和冰川世界中苦苦挣扎的蒙昧祖先相比，我们现在的处境无疑要好太多了，至少我们还有文明和三十四万人口。

埃博病毒项目组负责人是巴罗西迪尼阿博士，他是个印度人。印度是一个炎热的北半球国家，带着几分神秘，然而这个国家派遣了一个科学考察团长年驻扎南极洲。

巴罗西迪尼阿到这儿来是研究史前细菌的。南极洲曾经是温暖湿润的大陆，有繁盛的植被和各种各样的动物，还有无数的细菌。动植物早已经不复存在，细菌却很可能仍旧活着。冰冻在亿万年的坚冰之下，细菌的生命进程停滞，却仍旧活着，只要把它们带到地面，就能苏醒。

两种相隔了亿万年的生命亲密接触，即便不算神奇，至少也激动人心。巴罗西迪尼阿却退出了这激动人心的事业，转而研究埃博病毒。他别无选择，作为人类唯一幸存的微生物学家，他要撑起三十四万人的希望。

我喜欢他，因为他居然是一个会说中文的印度人。而且，据说自从他的妻子死于大灾难，他一直独身，不近女色。我喜欢这样痴情而执拗的人。

我在一间白色的实验室里见到了他。他让我躺在一张床上，做准备工作。

一切都准备就绪，他拿出一页写着密密麻麻文字的纸来让我签字。

签字！我已经签了无数张纸了，无论其中的表述有多少不同，核心意思只有一个：我自愿放弃生命，没有人对我的死亡负责。

死亡是一件大事，特别是自愿死亡，哪怕声明过一千遍，也有人会要求声明第一千零一遍。我拿起笔，准备写下名字。

然而一行字让我停顿下来——"身体被啃噬过程中，会出现高热和极端灼痛……"

等等，我是来做病毒试验的，并不是来让某种东西吃掉的。

我把这段声明指给博士看，请他给出一个解释。

博士看着我，目光犀利。"他们没有给你解释过吗？"他问道。

我坚定地摇头。

博士拉过椅子，坐在我身旁。"好吧，可能你对生死并不在乎，但是你一定在乎你是怎么死的。人都不喜欢死得不明不白。首先，埃博病毒并不是病毒，而是细菌。那些传播消息的人觉得病毒比细菌听起来更可怕，于是他们就说那是病毒，到最后，我们也不得不用病毒来称呼它。它的学名，叫作埃博肉球菌。"

肉球菌这个名词听起来有些可笑，它让我想起一道叫作红烧狮子头的菜。八岁那年，父亲给我做了这道菜，后来我再也没有尝到过。在我的记忆中，那是令人垂涎欲滴的美味，和这残酷的吃人的小东西相去万里。

我"扑哧"笑出声来。

巴罗西迪尼阿显然并不觉得这有什么好笑，他向我投来询问的眼光。

我摇摇手，说："没什么，你继续说。"

白色实验室里的两个人,一个躺着,一个坐着。

实验室外边,围着许多人,大多声名卓著,或者是记者。他们表情严肃,听着巴罗西迪尼阿博士关于埃博病毒和星球命运的演讲。

而躺在床上的我,却神游物外,除了开始的几句话,满脑子都是红烧狮子头。红烧狮子头可以是人生的某种意义。我突然不想死了。

巴罗西迪尼阿停止说话,这把我的注意力拉了回来。他盯着我,"你退缩了?害怕了?"

也许他看出了什么,或者他见过许多因为害怕痛苦而临阵退却的人。然而我有自己的缘由:我想吃一个红烧狮子头。这强烈的渴望,压过了为人类幸福而献身的崇高感。我同样盯着他,认真地点了点头。

围观的人们一阵哗然。

我们俩对视着,沉默着。

巴罗西迪尼阿眨了眨眼睛,说道:"没关系,你有时间考虑。今天只是给你做一些机能测试,如果三天之后你仍旧选择放弃,这就算是一次免费的体检。"

他把那张密密麻麻的文字丢给我,让我带回去仔细看。

一个不够勇敢的人听完巴罗西迪尼阿的描述,绝对不会再有挑战埃博病毒的念头。这种细菌是如此恶毒,它一点一点地啃噬人的内脏,却让人保持着神经活动。极端的痛苦胜过癌症发作!所有的患者无一例外都会陷入意识模糊和癫狂状态。如果不是如此,正常的神经早已崩溃、瓦解,身体于是成了一堆无意识的肉。

一堆无意识的肉,或者一个疯子,这两个选项似乎都偏离我的印象很远。在我最初的印象中,病毒夺去人的生命,就像钢刀抹断人的脖子,只需要一刹那。

然而我无所谓。我退却并不是因为我害怕这样的情形,而是我想吃一个红烧狮子头。

这个要求在所有的三十四万人中间散播开来,很快有上千人挺身而出要为我做这道菜,好让我安心地躺到手术台上去。

我拒绝了,因为他们并不是我父亲。

但这道菜最后还是不由分说地突破重重困难,来到了我面前。它来自南极洲治理委员会,这个星球上残存的最高统治机构。

四个黄乎乎的肉球泡在热气腾腾的芡汁里,散发着味精气味。南极洲有足够的合成食物,还有不少鱼和海豹,只是猪肉却早已经没有了。为了这道菜,治理委员会在全洲范围内征集生猪肉。

最后一个慷慨的捐赠者捐出了六百克——他在多年以前亲眼看见父亲把这块肉埋藏在冰原里,那可能是他们最后的一点美味。

我盯着眼前的四个丸子,丝毫没有食欲。我相信,如果没有猪肉,他们也会用人肉做成丸子送到我面前。我当着无数的摄像机和记者的面,把狮子头吃了下去,味同嚼蜡。

然后我签了字。

我再次躺在巴罗西迪尼阿的手术台上。无论有多少种原因让我最终躺在这里,有一点始终不可否认——为整个人类献身是一件高尚的事,也许是最高尚的。只不过对于大多数人,最高尚的并不是最重要的。

巴罗西迪尼阿博士对我表达了深切的敬意,一个人在形势的逼迫下视死如归并不难,然而在毫无利害关系的情况下做出这种选择——而且我并不是一个傻子——除了敬意,他无话可说。

针尖扎进了我的胳膊,巴罗西迪尼阿博士贴在我耳边,轻轻地说:"很高兴你选择了埃博,你将受人尊敬,拥有尊崇无比的地位。"

某种液体注入我的身体,那是一百毫升的无色液体。

渐渐地,我失去了意识。模糊中,我对自己说,我的一生就这样子结束了,并没有什么遗憾,只不过,如果能够醒过来,那就最好了。我可以坐在那儿,什么都不做,回味父亲的红烧狮子头。

我闭上了眼睛。

病毒却并没有要我的命。事实是巴罗西迪尼阿博士并没有给我注射病毒,他只是让我昏睡了一个下午。

"没有疫苗。任何疫苗对于埃博病毒都无效。"巴罗西迪尼阿告诉我一个可怕的消息。我的献身目标是一个谎言,是纯粹的安慰剂。

我从床上坐起来,诧异地问:"真相是什么呢,博士?难道你们的目的就是得到一个志愿者,然后告诉他这只是一个玩笑?"

"你来看看。"博士招呼我。

我走过去。这是一架庞大的仪器,外表是个四四方方的铁疙瘩,刷着一层白色的漆。这白色立方体的中央有一道缝,把仪器分作上下两部分,浅色的光从缝隙中泄露出来,时而蓝色,时而红色。

这是一台显微镜。一个透明的保护罩把整个机器包裹得严严实实。

我凑到窗口上,看见了一些小东西,它们聚集成群,非常安静。

"你看到的就是埃博肉球菌。这是典型形态,如果环境不同,它们也有不同的面目。没有它们不能适应的环境,除了极地。"巴罗西迪尼阿对我说。

就是这些貌不惊人的小东西,几乎将这个星球上最成功的一种生物彻底灭绝。曾经创造了辉煌文明,制造了核弹,深入一万多米的海底,飞上真空寂寥的月球……在整个地球上呼风唤雨、所向无前的人类,在这个小东西面前败下阵来,现在只能龟缩在南极洲,在冰原的保护下苟延残喘。

"这真是不可思议……"我说。

"如果你看得更仔细一些,你会发现比你想象的更不可思议。"巴罗西迪尼阿说。

视野放大,一个单个的埃博肉球菌把它的细部呈现在我眼前。我看到无数细小的微粒包裹在一层薄薄的膜里边,中央是一个小小的黑点,那是细胞核。

"它伸出一些突出物,有些像鞭毛。你看到了吗?"巴罗西迪尼阿点拨道。

我不知道什么叫鞭毛,听起来那是一种纤细的玩意儿。我的确看到一些细细的线状的东西从膜的边缘发散出来,消失在视野之外。视野移动，我看到另一个球体，同样的膜，同样的丝状放射物。

我转头看着博士，等着他说出答案。

"如果你出生在大灾难前，上过高中，对生物学有些留意，就能理解其中的意义。"巴罗西迪尼阿递给我一本已经翻开的书，书页上一张图片，图上是几个球体，浅红色，表面凹凸不平，某些突出物很长，和另一个球体连在一起。图片的标注写着：树突与轴突。

"这是人类的脑。这些是神经细胞，这是人的大脑皮层细胞。"巴罗西迪尼阿盯着我说。

埃博细菌就像一个个脑细胞。它们通过细长的突起相互联系在一起，彼此间交流信息。这和从前的任何一种细菌都不一样。它们只是微不足道的小东西，然而通过这种方式，它们可以变成一个庞然大物，庞然到超越想象！

"人的大脑有上百亿个细胞，其中只有百分之一左右参加高级神经活动。而这个星球上，有万亿亿个埃博肉球菌。它们全部可以在某种程度上联系在一起。"巴罗西迪尼阿慢慢说道。

我明白了巴罗西迪尼阿想让我明白的东西——我们的对手并不是一种毫无意志的病毒或者细菌，它们是强大的军团，彼此间相互帮助，协同行动。也许有一种前景更让人担忧：这庞然的头脑中是否已经产生了某种意识？如果那真是一个具有自我意识的头脑，这个对手就实在过于可怕了！

巴罗西迪尼阿静静地看着我，观察我对这惊人事实的每一丝细微反应。

我无言地看着他。

我们怎么办？

是的，人类需要一个志愿者。然而他的任务并不是奉献出自己的身体进行疫苗试验，他有更多的事要做。这些可怕的细菌并不是简单的生物，它的线粒体经过改良，含有某种硅结构，可以存储信息；它含有一种奇特的酯化分子，能够像叶绿素一样把光能转化为化学能，制造出养料，甚至能够根据环境的不同选择不同的光谱发生作用，白天选择可见光，夜晚选择红外光，而在放射性环境中，它还能吸收放射能；它还有一种放射状的细胞器，就是这个细胞器控制着表面突起，处理和传递微弱的电化学信息。

这种细菌的设计如此精妙，和量子计算机的微控制单元不谋而合……

一切都指向一点：这是一种人造生物。

虽然进化论深入人心，然而没有人相信这样精巧复杂的结构能够在短短几十年间进化出来。

我见到了这个星球上最具有权势的人。秃顶，眼窝深陷，绿色的眸子闪着晶亮的光芒，这是我对他的第一印象。他是沙门将军，前美国太平洋舰队司令。

我不喜欢白人，特别是美国人，他们总是带着一种居高临下的傲慢说话。然而我眼前的这个秃顶男人掌握着一万多人的武装力量，虽然我并不在乎那些枪炮飞机，但他还是能左右我。

"它们有一个总部，头脑。"沙门将军拿着细细的教鞭在地图上比画，他嗓音嘶哑，英语带着浓重的南方口音。我只有硬着头皮听下去，还好巴罗西迪尼阿能及时给我解释。

在全球地图上，我看见了亚洲、欧洲、非洲、美洲、大洋洲，这些久违的大陆就像史前遗迹一样神秘。如果一块大陆并没有覆盖着冰原，那会是什么样子？我想起自己见到过的一些图片，荒漠，草原，森林，巍峨的石头山，松树奇迹般地从石缝里长出来，傲然挺立……

"我们要进行突然打击！"沙门将军这样强调，说完后，他停下来盯着我。

我如梦初醒般意识到他正满怀期望地看着我。

"是的，将军。他会很好地完成任务。"巴罗西迪尼阿帮我打发了将军。

接下来的两个星期如同梦魇。

白天，我要跟着一些军人学习如何使用武器，从自动步枪到单兵便携式火箭筒,从驾驶小汽车到坦克到直升机到攻击机,他们用一些严酷的手段让我在最短的时间内掌握这些技巧。

晚上,我要跟着巴罗西迪尼阿博士学习关于埃博病毒的知识。

说实在的,我真不知道现在所学的这些东西能有什么用,其实他们真正要我做的,就是抱着一个核弹走进那个地下掩体中,并引爆这个核弹。学习这些复杂的知识真是一种浪费,然而沙门将军和巴罗西迪尼阿并不这么认为。

于是,我在这样的梦魇中熬过了两个星期。

距离执行任务只有二十四小时了。晚上,我和巴罗西迪尼阿待在一起。他今天显得颇有几分神秘,让我感觉这个晚上有点不寻常。

巴罗西迪尼阿身上有一股深沉的香气,那是一种特别的印度香料,在重大的节日里,印度人会虔诚地沐浴,然后用这种香料涂抹全身。我一直以为,只有那些富有的、传统的印度人,或者印度歌舞电影里边,才会有这种事,巴罗西迪尼阿应该不属于这种人。

然而我错了。他穿着白色浴袍,在一个画像前膜拜。画像上画的是一个外形凶恶的神,头戴火焰冠,有三只眼和四只手,他摆出一个曼妙的舞姿,周身被火焰环绕。

巴罗西迪尼阿膜拜完毕,在地板上盘膝而坐。现在的他,看起来颇有几分庄严宝相,一种悲天悯人的气质自然流露,让我不自觉地肃穆起来。

"这是湿婆,印度人的毁灭之神。"他告诉我,"他毁灭,然后创造,世界就在他的掌握中循环不息。"

我无意冒犯,只是说了句我想说的话:"你是一个科学家,我以为科学家都是无神论者。"

巴罗西迪尼阿微笑了一下,说道:"我的确是一个科学家,不过我相信冥冥中有神秘的力量支配宇宙。湿婆正好是这种信仰的一个体现,这很符合我的印度人的身份。"

我点了点头,突然想起了自然派,那个带有宗教意味的动物保护组织,在他们的圣书里头,正写着:毁灭,然后才有创造。

我问:"你是自然派教徒?"

巴罗西迪尼阿笑而不语。

沉默了一会儿,巴罗西迪尼阿突然告诉我,沙门将军只了解计划的一部分,使用核弹对埃博的头脑进行攻击是空中楼阁。

"埃博肉球菌在许多地方聚集成群。如果用一个比喻,它们就像原始的神经节,而不是一个大脑,虽然我丝毫不怀疑它们会形成一个强力的大脑,然而,那个大脑的尺度就是整个地球,简单的核攻击根本不能损伤它们。更何况肉球菌是细菌,即便没有头脑,它们也能够生存下去。也许没有这个头脑,人类的处境只会更糟糕。"巴罗西迪尼阿冷静地说,"这样的情势只有很少的人知道,整个南极洲只有六个人,包括我。"

最初,埃博肉球菌是一场生物灾难,它们杀死几乎所有的动植物,繁殖出数以亿亿计的后代。两个星期后,它停止了对植物的攻击,又过了三天之后,它仅仅袭击脊椎动物,再后来,它们只袭击哺乳动物。

巴罗西迪尼阿向我出示了一些图片。我看见大群大群的野牛在草原上游荡,不远处一个孤零零的破败小屋显示出这原来是一个农场;葱郁的森林边,几只灰熊在小溪里捉鱼,一条鱼跃出水面,熊的巴掌正挥舞过去;一群狒狒占领了城市,它们在废墟中寻找人类残留的食物和任何能引起它们注意的玩意儿,一只狒狒戴着一串钻石项链,两米外是一具变成了白骨的人类尸体……

最后的照片尤其令人印象深刻,一群狮子在夕阳下休憩,雄狮高昂着头,正对着镜头张开血盆大口,它们的身后,是一个灰色的、丘陵状的小山。

"这是无人侦察机拍摄的照片。地球已经复苏了,眼下的埃博肉球菌仅仅对人类进行攻击。它们已经在全球扎下根来了,和其他所有的生物和平共处,而把人类像囚徒一样困在南极洲。"

我有些喘不过气来。这些小东西毫无疑问获得了某种意识,它们能够把人类和其他动物区别开，这是一种高级的智能。我们又落到了后边。

"看到这些灰色的小山了吗？这就是埃博肉球菌的聚集体。现在几乎世界的每个角落都有这种东西。"

我仔细审视着那灰乎乎的一团，一团均匀的、毫无特色的堆积物，看起来仿佛具有黏性，无数的肉球菌生活其中。

"它们在干什么？"我开口问道。

"很好的问题。最可能的答案是什么也不干，繁衍、延续生命。生命是没有目的的，它只是存在。"

"不，它们一定在做些什么。"我看着巴罗西迪尼阿，"既然它们能够把人类驱赶到南极洲，既然它们能和其他动物和平共处，那它们一定有某种目的，它们一定在做些什么。"

巴罗西迪尼阿带着一丝微笑看着我，说道："那正是我们征集志愿者的原因。"

一架垂直升降运输飞机飞向加利福尼亚。除了驾驶员，飞机上还有四个人——三名军人，最后一个就是我。

我们四人，每个人的装备都大同小异——固定频率的通话机，自动步枪，红外夜视镜，一套带有空气净化装置的防护服，一些威力巨大的手雷，小巧的塑料炸弹，还有几把手枪……这些劳什子中最重要的，是一颗核弹，当量为一千吨TNT，很小巧，只有十公斤重，可以轻松地背在身上。

我们全副武装地下了飞机。飞机垂直起飞后，在我们头顶盘旋了一圈，然后向着南边飞去，留下我们站立在这片危险的土地上。

巴罗西迪尼阿悄悄告诉过我，沙门将军的行动只是一个幌子，我的真正任务是靠近埃博肉球菌的丘体，和它们进行一次亲密接触。当时我就怀疑在三名军人的保护下，我怎么才能够按照巴罗西迪尼阿所要求的那样做，但我犹豫再三后将这个疑问告诉巴罗西迪尼阿后，他却说埃博会照看这些军人，我只需要按照计划行事就是了。

第一次踏上南极洲之外的土地，我分外好奇。这是一片草地，浅浅的绿色，从眼前伸向远方，毛茸茸的草踏上去软软的，很柔和，不知名的野花遍布其间，黄色的、白色的花朵让整个草地充满了童话般的意味。我注意到一只碧绿的草蜢正驻守在一片草叶的顶端，细细的触须随着草叶的晃动微微摇摆。

一切都是鲜活的、充满生机的，和那死气沉沉、阴冷刺骨的冰原形成鲜明的对照。那些书本上、电脑上见过的东西，现在都变得鲜活起来，已经死去的记忆也复活过来，我突然回忆起来，童年的时候，我曾在这充满生气的大地上奔跑。这才是人类生活该有的样子。

一个军人招呼我继续前进，我跟着他们。

突然之间，一片巨大的阴影从我头顶掠过，扑向走在我前边的一个士兵。

我惊叫起来，然而太迟了，巨大的鸟儿从士兵的头顶一掠而过，士兵就直挺挺地倒下了。

枪声响起，鸟儿从空中掉下来，摔在地上，使劲地挣扎着。突然它停止了垂死的挣扎，死掉了。这是一只金雕，是极为凶猛有力的猛禽。这只金雕用尽全力的一啄，穿透那个士兵的高分子塑料头盔，并击穿了头盖骨，就像刽子手一样准确。

我们三个人围着同伴的尸体，除了悲哀，还有一种无助的惶恐，没有一本作战手册告诉过我们，需要防备天上的猛禽。

我瞥见金雕的尸体，发现它正在急速分解。我赶紧招呼两个同伴，他们和我一样目瞪口呆地看着那大鸟的尸体如魔法一般化作一摊烂泥，露出森森白骨。

埃博病毒就在周围，无处不在。我告诉他们是埃博病毒分解了尸体。不需要过分害怕，我们的防护服能够有效地把病毒隔绝在外。

在总部的驱使下，我们继续向着目标前进。前进的途中没有意外，也没有曲折的故事，直至我们到达目的地，一栋上世纪八十年代建造的楼房。

大楼破烂不堪，就像长满了老人斑的躯体。楼顶上的招牌还在：

"海德生物科技"。这个距离洛杉矶一百三十公里的孤独建筑，就是埃博病毒的源头，一个打着生物制药的名义、为军方研制生化武器的秘密研究所。貌不惊人的小楼下边，有着惊人的地下部分，深入地下三百米，可以抵抗百万吨级核弹的攻击。

一个军人身手敏捷地跑过杂草丛生的空地，在虚掩的门前蹲下，小心翼翼地察看。

"Move！"无线电波传递的声音带着几分沙哑，他确认安全，挥手让我们跟上。

然而紧接着传来一声尖厉的惨叫："NO……"

我抬眼望去，看到了此生最恐怖的场景：无数黑乎乎的甲虫从门里边涌出来，仿佛潮水一般，无可逃避。破旧的虚掩的门被猛烈的潮水撞开，转眼间，那个伙计周身就都爬满了虫子。防护服是密封的，然而他惊慌失措，惊声尖叫，劈头盖脸的英文单词几乎将我的耳膜撕破。

枪声响起，子弹在黑色潮水中掀起涟漪，白色的汁液四处乱绽，虫子们却没有丝毫犹豫地继续扑上来。

眨眼的工夫，这个伙计消失了，我们眼前赫然是一座高达三米的黑色小山，他被埋在成吨的虫子下边。耳机里没了声响，只有细微的窸窣声。

整个世界沉寂了两秒钟。我身边的军人掏出一枚手雷，拉开保险栓，扔了过去。然后我们跑开躲了起来。

他是对的。等爆炸的气浪散去后，我们走了出来，发现虫子已经四散逃命，我们在一片狼藉之中找到了伙伴的尸体，已经被炸得残缺不全。然而在爆炸之前他就已经死了：虫子们在几秒钟内咬破防护服，把他的躯体吃掉了一半。

这是陷阱和谋杀！巴罗西迪尼阿说埃博会照顾这些军人，我终于明白他的意思了。我看着眼前的最后一个军人，他的眼睛里充满着愤怒，我毫不怀疑如果埃博是一个实体，他会用自动步枪把它打成蜂窝。

"Let's go！"他咬牙切齿地说道，然后踏着满地狼藉的虫子走向大门。我跟着他。他的高大身躯就像一堵墙，把一切危险都挡在另一边。

他踏上台阶，肆无忌惮向着门内扫射，然后跨过去。

他的躯体像一面墙一样倒下，重重地摔在地上，死了。

我慢慢靠过去，发现一条蛇狠狠地咬在他的腿上，毒牙刺破裤子，在皮肤上刺出微小的孔，剧毒让他的神经在0.1秒内完全瘫痪。其实他注定是要死的，虽然可能不是这种死法。那条毒蛇被子弹打成了两截，残存的一点生命力让它从角落里弹起来，咬住入侵者。

死者的眼睛瞪得很圆，永不瞑目的样子，咬住他的毒蛇也瞪着同样圆溜的眼睛。

我想，我死的时候，一定要把眼睛闭上，那个样子比较安详。

死了三个人，现在只剩下我一个了，而我们连那栋大楼的门都没有跨进去。一切不可能如此巧合。巴罗西迪尼阿是对的，埃博会阻止我们进入。而为了接触到它，只有一种办法——我必须死去。

被鸟啄死，或者被虫子吃掉，被毒蛇咬死……我不能让埃博用这些方法中的任何一种杀死我，我只有一种选择：像大灾难中的人们一样，被埃博病毒感染，让它吃掉。

这就是志愿者需要做到的事：走进这个大门，下到地下，在那可能重达三十吨的埃博肉球菌集群面前奉上自己。

我脱下防护服，放下所有的武器。空气中有无数的埃博肉球菌，我深深地呼吸一口空气，把这种肉眼看不见的小东西吸入身体。

门敞开着，里边很阴暗。巴罗西迪尼阿要求我，一定要走进那深埋在地下的堡垒里。

我再次深吸一口气，走了进去。

埃博是一个人名。大灾难之前，三分之一的人类忙着享受生活，三分之一的人类忍饥挨饿，埃博在剩下的三分之一的人类中非常有名。

他是三届诺贝尔医学奖的获得者，从根本上改变了人类和疾病的关系，他给了人类一个健康时代。但他也毁掉了人类——通过用他的名字命名的细菌。

此刻，这些小东西正在我的身体里产生作用。我的意识开始模糊。我飞快地在大楼里奔跑，寻找进入地下的入口。

最后我找到了电梯，顺着电梯井爬下去。没有袭击，没有意外，一切都很顺利。

大门一扇扇地打开，我跨过一个又一个门槛。最后，我走到了最后一扇门前。

门上的铭牌还在，长久的岁月让它蒙上一层灰。我用手指抹去上边的灰尘，"BEING"几个字母熠熠生辉。

突然我的手触到一些凹陷，那是一些阴文，刻在BEING下边，微微转过角度，我看到那是"THINKING"，在"BEING"的光彩下毫不引人注目，却坚实地无可辩驳地在那儿。

我不由地微笑起来，手上用力，推开门。

某种光线泄漏出来，我的眼前出现了一片光明。

微微发光的球体盘踞了整个空间，视野里是一片晶莹的蓝色，顶天立地。我仿佛站立在一个巨大的水晶球前。

这就是埃博？那种灰色的、带着黏液的、毫无美感的小山包？我惊讶得不知所措。

这美丽的晶莹的蓝色很快征服了我，给我一种异样的感觉，平和而沉静，仿佛世界上没有任何东西可以难倒我，而我的魂灵通达了整个宇宙。

我向前走去，贴近那散发着微光的东西。水晶里边有人像，脸上斑斑点点，已经开始溃烂，五官扭曲，仿佛畸形。那是真实世界中的我，正被埃博肉球菌啃噬，血肉已经开始模糊，然而我却没有痛苦，没有恐惧，也没有感觉到死亡。我只感到无比的充实和自信，还有坦然。

我伸手触摸那蓝色晶体，细腻而柔滑，仿佛绸缎，却无比坚硬。

突然间，我感到身体出现了一些异样，一阵奇特的麻痒从肚皮上传来，肚皮的位置湿掉一块。我拉开衣服，低头看去，肚皮上是一个大大的窟窿，流着血和脓。那窟窿以肉眼可见的速度扩大，溃烂的肠子流出来，顺着大腿向下溜。

我直直地盯着，仿佛那不是我的身体。胸腔上的皮肉都化作了脓水，隔着骨架，我看见微微起伏的肺叶和跳动的心脏。它们显然到了生命的尽头，正在垂死挣扎。我看着它们慢慢脓化。

这真是一种奇怪的感觉，仿佛我平静地站在一边，默默地看着自己的身体死亡。

我重重地倒在地上。

眼前的图景开始模糊，黑暗缓慢而不可抗拒地吞噬我的意识，那一定是很短的时间，然而我感觉无比漫长。

最后的时刻来了，很多东西一闪而过，我想起父亲，想起红烧狮子头，想起巴罗西迪尼阿，还有南极洲荒芜的冰原……最后，我居然想起了湿婆，那个长相凶恶却跳着曼妙舞蹈的印度大神，在熊熊火焰的环绕中跳舞，依稀中我听见某种音乐，然后是彻底的黑暗。

我死了，我想。

我并没有死。或者，我复活了。

飘浮在无限空间中的一点意识，这就是死亡吗？

一道亮光劈开黑暗，一个模糊的东西降落在我的空间里。它迅速地把一切包容进去，世界从一团混沌变得透明而丰富起来。

巴罗西迪尼阿是对的，埃博统治了这个世界。

埃博能够操纵这个世界上所有的生物。通过生化物质的调剂，它能够让金雕攻击一个看起来并不是食物的目标，也能让虫子们产生啃食人体的冲动。它模拟记忆，操纵行为。它无所不在，是自然界的神灵。鹰的眼睛就是它的眼睛，草履虫的感受也是它的感受。

埃博找到了我，他只是说：欢迎。然后便脱离了。

我开始寻找他。

我遇到了很多人，很多死去的人。他们曾经的躯体都被埃博肉球菌啃噬。他们遇到我,知道我是一个新来者。他们从我这里了解南极洲的情况,我也向他们打听这个神秘世界。他们都是死人,却认为自己仍然活着,而且很快乐。

巴罗西迪尼阿是和埃博一样的天才,在互联网还没有完全瘫痪之前,他曾经通过残留的军方网络侵入"海德生物科技"的主机。他发现了某种可能性。一些残留的痕迹显示:曾经有一个网络从这个机器上脱离而去,那个网络的神奇之处在于,它使用特殊的连接方法,没有网关,没有IP,它就像一个隐形的网络黑洞,吞掉大量的数据流,却没有任何反馈,这种黑洞式的吸收进行了八年之久。巴罗西迪尼阿怀疑埃博制造了一个生物性的计算机网络,构成这个特殊网络的基本单元,就是肉球菌。

现在,巴罗西迪尼阿的怀疑得到了证实。我见到的蓝色晶体球,就是这样的一个生物计算机。

天长日久,肉球菌群让自己固化,成为矿物一样的结构。八十亿人的记忆和思维被肉球菌复制,飘浮在空气中,凝固在那些灰色的小丘中,最后汇聚在这个超级的肉球菌群里边。两万亿的肉球菌单元,完全的三维神经网络。把人类历史上所有的计算机加在一起,也抵不上这个超级头脑。它是一个睿智的头脑,它的核心是埃博,那个疯子一样的天才人物。

找到埃博之前,我有些自己的事要做。

我遇到一个剧作家,他死去的时候三十六岁,他受了肉球菌的感染,知道自己活不下去,于是挣扎着给儿子写了遗书。在遗书里,他告诉儿子,要热爱生活,要忍受生活带来的种种打击勇敢地生活下去,学习科学,和这种害人的病毒斗争到底。然而,此时他告诉我,他希望自己的儿子也被埃博肉球菌吃掉,这是通向极乐世界的捷径。

肉球菌吃掉我的时候我并不感到痛苦,看来它们吃人的技术有了进步,然而巴罗西迪尼阿告诉我,最开始并不是这样。

"难道你希望他受到那种非人的痛苦?"我问那个剧作家。

"那是涅槃。死亡的道路通向极乐和永生,而痛苦则是其间的代价。难道你不这么认为吗?"

"你想你的儿子吗?"

"为什么你有这么奇怪的问题?你为什么又躲躲藏藏?"

他用一种怀疑的氛围把我推开。我脱离了。我的父亲早已死掉了,这个活在生物计算机中的存在,虽然拥有他一切的记忆,却决然不是那个临死之前牵挂着我、为我写遗书的人。他再也不会给他的儿子烹饪祖传的红烧狮子头,而他的儿子多么渴望再吃上一口。

我找到另一个人,这是一个女人。她显然很快乐,沉浸在埃博为她带来的无穷无尽的狂喜之中。我打断了她,她很不高兴。

"巴罗西迪尼阿?我不需要他的关怀,外边的世界和我已经没有关系。"她把地球称为外边的世界,埃博的世界则是她热爱的世界。说完她就强行脱离接触,把我屏蔽在外。

我想巴罗西迪尼阿会高兴的,至少,他的妻子现在很快乐。

我所见的,是一个天堂。外边的世界已经死去,可这又有什么关系?所有的人都在这儿活着,享受着平和与宁静,还有飘飘欲仙的狂喜。失去的只是肉身,得到的却是自由,难道还有比这更划算的交易吗?没有贵族和平民,没有富人和穷人,没有精英和大众,没有美食,没有豪宅,没有精致的衣服……人类社会的一切身份符号都被抹去,只有一个个平等意识存在。

我在广阔的空间中飘浮着,与一个又一个的他擦肩而过。在这埃博空间里,我们都是自由之身,自由到不需要其他的一切,只是任凭自己的灵魂游荡。

有一个灵魂是特殊的,那就是埃博。我四处寻找他,他无处不在,但我却无法找到他。

最后,他发现了我这个小小的不安定分子,他找到了我。

"你,不喜欢这里?"他问我。

"这里很有趣,然而你能给我红烧狮子头吗?"

"这是很奢侈的享受,模拟这种具体而实在的满足会消耗很多能量，我不能满足这样的需要，至少眼下不行。"

"你杀死了几乎所有的人。"

"他们都没有死。那些在混乱中意外死于非命的人除外，对那些人，我很抱歉。"

"他们都从世界上消失了。难道你认为死亡还有别的定义？"

"死亡并没有很多定义。你存在着，记得往事，能够思考，你就活着。"

"他们失去了生活。"

"他们过着另一种生活。大家都很喜欢。"

"但是你没有给他们选择。"

埃博沉默了一下，"是的，绝大多数人并没有选择。然而，他们也没有给我选择。"

当初，埃博的试验进行到一半的时候，他培育出了篮球大的菌群，这相当于一台每秒处理六千万个事件的超级计算机。从理论上说，这台计算机几乎可以无限放大，只要有足够的能量支持。远景计划中的超级生物计算机已经不是梦想，只需要让这些小细菌不断繁殖、不断重构就行。这是振奋人心的好消息。

然而军方告诉他，必须停下来。试验的结果超出了预期，肉球菌群不仅能够存储和计算，甚至能够进行"思考"，它们用一种从来不曾有过的方式重构数据，出现了一些不知所云却显然属于某种智慧的新信息。

这个可怕的事实吓坏了军方：这机器很可能具有"自我"，与其说它是一台计算机，不如说它是一个生物！军方只需要一台计算机，能够完成导弹的导航和拦截，能够对部队进行遥控指挥，能够封锁敌方的超级计算机，就足够了。

埃博却给了他们一个无法控制的东西，他们甚至不知道，这东西会不会为了一点不知所谓的愤怒而把导弹丢到华盛顿市中心，或者控制卫星，让它们胡乱发送情报。

最后，军方的结论是必须停掉它。

埃博为此而发狂。争辩，拍桌子，哀求，下跪，他几乎尝试了所有可能的办法，只为了保住这个小小的东西。然而最后他失败了。对未知的恐惧让所有的人都倾向于暂时封存它。

埃博很沮丧，他明白对他的小东西来说，暂时的封存就意味着死亡。只有在不断的活动中，它们才能够保持活性。

埃博怀着满心的绝望回到实验室。他注视着那小小的球体，灰蒙蒙、毫不起眼的样子，然而在埃博的眼里，它漂亮无比。它就像埃博自己的孩子，为了保护它，埃博不惜代价。

埃博证明了军方的恐惧并不是不知所谓的愚蠢，甚至他们还大大低估了这小东西的潜力。

埃博拯救了他的孩子，牺牲了全世界。

"的确有些出乎意料。我没有想到居然会这样。最开始的时候我没有办法控制它，后来的情况才慢慢好起来。然而，这却比原来的设想更好。我可以说，人类的灵魂得到了救赎。新的世界比原来更美好。"

我沉默着。突然之间我仿佛变成了一只兀鹰，正在万里高空翱翔，大地尽收眼底。大地和天空，还有每一个生物，都是我的躯体。肉球菌群生存在世界的每一个角落，它们感受着每一个神经冲动。埃博把传来的神经冲动转入我的空间。

我看到了南美的热带雨林，从前，这里布满了伐木公司，高大繁茂的雨林被砍伐，留下一片癫痫般的土地，变成沼泽，除了虫子什么都没剩下；奔腾不息的河流边，五颜六色的工业废液注入河流，混合起来，让河流变得浑浊不堪；田野里，巨大的垃圾场如山岳般挺立，恶臭满天，污水遍地，无数的老鼠和臭虫穿梭其间；那些光秃秃的山头，洪水挟裹着泥沙轰然而下；失去控制的地球，到处是飓风，水灾，还有可怕的炎热……地球很脆弱，而人类把一切搞得更糟糕。

然而现在，一切正在恢复。人类为了享受生活，或者为了避免受冻挨饿，以一种前所未有的深度和广度影响着地球，当人类从生物圈中被抹去，一切都得到了喘息的机会。

是的，地球比原来更美好。那些遍布可可西里的藏羚羊，漫游在大草原上的美洲野牛，丛林中悠闲散步的科莫多巨蜥，热闹地挤在一起吵吵闹闹的花斑海豹……它们都知道，这个世界比原来更美好。

整个地球的生活都比从前更好，除了人类、老鼠，还有狗。

"我给了人类一个全新的生存方式，把地球还给了自然。这难道不是更好吗？"埃博问道。

我无话可说。这样的一个世界，人人都感到很满意，而地球也因此变得更健康。我没有任何理由说这不是更好。然而，生活在一个很好的世界里，这样的人生对于我并没有意义。这一点我没有告诉埃博，我竭尽全力掩饰。

还好，埃博对于他人的隐私并不是太在意。他见我平静下来，便离开了。

"新来者总有些不适应，当你适应了，就会喜欢这里。祝你好运。"埃博说道。

一切便是如此。借助埃博肉球菌的庞大网络，我在地球上任意往来。关于生命，关于地球，一切从来没有如此明白，也从来没有如此艰难。

很久之前，就有古人说：天地不仁，以万物为刍狗。我化作万物，也悄然独立。无论我是什么，生命到最后都显得毫无意义，都是刍狗。存在只是唯一的目的，而这目的看起来并不怎么像目的。

显然，我需要一件事能够让我全身心地投入，我要为自己的生活制造一个目的：一个志愿者。

巴罗西迪尼阿这样请求我："我只需要一个字，真或者假。如果你不能送回任何信号，我无从判断，试验也就失败。只要你送回信号，我的推测就是真。请你帮我完成这个试验。"

人类有自己的底牌。成千上万件核武器遍布整个地球，军队仍旧控制着其中的一部分。沙门将军一直认为自己掌握着这些武器，实际上他远远地落在科学家们后边，六个科学家组成的联盟控制着这些威力最强大的武器——过去的三十年中，他们以及他们的学生孜孜不倦,用各种办法破解世界各地留存的武器控制系统,他们也用自然派的思想影响一些军队的人。并不是每次都会成功,然而最终的结果,一百一十五枚热核导弹控制在他们手中,导弹上装备着总当量为七亿吨的核弹头。

这些热核武器并不能让地球毁灭,但却能够让世界变得无序。也许肉球菌并不会就此灭绝,却要付出沉重的代价。沙门将军的最后计划是和这些看不见的无赖同归于尽,科学家们却还要再想一想。巴罗西迪尼阿只想证明,埃博的超级细菌构建了一个新世界,而它对于南极洲的人类并没有企图,人类有机会和这种杀人细菌共同生存下去。

我对新世界的适应过程比埃博预计的要快得多。巴罗西迪尼阿给了我很强的神经刺激,把许多埃博肉球菌的知识灌输给我,这些强行刻画在脑细胞上的印痕让我痛苦不堪。当肉球菌将我吃掉的时候,它们也将我脑细胞上的化学印痕完美无缺地复制下来。于是,曾让我的头脑痛苦不堪的知识没有了副作用,它们让这个世界显得不是那么陌生。

我很快学会了控制阿米巴虫的运动。但是控制一只大动物要复杂许多,首先我要学会分辨各种各样的激素和生物酶,然后我要明确哪一种激素能够让动物产生怎么样的行为,怎样的生物电流才能让肌肉产生动作。这并不简单,只能一点点摸索。被我选中的试验对象有些倒霉,它会莫名其妙地跌倒,眼睛里会出现各种幻象,有的时候全身有使不完的劲,有的时候却仿佛要死了一般。

最后,我终于可以小心翼翼地控制动物的举动,包括前肢的摇摆和声带的震动。我驱使它从地下跑出来,跑过开阔的草坪。

一只大黑鼠站在我留下的通话机前,它的动作引起话筒里一阵杂乱的噪声,那一边传来焦虑的声音:"0号,是你吗?请回答。"

我已经死去二十四个小时,他们仍旧没有放弃。

老鼠凑在话筒上,吱吱叫了两声。然后,它连续不断地吱吱叫着。湿婆,湿婆,湿婆……老鼠用摩尔斯电码反复发送了十遍。

也许那边的人会感到莫名其妙，然而巴罗西迪尼阿会懂的。

"强大的威力。危险。离开地球。离开地球。"

我强迫老鼠按照摩尔斯的规律发出叫声，老鼠体内的肉球菌忠实地传递着我的意志。

突然间，我发现了埃博。他发现了我正在做的事。

他接手了对这个小小的啮齿目动物的控制。

"一万年。我给你们一万年。"他继续发报。

然后，他放走了老鼠。

他用一种温暖的氛围包围着我。"这是一件很有趣的事。我们达成了一致。"

最后的时刻来了。我正在死去。埃博答应了我的请求，让我结束一切。

"虽然很难理解，可是我让你做出选择。"他这样对我说。

我传递了一个微笑的氛围，"我做了值得做的事，人的一生就应该这样子结束。能让我再看一眼南极洲吗？"

我被送入一只翱翔在万米高空的安第斯神鹫体内，这体型巨大的鸟儿掉转身体，向着南边飞去。我在碧海蓝天之间自由地飞翔，前方是白色的大陆，一望无际的冰原一片苍茫。凛冽的寒风让我发抖，然而我继续向南飞着。

我很快看见了联合号的庞大骨架，一些人进进出出，正在忙碌。

整个南极洲正变成一个紧张有序的基地。从听筒里传出来的吱吱声是摩尔斯电码，两个小时后，终于有人意识到了这一点，他把电码的内容向所有城市广播。

这个消息仿佛突然炸响的惊雷，震动了整个大陆。

当自然派教徒听说消息后，他们立刻组织了起义。

只有一个人死于起义——沙门将军在办公室里吞下了子弹。

巴罗西迪尼阿成了新政权的第一届主席。

突然有人看见了我。许多人停下来，仰望着我。

冰天雪地的天空中出现了一只大鸟，这无疑是个奇迹，也许可以被称为神谕。

我找到了巴罗西迪尼阿的实验室。我的全部意识浓缩在一团小小的肉球菌上，从神鹫的身体里脱离，飘飘扬扬，向着实验室降落。低温并没有让肉球菌死亡，它们感觉到地磁场的变化，停止攻击并自我解构。一旦地磁场的某个矢量分量减小到一定程度，它们就主动杀死自己。巴罗西迪尼阿深刻明白这一点，实验室里存活的肉球菌被保留在电磁屏蔽的器皿里，他知道必然有某种真相隐藏在这令人费解的事实背后。那只能是神一般的存在。

借助几个人的身体，我成功地抵达巴罗西迪尼阿的身边。

他正在修改启示录。

"毁灭，然后才有创造。

"自然之神毁灭人类，因为人类贪得无厌。神把残余的人放在冰原大陆上，和自然界的其他部分隔绝。他给人类一个期限离开地球。他赐予人类南极洲的土地和资源建造基地，还有方舟。离开地球是唯一的路。人类是自然的孩子，是犯了错的孩子，他因此而背负漂流的命运，也背负自然之神赐予的责任，去宇宙空间撒播生命的种子。"

我的意识已经很微弱。肉球菌群正按照某种既定的指令分解自身，我抓住机会，随着巴罗西迪尼阿的一次呼吸进入他的身体。

当最后的几百个肉球菌依附在他的脊神经上，我给了他一个神经冲动。我想告诉他，他的设想是对的，埃博肉球菌构成了一个新世界；我想告诉他，埃博世界是多么美妙的世界；我想告诉他，那些被啃噬的人并没有被杀死，只是换了一种生存方式；我想告诉他，埃博认定只有人类才能把生命种子带向地球之外，让地球生命在宇宙空间里延续；我想告诉他，按照他的意愿，我找到了他的妻子，她感到很快乐……

然而我什么都不能告诉他，在飞快的解构中，我的意识迅速淡去。

别了！这是我在这个世界上留下的最后一个信号。

巴罗西迪尼阿突然感到一阵寒意，黑暗中，仿佛有人正在窥视自己。他四下张望，没有发现任何动静。

他抬头望着屋顶。外边，极昼正在过去，夜幕正在降临，严酷的南极洲寒夜就在眼前。在可以预见的将来，还有无数个这样的寒冬等待着人类，只有最紧密地团结一致，才可能安然渡过难关。

星星慢慢地显露。他可以想象那黑暗之中群星璀璨的天空。人类只能去那浩渺的群星之间寻找归宿。

深深的寒意让他沉浸在敬畏和虔诚之中，他轻轻祈祷：湿婆大神，请你用你的神力帮助你的子民。

巴罗西迪尼阿怀着敬畏之心慢慢合上启示录。

封面上，面目狰狞的大神舞姿曼妙。

METAVERSE

+

# 时间移民

## 刘慈欣

关于元宇宙对人类的影响,中国科幻领军人物刘慈欣最为敏感,想象也最深刻。他在创作于20世纪90年代末的《时间移民》中,就展现了非常深刻独特的想象与见解:人类进入元宇宙后,个体"灵魂"不断改变——而且主要都是自愿主动改变的,彼此不断融合,最终,进入元宇宙的全体人类变成了一个巨大的软件……刘慈欣洞隐烛微、高瞻远瞩,早早为人类敲响了警钟,人类的灵魂,不应该只是一个软件,时间移民是人类最后的救赎。

> 前不见古人，
> 后不见来者。
> 念天地之悠悠，
> 独怆然而涕下！
>
> ——题记

## 移 民

**告全民书**

迫于环境和人口已无法承受的压力，政府决定进行时间移民，首批移民人数为八千万，移民距离为一百二十年。

要走的只剩下大使一个人了，他脚下的大地是空的，那是一个巨大的冷库，里面冷冻着四十万人。在这个世界的其他地方，还有两百个这样的冷库。

其实它们更像——大使打了一个寒战——坟墓。

桦不同他走，她完全符合移民条件，并拿到了让人羡慕的移民卡。但与那些向往未来新生活的人不同，她认为现世和现实是最值得留恋的。她留下了，让大使一个人走向一百二十年之后的未来。

一小时之后，大使走了。

接近绝对零度的液氦淹没了他，凝固了他的生命。他率领着这个时代的八千万人，沿着时间踏上了逃荒之路。

## 跋　涉

无知觉中,时光流逝,太阳如流星般划过长空。出生、爱情、死亡、狂喜、悲伤、失落、追求、奋斗、失败,一切的一切,如迎面而来的列车,在外部世界中呼啸着掠过……

……10年……20年……40年……60年……80年……100年……120年。

## 第一站:黑色时代

绝对零度下的超睡中,意识随机体完全凝固,完全感觉不到时间的存在,以至于大使醒来时,还以为是低温系统出现故障,自己出发后不久便临时解冻了。

但对面原子钟巨大的等离子显示告诉他,一百二十年过去了,一个半人生过去了,他们已是时代的流放者。

一百人的先遣队在一星期前醒来,他们先行出动与这个时代联系。队长这时站在大使旁边,大使的体力还没有恢复到能说话的程度,在他探询的目光下,先遣队长摇了摇头,苦笑了一下。

新时代的国家元首在冷冻室大厅里迎接他们。他看上去是一个饱经风霜的人,同他一起来的人也一样。在一百二十年之后,这很奇怪,为什么这个时代的人都显得如此饱经风霜?

大使把自己时代政府的信交给这位饱经风霜的国家元首,并转达自己那个时代的人民对未来的问候。

元首没说太多的话,只是紧紧握住大使的手,元首的手同他的脸一样粗糙,使大使感到一切的变化并不像他想象的那么大,他有一种温暖的感觉。

然而这种感觉在走出冷冻室后立刻消失了。

外面是黑色的：黑色的大地，黑色的树林，黑色的河流，黑色的流云。他们乘坐的悬浮车吹起了黑色的尘土。路上朝反方向行驶的坦克纵队已成了一排行驶的黑块，空中低低掠过的直升机群也像一群黑色的幽灵，特别是现在的直升机听不到一点声音。

一切像被天火遍烧了一样。

他们驶过了一个大坑，那坑太大了，像一百二十年前那个时代的露天煤矿。

"那是一个弹坑。"元首说。

"……弹坑？"大使没说出那个骇人的字。

"是的，这颗当量大约一万五千吨级。"元首淡淡地说，苦难对他已是淡淡的了。

在两个时代的会面中，空气凝固了。

"战争什么时候开始的？"大使问道。

"这次是两年前。"

"这次？"

"你们走后可能还有过几次。"

接着元首避开了这个话题。他不像是一百二十年后的晚辈，倒像大使那个时代的长辈，这样的长辈经常出现在那个时代的工地和农场里，他们用自己宽阔的胸怀包容一切苦难，不让一点溢出。"我们将接收所有的移民，并且保证他们在和平环境中生活。"元首说道。

"这可能吗，在现在这种情况下？"大使的一名随员问道。

大使本人则沉默着。

"这届政府和全体人民将不惜一切代价做到这一点，这是责任。"元首说道，"当然，移民还要努力适应这个时代，这有些困难，一百二十年来，全世界变化很大。"

"有什么变化？"大使说，"一样的没有理智，一样的战争，一样的屠杀……"

"您只看到了表面。"一位身穿迷彩服的将军说,"以战争为例,现在两个国家是这样交战的:首先公布自己各类战术和战略武器的数量和型号,根据双方各种武器的对毁率,计算机可以给出战争的结果。武器是纯威慑性质的,从来不会动用。战争就是计算机中数学模型的演算,以演算结果决定战争的胜负。"

"如何知道对毁率呢?"大使问道。

"有一个国际武器试验组织,他们就像你们时代的……国际贸易组织。"

"战争已经像经济一样正规和有序了。"

"战争就是经济。"

大使看了一眼车窗外的黑色世界,"但现在,世界好像不仅仅在演算。"

元首用深沉的目光看着大使,"算过了,但我们不相信结果真能决定胜败。"

"所以我们发起了你们那样的战争,流血的战争,'真'的战争。"将军说。

"我们现在去首都,研究一下移民解冻的问题。"元首再次避开了这个话题。

"返回。"大使说道。

"什么?!"

"返回。你们已无法承受更多的负担了,这个时代不适合移民,我们再向前走一段吧。"

悬浮车返回了一号冷冻室。

告别前,元首递给了大使一本精装的书。"这一百二十年的编年史。"他轻声说。

这时,一位政府官员带来了一位一百二十三岁的老人,他是现在能找到的唯一一位与移民同时代生活过的人,这位老人坚持要见见大使。

"好多的事,你们走后,好多的事啊!"老人拿出两个碗,大使的时代的碗，又给碗里满上了酒，"我的父母都是时间移民，这酒是我三岁时他们走前留给我的，让我存到他们解冻时喝。可现在我见不到他们了！我也是你们见到的最后一个同时代的人了。"

喝了酒后，大使望着老人平静干涸的双眼，正在想这个时代的人似乎已不会流泪了，就看到老人的眼泪流了下来。

老人慢慢跪了下来，抓住大使的双手：

"前辈保重，西出阳关无故人啊！"

大使在被液氦的超低温凝固之前，桦突然出现在他那残存的意识中，他看到她站在秋日的落叶上，后来落叶变黑，出现了一块墓碑，那是她的墓碑吗？

## 跋　涉

无知觉中，太阳如流星般划过长空，时光在外部世界飞速掠过……

……120年……130年……150年……180年……200年……250年……300年……350年……400年……500年……600年。

## 第二站：大厅时代

"怎么这么久才叫醒我?!"大使吃惊地看着原子钟。

"先遣队已经以百年为间隔醒来并出动了五次，最长一次我们曾在一个时代生活了十年，但每次都无法实现移民，所以没有唤醒您，这个原则是您自己确定的。"先遣队长说。

大使这才发现，这位队长比上次见面时老了许多。

"又遇到战争了？"

"没有,战争永远消失了。前三个时代生态环境继续恶化,直到二百年前才开始好转,但后两个时代拒绝接收移民。这个时代终于同意接收,最后需要您和委员会来决定。"

冷冻室大厅里没有人。在巨大的密封门隆隆开启时,先遣队长低声对大使说:"变化远远超出您的想象,要有精神准备。"

大使踏进这个时代的第一步,脚下响起了一阵乐声,如梦如幻,像过去时代的风铃声。他低头,看到自己踏在水晶状的地面上,水晶的深处有彩色的光影在变幻,水晶看上去十分坚硬,踏上去却像地毯般柔软。踏到的位置响起那风铃般的乐声,同时有一圈圈同心的彩色光环以踏点为中心扩散开来,如同踏在平静的水面上激起的水波。

大使抬头望去,发现目力所及之处,整个平原都是水晶状了。

"全球所有的陆地都铺上了这种材料,以至于整个世界都像人造的一样。"先遣队长说,看着大使惊愕的目光,他笑了,好像在说:这才是吃惊的开始呢!

大使又注意到自己在水晶地面上的影子,有好几个,以他为中心向四面散开。

他抬起头来……

六个太阳。

"现在是深夜,但二百年前就没有夜晚了,您看到的是同步轨道上的六个反射镜把阳光反射到地球夜晚的一面,每个镜面都有几百平方公里的面积。"

"山呢?"大使发现,地平线处连绵的群山不见了,大地与蓝天的相接处如用尺子画出的一般平直。

"没有山了,全被平掉了,全球各大洲都是这样的平原。"

"为什么?!"

"不知道。"

大使觉得那六个太阳如大厅里的六盏灯。大厅!对了,他有了一个朦胧的感觉。前进一步,他发现这是一个干净得出奇的时代,整个世界没有尘土,令人难以置信的,一点都没有。大地如同一个巨大的桌面一样干净。天空同样一尘不染，呈干净的纯蓝色，但由于六个太阳的存在，天空已失去了过去时代的那种广阔和深邃，像大厅的拱顶。

大厅！他的感觉更确定了，整个世界变成了一个大厅！铺着柔软的发出风铃声的水晶地毯，有着六盏吊灯的大厅！

这是个精致的、干净的时代，同上次的黑色时代形成了鲜明对比。在以后的移民编年史中，他们把它叫大厅时代。

"他们不来迎接我们吗？"大使看着眼前空旷的平原，问道。

"我们得自己到首都去见他们。虽然有精致的外表，这却是个没有礼仪的时代，甚至连好奇心也没有了。"

"他们对移民是什么态度？"

"同意接收，但移民只能在与社会隔绝的保留区生活。至于保留区的位置，在地球还是其他行星上，或在太空中专门建立一个城市，由我们决定。"

"这绝对不能接受！"大使愤怒地说，"全体移民必须融入现在的社会，融入现在的生活，移民不是二等公民，这是时间移民最基本的原则！"

"这不可能。"先遣队长摇了摇头。

"这是他们的看法？"

"也是我的。哦，请听我把话说完。您刚解冻，而在此之前我已在这个时代生活了半年多。请相信我，现实远比您看到的更离奇，就是发挥最疯狂的想象力，您也无法想象出这个时代的十分之一，与此相比，旧石器时代的原始人理解我们的时代倒容易多了！"

"移民开始时已经考虑了适应的问题，所以移民的年龄都在二十五岁以下。我们会努力学习，努力适应这一切的。"大使说道。

"学习？"先遣队长笑着摇了摇头。"您有书吗？"他指着大使的手提箱问，"什么书都行。"

大使不解地拿出一本伊·亚·冈察洛夫在十九世纪末写的《环球航海游记》，这是他出发前看到一半的书。

先遣队长看了一眼书名，说道："请随便翻到一页，告诉我页数。"

大使照办了，翻到二百三十九页。

先遣队长流利地背诵起航海家在非洲的见闻，令人难以置信，一字不差。

"看到了吗？根本不需要学习，他们就像我们往硬盘上拷数据一样向大脑中输入知识！现在这个时代，人的大脑能达到记忆的极限。如果这还不够，看这个——"先遣队长从耳后取下一个助听器大小的东西，"这是量子级的存储器，人类有史以来所有的书籍都可以存在里面，愿意的话，可以连一个账本都不放过！大脑可以像计算机访问内存一样提取它的信息，比大脑本身的记忆还快。看到了吗？我自己就是人类全部知识的载体，如果愿意，您在不到一小时的时间内也能做到。对他们来说，学习是一种古老的、不可理解的神秘仪式。"

"他们的孩子一出生就马上得到一切知识？"

"孩子？"先遣队长又笑了，"他们没有孩子。"

"那孩子都去哪里了？"

"我说过没有。家庭在更早的时候就没有了。"

"就是说，他们是最后一代人了。"

"也没有代，代的概念不存在了。"

大使的惊奇现在变成了茫然。但他还是努力去理解，并多少理解了一些。"你是说，他们永远活着？！"

"身体的一个器官失效了，就更换一个新的；大脑失效，就把其中的信息拷贝出来，再拷到一个新培植的脑中去。当这种更换在进行了几百年后，每个人唯一留下的，已经只是自己的记忆。你能说清他们是孩子还是老人吗？也许他们倾向于把自己当老人，所以不来接我们。当然，愿意的话，也会有孩子的，用克隆技术或是更传统的方法，但现在要孩子的人不多了。这一代长生者现在已生存了三百多年，而且还会继续生存下去。这一切会产生出一个什么样的社会形态，您能想象得出吗？我们所梦想的东西：博学、美貌、长生，在这个时代都是轻而易举能得到的东西。"

"那么这是理想社会了？他们还有想要而得不到的东西吗？"

"没有，但正因为他们能得到一切，同时也就失去了一切。对我们来说这很难理解，对他们来说却是真实的感受。现在远不是理想社会。"

大使的茫然又变成了沉思。天空中的六个太阳已斜向西方，很快落到地平线下。

当西天只剩下两个太阳时，启明星出现了，接着，真正的太阳在东方映出霞光。那柔和的霞光使大使感到了一丝慰藉，宇宙间总有永恒不变的东西。

"五百年，时间不算长，怎么会有这么大的变化呢？"大使像在问先遣队长，又像在问整个世界。

"人类的发展是一个加速度，我们时代那五十年的发展，可与过去五百年相比，而现在的五百年，也许与过去的五万年相当了！您还认为移民能适应这一切吗？"

"加速到最后会是什么？"大使半闭起双眼。

"不知道。"

"你所拥有的全人类的知识，也不能回答这个问题吗？"

"我游历这几个时代最深的感受是：知识能解释一切的时代过去了。"

……

"我们继续朝前走！"大使做出了决定，"带上那块芯片，还有他们向人脑输入知识的机器。"

在进入超睡前的蒙眬中，大使又见到了桦，桦越过六百二十年的漫漫长夜向他看了一眼，那让人心醉又心碎的眼神，使大使在孤独的时间流浪中有了家园的感觉。

大使梦见水晶大地上出现了一阵缥缈的飞尘，那是桦的骨骼变成的吗？

## 跋　涉

无知觉中,太阳如流星般划过长空,时光在外部世界飞速掠过……

……600年……620年……650年……700年……750年……800年……850年……900年……950年……1000年。

## 第三站：无形时代

冷冻室巨大的密封门隆隆开启,大使第三次站在未知时代的门槛前,这次他做好了看到一个全新时代的精神准备。

但走出门之后,他发现,变化没有他想象的那么大。

水晶地毯仍然存在,铺满大地。六个太阳也还在天空中发着光。但这个世界给人的感觉与大厅时代全然不同。

首先,水晶地毯似乎已经"死"了,深处的光影还有,但暗了许多,在上面走动时不再发出风铃声,也没有美丽的波纹出现。

天空中的六个太阳,有四个已暗淡无光,它们发出的暗红色光只能标明自己的位置,而无法照亮下面的世界。

最引人注意的变化是：这世界有尘土了！尘土在水晶地面上薄薄地落了一层。天空不再纯净,有灰色的流云。地平线也不是那么清晰笔直了。

这所有的一切,给人这样一个感觉：大厅时代的大厅已人去屋空,外部的大自然慢慢渗透进来。

"两个世界都拒绝接收移民。"先遣队长说。

"两个世界？"

"有形世界和无形世界。有形世界就是我们熟知的世界,尽管已很不相同。这里还有同我们一样的人,但对很大一部分人来说,有机物已不是他们的主要组成部分了。"

"同上次一样,平原上还是看不到一个人。"大使极目远望。

"已有几百年人们不用那么费力地在地面上行走了。您看——"先遣队长指指空中的某个位置,大使透过尘土和流云,隐约看到一些飞行物,距离很远,看上去只是一群小黑点,"那些东西,也许是一架飞机,也许就是一个人。任何机器都可能是一个人的身体,比如海上的一艘巨轮,可能就是一个人的身体,操纵巨轮的电脑的存储器是这个人大脑的拷贝。一般来说,每个人都有几个身体,这些身体中总有一个是同我们一样的有机体,这是人们最重视的一个身体,虽然也是最脆弱的,这种重视,也许是由于来自过去的情感吧。"

"我们是在做梦吗?"大使喃喃地问。

"与有形世界相比,无形世界更像一个梦。"

"我已经能想象出那是什么,人们连机器的身体也不要了。"

"是的。无形世界就是一台超级电脑的内存,每个人是内存中的一个软件。"

先遣队长指了指前方,地平线上有一座山峰,孤独地立在那里,在阳光下闪着蓝色的金属光泽。

"那就是无形世界中的一个大陆。您还记得上次我们带回的那些小小的量子芯片吧,而现在您看到的是量子芯片堆成的高山!由此可以想象——或根本无法想象——这台超级电脑的容量。"

"在它里面,是一种什么样的生活呢?在内存里人们什么都不是,只是一些量子脉冲的组合罢了。"大使说道。

"正因为如此,您可以真正随心所欲,创造您想要的一切。您可以创造一个有千亿人口的帝国,在那里您是国王;您可以经历一千次各不相同的浪漫史,在一万次战争中死十万次……在那里,每个人都是一个世界的主宰,比神更有力量。您甚至可以为自己创造一个宇宙,那宇宙里有上亿个星系,每个星系有上亿个星球,每个星球都是您渴望或不敢渴望的各不相同的世界!不要担心没有时间享受这些,超级电脑的速度使那里的一秒钟比外面的几个世纪还要长。在那里,唯一的限制就是想象力。无形世界中,想象与现实是一个东西,当您的想象出现时,想象同时也就变为现实了,当然,是量子芯片内的现实,用您的说法,脉冲的组合。这个时代的人们,正在渐渐转向无形世界,现在生活在无形世界中的人数,已经超过了有形世界。虽然可以在两个世界都有一份大脑的拷贝,但无形世界的生活简直和毒品一样,一旦经历过那种生活,谁都无法再回到有形世界里来,我们充满烦恼的有形世界对他们来说如同地狱一般。现在,无形世界已掌握了立法权,正在渐渐控制整个世界。"

跨过一千年的两个人,梦游似的看着那座量子芯片的高山,忘记了时间的流逝,直到真正的太阳像过去亿万年的每一天那样点亮了东方,他们才回到了现实。

"再以后,会是什么呢?"大使问道。

"无形世界中,作为一个软件,您可以轻易地拷贝多个自我,如果对自己性格的某些方面不喜欢,比如您认为正在受着感情和责任心的折磨,您也可以把它们都去掉,或把它们拷贝一个备份,需要时再连接到您的自我上。您也可以把一个自我分裂成多个,分别代表您个性的某个方面。更进一步,您可以和别人合为一体,形成一个由两者精神和记忆组合而成的新自我。再进一步,还可以组合几个几十个或几百个人……够了,我不想让您发疯,但这一切在无形世界中随时都在发生。"

"再以后呢?"

"那就只能猜测了,现在最明显的迹象是,无形世界中的个体可能会消失,最终,所有人合为一个软件。"

"再以后会怎样?"

"不知道。这已经是个哲学问题了,经过了这几次解冻,我已经害怕哲学了。"

"我则相反,已经是个哲学家了。你说得对,这是个哲学问题,必须从哲学的深度来思考。对这次移民，我们早就该这样思考，但现在也不晚。哲学是一层纸，现在至少对于我，这层纸捅破了，突然间，几乎突然间，我知道我们以后的路了……"大使慢慢地说道。

"我们必须在这个时代结束移民，再走下去，移民将更难适应所到达的全新时代的环境。"先遣队长说，"我们应该起义，争得自己的权利。"

"这不可能，也没有必要。"

"我们难道还有别的选择？"

"当然有，而且这个选择就像前面正在升起的太阳一样清晰和光明。请把总工程师叫来。"

总工程师同大使一起解冻，现在正在冷冻室中检查和维护设备。由于他的解冻很频繁，已由出发时的青年变成老人了。

当茫然的先遣队长把总工程师叫来之后，大使问他："冷冻还能维持多长时间？"

"现在绝热层良好，聚变堆的工作情况也正常。在大厅时代，我们按当时的技术更换了全部的制冷设备，并补充了聚变燃料，现在看来，所有两百个冷冻室，即使以后不更换任何设备、不进行任何维护，也可维持一万两千年。"

"好极了。立刻在原子钟上设定最终目的地，全体人员进入超睡，在到达最终目的地之前，不再有任何人解冻。"

"最终目的地定在……"

"一万一千年。"

……

桦又进入了大使超睡前的残存意识中，这一次最真实：她的长发在寒风中飘动，大眼睛含着泪，在呼唤他。

在进入无知觉的冥冥中之前，大使对她大喊："桦，我们要回家了！我们要回家了！！"

## 跋　涉

无知觉中，太阳如流星般划过长空，时光在外部世界飞速掠过……

……1000年……2000年……3500年……5500年……7000年……9000年……10000年……11000年。

## 第四站：回家

这一次，甚至在超睡中也能感觉到时光的漫长了。

在一万年的漫漫长夜中，在一百个世纪的超长等待中，连忠实地控制着全球200个超级冷冻室的电脑都要睡着了。在最后的一千年中，它的部件开始损坏，无数只由传感器构成的眼睛一只只地闭上，集成块构成的神经一根根瘫痪，聚变堆的能量相继耗尽。在最后的几十年中，冷冻室仅靠着绝热层维持着绝对零度。

后来，温度终于开始上升，很快到了危险的程度，液氦开始蒸发，超睡容器内的压力急剧增高，一万一千年的跋涉似乎都将在一声爆破中无知觉地完结。

但就在这时，电脑唯一还睁着的那双眼看到了原子钟的时间，这最后一秒钟的流逝唤醒了它古老的记忆，它发出了一个微弱的信号。

苏醒系统启动了。

在核磁脉冲的作用下，先遣队长和一百名先遣队员的身体中接近绝对零度的细胞液在不到百分之一秒的时间内融化，然后升到正常体温。

一天后,他们走出了冷冻室。

一个星期后,大使和移民委员会的全体委员都苏醒了。

当冷冻室的巨门刚刚开启一条缝时,一股外面的风吹了进来。大使闻到了外面的气息。

这气息同前三个时代不同,它带着嫩芽的芳香,这是春天的气息,家的气息。

大使现在已几乎肯定,他在一万年前的决定,是正确的。

大使同委员会的所有人一起跨进了他们最后到达的时代。

大地是土的,但土是看不见的,因为上面长满了一望无际的绿草。冷冻室的门前有一条小河,河水清澈,可以看到河底美丽的花石和几条悠闲的小鱼。几个年轻的先遣队员在小河边洗脸,他们光着脚,脚上有泥,轻风隐隐传来了他们的笑声。

天空中只有一个太阳,蓝天上有雪白的云朵。一只鹰在懒洋洋地盘旋,有小鸟的叫声。远远望去,一万年前大厅时代消失了的山脉又出现在天边,山上盖满了森林……

对经历过前三个时代的大使来说,眼前的世界太平淡了,他为这种平淡流下了热泪。经过一万一千年流浪的他和所有人,都需要这平淡的一切,这平淡的世界是一张温暖而柔软的天鹅绒,他们把自己疲惫破碎的心轻轻放了上去。

平原上没有人类活动的迹象。

先遣队长走过来,大使和委员们的目光集中在他脸上,那是最后审判日里人类的目光。

"都结束了。"先遣队长说。

谁都明白这话的含义。在神圣的蓝天绿草之间,人类沉默着,平静地接受了这个现实。

"知道原因吗?"大使问道。

先遣队长摇了摇头。

"由于环境?"

"不是的,不是由于环境,也不是因为战争,不是我们能想到的任何原因。"

"有遗迹吗?"大使继续问。

"没有,什么都没留下。"

委员们围过来,开始急促地发问。

"有星际移民的迹象吗?"

"没有,近地行星都恢复到了未开发状态。也没有发现恒星际移民的迹象。"

"什么都没留下?一点点……一点点都没有?"

"是的,什么都没有。以前的山脉都被恢复了,是从海洋中部取的岩石和土壤。植被和生态也恢复得很好,但都看不到人工的痕迹。古迹只保留到公元前一世纪,以后的时代痕迹全无。生态系统自行运转估计有五千多年了,现在的自然环境类似于新石器时代,但物种不如那时丰富。"

"什么都没留下,怎么可能?!"

"他们没什么话要说了。"

最后这句话使大家再次陷入沉默。

"这一切,您都预料到了,是吗?"先遣队长问大使,"那么,您应该想到原因了?"

"我们能想到,但永远无法理解。原因要在哲学的深度上找。在对存在思考到终极时,他们认为不存在是最合理的,并最终选择了它。"

"我说过,我怕哲学!"

"那好,我们暂时离开哲学吧。"大使走远几步,面向委员们。

"移民到达,全体解冻!"

200个聚变堆发出最后的强大能量,核磁脉冲在融化着八千万人。一天后,人类从冷冻室中走出,并在沉寂了几千年的各个大陆上扩散开来。

在一号冷冻室所在的平原上,聚集了几十万人,大使站在冷冻室门前巨大的台阶上,面对他们。

只有很少一部分人能听到大使的讲话,但他们把听到的话像水波

一样传开去:

"公民们,本来计划走一百二十年的我们,走了一万一千年,最后到达这里。现在的一切,你们都看到了,他们消失了,我们是仅存的人类。他们什么都没有留下,但又留下了一切。这几天,所有的人一直在努力寻找,渴望找到他们留下的只言片语,然而没有,什么都没有。他们真的没什么可说的吗?不!他们有,而且说了!看这蓝天,这草地,这山脉,这森林,这整个重新创造的大自然,就是他们要说的话!看看这绿色的大地,这是我们的母亲!是我们力量的源泉!是我们存在的依据和永恒的归宿!以后人类还会犯错误,还会在苦难和失望的荒漠中跋涉,但只要我们的根不离开我们的大地母亲,我们就不会像他们那样消失。不管多么艰难,人类和生活将永远延续!公民们,现在这世界是我们的了,我们开始了人类新的轮回。我们现在一无所有,但又拥有人类有过的一切!"

大使把那个来自大厅时代的量子芯片高高举起,把全人类的知识高高举起。

突然,他像石像一样凝固了,他的眼睛盯着人海中一个飞快移动的小黑点。

黑点近了,他看清了那束在梦中无数次出现的长发,还有那双他认为在一百个世纪前已化为尘土的眼睛。

桦没有留在一万一千年前,她最后还是跟他来了,跟他跨越了这漫长的时间沙漠!

当他们拥抱在一起时,天、地、人合为一体了。

"新生活万岁!"有人高呼。

"新生活万岁!"这呼声响彻了整个平原,群鸟欢唱着从人海上空飞过。

在一切都结束之后,一切都开始了。